I0662281

www.ingramcontent.com/pod-product-compliance
Lightning Source LLC
Chambersburg PA
CBHW030750030726
47497CB00001B/216

سليلة الدخان والعظام

ليني تايلور

عدد الصفحات: 448

الطبعة الأولى باللغة العربية: 2025

الناشر: دار خيّاط

هـذا الكتـاب عمـلٌ أدبـي خيالـي. الشـخصيات
والأماكـن والأحداث هـي مـن وحـي خيـال المؤلف.
أي تشـابه مع وقائـع أو أماكن أو أشـخاص، سواء كانوا أحياءً
أو أمواتاً، هو محض صدفة غير مقصودة.

ISBN: 978-1-96142-033-5

KHAYAT®
PUBLISHING HOUSE

Washington, DC
United States
+1 7712221001
info@khayatpublishing.com
www.khayapublishing.com

ليني تايلور

سَليلةُ الدّخان والعِظام

نقلها إلى العربية

عقبة زيدان

كنان تومه

إلى جاين

...

من أجل عالم جديد كلياً

وزاخر بالإمكانيات

كان يا ما كان

كان هناك ملاك وشيطان وقعا في الحب

ولم ينته الأمر على ما يرام

1

استحالة التخويف

أثناء سيرها إلى المدرسة فوق الحصى المكسوّة بالثلوج، لم يكن لدى كارو أي هواجس مشؤومة حول هذا اليوم. بدا وكأنه مجرد يوم اثنين آخر، عادي لولا أنه كان يوم اثنين حافلاً، ناهيك عن أنه يوم من أيام كانون الثاني/ يناير. الجو بارد، والظلام حالك - ففي عز الشتاء لا تشرق الشمس حتى الثامنة - لكنّه كان يوماً جميلاً أيضاً. تواطأ الثلج المتساقط مع الوقت المبكر ليصبغ براغ بطابع شبحي، مثل صورة فوتوغرافية من نوع تينتايب، فضية وضبابية بالكامل.

على الطريق المحاذي للنهر، كانت عربات الترام والحافلات تهدر مسرعةً في طريقها، لتؤرخ هذا اليوم في القرن الحادي والعشرين، ولكن في الممرات الأكثر هدوءاً، ربما كان الهدوء الشتوي قادماً من زمن آخر. ها هنا الثلج والحجر وضوء الأشباح، وخطى كارو نفسها والبخار المتصاعد من كوب قهوتها على شكل ريشة، وبدت وحيدة وشاردة في أفكارها الدنيوية: المدرسة، والمهمات. كانت تتسلل بين الفينة والأخرى جرعة من المرارة

وأوجاع القلب وتطفو على وجهها، لكنها كانت تدفعها جانباً، مصممة على أن تنتهي من كل ذلك. كانت تمسك بكوب القهوة بيد وتمسك معطفها باليد الأخرى. حقيبة الرسم معلقة على كتفها، وشعرها - المسترسل والطويل والأزرق الطاووسي - يجمع زخارف من رقاقات الثلج.

مجرد يوم آخر.

وبعد ذلك. زمجرة ووقع أقدام متسارعة، ثم أمسك بها أحد ما من الخلف، وجذبها بقوة إلى صدره الرجولي العريض. وبينما كانت اليدان تسحبان وشاحها إلى الخلف، شعرت بأسنان - أسنان - على رقبتها.

وقضم.

وها هو مهاجمها يقضم عنقها.

شعرت بالانزعاج، وحاولت أن تتخلص منه من دون أن تريق قهوتها، لكن بعضاً منها انزلق من فنجانها على أي حال، وسقط على الثلج المتسخ.

قالت: «يا إلهي يا كاز، ابتعد»، وهي تنتفض وتدور لتواجه صديقها السابق. كان ضوء المصباح خافتاً على وجهه الجميل. جمال غبي، هكذا فكرت وهي تدفعه بعيداً. وجه غبي.

سألها: «كيف عرفتِ أنني أنا؟».

«أنت دائماً. ولا ينجح الأمر أبداً».

كان كازيمير يكسب رزقه من القفز على الأشياء من الخلف، وقد أحبطه أنه لم يستطع أبداً أن ينال حتى أقل قدر من إثارة كارو. تذمر قائلاً: «من المستحيل إخافتكِ»، وهو يعبس عبوساً كان يعتقد أنه لا يقاوم. حتى وقت قريب، لم تكن لتقاوم ذلك. كانت ستنهض على أطراف أصابعها وتلعق شفته السفلى المتجعدة برقة، ثم تأخذها بين أسنانها وتثيرها قبل أن تفقد نفسها في قبلة تجعلها تذوب أمامه مثل العسل الذي تدفئه الشمس.

لقد ولّت تلك الأيام.

قالت: «ربما أنتَ لست مخيفاً فحسب»، ومضت في طريقها.

لحق كاز بها وسار إلى جانبها ويداه في جيبيه. «أنا مخيف رغم ذلك. ألا تخيفك الزمجرة؟ العضة؟ أي شخص طبيعي سيصاب بنوبة قلبية. لكن ليس أنتِ التي يجري في عروقك الماء المثلج بدلاً من الدم».

وعندما تجاهلته، أضاف قائلاً: «أنا وجوزيف سنبدأ جولة جديدة. جولة مصاصي الدماء في البلدة القديمة. سوف يستمتع بها السياح كثيراً».

قالت كارو لنفسها إنهما سيفعلان ذلك. لقد دفعوا أموالاً طائلة مقابل «جولات الأشباح» التي كان يقوم بها كاز، والتي تتمثل في أن يتم اقتيادهم عبر ممرات براغ المتشابكة في الظلام، والتوقف في مواقع جرائم القتل المفترضة حتى يتمكن «الأشباح» من القفز من المداخل وجعلهم يصرخون. وقد لعبت هي نفسها دور الشبح في عدة مناسبات، حيث كانت تحمل رأساً ملطخاً بالدماء وتئن، بينما يتحول صراخ السياح إلى ضحك. كان الأمر ممتعاً. كان كاز مسلياً. وهو لم يعد كذلك الآن. قالت وهي تحدق إلى الأمام، بصوت خافت: «حظاً موفقاً في ذلك».

قال كاز: «يمكننا الاستفادة منكِ».

«لا».

«يمكنك أن تلعبي دور مصاصة دماء مشاكسة مثيرة».

«لا».

«إغراء الرجال –».

«لا».

«يمكنك ارتداء عباءتكِ...».

تشنَّجت كارو.

قال كاز بهدوء: «ما زلتِ تملكينها، أليس كذلك يا عزيزتي؟ أجمل شيء رأيته في حياتي، أنتِ مع هذا الحرير الأسود على بشرتك البيضاء–».

«اخرس»، همسَتْ، وتوقفت في منتصف الساحة المالطية. يا إلهي، فكرت. كم كانت غبية لتقع في حب هذا الممثل الشوارعي التافه والجميل، وتتأنق له وتمنحه ذكريات كهذه؟ غبي بشكل مدهش.

غبي منعزل.

رفع كاز يده ليمسح الثلج عن رموشها. قالت: «المسني وسأرمي هذه القهوة في وجهك».

أنزل يده. قال: «رو، رو، يا صديقتي كارو. متى ستتوقفين عن محاربتي؟ لقد قلت إنني آسف».

«كن آسفاً إذاً. فقط كن آسفاً في مكان آخر». كانا يتحدثان باللغة التشيكية، وكانت لهجتها المكتسبة تتطابق تماماً مع لهجته الأصلية.

تنهد، وبدا غاضباً من أن كارو لا تزال ترفض اعتذاراته. لم يكن هذا السيناريو الخاص به. حاول إقناعها قائلاً: «هيا». بدا صوته خشناً وناعماً في الوقت نفسه، مثل مزيج من الحصى والحرير لمغني البلوز. وتابع: «مقدر لنا أن نكون معاً، أنا وأنت».

مقدر. تمنت كارو بصدق ألا يكون كاز هو الشخص «المقدر» لها أن تكون معه. نظرت إليه، كازيمير الجميل الذي كانت ابتسامته تؤثر عليها وكأنها تدعوها، وتجبرها على أن تكون إلى جانبه. وبدا لها هذا المكان رائعاً، وكأن الألوان كانت أكثر إشراقاً، والمشاعر كانت أكثر عمقاً. وقد اكتشفت أنه أيضاً مكان مكتظ، حيث كانت الفتيات الأخريات يشغلنه عندما لم تكن هي تشغله. قالت: «اطلب من سفيتلا أن تكون مصاصة الدماء المشاكسة لك. إنها تتقن دور المشاكسة».

بدا متألماً. قال: «أنا لا أريد سفيتلا. أريدك أنتِ».

«للأسف. أنا لست خياراً».

قال وهو يمد يده نحو يدها: «لا تقولي ذلك».

تراجعت إلى الوراء، وشعرت بوجع في قلبها يتصاعد على الرغم من كل جهودها في العزلة. قالت لنفسها إن الأمر لا يستحق العناء، ولا هو حتى قريب من ذلك. قالت: «هذا هو تعريف المطاردة، أنت تدرك ذلك».

«أنا لا أطاردكِ. أنا ذاهب من هذا الطريق».

قالت كارو: «حسناً». أصبحا على بُعد بضع بيوت من مدرستها الآن. كانت مدرسة الفنون في بوهيميا مدرسة ثانوية خاصة تقع في قصر باروكي وردي اللون حيث اشتهر أثناء الاحتلال النازي بأن قام شابان تشيكيان قوميان بقطع عنق قائد الجستابو وكتبا كلمة حرية بدمه. كان ذلك تمرداً قصيراً وشجاعاً قبل أن يتم القبض عليهما وتعليقهما على حبل المشنقة على بوابة الفناء. الآن كان الطلاب يتحلّقون حول تلك البوابة ذاتها، يدخنون في انتظار الأصدقاء. لكن كاز لم يكن طالباً – إنه في العشرين من عمره، وهو أكبر من كارو بعدة سنوات - ولم تذكر هي أنه يستيقظ من فراشه قط قبل الظهر. قالت: «لماذا أنت مستيقظ حتى؟».

قال: «لقد حصلتُ على وظيفة جديدة، تبدأ في وقت مبكر».

«ماذا، هل تقوم بجولات مصاصي الدماء الصباحية؟».

«ليس هذا. إنه شيء آخر. كشفٌ... من نوع ما». إنه يبتسم ابتسامة عريضة الآن. أرادها أن تسأله عن وظيفته الجديدة.

لم تسأل. وبلا أي اهتمام قالت: «حسناً، استمتع بذلك»، وانصرفت.

ناداها كاز من خلفها: «ألا تريدين أن تعرفي ما هو العمل؟». ما زالت الابتسامة على وجهه، وكان بإمكانها أن تسمعها في صوته. ردّت عليه قائلة: «لا يهمني»، ومرّت عبر البوابة.

***

كان عليها حقاً أن تسأل.

2

كشفٌ من نوع ما

كانت أولى دروس كارو في الرسم الحي، في أيام الإثنين والأربعاء والجمعة. عندما دخلت الاستوديو، وجدت صديقتها زوزانا بالفعل هناك، وقد وضعت حوامل لوحاتهما أمام منصة عرض الموديل. خلعت كارو حقيبتها ومعطفها، وفكّت وشاحها وأعلنت: «أنا مُطاردة».

قوّست زوزانا حاجبيها. إنها بارعة في تقويس الحاجبين، وكانت كارو تحسدها على ذلك. لم يكن حاجباها يتحركان بشكل مستقل عن بعضهما البعض، وهو ما كان يعيق تعبيراتها التي تنمُّ عن الشك والازدراء.

كان بإمكان زوزانا رفع حاجبيها معاً على أكمل وجه، لكن هذه حركة حاجبين أكثر اعتدالاً، مجرد فضول بارد. قالت: «لا تقولي لي إن هذا الغبي حاول إخافتكِ مرة أخرى».

«إنه يمر بمرحلة مصاصي الدماء. لقد عضَّ رقبتي».

تمتمت زوزانا: «يا لهؤلاء الممثلين. أنا أقول لكِ، إنه عليكِ أن تصعقي هذا اللعين. لقّنيه درساً بسبب قيامه بمفاجأة الناس».

«ليس لديّ صاعق كهربائي». لم تضف كارو أنها لم تكن بحاجة إلى صاعق كهربائي؛ إنها أكثر من قادرة على الدفاع عن نفسها من دون استخدام الصعق الكهربائي. لقد تلقّت تدريباً غير عادي.

«حسناً، احصلي على صاعق. بجدية يجب معاقبة السلوك السيئ، بالإضافة إلى أن الأمر سيكون ممتعاً. ألا تظنين ذلك؟ لطالما أردتُ أن أصعق شخصاً ما. زاب!». قلدت زوزانا تشنجات من يُتعرض للصعق.

هزت كارو رأسها. قالت: «لا، أيتها العنيفة الصغيرة، لا أعتقد أن الأمر سيكون ممتعاً. أنت فظيعة».

قالت: «أنا لستُ فظيعة. كاز هو الفظيع. قولي لي إنني لستُ بحاجة إلى تذكيركِ». رمقت كارو بنظرة حادة، وتابعت: «قولي لي إنكِ تفكرين حتى في مسامحته».

قالت كارو: «لا. لكن حاولي أن تجعليه يصدِّق ذلك». لم يستطع كاز أن يتخيل أي فتاة تحرم نفسها عمداً من سحره. وماذا فعلت هي سوى تعزيز غروره في تلك الشهور التي قضياها معاً، وهي تحدق فيه بعينين متلألئتين، وتمنحانه... كل شيء؟ لقد كان تودّده إليها الآن، كما تعتقد، من باب الفخر، ليثبت لنفسه أنه يستطيع أن يحصل على من يريد، وأن الأمر يعود إليه.

ربما كانت زوزانا على حق. ربما يجب أن تصعقه.

أمرتها زوزانا قائلة: «كراسة الرسم»، وهي تمدّ يدها مثل الجراح الذي يريد المشرط.

كانت صديقة كارو المفضلة متسلّطة مقارنة بحجمها. طولها لا يتجاوز خمسة أقدام وهي ترتدي حذاءً بكعب عالٍ، بينما طول كارو خمسة أقدام وست بوصات، ولكنها بدت أطول مثل راقصات الباليه، بأعناقهن الطويلة وأطرافهن الممشوقة. لم تكن راقصة باليه، لكنها كانت تمتلك مظهرهن، سواء من حيث الشكل أو الزيّ. لم يكن لدى الكثير من راقصات الباليه شعر

أزرق لامع أو مجموعة من الوشوم على أطرافهن، وكانت كارو تمتلك كليهما الوشمان الوحيدان الظاهران عندما أخرجت كراسة الرسم الخاصة بها وسلمتها لها، هما الوشمان الموجودان على معصميها مثل إسوارتين - كلمة واحدة على كل منهما: «حقيقة» و«قصة».

وبينما كانت زوزانا تأخذ الدفتر، تجمّع تلميذان آخران، بافل ودينا، لإلقاء نظرة من فوق كتفها. كراسات رسم كارو تحظى بشعبية كبيرة في المدرسة، ويتم تداولها والتعجب منها يومياً. كان هذا الدفتر - رقم اثنين وتسعين في سلسلة طويلة - مغلقاً بأربطة مطاطية، وبمجرد أن فكّته زوزانا انفتح، وكانت كل صفحة منه مغطاة بطبقة من الجص والطلاء، إلى درجة أن الغلاف بالكاد احتواها. وبينما كان ينفتح، بدت شخصيات كارو المميزة تتمايل على الصفحات، وقد تم رسمها بشكل رائع وغريب للغاية.

كانت هناك إيسا، وهي ثعبان من الخصر إلى الأسفل وامرأة من الخصر إلى الأعلى، مع ثديين كرويين عاريين، ونقوش الكاما سوترا، وغطاء رأس وأنياب كوبرا، ووجه ملاك.

تويغا ذو عنق الزرافة، منحنٍ إلى الأمام، وكأس المجوهرات ملتصق في إحدى عينيه المحملقتين.

ظهرت ياسري، ذات المنقار الببغائي والعينين الآدميتين، والتي أفلتت من منديلها خصلة من الشعر البرتقالي المجعّد، تحمل طبقاً من الفاكهة وإبريقاً من النبيذ.

وبريمستون، بالطبع - هو نجم كراسات الرسم. وقد ظهر هنا مع كيشميش الراقد على ثنية أحد قرنيه الكبشيين الضخمين. في القصص الخيالية التي كانت ترويها كارو في كراسات الرسم، كان بريمستون يتعامل مع الأمنيات. وأحياناً تطلق عليه لقب «تاجر الأمنيات»، وأحياناً أخرى لقب «المتذمّر».

إنها ترسم هذه المخلوقات منذ أن كانت طفلة صغيرة، وكان أصدقاؤها يميلون إلى الحديث عنها وكأنها مخلوقات حقيقية. سألت زوزانا: «ماذا الذي كان يخطط له بريمستون في نهاية هذا الأسبوع؟».

قالت كارو: «ما يفعله عادة. شراء الأسنان من القتلة. لقد حصل على بعض أسنان تماسيح النيل بالأمس من هذا الصياد الصومالي الفظيع، لكن الأحمق حاول سرقته فخنقه بطوق الثعبان الذي كان يرتديه. إنه محظوظ لبقائه على قيد الحياة».

وجدت زوزانا القصة مرسومة في الصفحات الأخيرة من الكتاب: الصومالي، وعيناه تتدحرجان إلى الوراء في رأسه بينما كان الثعبان الرفيع حول عنقه يلتف بإحكام وكأنه يخنقه. توجب على البشر، كما أوضحت كارو من قبل، أن يقبلوا بوضع أحد ثعابين إيسا حول أعناقهم قبل أن يتمكنوا من دخول متجر بريمستون. وبهذه الطريقة، إذا حاولوا القيام بأي شيء مريب، فسيكون من السهل إخضاعهم - عن طريق الخنق، الذي لم يكن مميتاً دائماً، أو عن طريق عضة في الحنجرة إذا لزم الأمر، وهو ما سيؤدي إلى الموت.

تساءلت زوزانا وعلى وجهها علامات الغيرة والتعجب: «كيف تختلقين هذه الأشياء، أيتها المجنونة؟».

«من قال إنني أختلقها؟ أنا أقول لك دائماً، إن كل شيء حقيقي».

«آه-هاه. وهل ينمو شعركِ من رأسك بهذا اللون أيضاً».

قالت كارو وهي تمرر خصلة زرقاء طويلة من بين أصابعها: «ماذا؟ إنه كذلك تماماً».

«حسناً». هزت كارو كتفيها وجمعت شعرها للخلف في لفافة فوضوية، وغرزت فرشاة الرسم فيه لتثبيته عند مؤخرة عنقها. في الواقع، كان شعرها ينمو بالفعل من رأسها بهذا اللون، نقياً مثل اللون اللازوردي الناصع في

أنبوب الألوان، لكن تلك كانت حقيقة قالتها بابتسامة وكأنها تتكلم بسخرية. على مر السنين اكتشفت أن هذا هو كل ما يتطلبه الأمر، تلك الابتسامة الكسولة، وأصبح بإمكانها أن تقول الحقيقة من دون المخاطرة بأن يصدقها أحد. وذلك أسهل من تتبع الأكاذيب، وهكذا أصبح ذلك جزءاً من شخصيتها: كارو بابتسامتها الساخرة ومخيلتها المجنونة.

في الواقع، لم تكن مخيلتها هي المجنونة. لقد كانت حياتها - الشعر الأزرق، وبريمستون وكل شيء.

أعطت زوزانا الدفتر لبافل، التي بدأت تقلِّب الصفحات في دفتر الرسم الخاص بها ذي الحجم الكبير، بحثاً عن صفحة جديدة. قالت: «أتساءل من هو الموديل الذي سيتم رسمه اليوم».

قالت كارو: «ربما فيكتور. لم نره منذ فترة».

«أعرف. آمل أن يكون قد مات».

«زوزانا!».

«ماذا؟ عمره ثمانية ملايين عام. يمكننا أن نرسم هيكلاً عظمياً تشريحياً بدلاً من ذلك الهيكل العظمي المخيف».

كان هناك حوالي عشرة موديلات من الذكور والإناث، من جميع الأشكال والأعمار، يتناوبون على الصف. إنهم يتنوعون بين السيدة سفوبودنيك الضخمة، التي بدا جسدها أقرب إلى المناظر الطبيعية، إلى إليسكا الجنية بخصرها النحيل المفضل لدى الطلاب الذكور. كان فيكتور العجوز هو الأقل تفضيلاً لدى زوزانا. وتزعم أنها كانت تعاني من الكوابيس كلما اضطرت إلى رسمه.

قالت وهي ترتجف: «يبدو وكأنه مومياء غير مغطاة. أسألكِ، هل التحديق في رجل عجوز عارٍ هو طريقة لبدء اليوم؟».

قالت كارو: «أفضل من أن يهاجمكِ مصاص دماء».

في الواقع، لم تمانع من رسم فيكتور، لسبب واحد، وهو أنه قصير النظر إلى درجة أنه لم يكن يتواصل بصرياً مع الطلاب، وهو ما بدا ميزة إضافية. بغض النظر أنها كانت ترسم العراة منذ سنوات؛ ومع ذلك لا تزال تجد الأمر مزعجاً، وهي ترسم أحد العارضين الذكور الأصغر سناً، وتتأمل قضيبه – وهو تأمل ضروري؛ إذ لا يمكن ترك المنطقة فارغة تماماً – وتجده يحدق فيها.

كانت كارو تشعر بلهيب في خديها في العديد من المناسبات، وكانت تتوارى خلف حامل اللوحة.

وقد اتضح أن تلك المناسبات، على وشك أن تتلاشى إلى حدٍ لا يُذكر مقارنةً بما يحدث اليوم.

كانت تشحذ قلم رصاص بشفرة حلاقة عندما صاحت زوزانا بصوت غريب ومختنق: «يا إلهي، كارو!».

وقبل أن تنظر إلى الأعلى، عرفت الأمر. كشفٌ من نوع ما، هذا ما قاله. أوه، يا له من ذكي. رفعت بصرها عن قلمها ورأت كاز يقف بجانب البروفيسورة فيالا. إنه حافي القدمين ويرتدي رداءً، وكان شعره الذهبي، الذي يصل إلى الكتفين والذي كان قبل دقائق من ذلك يتموج مع الرياح ويتلألأ برقائق الثلج، منسدلاً على شكل ذيل حصان. وجهه مزيج مثالي من الملامح السلافية والشهوانية الناعمة: عظام وجنتيه التي ربما تكون قد صُنعت بواسطة مخرطة قاطع ألماس، وشفتاه اللتان ترغب في لمسهما بأطراف أصابعك لترى ما إذا كانتا تشبهان المخمل. وهما، كما عرفت كارو، بدتا كذلك. إنهما شفتان لعينتان.

سرت الهمهمات في أرجاء الغرفة. موديل جديد، يا إلهي، رائع... همهمة واحدة قطعت الهمهمات الأخرى: «أليس هذا صديق كارو؟». السابق، أرادت أن تصرخ. السابق جداً جداً جداً.

«أعتقد أنه هو. انظروا إليه...».

كانت كارو تنظر إليه، ووجهها متجمد، فيما تأمل أن يكون قناعاً من الهدوء الثابت. أمرت نفسها: لا تحمري خجلاً. لا تحمري خجلاً. نظر كاز إليها مباشرةً، بابتسامة تزيّن أحد خديه، وبعينين ناعستين ومبتهجتين. وعندما تأكد من أنه استحوذ على نظراتها، امتلك الجرأة ليغمزها.

وانفجرت ضحكات صاخبة حول كارو.

قالت زوزانا: «أوه، الوغد الشرير...».

صعد كاز إلى منصة العارض. ونظر مباشرة إلى كارو وهو يفكّ أربطة ردائه؛ ونظر إليها وهو يخلع الرداء. وبعد ذلك وقف صديق كارو السابق أمام صفها بأكمله، جميل كالحسرة، عارياً كداود. وبدا على صدره، فوق قلبه مباشرة، وشم جديد.

لقد كان الوشم حرف K بخط متقن.

واندلعت موجة أخرى من الضحكات. لم يعرف الطلاب إلى من ينظرون، إلى كارو أو إلى كازيمير، فكانوا ينقلون بصرهم بين الاثنين، في انتظار أن تتكشف الدراما. «اهدأوا!» أمرت البروفيسورة فيالا، مندهشة، وصفقت بيديها معاً إلى أن اختفت الضحكات. ثم احمرّ خدا كارو. لم تستطع إخفاء ذلك. في البداية ارتفعت حرارة صدرها وعنقها، ثم وجهها. تركزت عينا كاز عليها طوال الوقت، وتعمّقت غمازته عندما رآها مرتبكة.

قالت فيالا: «دقيقة واحدة من فضلكَ يا كازيمير».

اتخذ كاز أول وضعية له. إنها وضعية ديناميكية، كما كان من المفترض أن تكون وضعيات الدقيقة الواحدة - الجذع الملتوي والعضلات المشدودة والأطراف الممدودة في محاكاة الحركة. رسومات الإحماء هذه تتمحور حول الحركة والخطوط الرخوة، وانتهز كاز الفرصة للتباهي بنفسه. اعتقدت كارو أنها لم تسمع الكثير من حفيف أقلام الرصاص على الورق. هل كانت الفتيات الأخريات في الفصل يحدقن بغباء، كما كانت هي تحدق؟

طأطأت رأسها، وتناولت قلمها الحاد - وهي تفكر في استخدامات أخرى ستقوم بها بسعادة - وبدأت في الرسم. خطوط سريعة وانسيابية، ورسمت جميع الرسومات في صفحة واحدة؛ وقامت بتجميعها حتى بدت وكأنها رسم توضيحي للرقص.

بدا كاز رشيقاً. أمضى وقتاً كافياً في النظر في المرآة إلى درجة أنه كان يعرف كيف يستخدم جسده للتأثير. جسده هو أداته، كما كان يقول. إلى جانب الصوت، كان الجسد أداة الممثل. حسناً، بدا كاز ممثلاً رديئاً - وهذا هو السبب في أنه كان يقوم بجولات الأشباح وإنتاج مسرحية فاوست بميزانية منخفضة من حين إلى آخر - لكنه كان موديلاً رائعاً للفنانين، وكارو تدرك، ذلك بعد أن رسمته عدة مرات من قبل.

جسده يذكّر كارو، منذ المرة الأولى التي رأته فيها... عارياً... بأعمال مايكل أنجلو. وعلى عكس بعض فناني عصر النهضة، الذين كانوا يفضلون النماذج النحيفة الرشيقة، كان مايكل أنجلو قد اختار القوة، فرسم عمال المحاجر عريضي الأكتاف، وتمكن بطريقة ما من جعلهم حسيين وأنيقين في الوقت نفسه. وهكذا بدا كاز: حسياً وأنيقاً.

ومخادعاً، ونرجسياً. وبصراحة، كان غبياً نوعاً ما.

همست الفتاة البريطانية هيلين بحدة محاولةً لفت انتباهها: «كارو! هل هذا هو؟».

لم تعرها كارو انتباهاً. كانت ترسم وتتظاهر بأن كل شيء طبيعي. مجرد يوم آخر في الفصل. وإذا كان لدى الموديل غمازة وقحة ولم يرفع عينيه عنها، فقد تجاهلت ذلك قدر استطاعتها.

عندما رن جرس المؤقت، جمع كاز رداءه بهدوء وارتداه. تمنت كارو ألا يخطر بباله أن لديه الحرية في التجول في الاستوديو. أرادت أن تقول له ابقَ في مكانك. لكنه لم يفعل. لقد سار نحوها.

قالت زوزانا: «مرحباً أيها الأحمق. محتشم كثيراً؟».

متجاهلاً إياها، سأل كارو: «هل أعجبك وشمي الجديد؟».

وقف الطلاب كي يستريحوا، ولكن بدلاً من أن يتفرقوا للتدخين أو الذهاب إلى الحمام، كانوا يحومون بشكل عفوي على مرمى البصر.

قالت كارو وهي تبقي صوتها خفيفاً: «بالتأكيد. K هو أول حرف من كازيمير، أليس كذلك؟». «فتاة مضحكة. أنتِ تعرفين ما الغرض منه».

قالت متأملة في وضعية المفكر: «حسناً، أعرف أن هناك شخصاً واحداً فقط تحبه حقاً، واسمه يبدأ بحرف K. لكن يمكنني التفكير في مكان للوشم أفضل من قلبك». أمسكت بقلمها الرصاص، وفي آخر رسم لها لكاز، نقشت حرف K فوق مؤخرته المنحوتة بشكل أنموذجي.

ضحكت زوزانا وانقبض فك كاز. مثل معظم الناس المغرورين، كان يكره أن يسخر منه أحد. سأل: «لست الوحيد الذي لديه وشم، أليس كذلك يا كارو؟». نظر إلى زوزانا، وقال: «هل أطلعتكِ عليه؟».

منحت زوزانا كارو الحركة المريبة لقوس الحاجب.

كذبت كارو بصوت هادئ: «لا أعرف ما الذي تقصده. لدي الكثير من الوشوم». وللتدليل على ذلك، لم تبرز الحقيقة أو القصة، أو الثعبان الملتف حول كاحلها، أو أي من أعمالها الفنية الأخرى المخفية. وبدلاً من ذلك، رفعت يديها أمام وجهها، وراحتا كفيها إلى الخارج. وبدا في وسط كل منهما عين موشومة باللون النيلي الغامق، مما حوّل يديها في الواقع إلى الهامسا[1]، تلك الرموز القديمة للحماية من العين الشريرة.

---

1. Hamsa تميمة على شكل كف تتوسطه عين، تحظى بأهمية روحية في العديد من الثقافات. في هذه القصة، اكتسبت قدرات خارقة، متجاوزة رمزيتها التقليدية لتندمج في عالم الخيال والسحر. تعني بالعربية «خمسة»، إشارة إلى أصابع اليد اليمنى.

يشتهر وشم الكف بأنه يبهت، لكن وشم كارو لم يبهت أبداً. لديها هاتان العينان منذ أن كانت قادرة على التذكر؛ وكل ما تعرفه عن أصلهما، هو أنها ربما ولدت بهما.

قال كاز: «ليست هذه. أقصد كلمة كازيمير، الموشومة فوق قلبكِ مباشرة».

«ليس لديّ وشم كهذا». حاولت بألا تبدو حائرة، وفكت الأزرار القليلة العلوية من سترتها. كان تحتها قميص قصير، وأنزلته بضع بوصات كاشفة لتثبت أنه لا يوجد بالفعل وشم فوق صدرها. بدا الجلد هناك أبيض كالحليب رمش كاز بعينيه. قال: «ماذا؟ كيف؟».

قالت زوزانا: «تعالي معي»، وأمسكت بيد كارو وسحبتها بعيداً. وبينما كانتا تتجولان بين حوامل الرسم، تركزت كل العيون على كارو مشعّة بالفضول. همست هيلين باللغة الإنجليزية: «كارو، هل انفصلتما؟»، لكن زوزانا رفعت يدها في إشارة صارمة وأسكتتها، وجرّت كارو إلى خارج الاستوديو إلى حمام الفتيات. وهناك، وهي لا تزال مقوسة الحاجبين، سألت: «ماذا كان ذلك بحق الجحيم؟».

«ماذا؟».

«ماذا؟ لقد أثرتِ الصبي عملياً».

«من فضلك أنا لم أثره جنسياً».

«لا يهم. ما هذا الوشم فوق قلبك؟».

«لقد أريتك للتو. لا يوجد شيء هناك». لم ترَ سبباً لإضافة أنه كان هناك شيء ما؛ فضّلت التظاهر بأنها لم تكن بهذا الغباء. بالإضافة إلى أن شرح كيفية تخلصها منه، لم يكن خياراً مطروحاً.

«حسناً، جيد. آخر شيء تحتاجينه هو اسم ذلك الأحمق على جسدك. هل تصدقينه؟ هل يعتقد أنه إذا قام بعرض أعضائه الصبيانية عليك التي

تشبه دمية القطة، سوف تهرعين مسرعة خلفه؟».

قالت كارو: «بالطبع هو يعتقد ذلك. هذه هي فكرته عن المبادرة الرومانسية».

«كل ما عليك فعله هو إخبار فيالا بأنه يطاردكِ، وسوف تطرده».

فكرت كارو في ذلك، لكنها هزت رأسها. بالتأكيد بإمكانها أن تجد طريقة أفضل لإخراج كاز من فصلها ومن حياتها. كانت لديها وسائل تحت تصرفها لا يملكها معظم الناس. لقد فكرت في شيء ما.

قالت زوزانا: «لكن الصبي ليس سيئاً للرسم»، وذهبت إلى المرآة وأنزلت خصلات من شعرها الداكن على جبهتها، وتابعت: «يجب أن أعترف له بذلك».

«نعم. من المؤسف أنه أحمق عملاق».

ووافقتها زوزانا الرأي قائلةً: «ثقب أحمق وعملاق».

«شقّ يمشي ويتحدث». ضحكت زوزانا: «شقّ. أحب ذلك».

خطرت فكرة لكارو، وارتسمت على وجهها ابتسامة شريرة خافتة.

سألت زوزانا عندما رأت ذلك: «ماذا؟».

«لا شيء. من الأفضل أن نعود إلى هناك».

«هل أنت متأكدة؟ ليس عليك ذلك».

أومأت كارو برأسها وقالت: «لا شيء مهم».

حصل كاز على كل الرضا الذي كان سيحصل عليه من هذه الحيلة اللطيفة. لقد جاء دورها الآن. عندما عادت إلى الاستوديو، مدت يدها ولمست القلادة التي ترتديها، وهي عبارة عن حلقة متعددة الخيوط من الخرز التجاري الأفريقي بكل الألوان. على الأقل كانت تبدو وكأنها خرزات تجارية أفريقية. كانت أكثر من ذلك. لم تكن أكثر من ذلك بكثير، لكنها بدت كافية لما خططت له كارو.

3

شقّ

طلبت البروفيسورة فيالا من كاز أن يتّخذ وضعية الاستلقاء لبقية الحصة، فاستلقى على الأريكة بطريقة إن لم تكن فاسقة تماماً، فهي بالتأكيد مثيرة جداً، وكانت ركبتاه مائلتين بعض الشيء، وابتسامته تقترب من ابتسامة الدعوة إلى غرفة النوم. لم تكن هناك غمغمات هذه المرة، لكن كارو تخيلت موجة من الحرارة في الجو، وكأن الفتيات في قاعة الصف – وواحد من الأولاد على الأقل - كانوا بحاجة إلى تهوية أنفسهم. هي نفسها لم تتأثر. هذه المرة عندما نظر إليها كاز من تحت الجفون الناعسة، واجهت نظراته مباشرة.

بدأت في الرسم وبذلت قصارى جهدها، معتقدةً أنه من المناسب، بما أن علاقتهما بدأت برسمة، فيجب أن تنتهي برسمة أيضاً.

كان يجلس على بعد طاولتين في موستاش[2] بار في المرة الأولى التي رأته فيها. يعلو فمه شاربان ملتفان كشاربي رجل شرير، وهو ما بدا

<hr>

2. موستاش: شوارب.

وكأنه نذير شؤم الآن، لكنه موستاش بار في النهاية. لدى الجميع شوارب - وضعت كارو شاربي فو مانشو الذي حصلت عليهما من آلة البيع. كانت قد ألصقت كلا الشاربين في كراسة الرسم في وقت لاحق من تلك الليلة - كراسة الرسم رقم تسعين – والنتوء الناجم عن وضع الشاربين في الكراسة، جعل من السهل تحديد الصفحة التي بدأت فيها قصتها مع كاز بالضبط.

كان يشرب البيرة مع أصدقائه، ورسمته كارو التي لم تستطع أن ترفع عينيها عنه. إنها ترسم دائماً، ليس فقط بريمستون والمخلوقات الأخرى من حياتها السرية، بل مشاهد وأشخاصاً من الحياة اليومية. الصقارون وموسيقيو الشوارع، والكهنة الأرثوذكس بلحاهم التي تصل إلى بطونهم، والفتى الجميل في بعض الأحيان.

وعادة ما كانت تنجح في ذلك، ولم يكن الأشخاص ينتبهون إلى أنها كانت ترسمهم، ولكن هذه المرة لفت نظرها الفتى الجميل، وما لبثت أن لاحظت أنه كان يبتسم تحت شاربه المزيف ويقترب منها.

كم كان يشعر بالإطراء عندما رسمته! لقد عرض رسمها على أصدقائه، وأمسك بيدها ليحثها على الانضمام إليهم، وظل ممسكاً بها وأصابعه متشابكة مع أصابعها حتى بعد أن جلست على طاولته. كانت تلك هي البداية: هي تعشق جماله، وهو يستمتع بذلك. وهكذا استمر الأمر على هذا الحال تقريباً.

بالطبع، ظل يقول لها طوال الوقت إنها جميلة أيضاً. لو لم تكن كذلك، فمن المؤكد أنه لم يكن ليأتي للتحدث معها في المقام الأول. كاز لم يكن يبحث عن الجمال الداخلي. كانت كارو، ببساطة، جميلة، ناعمة وطويلة القامة، بشعر أزرق لازوردي طويل وعينين كعيني نجم سينمائي في الأفلام الصامتة، تتحرك كقصيدة وتبتسم كأبي الهول. إلى جانب أنها جميلة، بدا وجهها ينبض بالحياة، ونظراتها متألقة ومشعة دائماً، وكانت لها طريقة

تشبه الطيور في تحريك رأسها، وشفتاها مضمومتان بينما تتراقص عيناها الداكنتان اللتان تضمران الكثير من الأسرار والألغاز.

كانت كارو فتاة غامضة. لم تحظَ بعائلة معروفة، ولم تتحدث أبداً عن نفسها، وهي خبيرة في التهرب من الأسئلة - فبالنسبة إلى كل ما يعرفه أصدقاؤها عن خلفيتها، ربما تكون قد انبثقت كاملة من رأس زيوس. وكانت مدهشة للغاية. كانت تخرج من جيوبها دائماً أشياء غريبة: عملات برونزية قديمة، وأسنان، ونمور اليشم الصغيرة التي لا يزيد حجمها عن ظفر إبهامها. وقد تكشف، أثناء مساومتها على نظارات شمسية مع بائع متجول أفريقي، أنها تتحدث لغة اليوروبا[3] بطلاقة. وذات مرة، نزع عنها كاز ملابسها ليكتشف سكيناً مخبأة في حذائها. هناك مسألة استحالة تخويفها، وبالطبع لديها هناك ندوب على بطنها: ثلاثة شقوق لامعة لا يمكن أن تكون سوى آثار طلقات نارية.

«من أنتِ؟». كان كاز يسأل أحياناً وهو مسحور، فتجيبه كارو بحزن: «أنا حقاً لا أعرف».

لأنها لم تكن تعرف حقاً.

بدأت ترسم بسرعة الآن، ولم تخجل من مواجهة عيني كاز وهي تنظر إلى أعلى وأسفل بين الموديل والرسم. أرادت أن ترى وجهه. أرادت أن ترى اللحظة التي تغيرت فيها تعابير وجهه. ولم ترفع يدها اليسرى - وهي تواصل الرسم بيدها اليمنى - إلى خرزات قلادتها إلا بعد أن التقطت وضعيته. أخذت واحدة وأمسكت بها بين إبهامها وسبّابتها.

ثم تمنَّت أمنية. كانت أمنية صغيرة جداً. هذه الخرزات مجرد سكوبيات[4] في النهاية. مثل المال، كانت الأمنيات تأتي في فئات، والسكوبيات مجرد

---

3. يويوربا: لغة جنوب غرب نيجيريا وأجزاء من بنين وتوغو.
4. عملات سحرية على شكل خرزات، كمفردها سكوبي.

بنسات. وأقل حتى من البنسات، لأنه على عكس العملات المعدنية، لا يمكن مضاعفة الأمنيات. يمكنك جمع البنسات لتحصل على دولارات، لكن السكوبيات مجرد خرزات، وخيوط كاملة منها، مثل هذه القلادة، لن تضيف أبداً ما يصل إلى أمنية أكثر قوة، فقط الكثير من الأمنيات الصغيرة جداً وغير المفيدة تقريباً.

على سبيل المثال، تمني أشياء مثل الحكة. تمنت كارو أن يشعر كاز بالحكة، واختفت الخرزة من بين أصابعها. تلاشت وتبخرت. لم يسبق لها أن تمنت حكة من قبل، لذا، وللتأكد من أن الأمر سينجح، بدأت بمكان لن يخجل من حكه: مرفقه. ومن المؤكد أنه ضغط مرفقه بشكل عرضي على وسادة من دون أن يغيّر من وضعيته. ابتسمت كارو لنفسها وواصلت الرسم. وبعد ثوانٍ قليلة، أخذت خرزة أخرى بين أصابعها وتمنت حكة أخرى، وهذه المرة لأنف كاز. اختفت خرزة أخرى، وقصرت القلادة بشكل غير محسوس، وارتعش وجهه. قاوم الحركة لبضع ثوانٍ، لكنه استسلم بعد ذلك وفرك أنفه بسرعة بظهر يده قبل أن يستعيد وضعيته. اختفى تعبير غرفة النوم، لم تستطع كارو أن تمنع نفسها من ملاحظة ذلك. كان عليها أن تعضّ على شفتها لمنع ابتسامتها من الاتساع.

قالت لنفسها: أوه، يا كازيمير، لم يكن عليكَ أن تأتي إلى هنا اليوم. كان عليكَ حقاً أن تنام.

وتمنّت الحكّة التالية في المكان الخفي من خطتها الشريرة، والتقت بعيني كاز في اللحظة التي أصابته فيها الحكة. تجعّد جبينه بتوتر مفاجئ. أومأت برأسها قليلاً وكأنها تستفسر: هل هناك خطب ما يا عزيزي؟

كانت هناك حكة لا يمكن القيام بها أمام العلن. شحب لون كاز. وتحرك وركاه؛ لم يتمكن من البقاء ثابتاً في مكانه. منحته كارو فترة راحة قصيرة واستمرت في الرسم. وبمجرد أن بدأ في الاسترخاء و... ارتاح ...

ضربته بأمنية أخرى، واضطرت إلى كتم ضحكة عندما أصبح وجهه متصلباً.

اختفت خرزة أخرى من بين أصابعها.

ثم رمته بأمنية أخرى.

قالت لنفسها: هذا ليس من أجل هذا اليوم فقط. إنه من أجل كل شيء. من أجل وجع القلب الذي ما زالت تشعر به وكأنه لكمة في الأمعاء في كل مرة تضربها في لحظات غير متوقعة؛ من أجل الأكاذيب المبتسمة والصور الذهنية التي لم تستطع التخلص منها؛ من أجل العار الذي لحق بها لكونها كانت ساذجة للغاية.

من أجل الشعور بالوحدة الذي يزداد سوءاً عندما تعود إليه بعد فترة راحة - مثل نسخة روح ترتدي ثوب سباحة مبلل، رطب وبائس.

وهذا، فكرت كارو، الذي لم يعد مبهجاً بعد الآن، هو من أجل ما لا يمكن استرجاعه. من أجل عذريتها.

في تلك المرة الأولى، وهي تلبس رداء أسود ولا شيء تحته، شعرت بأنها ناضجة جداً - مثل الفتاتين التشيكيتين اللتين كان كاز وجوزيف يتسكعان معهما، الجميلتين السلافيتين الرائعتين اللتين تحملان اسمي سفيتلا وفرانتيسكا، اللتين بدتا وكأن لا شيء يمكن أن يصدمهما أو يضحكهما. هل أرادت حقاً أن تكون مثلهما؟ لقد تظاهرت بذلك، ولعبت دور الفتاة - المرأة - التي لم تكن تهتم. تعاملت مع عذريتها وكأنها مصيدة للطفولة، ثم فُقدت

لم تكن تتوقع أن تكون نادمة، وفي البداية لم تكن كذلك. لم يكن الفعل في حدِّ ذاته مخيباً للآمال ولا سحرياً؛ بل كان كما هو: تقارباً جديداً، سراً مشتركاً.

أو هكذا اعتقدت.

قال جوزيف صديق كاز في المرة التالية التي رآته فيها: «تبدين مختلفة يا كارو. هل أنت... متألقة؟».

لكمه كاز على كتفه لإسكاته، وبدا خجولاً ومتعجرفاً في آنٍ واحد، وعرفت كارو أنه أخبره بذلك، وأخبر الفتيات حتى. لقد تجعدت شفاههن الياقوتية دليلاً على معرفتهن. حتى إن سفيتلا - التي ضبطتها معه لاحقاً - أدلت بتعليق مباشر حول عودة موضة العباءات، وتغير لون كاز قليلاً ونظر بعيداً، وكانت تلك الإشارة الوحيدة التي تدل على أنه كان يعرف أنه أخطأ.

حتى إن كارو لم تخبر زوزانا عن ذلك أبداً، في البداية لأن الأمر كان يخصها ويخص كاز وحدهما، ثم لاحقاً لأنها شعرت بالخجل. لم تخبر أحداً، لكن بريمستون، بطريقته الغامضة في معرفة الأشياء، خمَّن ذلك، وانتهز الفرصة ليلقي محاضرة نادرة عليها.

كان ذلك مثيراً للاهتمام.

كان صوت تاجر الأمنيات عميقاً جداً، إلى درجة أنه بدا كظلِّ صوت: صوت خافت قابع في أدنى درجات السمع. قال: «لا أعرف الكثير من القواعد التي يجب أن أعيش بها. لكن إليك واحدة. إنها بسيطة. لا تضعي أي شيء غير ضروري في داخلكِ. لا سموم أو مواد كيميائية، لا أبخرة أو دخان أو كحوليات، لا أدوات حادة، لا إبر غير ضرورية - مخدرات أو وشم - و... لا أعضاء ذكرية غير ضرورية أيضاً».

«أعضاء ذكرية غير ضرورية؟» كررت كارو العبارة بسرور على الرغم من حزنها. «هل هناك شيء اسمه عضو ذكري غير ضروري؟».

أجاب: «عندما يأتي شخص مهم ستعرفين. توقفي عن إهدار نفسك يا صغيرتي. انتظري الحب».

«الحب». تبخرت فرحتها. كانت تظن أن هذا هو الحب.

سابقاً وعدها بريمستون قائلاً: «سيأتي، وستعرفين ذلك»، وكانت ترغب بقوة في تصديقه. لقد كان لا يزال على قيد الحياة منذ مئات السنين، أليس كذلك؟ لم تفكر كارو من قبل في بريمستون والحب - بالنظر إليه، لم يكن

يبدو مرشحاً لذلك - لكنها أمِلتْ أنه خلال قرون حياته التي عاشها قد اكتسب بعض الحكمة، وأنه كان محقاً بشأنها.

لأنه، من بين كل الأشياء في العالم، كان هذا هو شغفها الوحيد: الحب. وهي بالتأكيد لم تحصل عليه من كاز.

لقد انكسر طرف قلمها الرصاص، حيث كانت تضغط بشدة وهي ترسم، وفي نفس اللحظة تحولت نوبة الغضب إلى وابل سريع من الحكة التي أدت إلى تقصير قلادتها وجعلت كاز يندفع خارج منصة الموديل. تركت كارو قلادتها وراقبته. كان قد وصل بالفعل إلى الباب، حاملاً رداءه بيده، واندفع إلى الخارج، وهو لا يزال عارياً في عجلة من أمره للهروب وإيجاد مكان يمكنه فيه التخلص من بؤسه المهين. أُغلق الباب، وبقيت المجموعة تنظر إلى الأريكة الفارغة. كانت البروفيسورة فيالا تنظر من فوق حافة نظارتها إلى الباب، وشعرت كارو بالخجل من نفسها.

ربما بدا ذلك أكثر مما ينبغي. سألت زوزانا: «ما خطب ذلك الأحمق؟»

قالت كارو: «ليست لدي أية فكرة»، ونظرت إلى الأسفل إلى رسمها. رسمت على الورقة كاز بكل شهوانيته وأناقته، يبدو وكأنه ينتظر حبيبة لتأتي إليه. كان يمكن أن يكون رسماً جيداً، لكنها أفسدته. لقد أظلم خطها وفقد كل دقة في الرسم، وانتهى أخيراً بخربشة فوضوية طمست عضوه الذكري... غير الضروري. تساءلت عن رأي بريمستون فيها الآن. لقد كان يوبخها دائماً على الاستخدام غير الحكيم للأمنيات - وآخرها تلك التي جعلت حاجبي سفيتلا يصبحا ثخينين بين عشية وضحاها حتى بدا الحاجبان مثل يرقتين، وعادا لينموا مرة أخرى في اللحظة التي تم فيها نتفهما.

قال: «كان يتم إحراق النساء على الوتد بسبب أشياء أقل من ذلك يا كارو».

لحسن حظي، فكرتْ، أن هذه ليست العصور الوسطى.

4

مطعم الزهرمان

ظلت بقية اليوم الدراسي هادئة. فترة مزدوجة من حصة الكيمياء ومختبر الألوان، تليها حصة الرسم الاحترافي والغداء، وبعد ذلك ذهبت زوزانا إلى حصة مسرح العرائس وكارو إلى حصة الرسم، وكلتا الحصتين تستغرقان ثلاث ساعات في الاستديو، ما أدخلهما في نفس ظلام الشتاء الدامس الذي وصلتا به في ذلك الصباح.

استفسرت زوزانا عندما خرجتا من الباب، وقالت: «مطعم الزهرمان؟».

قالت كارو: «هل يجب أن تسألي؟ أنا جائعة».

أحنتا رأسيهما في مواجهة الرياح الجليدية واتجهتا نحو النهر.

كانت شوارع براغ فانتازيا لم يمسسها القرن الحادي والعشرون - أو القرن العشرون أو التاسع عشر. إنها مدينة الخيميائيين والحالمين، وكانت تطأ شوارعها المرصوفة بالحصى في القرون الوسطى أقدام العفاريت والصوفيين والجيوش الغازية. المنازل الشاهقة تتوهج باللون الذهبي

والقرمزي والأزرق الفاتح، وتزينها أعمال الجص على طراز الروكوكو، وتتوجها أسقف من اللون الأحمر الموحد. بدت القباب الباروكية خضراء ناعمة من النحاس العتيق، وظهرت الكنائس القوطية مستعدة لطعن الملائكة الهابطة من السماء. كانت الرياح تحمل ذكرى السحر والثورة والكمان، فيما الممرات المرصوفة بالحصى تتعرج مثل الجداول. البلطجية يرتدون شعراً مستعاراً على غرار شعر موزارت، ويعزفون موسيقى الحجرة في زوايا الشوارع، وكانت الدمى المتحركة معلقة في النوافذ، ما جعل المدينة كلها تبدو وكأنها مسرح يختبئ فيه محركو الدمى غير المرئيين الرابضين خلف الستار المخملي.

وفوق كل ذلك، وفي الأفق، تلوح القلعة على التل، وكان ظلها حاداً كالأشواك. في الليل تضاء القلعة بأضواء مخيفة، وفي هذا المساء كانت السماء تتدلى منخفضة، متخمة بالثلوج، مكونة هالات شفافة حول مصابيح الشوارع.

كان مطعم الزهرمان مكاناً نادراً ما يعثر عليه المرء بالصدفة عند مجرى نهر الشيطان، حيث توجب عليك أن تعرف أنه موجود هناك، وأن تنحني تحت قوس حجري غير مميز إلى مقبرة مسورة، تتوهج خلفها نوافذ المقهى المضاءة بالمصابيح.

ولسوء الحظ، لم يعد على السياح الاعتماد على الصدفة لاكتشاف المكان؛ فقد كشفه للعالم الإصدار الأخير من دليل لونلي بلانيت-

احترقت الكنيسة التي كانت ملحقة بهذا الدير الذي يعود إلى القرون الوسطى، منذ حوالي ثلاثمائة عام، ولكن مقر الرهبان لا يزال باقياً وتم تحويله إلى أغرب مقهى يمكن أن تجده في أي مكان، حيث تزدحم التماثيل الكلاسيكية التي تعرض مجموعة المالك من أقنعة الغاز التي تعود إلى

الحرب العالمية الأولى. تقول الأسطورة إنه في العصور الوسطى، فقد الطاهي عقله وقتل سكان الدير بأكمله بواسطة وعاء مسموم من الغولاش[5]، ومن هنا جاء اسم المقهى الشنيع وطبق الغولاش المميز: الغولاش بالطبع.

اجلس على أريكة مخملية وأسند قدميك على نعش. قد تكون الجماجم الموجودة خلف البار للرهبان المقتولين أو لا تكون...

وعلى مدار نصف العام الماضي كان الرحالة يمدون رؤوسهم من خلال القوس، بحثاً عن مدينة براغ الكئيبة ليكتبوا عنها بطاقات بريدية.

لكن في هذا المساء، وجدت الفتيات المكان هادئاً. في الزاوية، كان هناك زوجان أجنبيان يلتقطان صوراً لأطفالهما وهما يرتديان أقنعة واقية من الغاز، وهناك بضعة رجال جالسين على البار، لكن معظم الطاولات - التوابيت، التي تحيط بها أرائك مخملية منخفضة - كانت خالية. التماثيل الرومانية في كل مكان، آلهة وحوريات بالحجم الطبيعي بأذرع وأجنحة مفقودة، وفي منتصف الغرفة انتصبت نسخة من تمثال ماركوس أوريليوس الفروسي الضخم من كابيتولين هيل.

قالت كارو وهي تتجه نحو التمثال: «أوه، جيد، الطاعون انتهى». كان كل من الإمبراطور الضخم والحصان يرتديان أقنعة واقية من الغاز، مثل كل تمثال آخر في المكان، ولطالما ترسخت في ذهن كارو صورة أول فارس في نهاية العالم، الوباء، وهو يبذر الطاعون بذراعه الممدودة.

كانت الطاولة المفضلة لدى الفتيات تقع في ظل التمثال، لأنها تتمتع بالخصوصية وبإطلالة على البار - من خلال قوائم الحصان – كي يتمكنَّ من رؤية ما إذا دخل أي شخص مثير للاهتمام. ألقتا محفظتيهما وعلقتا معطفيهما على أطراف أصابع تمثال ماركوس أوريليوس الحجري.

5. Goulash غولاش: حساء مصنوع من اللحم والخضروات والفلفل الحلو.

فرفع صاحب الحانة الأعور يده من خلف البار، فلوحتا له في المقابل.

إنهما تأتيان إلى هنا منذ عامين ونصف، منذ أن كانتا في سن الخامسة عشرة وفي عامهما الأول في المدرسة الثانوية. كانت كارو جديدة في براغ، ولم تكن تعرف أحداً. وقد اكتسبت لغتها التشيكية حديثاً (عن طريق الرغبة، وليس الدراسة؛ فقد كانت كارو تجمع اللغات، وهذا ما كان بريمستون يقدمه لها دائماً في عيد ميلادها) ولا يزال طعمها غريباً على لسانها، مثل توابل جديدة.

سجلت قبل ذلك في مدرسة داخلية في إنجلترا، وعلى الرغم من أنها كانت قادرة على التحدث بلهجة بريطانية لا تشوبها شائبة، إلا أنها تمسكت باللهجة الأمريكية التي طورتها في طفولتها، لذلك كان زملاؤها في الفصل يعتقدون أنها أمريكية. في الحقيقة، لم تمتلك أي جنسية. فقد كانت جميع أوراقها مزوَّرة، وكانت لهجاتها - جميعها باستثناء واحدة بلغتها الأولى، التي لم تكن من أصل بشري - كلها مزيفة.

زوزانا تشيكية، تنحدر من سلالة طويلة من حرفيي الدمى المتحركة في مدينة تشيسكي كروملوف، صندوق الجواهر الصغير في جنوب بوهيميا. صدم شقيقها الأكبر العائلة بالتحاقه بالجيش، وبالنسبة إلى زوزانا فقد كانت الدمى في دمها وظلت تحمل تقاليد العائلة. مثل كارو، لم تكن تعرف أي شخص آخر في المدرسة، وكما شاء القدر، في وقت مبكر من الفصل الدراسي الأول، تم إشراكهما في رسم لوحة جدارية لمدرسة ابتدائية محلية.

وقد استلزم ذلك أسبوعاً من الأمسيات التي قضتاها على السلالم، وكانتا تذهبان إلى مطعم الزهرمان بعد ذلك. وهنا ترسخت صداقتهما، وعندما فرغتا من رسم الجدارية، استأجرهما المالك لرسم مشهد لهياكل عظمية على جدران المراحيض في حمام المقهى. وكان مالك المقهى يقدم لهما

عشاء لمدة شهر مقابل عملهما، ليضمن استمرارهما في العودة، وبعد مرور عامين، ما زالتا ترتادان المقهى.

طلبتا أطباقاً من الغولاش، وتناولتاها أثناء مناقشة حيلة كاز، وشعر أنف مدرس الكيمياء - الذي أكدت زوزانا أنه يمكن تجديله - وأفكار لمشاريعهما الفصلية. وسرعان ما تحول الحديث إلى عازف الكمان الجديد الوسيم في أوركسترا مسرح الدمى في براغ.

قالت زوزانا بأسف: «لديه حبيبة».

«ماذا؟ كيف عرفتِ؟».

«إنه يرسل الرسائل النصية دائماً أثناء استراحته».

«أهذا هو دليلك؟ إنه دليل واهٍ. ربما كان يحارب الجريمة سراً، وهو يرسل رسائل نصية مليئة بالألغاز مثيرة للغضب إلى عدوه».

«نعم، أنا متأكدة من ذلك. شكراً لكِ».

«أنا فقط أقول إنه يمكن أن تكون هناك تفسيرات أخرى غير الحبيبة. على أي حال، منذ متى وأنت خجولة؟ فقط تحدثي معه بالفعل!».

«وماذا أقول؟ عزف جميل، أيها الرجل الوسيم؟».

«بالتأكيد».

تذمرت زوزانا. إنها تعمل كمساعدة لمحركي الدمى في المسرح في عطلات نهاية الأسبوع، وكانت قد أُعجبت بعازف الكمان قبل عيد الميلاد بأسابيع قليلة. وعلى الرغم من أنها لم تكن خجولة عادة، إلا أنها لم تتحدث معه حتى الآن. قالت: «ربما يعتقد أنني طفلة. أنت لا تعرفين كيف يبدو الأمر، أن تكوني بحجم طفلة».

«بحجم دمية»، قالت كارو التي لم تشعر بأي شفقة على الإطلاق. كانت تعتقد أن صغر حجم زوزانا كان مثالياً، مثل جنية تجدها في الغابة وتريد أن تضعها في جيبك.

على الرغم من أنه في حالة زوزانا كان من المحتمل أن تكون الجنية مسعورة وتعض.

«نعم، زوزانا الدمية البشرية الرائعة. شاهدوا كيف ترقص». قامت زوزانا بحركة متشنجة شبيهة بالدمى المتحركة بأذرع الراقصة.

قالت كارو متحمسة: «هذا ما يجب أن تفعليه في مشروعك. اصنعي محرك عرائس عملاقاً، وأنت تكونين الدمية المتحركة. أتعلمين؟ يمكنك أن تصنعيه بحيث عندما يتحرك، يكون الأمر أشبه بتحريك عرائس بشكل عكسي. هل فعل أحد ذلك من قبل؟ أنت الدمية، ترقصين بواسطة الخيوط، ولكن في الحقيقة، فإن حركاتك هي التي تجعل يدي محرك الدمى تتحرك؟»

كانت زوزانا ترفع قطعة خبز إلى فمها، وتوقفت قليلاً. عرفت كارو من الطريقة التي أصبحت بها عينا صديقتها حالمتين أنها تتخيل ذلك. قالت: «ستكون هذه دمية كبيرة حقاً».

«يمكنني أن أضع لكِ مكياجكِ، مثل راقصة باليه صغيرة».

«هل أنت متأكدة من أنك تريدين أن تمنحيني هذه الفكرة؟ إنها فكرتكِ».

«ماذا، وكأنني أنا من سأصنع دمية عملاقة؟ الأمر متعلق بكِ».

«حسناً، شكراً لك. هل لديك أي أفكار خاصة بكِ؟».

لم يكن لدى كارو أي أفكار.

في الفصل الدراسي الماضي، عندما ارتدت الأزياء التنكرية، صنعت جناحين ملائكيين يمكنها ارتداؤهما بواسطة حزام، وقد زودتهما بنظام بكرة لتتمكن من رفعهما وإنزالهما. عند فتحهما بالكامل يصبح طول الجناحين اثني عشر قدماً. لقد ارتدتهما كي يراهما بريمستون، لكنها لم تتمكن حتى من رؤيته. أوقفتها إيسا في الدهليز و - إيسا اللطيفة! - كانت قد هسهست لها بالفعل، وغطاء رأس الكوبرا مفتوح بطريقة لم ترها

كارو سوى مرتين فقط في حياتها كلها: «ملاك، من بين كل الرجاسات! انزعيهما! أوه، أيتها الفتاة الجميلة، لا أطيق رؤيتك هكذا». كان الأمر غريباً جداً. الجناحان معلقان فوق السرير الآن في شقة كارو الصغيرة، حيث كانا يحتلان حائطاً كاملاً.

توجب عليها في هذا الفصل الدراسي أن تبتكر موضوعاً لسلسلة من اللوحات، ولكن حتى الآن لم يكن هناك ما يثير عقلها. وبينما كانت تتدارس الأفكار، سمعت رنين الأجراس على الباب. دخل بضعة رجال، ولفت انتباه كارو ظلٌّ يندفع خلفهم. بدا بحجم وشكل الغراب، لكنه لم يكن شيئاً مألوفاً هذا هو كيشميش.

جلست في وضع مستقيم وألقت نظرة سريعة على صديقتها. كانت زوزانا ترسم أفكاراً عن الدمى في دفترها وبالكاد استجابت عندما استأذنت كارو. ذهبت إلى الحمام وتبعها الظل متخفياً وغير مرئي.

يمتلك رسول بريمستون جسداً ومنقار غراب، لكن جناحيه كانا غشائيين كجناحي خفاش، وبدا لسانه عندما يخرجه متشعباً. بدا وكأنه هارب من لوحة لهيرونيموس بوش[6]، وكان يمسك ورقة بمخالبه. وعندما أخذتها كارو رأت أن مخالبه الصغيرة التي تشبه السكين قد اخترقت الورقة.

فتحت الرسالة، ولم تستغرق سوى ثانيتين فقط في قراءتها، حيث كُتب فيها: مهمة تتطلب اهتماماً فورياً. تعالي.

قالت لكيشميش: «إنه لا يقول أبداً من فضلكِ».

أومأ المخلوق برأسه إلى أحد جانبيه، على طريقة الغراب، وكأنه يستفسر، هل أنت قادمة؟

---

6. هيرونيموس بوش رسام هولندي من القرنين الخامس عشر والسادس عشر. العديد من أعماله تصور الخطيئة والفشل الأخلاقي الإنساني. استخدم بوش صور العفاريت والحيوانات نصف البشرية ليصور شر الإنسان.

قالت كارو: «أنا قادمة، أنا قادمة. ألا أفعل ذلك دائماً؟».

وبعد لحظة، قالت لزوزانا: «يجب أن أذهب».

رفعت زوزانا بصرها عن كراسة الرسم وقالت: «ماذا؟ لكن، الحلوى».
كان هناك على التابوت: طبقان من فطيرة التفاح مع الشاي.

قالت كارو: «أوه، اللعنة. لا أستطيع. لديَّ مهمة».

«آه منكِ ومن ومهماتك. ما الذي عليك فعله فجأة؟». نظرت إلى هاتف كارو القابع على التابوت، وعرفت أنها لم تتلقَّ أي مكالمة هاتفية.

قالت كارو: «مجرد أشياء»، وتجاهلت زوزانا الأمر، وهي تعلم من خبرتها أنها لن تحصل على أي تفاصيل.

لدى كارو أشياء تقوم بها. وأحياناً كانت تستغرق بضع ساعات، وفي أحيان أخرى كانت تغيب لأيام وتعود منهكة ومشوشة، وربما شاحبة، وربما مصابة بحروق الشمس، أو عرجاء، أو ربما مصابة بعضة، وعادت مرة وهي مصابة بحمى شديدة تبين أنها ملاريا.

تساءلت زوزانا: «أين أصبتِ بمرض استوائي؟» وأجابتها كارو: «لا أعرف. ربما عدوى في الترام؟ لقد عطست تلك المرأة العجوز في وجهي في ذلك اليوم».

«هذه ليست الطريقة التي تصابين بها بالملاريا».

«أعلم ذلك. لكن الأمر كان مقرفاً. أفكر في شراء دراجة نارية كي لا أضطر إلى ركوب الترام بعد الآن».

وكانت تلك نهاية المناقشة. كان جزء من الصداقة مع كارو هو التسليم بعدم معرفتها حق المعرفة. تنهدت زوزانا الآن وقالت: «حسناً. فطيرتان لي. أي سمنة ناتجة عن ذلك فستكون بسببك»، وغادرت كارو مطعم الزهرمان، وظلَّ غراب يندفع خارج الباب أمامها.

5

في مكان آخر

حلّق كيشميش نحو السماء واختفى بلمح البصر. راقبت كارو ذلك وهي تتمنى أن تتبعه. تساءلت، ما هو حجم الأمنية التي ستمنحها الطيران؟ أمنية أقوى بكثير مما يمكنها الوصول إليه على الإطلاق.

لم يكن بريمستون بخيلاً في التعامل مع خرزات السكوبي[7]. فقد سمح لها بتجديد قلادتها بقدر ما تشاء من أكواب الشاي المتكسرة المليئة بالخرز، وكان يدفع لها بالشينغ[8] البرونزي مقابل المهمات التي كانت تقوم بها من أجله. أما الشينغ فهو الفئة التالية من الأمنيات، وبإمكانه أن يفعل أكثر مما يفعله السكوبي - ومن الأمثلة على ذلك حاجبا سفيتلا اللذان كانا على شكل يرقة - وكذلك إزالة الوشم من على كارو وشعرها الأزرق - ولكنها لم تحصل أبداً على أمنية يمكنها أن تفعل أي سحر حقيقي. كما أنها لم تكن لتفعل ذلك أبداً إلا إذا استحقتها، وكانت تعرف جيداً كيف يحصل البشر على الأمنيات.

---

7. عملة سحرية على شكل خرزات.
8. عملة سحرية.

كانوا يحصلون عليها بشكل رئيسي من خلال: الصيد، ونبش القبور، والقتل. وكانت هناك طريقة أخرى: شكل معين من أشكال تشويه الذات يستلزم استخدام الكماشة والالتزام العميق. لم يكن الأمر كما في كتب القصص الخرافية. لم تكن هناك ساحرات يتربصن عند مفارق الطرق متنكرات في هيئة عرائس ينتظرن مكافأة المسافرين الذين يشاركونهن الخبز. لم ينبثق الجن من المصابيح، ولم تكن الأسماك الناطقة تساوم على حياتها. في العالم كله، كان هناك مكان واحد فقط يمكن للبشر أن يحصلوا فيه على الأمنيات: متجر بريمستون. ولم يكن هناك سوى عملة واحدة يقبلها. لم يكن الذهب أو الأحاجي أو الألغاز أو اللطف أو أي هراء آخر من الحكايات الخرافية، ولم تكن الأرواح أيضاً. لقد كان أغرب من كل ذلك.

كانت الأسنان.

عبرت كارو جسر تشارلز واستقلت الترام شمالاً إلى الحي اليهودي، وهو حي يعود إلى القرون الوسطى وقد تحول إلى تجمع كثيف من المباني السكنية المصممة على طراز فن الآرت نوفو الجميلة مثل الكعك. كانت وجهتها هي مدخل الخدمة في الجزء الخلفي من أحد هذه المباني. لم يكن الباب المعدني البسيط يبدو مميزاً، ولم يكن كذلك في الواقع. إذا فتحته من الخارج، فإنه لا يكشف إلا عن غرفة غسيل متعفنة. لكن كارو لم تفتحه. طرقت الباب وانتظرت، لأنه عندما فُتح الباب من الداخل، كان من الممكن أن يؤدي إلى مكان مختلف تماماً.

انفتح الباب، وظهرت هناك إيسّا، وهي تبدو تماماً كما كانت في كراسات كارو، مثل إلهة على هيئة ثعبان في أحد المعابد القديمة. انسحبت لفاتها الثعبانية إلى ظلال دهليز صغير. قالت إيسا: «بركاتك يا عزيزتي».

ردت كارو بحرارة: «بركاتك»، وقبّلت خدها، وتابعت: «هل عاد كيشميش؟».

قالت إيسا: «لقد عاد، وقد بدا وكأنه قطعة ثلج على كتفي. ادخلي الآن. الجو بارد جداً في مدينتكِ». كانت هي حارسة العتبة، وأدخلت كارو إلى الداخل، وأغلقت الباب خلفها حتى أصبح الاثنان وحدهما في مساحة لا تزيد عن خزانة. كان لا بد من إغلاق الباب الخارجي للدهليز تماماً قبل أن يُفتح الباب الداخلي، على طريقة أبواب الأمان في أقفاص الطيور التي تمنع الطيور من الهرب. إلا أنه، في هذه الحالة، لم يكن مخصصاً للطيور.

«كيف كان يومكِ أيتها الفتاة الجميلة؟». كانت إيسا تحمل حوالي نصف دزينة من الثعابين على جسدها - ملفوفة حول ذراعيها، تتجول في شعرها، وواحدة منها تطوق خصرها النحيل مثل سلسلة راقصة شرقية. كان يتعين على أي شخص يريد الدخول أن يخضع لوضع واحدة حول عنقه قبل أن يُفتح الباب الداخلي - أي شخص باستثناء كارو. كانت هي الإنسانة الوحيدة التي دخلت المتجر من دون ارتداء قلادة. كانت محل ثقة. ففي النهاية، لقد نشأت في هذا المكان.

تنهدت كارو وقالت: «لقد مرّ يوم واحد. لن تصدقي ما فعله كاز. لقد حضر ليكون الموديل في صف الرسم الخاص بي».

لم تكن إيسا قد قابلت كاز بالطبع، لكنها عرفته بنفس الطريقة التي عرفها بها كاز: من دفاتر رسم كارو. الفرق هو أنه بينما كانت كاز تعتقد أن إيسا وثدييها المثاليين كانا من نسج خيال كارو المثير، كانت إيسا تعرف أن كاز حقيقي.

إيسا وتويغا وياسري مولعين بكراسات رسم كارو بقدر ولع صديقاتها من البشر، ولكن لسبب معاكس. فقد كنّ يحببن رؤية الأشياء العادية: السياح المتجمعون تحت المظلات، والدجاج على الشرفات، والأطفال الذين يلعبون في الحديقة. وكانت إيسا على وجه الخصوص مفتونة بالعراة. بالنسبة إليها، كان الشكل البشري – رغم بساطته، وعدم دمجه بأنواع أخرى -

فرصة ضائعة. كانت تدقق دائماً في كارو وتدلي بتصريحات مثل: «أعتقد أن القرون تناسبك يا فتاتي الجميلة»، أو «ستصبحين ثعباناً جميلاً»، تماماً كما قد يقترح الإنسان تسريحة شعر جديدة أو لون أحمر شفاه جديداً. والآن، لمعت عينا إيسا بحماسة. قالت: «هل تقصدين أنه جاء إلى مدرستكِ؟ هذا الكسول الجرذ الحقير! هل رسمته؟ أريني». سواء أكانت غاضبة أم لا، لم تكن لتفوت فرصة رؤية كاز عارياً.

أخرجت كارو دفترها وفتحته.

قالت لها إيسا متهمة: «لقد طمستِ الجزء الأفضل».

«ثقي بي، إنه ليس بهذه الروعة». ضحكت إيسا وهي تخفي فمها بيدها بينما كان باب المتجر يصدر صريراً عند فتحه ليدخلا، وخطت كارو عبر العتبة. وكما هو الحال دائماً، شعرت بموجة من الغثيان عند الانتقال.

لم تعد في براغ.

على الرغم من أنها عاشت في متجر بريمستون، إلا أنها لم تكن تدرك أين يقع هذا المتجر، فقط كان بإمكانك الدخول من جميع أنحاء العالم من خلال المداخل وينتهي بك المطاف هنا. عندما كانت طفلة اعتادت أن تسأل بريمستون أين يقع «هذا المكان» بالضبط، ليقول لها بفظاظة «في مكان آخر».

لم يكن بريمستون من محبي الأسئلة.

بدا المتجر عبارة عن فوضى من الرفوف الخالية، ومن دون نوافذ، وكأنه نوع من مكب نفايات جنيَّة الأسنان - إذا كانت جنية الأسنان تتاجر بجميع الأنواع؛ أنياب الأفاعي، والقواطع، وأضراس الفيلة المحززة، والقواطع البرتقالية المتضخمة من قوارض الغابة الغريبة - كانت جميعها مجمَّعة في صناديق وصناديق صيدليات، ومعلقة في سلاسل تتدلى من

خطافات، ومختومة في مئات الجرار التي يمكن هزها مثل الماراكاس[9].

السقف مقبب مثل سرداب، وهناك كائنات صغيرة تهرول في الظل، وتخدش بمخالبها الصغيرة الحجر. مثل كيشميش، كانت هذه كائنات من أنواع متباينة: عقارب- فئران، وزغة- سرطانات البحر، خنافس- جرذان. وفي الرطوبة المحيطة بالصرف الصحي، كانت هناك حلزونات برؤوس ضفادع الثيران، وفي الأعلى، انتشرت في كل مكان طيور الطنان ذات أجنحة الفراشات، وهي تقذف بنفسها على الفوانيس، فتجعلها تتأرجح مع صرير السلاسل النحاسية.

في الزاوية، كان تويغا منكباً على عمله، وقد انحنى عنقه الطويل غير المتناسق كحدوة حصان وهو ينظف الأسنان ويربطها بخيوط من الذهب ليعلقها على خيوط من أمعاء القطط. صدرت قعقعة من زاوية المطبخ التي كانت مكاناً خاصاً بياسري. وإلى اليسار، خلف مكتب ضخم من خشب البلوط، جلس بريمستون نفسه. جلس كيشميش في مكانه المعتاد على قرن سيده الأيمن، وكانت هناك صوانٍ من الأسنان وصناديق صغيرة من الأحجار الكريمة منتشرة على المكتب. كان بريمستون يربطها في قلادة ولم ينظر إلى الأعلى. قال: «كارو، أعتقد أنني كتبت «مهمة تتطلب اهتماماً فورياً» «ولهذا السبب بالضبط جئت على الفور».

نظر إلى ساعة جيبه، وقال: «لقد مرّت أربعون دقيقة».

«كنت في الجانب الآخر من المدينة. إذا كنت تريدني أن أسافر بسرعة أكبر، فامنحني أجنحة، وسأسابق كيشميش في العودة. أو أعطني غافرييل[10]، وسأرغب في الطيران بنفسي».

---

9. آلة إيقاعية على شكل قرع مجوف أو وعاء على شكل قرع مملوء بالفاصوليا المجففة أو أشياء مماثلة ويتم العزف عليها، عادة في أزواج، عن طريق رجها.

10. عملة سحرية.

غافرييل ثاني أقوى أمنية، وبالتأكيد فهو كافٍ لمنح قوة الطيران. أجاب بريمستون الذي لا يزال منكباً على عمله: «أعتقد أن الفتاة الطائرة لن تمر من دون أن يلاحظها أحد في مدينتك».

قالت كارو: «من السهل حلّ هذا الأمر. أعطني غافرييلين وسأتمنى الاختفاء أيضاً». رفع بريمستون نظره إلى أعلى. بدت عيناه كعيني تمساح، ذهبيتين لامعتين مع حدقتين مشقوقتين عموديتين، ولم تكن مستمتعة بذلك. عرفت كارو أنه لن يعطيها أي غافرييل. لم تطلب بدافع الأمل، بل لأن شكواه كانت ظالمة جداً. ألم تهرع إليه مسرعة بمجرد أن استدعاها؟

«يمكنني أن أثق بكِ إن منحتكِ غافرييل، أليس كذلك؟».

«بالطبع يمكنك ذلك. أي نوع من الأسئلة هذا؟».

لقد شعرت بتقييمه لها، وكأنه يراجع في عقله كل أمنية تمنتها في حياتها.

الشعر الأزرق: طائشة.

إزالة البثور: عبثية.

أمنية إطفاء مفتاح الضوء كي لا تضطر إلى النهوض من السرير: كسولة

قال: «تبدو قلادتك قصيرة جداً. هل كان يومك حافلاً؟».

رفعت يدها لتغطي القلادة، ولكن بعد فوات الأوان. قالت: «لماذا عليكَ أن تلاحظ كل شيء؟».

لا شك أن الشيطان العجوز عرف بطريقة ما تماماً في أي شيء استخدمت الأمنيات، وكان يضيفه إلى قائمته الذهنية:

جعل صديقها السابق يشعر بالحكة في مكان حرج: انتقامية.

«هذه التفاهة لا تليق بك يا كارو».

أجابت متناسية خجلها السابق: «لقد استحق ذلك». وكما قالت زوزانا، يجب معاقبة السلوك السيئ. أضافت: «إلى جانب ذلك، ليس الأمر وكأنك

تسأل التجار فيم سيستخدمون أمنياتهم، وأنا متأكدة من أنهم يفعلون ما هو أسوأ بكثير من جعل الناس يشعرون بالحكة».

قال بريمستون بهدوء: «أتوقع منكِ أن تكوني أفضل منهم».

«هل تظن بأنني لست كذلك؟».

كان تجار الأسنان الذين يأتون إلى المتجر هم، مع استثناءات قليلة، أسوأ العينات التي يمكن أن تقدمها البشرية. على الرغم من أنه لدى بريمستون زمرة صغيرة من الشركاء القدامى الذين لم يثيروا حفيظة كارو - مثل تاجر الماس المتقاعد الذي تنكر في عدة مناسبات بهيئة جدتها لتسجيلها في المدارس - إلا أنهم كانوا في الغالب مجموعة من المتعفنين، الذين ماتت أرواحهم مع وجود هلال من الدماء تحت أظافرهم. كانوا يقتلون ويشوهون، ويحملون كماشات في جيوبهم لخلع أسنان الموتى - وأحياناً الأحياء. كانت كارو تحتقرهم، وهي بالتأكيد أفضل منهم.

قال بريمستون: «أثبتي أنكِ كذلك، من خلال استخدام الأمنيات في الخير». فسألته بارتباك: «من أنتَ لتتحدث عن الخير، على أي حال؟»، وأومأت إلى القلادة التي يمسكها بيديه الضخمتين ذات المخالب. أسنان تمساح - تلك أسنان من الصوماليين. وكذلك أنياب الذئب وأضراس الحصان، وخرز الهيماتيت[11]. ثم أضافت: «أتساءل كم حيواناً مات في العالم اليوم بسببك. ناهيك عن البشر». سمعت إيسا، وهي تسحب نفساً فجأة، وعرفت كارو أن عليها أن تصمت، لكن فمها ظل يتحرك. «لا، حقاً. أنت تتعامل مع القتلة، وليس عليك حتى رؤية الجثث التي يتركونها وراءهم. أنت تختبئ هنا مثل الغول».

قال بريمستون: «كارو».

---

11. الهيماتيت هو معدن أكسيد الحديد الذي استخدمه البشر لآلاف السنين في صناعة المجوهرات والصبغات. اسم «الهيماتيت» مشتق من الكلمة اليونانية «هيما» والتي تعني الدم، وهي إشارة إلى اللون الأحمر.

«لكنني رأيتهم، أكوام من المخلوقات الميتة بأفواهها الدامية. لن أنسى أبداً ما حييت أولئك الفتيات بأفواههن الملطخة بالدماء. لماذا كل هذا؟ ماذا تفعل بهذه الأسنان؟ لو أخبرتني فقط، فربما يمكنني أن أفهم. يجب أن يكون هناك سبب».

قال بريمستون مرة أخرى: «كارو»، ولم يقل «اصمتي». لم يكن مضطراً إلى ذلك، فقد عبّر صوته عن ذلك بوضوح كافٍ، ثم نهض فجأة من على كرسيه.

صمتت كارو.

في بعض الأحيان، وربما في أغلب الأحيان، كانت تنسى أن تنظر إلى بريمستون. إنه مألوف جداً إلى درجة أنها عندما كانت تنظر إليه لم تكن ترى وحشاً بل مخلوقاً ربّاها منذ أن كانت طفلة لأسباب مجهولة، ولم يكن ذلك من دون حنان. ولكن لا يزال بإمكانه أن يجعلها تعجز عن الكلام في بعض الأحيان، كما حدث عندما استخدم نبرة صوته تلك. نبرة تتسلل مثل هسهسة إلى صميم وعيها وتفتح عينيها على حقيقته الكاملة المخيفة.

كان بريمستون وحشاً.

إذا خرج هو وإيسا وتويغا وياسري من المتجر، فلن يجد البشر ما يطلقونه عليهم سوى: وحوش. شياطين، ربما، أو عفاريت. وكانوا هم يطلقون على أنفسهم اسم كيميرا[12].

ذراعا بريمستون وجذعه الضخم هما الجزآن الوحيدان البشريان في جسده، على الرغم من أن اللحم القاسي الذي يغطيهما كان أكثر من كونه جلداً. كانت عضلات صدره المربعة ممزقة بندوب قديمة، وإحدى حلمات صدره ممسوحة بالكامل، والندوب محفورة على كتفيه وظهره: شبكة من الندوب المتقاطعة البيضاء المتجعدة. تحت الخصر أصبح شيئاً آخر.

_____
12. كائن حي يحتوي على خلايا أو أنسجة من كائنين حيين مختلفين وراثياً أو أكثر.

تموّجت مؤخرته المغطاة بفرو ذهبي باهت بعضلات تشبه عضلات الأسد، ولكن بدلاً من أقدام الأسد المبطنة، هناك أقدام شريرة ذات مخالب يمكن أن تكون إما مخالب جوارح أو سحالٍ - أو ربما، كما تخيلت كارو، مخالب تنين. ثم هناك رأسه. لم يكن مكسواً بالفرو تقريباً مثل الكبش، وإنما بنفس الجلد البني القاسي الذي يكسو بقية جسده. وأفسح هذا الجلد مكاناً للحراشف حول أنفه الشبيه بأنف الغنم ولعينيه المسطحتين، وكان لديه قرنا كبش عملاقان مصفرّان على جانبي وجهه.

يرتدي مجموعة من عدسات الصائغ مربوطة في سلسلة، وكانت حوافها الذهبية الداكنة هي الحلية الوحيدة التي كان يرتديها، إذا لم نأخذ في الاعتبار الشيء الآخر الذي يرتديه حول عنقه، والذي لم يكن له بريق يلفت الأنظار. لقد كان مجرد عظمة ترقوة قديمة، تستقر في جوف حلقه. لم تعرف كارو لماذا يرتديها، وكانت ممنوعة من لمسها، وهو ما جعلها تتوق دائماً إلى ذلك. عندما كانت طفلة صغيرة وكان يهزها على ركبته، كانت تقوم بلمسات خاطفة صغيرة لالتقاطها، لكن بريمستون كان دائماً أسرع. لم تنجح كارو أبداً في وضع طرف إصبعها عليها.

أما الآن وبعد أن كبرت، فقد أظهرت المزيد من اللياقة، لكنها كانت لا تزال تجد نفسها في بعض الأحيان تتوق للوصول إلى ذلك الشيء. لكن ليس الآن. شعرت بالخوف من نهوض بريمستون المفاجئ، وشعرت بأن تمردها قد خفت. تراجعت خطوة إلى الوراء، وسألت بصوت خافت: «إذاً، ماذا عن هذه المهمة العاجلة؟ إلى أين تريدني أن أذهب؟».

ألقى لها حقيبة مليئة بالأوراق النقدية الملونة التي اتضح أنها يورو. كمية كبيرة من أوراق اليورو.

قال بريمستون: «إلى باريس. استمتعي بوقتك».

6

ملاك الانقراض

«متعة؟». تمتمت كارو لنفسها في وقت لاحق من تلك الليلة وهي تجر ثلاثمائة رطل من عاج الفيلة المهرَّب على درجات مترو باريس: «أوه، نعم. هذا ممتع للغاية».

عندما غادرت متجر بريمستون، أخرجتها إيسا من نفس الباب الذي دخلت منه، لكنها عندما خرجت إلى الشارع لم تكن في براغ. لقد كانت في باريس، تماماً هكذا.

وبغض النظر عن عدد المرات التي عبرت فيها البوابة، فإن الإثارة لم تتلاشَ أبداً. لقد انفتحت على عشرات المدن، وذهبت كارو إليها جميعاً، في مهمات كهذه وأحياناً للمتعة. كان بريمستون يسمح لها بالخروج والرسم في أي مكان في العالم حيث لا توجد حرب، وعندما كانت تشتهي المانجو كان يفتح لها باب الهند، بشرط أن تحضر له بعضاً منه أيضاً. حتى إنها كانت تشق طريقها في رحلات التسوق إلى البازارات الغريبة، إلى أسواق باريس للسلع المستعملة، لتأثيث شقتها.

أينما ذهبت، عندما يغلق الباب خلفها، ينقطع الاتصال بالمتجر. أياً كان السحر الذي يعمل، فقد كان موجوداً في ذلك المكان الآخر - في مكان آخر، كما كانت تفكر فيه - ولا يمكن استحضاره من هذا الجانب. لا يمكن لأحد أن يقتحم المتجر بالقوة. لن ينجح أحد إلا في اختراق باب أرضي لا يؤدي إلى المكان الذي كان يأمل أن يذهب إليه.

حتى إن كارو كانت تعتمد على مزاج بريمستون للسماح لها بالدخول. وفي بعض الأحيان لم يكن يفعل ذلك، مهما طرقت الباب، رغم أنه لم يتركها بعد في مكان بعيد أثناء مهمة ما، وكانت تأمل ألا يفعل ذلك أبداً.

اتَّضح أنَّ هذه المهمة كانت إلى مزاد في السوق السوداء في مستودع في ضواحي باريس. حضرت كارو سابقاً العديد من هذه المزادات، التي بدت دائماً متشابهة. كانت المزادات تتم نقداً فقط بالطبع، ويحضرها أشخاص من عالم الجريمة مثل الديكتاتوريين المنفيين وأباطرة الجريمة الذين يدّعون الثقافة. كانت المعروضات في المزاد عبارة عن مزيج من قطع مسروقة من متاحف - رسم لشاغال، ولهاة مجففة لقديس مقطوع الرأس، ومجموعة متطابقة من أنياب فيل أفريقي بالغ. نعم. مجموعة متطابقة من أنياب فيل أفريقي بالغ.

تنهدت كارو عندما رأت تلك الأنياب. لم يخبرها بريمستون ما الذي كانت تبحث عنه، فقط أخبرها أنها ستعرف ذلك عندما تراه، وهذا ما حدث. أوه، ألن يكون من المبهج أن يتشاجروا بالأنياب في وسائل النقل العام؟

على عكس المزايدين الآخرين، لم تكن تنتظرها سيارة سوداء طويلة، أو زوج من الحراس الشخصيين البلطجية لحمل الأشياء الثقيلة. لم يكن لديها سوى خرزات سكوبي وسحرها، ولم يكن أي منهما كافياً لإقناع سائق سيارة أجرة بتعليق أنياب فيل بطول سبعة أقدام في مؤخرة سيارة الأجرة الخاصة به. لذا، اضطرت كارو، وهي تتذمر، إلى جرها مسافة صفوف من

الأبنية إلى أقرب محطة مترو، ثم نزول السلالم وعبور الباب الدوار. كانت الأنياب ملفوفة بالقماش ومثبتة بشريط لاصق، وعندما أخفض عازف في الشارع كمانه ليستفسر: «يا جميلة، ماذا لديك هنا؟»، قالت: «موسيقيون يطرحون الأسئلة»، واستمرت في جر الأنياب.

كان من الممكن أن يكون الأمر أسوأ من ذلك بالتأكيد، وغالباً ما كان كذلك. لقد أرسلها بريمستون إلى بعض الأماكن الفظيعة بحثاً عن الأسنان. بعد الحادثة التي وقعت في سان بطرسبرغ، عندما بدأت تتعافى من إصابتها بطلق ناري، سألت: «هل حياتي لا تساوي شيئاً بالنسبة إليك؟».

وبمجرد أن خرج السؤال من فمها، ندمت على ذلك. إذا كانت حياتها لا تساوي الكثير بالنسبة إليه، فهي لم تكن تريده أن يعترف بذلك. كانت لدى بريمستون عيوبه، لكنه كان كل ما لديها كعائلة، إلى جانب إيسا وتويغا وياسري. إذا كانت مجرد فتاة عبدة يمكن الاستغناء عنها، فهي لم تكن ترغب في معرفة ذلك.

لم تؤكد إجابته أو تنفي خوفها. قال: «حياتك؟ أتقصدين جسدك؟ جسدك ليس سوى مغلف، يا كارو. أما روحك فمسألة أخرى، وهي ليست، على حد علمي، في خطر محدق».

«مغلف؟» لم تكن تحب أن تفكر في جسدها كغلاف - شيء قد يتمكن الآخرون من فتحه والبحث فيه، وإزالة الأشياء منه مثل العديد من القسائم المقطوعة.

قال: «توقعتُ أنك شعرت بنفس الشعور. بالطريقة التي تكتبين بها».

لم يوافق بريمستون على وشومها، وهو أمر مضحك، لأنه المسؤول عن وشمها الأول، وهو وشم لعينين على راحتي يديها. على الأقل كانت كارو تشك في ذلك، على الرغم من أنها لم تكن متأكدة من ذلك، لأنه عجز عن الإجابة حتى عن أبسط الأسئلة. «مهما يكن» قالت بتنهيدة مؤلمة، حقاً

مؤلمة. الإصابة بطلق ناري مؤلمة، لا مفاجأة في ذلك. بالطبع، لم تستطع أن تجادل في أن بريمستون دفعها إلى الخطر وهي غير مستعدة. فقد حرص على تدريبها منذ صغرها على فنون الدفاع عن النفس. لم تذكر ذلك أبداً لأصدقائها - لم يكن الأمر، كما علّمها معلمها في سن مبكرة، مسألة تفاخر - وكانوا سيتفاجؤون عندما يعلمون أن رشاقة كارو الانسيابية المستقيمة في الحركة، كانت تسير جنباً إلى جنب مع المهارة المميتة. وسواء أكانت مميتة أم لا، فقد كان من سوء حظها أن تكتشف أن فن الكاراتيه لا يحقق نتيجة في مواجهة الأسلحة النارية.

لقد شُفيت بسرعة بمساعدة مرهم حارق وسحر، كما ظنت. لكن شجاعتها التي تمتعت بها في شبابها قد تزعزعت، وأصبحت تذهب لتنفيذ المهام الموكلة إليها بمزيد من الخوف الآن.

وصل قطارها، وأخذت تكافح لإدخال حملها عبر الأبواب، محاولة ألا تفكر كثيراً فيما كانت تجره، أو في الحياة الرائعة التي انتهت في مكان ما في أفريقيا، وإن لم يكن ذلك في الآونة الأخيرة على الأرجح. كانت هذه الأنياب ضخمة، وصادف أن كارو على علم بأن أنياب الفيلة نادراً ما كانت تنمو بهذا الحجم بعد الآن - فقد تكفل الصيادون بذلك. وبقتلهم جميع الأنواع الضخمة، فقد غيروا الجينات الوراثية للفيلة. لقد كان الأمر مقززاً، وها هي جزء من تلك التجارة الدموية، تنقل أنواعاً مهددة بالانقراض وتهربها في مترو باريس اللعين.

حبست هذه الفكرة في غرفة مظلمة في عقلها وحدقت من النافذة بينما كان القطار ينطلق في أنفاقه السوداء. لم تستطع أن تسمح لنفسها بالتفكير في الأمر. فكلما فعلت ذلك، شعرت بأن حياتها ملطخة بالدماء والقذارة.

في الفصل الدراسي الماضي، عندما صنعت أجنحتها، أطلقت على نفسها اسم «ملاك الانقراض»، وكان ذلك مناسباً تماماً. كانت الأجنحة مصنوعة

من ريش حقيقي «استعارته» من بريمستون - المئات منه، أحضره له التجار على مر السنين. لقد اعتادت اللعب به عندما كانت صغيرة، قبل أن تفهم أن الطيور قد قُتلت من أجلها، ما أدى إلى انقراض أنواع بأكملها.

كانت بريئة ذات يوم، فتاة صغيرة تلعب بالريش على أرضية عرين الشيطان. لم تعد بريئة الآن، لكنها لم تعد تعرف ماذا تفعل حيال ذلك. كانت هذه هي حياتها: سحر وعار وأسرار وأسنان وفجوة عميقة مزعجة في مركز ذاتها، حيث كان هناك شيء مفقود بالتأكيد.

عانت كارو من فكرة أنها لم تكن كاملة. لم تعرف ماذا يعني ذلك، لكنه كان شعوراً يلازمها مدى الحياة، إحساساً شبيهاً بنسيان شيء ما. حاولت أن تصفه لإيسا ذات مرة، عندما كانت صغيرة: «إنه مثل وقوفك في المطبخ، وأنت تعرفين أنك ذهبت إلى هناك لسبب ما، لكنك لا تستطيعين التفكير في سبب وقوفكِ، بغض النظر عما هو».

سألتها إيسا بتجهم: «وهل هذا هو شعورك؟».

«طوال الوقت».

فما كان من إيسا إلا أن قرّبتها منها وداعبت شعرها - الذي كان أسود اللون حينها - وقالت لها بصورة غير مقنعة: «أنا متأكدة من أنه لا يوجد شيء، يا حبيبتي. حاولي ألا تقلقي».

حسناً. حسناً، كان رفع الأنياب على سلالم المترو إلى وجهتها أصعب بكثير من جرّها إلى الأسفل، وبحلول القمة كانت كارو منهكة، وتتصبب عرقاً في معطفها الشتوي، وغاضبة للغاية. البوابة على بعد مبنيين آخرين، متصلة بمدخل مخزن صغير تابع لكنيس يهودي، وعندما وصلت إلى البوابة أخيراً وجدت حاخامين أرثوذكسيين يتبادلان حديثاً عميقاً أمامها مباشرة.

تمتمت قائلة: «رائع». وواصلت طريقها من أمامهما واتكأت على بوابة حديدية، بعيدة عن الأنظار، ووقفت تنتظر، بينما كانا يتناقشان في بعض أعمال التخريب بنبرة غامضة. وأخيراً غادرا، وذهبت كارو إلى الباب الصغير

وطرقته. وكما كانت تفعل دائماً وهي تنتظر عند بوابة في أحد الأزقة الخلفية للعالم، تخيلت أنها عالقة. كان الأمر في بعض الأحيان يستغرق دقائق طويلة حتى تفتح إيسا الباب، وفي كل مرة كانت كارو تفكر في احتمالية عدم فتحه. هناك دائماً شعور بالخوف من أن تكون محبوسة في الخارج، ليس فقط لليلة واحدة، ولكن إلى الأبد. جعلها هذا السيناريو مدركة تماماً لعجزها.

إذا لم يُفتح الباب في يوم من الأيام، فستكون وحيدة.

امتدت اللحظة، ولاحظت كارو، وهي متكئة بإعياء على إطار الباب، شيئاً ما. استقامت. كانت هناك بصمة يد سوداء كبيرة على سطح الباب. لم يكن ذلك ليبدو غريباً جداً، باستثناء أن البصمة بدت وكأنه قد تم حرقها في الخشب. محروقة، ولكن بخطوط اليد المثالية. لا بد أن هذا ما كان يتحدث عنه الحاخامان. تتبعتها بأطراف أصابعها، فوجدت أنها في الواقع قد حُفرت في الخشب، بحيث أن البصمة اتسعت ليدها بالكامل، رغم أنها كانت تبدو صغيرة الحجم، وخرجت يدها وقد علاها غبار الرماد الناعم. نظفت أصابعها وهي في حيرة من أمرها. ما مصدر هذه البصمة؟ هل هي علامة تجارية مصممة بذكاء؟ يحدث أحياناً أن يترك تجار بريمستون علامة يستدلون بها على البوابات في زيارتهم التالية، ولكن تلك كانت عادةً مجرد لطخة من الطلاء أو علامة X محفورة بسكين. كان هذا معقداً بعض الشيء بالنسبة إليهم

انفتح الباب مصدراً صريراً، ما أثار ارتياح كارو العميق.

سألت إيسا: «هل سار كل شيء على ما يرام؟».

أدخلت كارو الأنياب إلى الدهليز، واضطرت إلى حشرها بزاوية مائلة لدفعها إلى الداخل.

قالت: «بالتأكيد»، واستندت إلى الحائط، ثم تابعت: «سأجرّ الأنياب عبر باريس كل ليلة إذا استطعت، لقد كان الأمر ممتعاً للغاية».

7

بصمات يد سوداء

في جميع أنحاء العالم، وعلى مدى أيام، ظهرت بصمات أيادٍ سوداء على العديد من الأبواب، وكانت كل بصمة محروقة بعمق في الخشب أو المعدن. لقد ظهرت في نيروبي، ودلهي، وسانت بطرسبرغ، وحفنة من المدن الأخرى.

لقد أصبحت ظاهرة منتشرة. في القاهرة، قام صاحب محل شيشة بطلاء العلامة على بابه الخلفي، ليكتشف بعد ساعات أن بصمة اليد قد عادت من جديد من خلال الطلاء وظهرت سوداء كما كانت عندما اكتشفها.

كان هناك بعض الشهود على أعمال التخريب، لكن لم يصدق أحد ما ادعوا أنهم رأوه.

قال طفل في نيويورك لوالدته وهو يشير خارج النافذة: «بيده العارية. لقد وضع يده هناك، وكانت تتوهج ويتصاعد منها الدخان».

تنهدت والدته وعادت به إلى الفراش. وكان الصبي متمرساً في الكذب، ومن سوء حظه أنه لم يكن يكذب هذه المرة.

لقد رأى رجلاً طويلاً يضع يده على الباب ويحرق العلامة فيه. قال لأمه التي كانت تدير ظهرها له: «بدا ظله مخالفاً للمألوف، وغير متطابق مع هيئته».

وقد رأى سائح مخمور في بانكوك مشهداً مشابهاً، إلا أن بصمة اليد هذه المرة كانت لامرأة فائقة الجمال إلى درجة أنه تبعها وهو مسحور ليراها - كما زعم - تطير بعيداً.

قال لأصدقائه: «لم يكن لديها جناحان، لكن ظلها كان له جناحان».

قال رجل عجوز شاهد أحد الغرباء من خلال قفص الحمام الذي كان على سطح منزله: «بدت عيناه كالنار. كان الشرر يتطاير عندما طار بعيداً».

هكذا كان الحال في أزقة الأحياء الفقيرة والساحات المظلمة في كوالالمبور وإسطنبول وسان فرانسيسكو وباريس.

جاء رجال ونساء جميلات بظلال مشوهة، ووضعوا ببصمات أيديهم على الأبواب قبل أن يختفوا في السماء، وتتصاعد خلفهم تيارات من الحرارة مع أزيز أجنحة غير مرئية.

هنا وهناك، تساقط الريش، وكان مثل خصلات من نار بيضاء، يتفتت إلى رماد بمجرد أن يلامس الأرض. في دلهي، مدت إحدى راهبات الرحمة يدها وأمسكت بريشة بين يديها مثل قطرة المطر، لكنها على عكس قطرة المطر احترقت، وحفرت الخطوط العريضة المثالية للريشة حروقاً في لحمها.

همسَتْ وهي تتلذذ بالألم: «ملاك».

لم تكن مخطئة أبداً.

8

غافرييل

عندما عادت كارو إلى المتجر، وجدت أن بريمستون لم يكن وحده. جلس أمامه تاجر، وهو صياد أمريكي بغيض، كان وجهه الممتلئ مغطى بأكبر وأقذر لحية رأتها في حياتها.

التفتت نحو إيسا وتجهمت.

وافقتها إيسا، وهي تعبر العتبة في تموج من العضلات المتعرجة: «أعلم. لقد أعطيته أفيغيث. إنها على وشك أن تسلخ جلدها».

ضحكت كارو.

أفيغيث أفعى مرجانية تلتف حول عنق الصياد الثخين، وتشكل طوقاً أجمل بكثير من أن يكون لأمثاله. بدت خطوط أفيغيث السوداء والصفراء والقرمزية، حتى في حالتها الشاحبة، مثل قلادة صينية رائعة. ولكن على الرغم من كل جمالها، كانت أفيغيث قاتلة، ولم تكن كذلك إلا عندما تكون الحكة الناتجة عن انسلاخ جلدها الوشيك تجعلها عدائية. لقد كانت تتجول

في اللحية الضخمة، لتذكير التاجر باستمرار بأن عليه أن يحسن التصرف إذا كان يأمل في البقاء على قيد الحياة.

همست كارو: «بالنيابة عن حيوانات أمريكا الشمالية، ألا يمكنك أن تجعليها تلدغه؟».

«يمكنني ذلك، لكن بريمستون لن يكون سعيداً. كما تعلمين جيداً، فإن باين هو أحد أكثر تجاره قيمة».

تنهّدت كارو وقالت: «أعرف». لفترة زمنية أطول من عمرها، كان باين يزود بريمستون بأسنان الدببة - الدببة الرمادية والسوداء والقطبية - والوشق والثعلب وأسد الجبل والذئب وأحياناً الكلب. إنه متخصص في الحيوانات المفترسة، التي كانت دائماً ذات قيمة عالية هنا. وكانت هذه الحيوانات، كما أكدت كارو لبريمستون في العديد من المناسبات، أيضاً ذات قيمة مرتفعة في العالم. كم عدد الجثث الجميلة التي أنتجت تلك الكومة من الأسنان؟

راقبت بفزع كيف أخرج بريمستون ميداليتين ذهبيتين كبيرتين من خزانته المتينة، كل منهما بحجم الصحن ومنقوش عليها صورته، ودفعهما عبر طاولة المكتب إلى الصياد. لقد كانتا من نوع أمنيات غافرييل. وتكفي هاتان الميداليتان لتحقيق أمنية الطيران وأمنية الاختفاء. عبست كارو. وضعهما باين في جيبه ونهض من كرسيه، متحركاً ببطء كي لا يزعج أفيغيث. ومن زاوية إحدى عينيه الخاويتين من الروح، رمق كارو بنظرة تكاد تقسم إنها كانت نظرة عنجهية، ثم امتلك الجرأة ليغمزها.

كشرت كارو عن أسنانها ولم تقل شيئاً، بينما كانت إيسا ترافق باين إلى الخارج. هل كان ذلك هو الصباح الوحيد الذي غمزها فيه كاز من منصة الموديل؟ يا له من يوم.

أُغلق الباب، وأومأ بريمستون إلى كارو بالتقدم. رفعت الأنياب الملفوفة بالقماش نحوه وتركت الحزمة تسقط على أرضية المتجر.

صرخ: «كوني حذرة. هل تعرفين قيمة هذه الأشياء؟».

«بالطبع أعرف، لأنني دفعت ثمنها للتو».

«هذه هي القيمة البشرية. كان الأغبياء يقطعونها إلى قطع صغيرة لصنع الحلي والزينة».

سألت كارو: «وماذا ستفعل أنت بها؟». حافظت على نبرة صوت طبيعية، وكأن بريمستون قد ينسى نفسه ويكشف، أخيراً، اللغز الكامن في صميم كل شيء: ماذا كان يفعل بكل هذه الأسنان بحق الجحيم؟

لم يرمقها إلا بنظرة مرهقة وكأنه يقول لها: محاولة جيدة.

«ماذا؟ لقد ذكرتَ ذلك. لا، لا أعرف القيمة البشرية للأنياب. ليس لدي أي فكرة».

«أكثر من السعر». بدأ في قطع الشريط اللاصق بسكين مقوّسة.

قالت كارو وهي تتخبط على الكرسي الذي تركه باين للتو: «من الجيد أنني كنت أحمل بعض السكوبي معي، وإلا كنت ستخسر أنيابك التي لا تقدر بثمن لصالح مزايد آخر».

«ماذا؟».

«لم تعطني ما يكفي من المال. استمر مجرم الحرب الوغد الصغير هذا يزايد على الأنياب - حسناً، لست متأكدة من أنه مجرم حرب، ولكنه يمتلك تلك النزعة الإجرامية التي لا يمكن تحديدها - وكنت أرى أنه كان مصمماً على الحصول عليها، لذا... ربما لم يكن عليَّ أن أفعل ذلك، لأنك لا توافق على... حماقتي، هل تسميها كذلك؟». ابتسمتْ بلطف وتدلَّت الخرزات المتبقية من عقدها. كان العقد بحجم سوار تقريباً الآن.

لقد استخدمت حيلتها الجديدة في الحكة مع الرجل، متمنيةً له هجمة لا هوادة فيها من الحكة في الخصر حتى هرب من الغرفة. من المؤكد أن بريمستون كان يعرف؛ كان يعرف دائماً. فكرت أنه سيكون لطيفاً لو قال لها شكراً. بدلاً من ذلك، قام فقط بوضع عملة معدنية على الطاولة.

إنه شينغ shing تافه.

«أهذا كل شيء؟ لقد جررت هذه الأشياء عبر باريس من أجلك في سبيل شينغ، بينما يفلت ذو اللحية بميداليتين من الغافرييل؟».

تجاهلها بريمستون وأخرج الأنياب من لفائفها. وأقبل تويغا يتشاور معه، وكانا يتمتمان في نغمات خفية بلغتهما التي تعلمتها كارو من المهد فطرياً وليس بواسطة التمني. وكانت اللغة خشنة، هادرة ومليئة بالحروف المشددة، وكان أكثرها يخرج من الحلق. وبالمقارنة، بدت حتى الألمانية أو العبرية رخيمة.

وبينما كانا يتحدثان عن تكوينات الأسنان، تناولت كارو الأكواب المملوءة بالسكوبي وشرعت في تجديد سلسلة أمنياتها التي تكاد تكون عديمة الفائدة، والتي قررت الاحتفاظ بها كسوار متعدد الخيوط في الوقت الحالي. سحب تويغا الأنياب إلى ركنه لتنظيفها، وفكرت كارو في العودة إلى المنزل.

المنزل. لطالما كانت الكلمة تحوم حولها علامات اقتباس في ذهنها. لقد فعلت ما بوسعها لجعل شقتها مريحة، وملأتها باللوحات الفنية والكتب والفوانيس المزخرفة وسجادة فارسية ناعمة كفرو الوشق، وبالطبع كان هناك جناحاها الملائكيان اللذان يحتلان جداراً كاملاً. ولكن لم يكن هناك ما يسد فراغها الحقيقي؛ ولم يكن يحرك هواء المكان القريب أي شيء سوى أنفاسها.

عندما كانت وحدها، بدا وكأن المكان الفارغ في داخلها، الفراغ الذي كان يملأ المكان، الفراغ الذي كانت تفكر فيه، وكأنه يتضخم. حتى وجودها مع كاز قد فعل شيئاً ما لإبعاده، وإن لم يكن كافياً. لم يكن كافياً أبداً.

فكرت في سريرها الصغير الذي كان لها في السابق، والمدسوس خلف خزائن الكتب الطويلة في الجزء الخلفي من المتجر، وتمنت بغرابة أن تبقى هنا الليلة. كان بإمكانها أن تنام كما اعتادت على أصوات الهمسات، وانزلاق إيسا الناعم، وخشخشة الوحوش الصغيرة التي تتجول في الظلال.

«فتاة لطيفة» خرجت ياسري من المطبخ حاملة صينية الشاي. وبجانب إبريق الشاي كان هناك طبق من المعجنات المحشوة بالكاسترد على شكل قرون كانت كارو تفضلها.

قالت بصوتها الببغائي: «لا بد أنكِ جائعة». وأضافت وهي تنظر نظرة جانبية إلى بريمستون: «ليس من الصحي لفتاة في طور النمو، أن تركض دائماً إلى هنا وهناك في أي لحظة».

قالت كارو: «هذه أنا، الفتاة التي تركض هنا وهناك».

أمسكت بقطعة من المعجنات وجلست على كرسيها لتأكلها. ألقى عليها بريمستون نظرة، ثم قال لياسري: «وهل من الصحي لفتاة في مرحلة النمو أن تعيش على المعجنات؟».

قالت ياسري وهي تتنهد: «سأكون سعيدة بإعداد وجبة طعام مناسبة لها لو أنكَ حذرتني في أي وقت مضى أيها المتوحش العظيم». والتفتت إلى كارو وقالت: «أنتِ نحيفة جداً يا جميلتي. هذا لا يلائمك».

قالت إيسا موافقة وهي تداعب شعر كارو: «ممم. يجب أن تكون لبوة، ألا تعتقد ذلك؟ رشيقة وكسولة، وفراؤها ساخن بسبب الشمس، وليست هزيلة جداً. فتاة لبوة تتغذى جيداً، وتأكل من وعاء من القشدة».

ابتسمت كارو وبدأت تأكل. سكبت ياسري الشاي لهما، بالطريقة التي يحبانها، مما يعني أربع قطع سكر لبريمستون. بعد كل هذه السنوات، كانت كارو لا تزال تعتقد أنه من المضحك أن بائع الأمنيات كان يحب الحلوى. كانت تراقبه وهو ينحني عائداً إلى عمله الذي لا ينتهي، وهو يعلق الأسنان في قلائد.

«أوريكس ليوكوريكس»[13]، تعرف عليه وهو يختار سناً من صينيته.

قال من دون حماس: «الظباء لعب أطفال».

«أعطني شيئاً صلباً إذاً».

ناولها سن سمكة قرش، فتذكرت كارو الساعات التي كانت تجلس فيها معه هنا وهي طفلة تتعلم عن الأسنان.

قالت: «سمكة قرش الماكو».

«طويلة أم قصيرة الزعنفة؟».

«أوه. آه» ظلت هادئة، ممسكة بالسن بين إبهامها وسبابتها. كان بريمستون قد درّبها على هذا العمل منذ صغرها، وأصبح بإمكانها قراءة أصل الأسنان وسلامتها من اهتزازاتها الخفية. قالت: «قصيرة الزعنفة». شخر، وكان ذلك أقرب ما يكون إلى الإطراء.

سألته كارو: «هل تعلم أن أجنة سمك قرش الماكو تأكل بعضها البعض في الرحم؟».

نظرت إيسا، التي كانت تداعب أفيغيث، نظرة اشمئزاز.

قالت: «هذا صحيح. الأجنة من آكلة لحوم البشر فقط هي التي تنجو حتى تولد. هل يمكنك أن تتخيلي لو كان الناس هكذا؟».

---

13. المهاة العربية: هي إحدى أنواع الظباء، المنتمية إلى فصيلة البقريات. يُعتبر هذا النوع أصغر أنواع المهاة، وهو يستوطن صحاري وسهوب شبه الجزيرة العربية وبلاد ما بين النهرين وسوريا وفلسطين ومصر.

وضعت قدميها على المكتب، وبعد ثانيتين، وبعد نظرة مظلمة من بريمستون، أنزلتهما مرة أخرى.

جعلها دفء المتجر تشعر بالنعاس. كان السرير في زاويته الصغيرة يناديها، وكذلك اللحاف الذي صنعته لها ياسري، الناعم جداً بسبب سنوات من الاحتضان. قالت مترددة: «بريمستون. هل تعتقد؟».

في تلك اللحظة، دوّى صوت طرق عنيف.

قالت ياسري وهي تنقر بمنقارها في انفعال وتجمع أغراض الشاي: «يا إلهي».

كان الصوت قادماً من الباب الآخر المتجر.

كان هناك باب ثانٍ خلف مكان عمل تويغا، في الأماكن المظللة من المتجر، حيث لم يكن هناك أي فانوس معلق. طوال حياة كارو، لم يُفتح هذا الباب في حضورها أبداً. لم يكن لديها أي فكرة عما كان خلفه.

وعاد الطرق مرة أخرى، وبقوة إلى درجة أنه كان يهز الأسنان في جرارها. نهض بريمستون، وعرفت كارو ما كان متوقعاً منها - أن تنهض هي الأخرى وتغادر في الحال - لكنها تهاوت على كرسيها. قالت: «دعني هنا. سأكون هادئة. سأعود إلى سريري. لن أنظر».

قال بريمستون: «كارو. أنت تعرفين القواعد».

«أنا أكره القواعد».

خطا خطوة نحوها، وكان مستعداً لمساعدتها على النهوض من الكرسي إذا لم تستجب، فقفزت على قدميها رافعة يديها مستسلمة. قالت: «حسناً، حسناً». ارتدت معطفها مع استمرار الطرق، وأخذت قطعة معجنات أخرى من صينية ياسري قبل أن تسمح لإيسا بإدخالها إلى الدهليز. أغلق الباب خلفهما حاجباً الصوت.

لم تكلف نفسها عناء سؤال إيسا عمن كان على الباب الآخر - فإيسا لم تفصح أبداً عن أسرار بريمستون. لكنها قالت، بقليل من الرثاء: «كنت على وشك أن أسأل بريمستون إذا كان بإمكاني النوم في سريري القديم».

انحنت إيسا إلى الأمام لتُقبّل خدها وقالت: «أوه يا فتاتي الجميلة، ألن يكون ذلك لطيفاً؟ يمكننا الانتظار هنا، كما كنا نفعل عندما كنتِ صغيرة».

آه، نعم.

عندما كانت كارو صغيرة جداً على الخروج إلى شوارع العالم بمفردها، أبقتها إيسا هنا. كانتا تجلسان أحياناً لساعات في هذا المكان الضيق، وكانت إيسا تحاول أن تسلّيها بالغناء أو الرسم - في الواقع، كانت إيسا هي من بدأت برسمها - أو تتويجها بالثعابين السامة، بينما كان بريمستون في الداخل يواجه كل ما يقبع على الجانب الآخر من ذلك الباب.

وتابعت إيسا: «يمكنكِ العودة إلى الداخل، فيما بعد».

قالت كارو بحسرة: «لا بأس بذلك. سأنصرف فحسب».

ضغطت إيسا على ذراعها وقالت لها: «أحلاماً سعيدة أيتها الفتاة الجميلة»، فانحنت كارو على كتفيها وعادت إلى البرد في الخارج.

وبينما كانت تمشي، بدأت أبراج الساعات في جميع أنحاء براغ تدق عند حلول منتصف الليل، وانتهى يوم الإثنين الطويل المشحون أخيراً.

9

أبواب الشيطان

وقف أكيفا على حافة شرفة على سطح أحد المنازل في مدينة الرياض، وراح يحدق نحو باب في الممر الذي يقع في الأسفل. بدا الباب عادياً مثل الأبواب الأخرى، لكنه عرف حقيقته. شعر بهالة سحر مريرة كوجع خلف عينيه.

إنه أحد أبواب الشيطان إلى عالم البشر.

بسط جناحيه الواسعين اللذين لم يكونا مرئيين إلا من خلال ظله، وانزلق نحو الباب، وهبط وسط وابل من الشرر. رآه عامل نظافة الشوارع فسقط على ركبتيه، لكن أكيفا تجاهله وواجه الباب، وكفاه على شكل قبضتين. لم يكن يرغب في شيء أكثر من أن يستل سيفيه ويقتحم ليصل إلى الداخل، وينهي الأمور بسرعة هناك في متجر بريمستون، بل وينهيها دموياً، لكن سحر البوابات كان ماكراً، ويعرف أنه من الأفضل ألا يحاول ذلك، ففعل ما جاء إلى هنا ليفعله.

مدّ يده ووضعها بشكل مستو على الباب. كان هناك توهج خفيف ورائحة احتراق، وعندما رفع يده كانت بصماتها قد نُقشت على الخشب.

كان هذا كل شيء، في الوقت الراهن.

استدار وابتعد، وتراجع الناس نحو الجدران للسماح له بالمرور.

بالتأكيد، لم يتمكنوا من رؤيته على حقيقته. جناحاه الناريان السحريان غير مرئيين، وكان ينبغي أن يكون قادراً على الظهور كبشري، لكنه لم يكن ينجح في ذلك تماماً. ما رآه الناس كان شاباً طويل القامة، جميلاً - جميلاً حقاً جمالاً يخطف الأنفاس بطريقة نادراً ما يراها المرء في الحياة الواقعية - كان يتحرك بينهم برشاقة هائلة، ويبدو أنه كان يراهم مجرد تماثيل في حديقة الآلهة. كان على ظهره سيفان متقاطعان ومغروسان في غمدهما، وكان كماه مرفوعين إلى ساعديه المدبوغين والمشدودين بالعضلات.

أما يداه فكانتا مثيرتين للفضول، وموشومتين بالندوب البيضاء والسوداء بحبر الوشم - خطوط سوداء بسيطة متكررة مرسومة على رؤوس أصابعه. كان شعره الداكن مقصوصاً قريباً من جمجمته، مع خط شعر ينخفض إلى قمة جانبي الجبهة. كانت بشرته الذهبية ذات لون برونزي أغمق في جميع أنحاء وجهه - الحواف العالية لعظام الوجنتين والحاجبين وجسر الأنف - وكأنه عاش حياته في ضوء يخترق العسل المركّز.

إنه جميل كما هو، لكنه كان مقيتاً. من الصعب تخيله وهو يبتسم - وهو ما لم يفعله أكيفا بالفعل منذ سنوات عديدة، ولم يتخيل نفسه يبتسم مرة أخرى.

لكن كل هذا كان مجرد انطباع عابر. ما يركز عليه الناس، ويتوقفون لمشاهدته وهو يمر، كانت عيناه.

عيناه كهرمانيتان مثل عيني النمر، ومثل عيني النمر كانتا محاطتين بالسواد - سواد الرموش الثقيلة والكحل، الذي يجعل ذهب قزحيتي عينيه مثل أشعة الضوء. كانتا نقيتين ومضيئتين، فاتنتين وجميلتين بشكل مهول، ولكن كان هناك شيء خاطئ فيهما، وكانتا تفتقدان شيئاً.

الإنسانية، ربما، تلك الخصلة من الخير، التي سمّاها البشر، دون سخرية، باسمهم. عندما كان يقترب من إحدى الزوايا، وجدت امرأة عجوز نفسها في طريقه، وقعت عليها كامل قوة نظراته فشهقت.

هناك نيران مشتعلة في عينيه. كانت متأكدة من أنه سيشعل النار فيها شهقت وتعثرت، فمدّ يده ليمسكها. شعرت بالحرارة، وعندما استمر في المرور لامس جناحاه غير المرئيين جسدها. فتطاير الشرر منهما، وتركها فاغرة الفم في ذعر شديد ومشلولة أمام شكله المنحسر. وبكل وضوح رأت جناحيه الخفيين ينفتحان. ثم، ومع هبّة من الحرارة أطاحت بغطاء رأسها، كان قد اختفى.

خلال لحظات كان أكيفا في الفضاء، وبالكاد شعر بلسعات بلورات الجليد في الهواء الطلق. ترك بريقه يتلاشى، وبدا جناحاه كصفيحتين من نار تجتاحان ظلمة السماء.

تحرك بسرعة، متجهاً نحو مدينة بشرية أخرى ليجد مدخلاً آخر مملوءاً بسحر الشيطان، وبعده آخر، إلى أن حملت جميعها بصمة اليد السوداء.

في أقاصي العالم، كان هازايل وليراز يفعلان الشيء نفسه. وبمجرد وضع علامة على جميع الأبواب، ستبدأ النهاية.

...

وستبدأ بالنار.

10

الفتاة المتجولة

عموماً، تمكنت كارو من الحفاظ على التوازن بين حياتين. فمن ناحية، هي طالبة فنون في السابعة عشرة من عمرها في براغ؛ ومن ناحية أخرى، هي فتاة مأمورة لدى مخلوق غير بشري كان أقرب شيء بالنسبة إليها إلى العائلة. في معظم الأحيان، كانت تجد أن هناك وقتاً كافياً في الأسبوع لكلتا الحياتين. إن لم يكن كل الأسابيع، فعلى الأقل معظمها.

لم يكن هذا الأسبوع أحد تلك الأسابيع.

كانت يوم الثلاثاء لا تزال في الصف عندما قفز كيشميش على حافة النافذة ونقر الزجاج بمنقاره. رسالته أكثر إيجازاً من رسالة الأمس، وكان نصها فقط يقول: تعالي. نفذت كارو الأمر، على الرغم من أنها لو عرفت إلى أين سيرسلها بريمستون، لما فعلت ذلك.

سوق الحيوانات في سايغون أحد أكثر الأماكن غير المفضلة لديها في العالم. لم تكن القطط الصغيرة في الأقفاص والرعاة الألمان والخفافيش ودببة الشمس وقرود اللانغور، تباع كحيوانات أليفة، بل كطعام.

كانت أم الجزار العجوز تحتفظ بالأسنان في جرة جنائزية، وكانت كارو هي التي تجمعها كل بضعة أشهر، وتبرم الصفقة بتناول جرعة من نبيذ الأرز الحامض، التي تجعل معدتها تضطرب.

الأربعاء: شمال كندا. صيادان من الأثاباسكان، غنيمة مقززة من أسنان الذئاب.

الخميس: سان فرانسيسكو، عالمة زواحف شقراء شابة مع كومة من أنياب الأفاعي المجلجلة المتبقية من مواضيع أبحاثها التعيسة.

قالت لها كارو وهي غاضبة لأن من واجبها رسم صورة شخصية في اليوم التالي، وبإمكانها الاستفادة من الساعات الإضافية لإكمالها: «كما تعلمين، يمكنكِ أن تأتي إلى المتجر بنفسك».

هناك أسباب مختلفة لعدم حضور التجار إلى المتجر. فبعضهم فقد هذا الامتياز بسبب سوء السلوك؛ والبعض الآخر لم يتم التحقق منه بعد، والكثير منهم ببساطة كانوا يخشون الخضوع لقلادات الثعابين، وهو ما لم يكن ينبغي أن يكون مشكلة في هذه الحالة، لأن هذه العالمة بالذات كانت تقضي أيامها مع الثعابين بمحض إرادتها.

ارتجفت عالمة الزواحف. قالت: «جئت مرة واحدة. ظننت أن المرأة الأفعى ستقتلني».

كتمت كارو ابتسامة. قالت: «آه». لقد فهمتْ. لم تكن إيسا صديقة لقتلة الزواحف، وكان معروفاً عنها أنها كانت تغوي ثعابينها بحركات تشبه الخنق عندما يحلو لها ذلك. «حسناً، حسناً». قامت بعدّ الأسنان بالعشرات وجمعتها في كومة مرتبة. قالت: «لكنك تعرفين، أنكِ إذا أتيت إلى المتجر، فسيدفع لك بريمستون أمنيات تساوي أكثر من هذا بكثير». بريمستون لم يكلف كارو، رغم شعورها بالمرارة، بتوزيع الأمنيات نيابة عنه.

«ربما في المرة القادمة».

قالت كارو: «الخيار لكِ»، وهزت كتفيها وغادرت مع تلويحة صغيرة، لتعود إلى البوابة وتعبر من خلالها، ولاحظت وهي تفعل ذلك، أن بصمة يد سوداء محترقة على سطحها. أرادت أن تذكر ذلك لبريمستون، لكنه كان مع تاجر، وهي لديها واجب منزلي لتقوم به، لذا مضت في طريقها.

بقيت مستيقظة حتى منتصف الليل تعمل على رسم صورتها الذاتية، وكانت متوعكة يوم الجمعة وتأمل ألا يستدعيها بريمستون مرة أخرى. لم يكن بريمستون عادةً يرسل في طلبها أكثر من مرتين في الأسبوع، وقد فعل ذلك بالفعل أربع مرات. في الصباح، بينما كانت ترسم فيكتور العجوز في ثوب من الريش فقط - وهو مشهد كادت زوزانا ألا تتحمله - شرعت تراقب النافذة. وظلت طوال فترة ما بعد الظهيرة في استديو الرسم، تخشى ظهور كيشميش، لكنه لم يظهر، وبعد انتهاء الدوام المدرسي، انتظرت زوزانا تحت الإفريز تجنباً لرذاذ المطر.

قالت صديقتها: «حسناً، إنها كارو. انظروا جيداً يا قوم. إن مشاهدة هذا المخلوق الخفي تزداد ندرة مع مرور الوقت».

لاحظت كارو البرودة في صوتها. اقترحت بتفاؤل: «الزهرمان؟». بعد الأسبوع الذي مرت به، أرادت أن تذهب إلى المقهى وتسترخي في الأريكة، وتثرثر وتضحك وترسم وتشرب الشاي وتعوض ما فاتها من حياة طبيعية.

أشارت إليها زوزانا بحاجبها. قالت: «ماذا، ألا توجد مهمات؟».

«لا، الحمد لله. هيا، أنا أتجمد من البرد».

«لا أعرف يا كارو. ربما لدي مهام سرية اليوم».

كانت كارو تمضغ خدها من الداخل وتتساءل عمّ يجب أن تقول: إنها تكره الطريقة التي يخفي بها بريمستون الأسرار عنها، وتكره أكثر أن تفعل الشيء نفسه مع زوزانا. ما نوع الصداقة التي تقوم على المراوغة والكذب؟ عندما كبرتْ، وجدت أنه من المستحيل تقريباً أن يكون لها أصدقاء؛ فالحاجة

إلى الأكاذيب دائماً ما تقف عائقاً في طريقها. كان الأمر أسوأ من ذلك، لأنها كانت تعيش في المتجر – ناهيك عن دعوة صديق لها للعب معاً! كانت تخرج من البوابة في مانهاتن كل صباح للذهاب إلى المدرسة، ثم إلى دروسها في الكاراتيه والأيكيدو، وتعود إليها كل مساء.

كان باباً مغلقاً في مبنى مهجور في إيست فيليج، وعندما كانت كارو في الصف الخامس الابتدائي رأتها صديقة تدعى بليندا وهي تدخل، وتوصلت إلى استنتاج أنها مشردة. انتشر الخبر، وتدخل الآباء والمدرسون في الأمر، ولم تتمكن كارو من إحضار إستر، جدتها المزيفة، في وقت قصير، وتم احتجازها في عهدة وزارة الأمن الوطني. ووضعت في منزل جماعي، حيث هربت منه في الليلة الأولى، ولم يرها أحد مرة أخرى. بعد ذلك: مدرسة جديدة في هونغ كونغ، مع حذر إضافي من ألا يراها أحد وهي تستخدم البوابة. كان ذلك يعني المزيد من الأكاذيب والسرية، وعدم إمكانية اكتساب أصدقاء حقيقيين.

أصبحت كبيرة بما فيه الكفاية الآن، بحيث لم يكن هناك خطر من أن تتحرى عنها الخدمات الاجتماعية، ولكن بالنسبة إلى الأصدقاء، كان ذلك لا يزال بمثابة السير على حبل مشدود. كانت زوزانا أفضل صديقة لها على الإطلاق، ولم تكن تريد أن تخسرها.

تنهدت، وقالت: «أنا آسفة بشأن هذا الأسبوع. لقد كان جنونياً. إنه العمل-».

«العمل؟ منذ متى وأنتِ تعملين؟».

«أنا أعمل. ما الذي تعتقدين أنني أعيش عليه، ماء المطر وأحلام اليقظة؟».

كانت تأمل أن تجعل زوزانا تبتسم، لكن صديقتها حدقت في وجهها، وقالت: «كيف لي أن أعرف على ماذا تعيشين يا كارو؟ منذ متى ونحن صديقتان، ولم تذكري أبداً وظيفة أو عائلة أو أي شيء».

تجاهلت كارو الجزء الخاص بـ «عائلة أو أي شيء»، وأجابت: «حسناً، إنها ليست وظيفة بالضبط. أنا فقط أقوم بمهام لهذا الرجل. أقوم بالتوصيل، وألتقي بالناس».

«ماذا، هل هو تاجر مخدرات؟».

«هيا، يا زوزي، حقاً؟ إنه... جامع، على ما أظن».

«ماذا يجمع؟».

«مجرد أشياء. من يهتم؟».

«أنا أهتم. أنا مهتمة. يبدو الأمر غريباً يا كارو. أنت لست متورطة في شيء غريب، أليس كذلك؟».

أوه لا، فكرت كارو. لا على الإطلاق. أخذت نفساً عميقاً، وقالت: «لا يمكنني حقاً التحدث عن ذلك. هذا ليس من شأني، بل من شأنه».

قالت زوزانا: «حسناً. مهما يكن»، واستدرت على كعب حذائها وخرجت تحت المطر.

نادتها كارو: «انتظري!». أرادت أن تتحدث عن ذلك. أرادت أن تخبر زوزانا بكل شيء، أن تشكو من أسبوعها السيئ - أنياب الفيل، وسوق الحيوانات الكابوسي، وكيف أن بريمستون لم يدفع لها سوى شلنات تافهة، والطرق المخيف على الباب الآخر. كان بإمكانها أن ترسم كل هذا في كراسة الرسم، وكان ذلك شيئاً جيداً، لكنه لم يكن كافياً. أرادت أن تتحدث.

بدا الأمر غير وارد بالطبع. سألت: «هل يمكننا من فضلك الذهاب إلى مطعم الزهرمان؟»، وخرج صوتها خافتاً ومتعباً.

نظرت زوزانا إلى الوراء، ورأت التعبير الذي بدا على وجه كارو أحياناً عندما اعتقدت ألا أحد يراها. كان حزناً وضياعاً، وأسوأ ما في الأمر أنه بدا وكأنه طبيعي - وكأنه موجود طوال الوقت، وكل تعابيرها الأخرى كانت مجرد مجموعة من الأقنعة التي استخدمتها لتغطية ذلك.

استجابت زوزانا. قالت: «حسناً. حسناً. أنا أتحرق شوقاً إلى تناول بعض الغولاش. هل فهمت؟ أنا أموت فيه. ها ها».

الغولاش المسموم؛ كانت تلك مزحة قديمة بينهما، وتعرف كارو أن كل شيء على ما يرام. حتى الآن. لكن ماذا عن المرة القادمة؟

وانطلقتا، من دون مظلة، ملتصقتين ببعضهما، مسرعتين تحت الرذاذ

قالت زوزانا: «يجب أن تعرفي، أن ذلك الغبي كان يتسكع حول مطعم الزهرمان. أعتقد أنه يتربص بكِ».

قالت كارو متذمرة: «عظيم». كان كاز يتصل ويرسل رسائل نصية، وهي تتجاهله.

«يمكننا الذهاب إلى مكان آخر-».

«لا، لن أسمح لشطيرة القوارض تلك أن تستولي على الزهرمان. الزهرمان ملك لنا».

كررت زوزانا: «شطيرة القوارض؟».

إنها إهانة مفضلة لدى إيسا، وهي منطقية في سياق النظام الغذائي للمرأة الثعبانية، والذي كان يتألف أساساً من مخلوقات صغيرة ذات فرو.

قالت كارو: «نعم، شطيرة القوارض. لحم فأر مطحون مع فتات الخبز والكاتشب-».

«توقفي».

قالت كارو: «أو يمكنك استبداله بالهامستر، على ما أعتقد».

«أو بخنازير غينيا. هل تعلمين أنهم يشوون خنازير غينيا في بيرو، ويضعونها على أسياخ صغيرة، مثل حلوى الخطمي؟».

قالت زوزانا: «توقفي».

«مممم، خنازير غينيا المشوية على أسياخ صغيرة -».

«توقفي الآن، قبل أن أتقيأ. من فضلك».

وتوقفت كارو بالفعل، ليس بسبب توسلات زوزانا، ولكن لأنها لاحظت رفرفة مألوفة في زاوية عينها. لا لا لا، قالت لنفسها. لم – ولن- تكن لتدير رأسها. ليس كيشميش، ليس الليلة.

بعد أن لاحظت صمتها المفاجئ، سألت زوزانا: «هل أنتِ بخير؟».

الرفرفة مرة أخرى، في دائرة من ضوء المصباح في مجال رؤية كارو. بعيد جداً بحيث لا يلفت الانتباه إلى نفسه بشكل خاص، لكنه كيشميش بلا شك.

اللعنة.

قالت كارو: «أنا بخير»، وتابعت السير بتصميم باتجاه مطعم الزهرمان ماذا كان يفترض بها أن تفعل، أن تصفع جبينها وتدعي أنها تذكرت القيام بمهمة بعد كل ذلك؟ تساءلت ماذا ستقول زوزانا لو رأت الوحش الصغير رسول بريمستون، وأجنحة الخفاش الغريبة جداً على جسمه المكسو بالريش. وبوجود زوزانا، كانت سترغب على الأرجح في صنع نسخة دمية منه.

سألتها كارو محاولة التصرف بشكل طبيعي: «كيف يسير مشروع الدمى المتحركة؟».

أشرق وجه زوزانا وبدأت تخبرها. استمعت كارو إلى نصف ما قالت، لكنها كانت مشتتة بسبب تشوشها وقلقها. ماذا سيفعل بريمستون إذا لم تأتِ؟ ماذا عساه أن يفعل، هل سيخرج ويحضرها بنفسه؟

إنها تدرك أن كيشميش يتبعها، وبينما كانت تنحني تحت القوس إلى فناء مطعم الزهرمان، رمقته بنظرة حادة وكأنها تقول له: أنا أراك. وأنا لن آتي. فأطرق رأسه في وجهها، وهو في حيرة من أمره، فتركته هناك ودخلت

كان المقهى مزدحماً، على الرغم من أن كاز، لحسن الحظ، لم يكن موجوداً في أي مكان. هناك مزيج من العمال المحليين والرحالة والفنانين

المغتربين والطلاب الذين كانوا يتسكعون في المقهى، وكان دخان سجائرهم كثيفاً، إلى درجة أن التماثيل الرومانية بدت وكأنها تلوح في الأفق بسبب الضباب، وهم يرتدون أقنعة الغاز.

قالت كارو، عندما رأت ثلاثة من الرحالة القذرين يسترخون على طاولتهم المفضلة: «اللعنة. طاولة الوباء خاصتنا محجوزة».

قالت زوزانا: «كل الطاولات محجوزة. إنه كتاب كوكب مهجور الغبي. أريد أن أعود بالزمن إلى الوراء وأضرب كاتب الرحلات اللعين في نهاية الممر، وأتأكد من أنه لن يجد هذا المكان أبداً».

«أنت عنيفة للغاية. تريدين أن تهاجمي الجميع هذه الأيام».

وافقت زوزانا: «سأفعل. أقسم إنني أكره المزيد من الناس كل يوم. الجميع يزعجني. إذا كنت هكذا الآن، فكيف سأصبح عندما أكبر في السن؟»

«ستصبحين العجوز الشريرة، التي تطلق النار من مسدس ب ب[14] على الأطفال من شرفتها».

«لا. مسدسات BBs فقط تثير غضبهم. أشبه بالقوس والنشاب. أو بازوكا[15]».

«أنت متوحشة».

انحنت زوزانا، ثم ألقت نظرة أخرى محبطة على المقهى المزدحم. «هذا مقرف. هل تريدين الذهاب إلى مكان آخر؟».

هزت كارو رأسها. كان شعرها مبللاً بالفعل؛ لم تُرِدْ الخروج مرة أخرى. لقد أرادت فقط طاولتها المفضلة في مقهاها المفضل. في جيب سترتها، عبثت أصابعها بمخزون الأشياء التي أنجزتها خلال الأسبوع. قالت وهي

---

14. بندقية BB هي نوع من البنادق الهوائية المصممة لإطلاق مقذوفات كروية معدنية .

15. قاذفة صواريخ قصيرة المدى تستخدم ضد الدبابات.

تومئ برأسها نحو الرحالة الجالسون بالقرب من بيستيلنس: «أعتقد أن هؤلاء الرجال على وشك المغادرة».

قالت زوزانا: «لا أظن ذلك. أكواب البيرة خاصتهم ممتلئة».

«لا، أعتقد أنهم سيغادرون». بين أصابع كارو، تلاشت إحدى الأشياء. وبعد ثانية، نهض الرحالة على أقدامهم. تابعت: «لقد أخبرتكِ».

تخيلت أنها سمعت تعليق بريمستون: طرد الغرباء من طاولات المقاهي: أنانية.

قالت زوزانا: «غريب»، بينما كانت الفتاتان تتسللان خلف تمثال الحصان العملاق لتجلسا إلى طاولتهما. وغادر الرحالة الذين كانوا يبدون في حيرة من أمرهم. قالت زوزانا: «لقد كانوا لطفاء نوعاً ما».

«هل تريدين مناداتهم كي يعودوا؟».

«ربما». كانت لديهما قاعدة ضد الفتيان الرحالة، الذين يمرون مع الرياح، ويبدون جميعاً متشابهين بعد فترة، بذقونهم الكثة وقمصانهم المجعدة. «كنت ببساطة أقوم بتشخيص جاذبيتهم. بالإضافة إلى أنهم بدوا تائهين نوعاً ما. مثل الجراء».

شعرت كارو بوخزة من الذنب. ما الذي كانت تفعله، هل كانت تتحدى بريمستون، وتنفق أمنياتها على أشياء شريرة مثل إجبار الرحالة الأبرياء على الخروج تحت المطر؟ استلقت على الأريكة. كان رأسها يؤلمها، وشعرها رطباً، وتشعر بالتعب، ولم تستطع التوقف عن القلق بشأن تاجر الأمنيات. ماذا سيقول؟

طوال الوقت الذي كانت فيه هي وزوزانا تتناولان الغولاش، ظلت نظراتها تتجه نحو الباب.

سألتها زوزانا: «أتراقبين أحدهم؟».

«أوه. فقط... أخشى أن يظهر كاز».

«نعم، حسناً، إذا ظهر، يمكننا أن نصرعه ونضعه في هذا التابوت ونغلقه بالمسامير».

«يبدو هذا جيداً».

طلبتا الشاي، الذي جاء في وعاء فضي عتيق، وأطباق السكر والكريمة منقوش عليها كلمتا زرنيخ وإستركنين.

قالت كارو: «إذاً، ستقابلين فتى الكمان غداً في المسرح. ما هي استراتيجيتك؟».

قالت زوزانا: «ليس لدي أي استراتيجية. أريد فقط تخطّي كل هذا والوصول إلى المرحلة التي يصبح فيها حبيبي. ناهيك عن المرحلة التي يدرك فيها أنني موجودة».

«هيا، أنتِ لا تريدين حقاً تخطي هذه المرحلة».

«بلى، أريد تخطيها».

«تخطي مقابلته؟ الفراشات، وخفقان القلب، والاحمرار خجلاً؟ المرحلة التي تدخلان فيها المجال المغناطيسي لبعضكما البعض لأول مرة، وكأن خطوطاً غير مرئية من الطاقة تجذبكما إلى بعضكما البعض–».

كررت زوزانا: «خطوط غير مرئية من الطاقة؟ هل تتحولين إلى أحد غريبي الأطوار في العصر الجديد الذين يستخدمون البلورات ويقرأون هالات الناس؟».

«أنت تعرفين ما أعنيه. الموعد الغرامي الأول، تشابك الأيدي، القبلة الأولى، كل ذلك الحماس والشوق؟».

«أوه، كارو، أيتها الرومانسية الصغيرة المسكينة».

«بالعكس. كنت أقول إن البداية هي المرحلة الجيدة، عندما تكون كلها شرارات وبريقاً، قبل أن ينكشف أمرهم حتماً باعتبارهم حمقى».

تجهمت زوزانا، وقالت: «لا يمكن أن يكونوا كلهم حمقى، أليس كذلك؟»

«لا أدري. ربما لا. ربما الوسيمون منهم فقط».

«لكنه وسيم. يا إلهي، أتمنى ألا يكون أحمق. هل تعتقدين أن هناك أي فرصة أن يكون غير أحمق وعازباً؟ أعني، بجدية. ما هي الاحتمالات؟».

«ضئيلة».

قالت زوزانا: «أعرف»، وتراجعت بشكل دراماتيكي إلى الوراء وتكوّمت مثل دمية مهملة.

قالت كارو: «بافل معجب بك، كما تعلمين. إنه موثوق وغير أحمق».

«نعم، حسناً، بافل لطيف، لكنه لا يكترث بالفراشات».

تنهدت كارو وقالت: «الفراشات في المعدة. أعرف. هل تعرفين ما أفكر فيه؟ أعتقد أن الفراشات موجودة دائماً في معدتك، في معدة كل شخص، طوال الوقت».

«مثل البكتيريا؟».

«لا، ليست مثل البكتيريا، بل مثل الفراشات، وبعض فراشات الناس تتفاعل مع فراشات الآخرين، على مستوى كيميائي، مثل الفيرومونات[16]، بحيث عندما تكون قريبة منك، تبدأ فراشاتك بالرقص. لا يمكنها فعل شيء - إنها مادة كيميائية».

«كيميائية. هذا رومانسي الآن».

«أعلم، أليس كذلك؟ فراشات غبية». أعجبت كارو بالفكرة،، وفتحت

---

16. الفيرومونات: هي كيماويات تتركب من جزيئات عضوية معقدة. تستعمل لنقل الإشارة من حيوان إلى آخر، وهي أكثر تخصصاً من الروائح بحيث يستطيع الكائن المستهدف استكشافها بكميات ضئيلة جداً وهي محمولة بالهواء، وعادةً تكون مخففة جداً ونوعية التأثير على الأحياء، تهدف لجذب الحيوانات لبعضها كلٌ حسب نوعه في موسم التزاوج، أو للتنبيه من خطر محدق أو للتوجيه لوجود غذاء، وتعتبر أحد أنواع البروتينات التي تستخدمها الحشرات لعدة أغراض.

كراسة الرسم، وبدأت في الرسم: أمعاء كرتونية ومعدة مزدحمة بالفراشات. سيكون بابيليو ستوماخوس[17] هو اسمها اللاتيني.

سألت زوزانا: «إذا كان الأمر كله كيميائياً وليس لك رأي في الأمر، فهل هذا يعني أن الغبي لا يزال يجعل فراشاتك ترقص؟».

نظرت كارو. قالت: «يا إلهي، لا. أعتقد أنه يجعل فراشاتي تتقيأ».

تناولت زوزانا للتو رشفة من الشاي، وطارت يدها إلى فمها في محاولة لإبقائها في الداخل. ضحكت، وانحنت فجأة إلى الأمام، حتى تمكنت من ابتلاعها. قالت: «يا للقرف. معدتك مليئة بقيء الفراشات!».

ضحكت كارو أيضاً واستمرت في الرسم. قالت: «في الواقع، أعتقد أن معدتي مليئة بالفراشات الميتة. لقد قتلها كاز».

وكتبت: بابيليو ستوماخوس: مخلوقات هشة، عرضة للصقيع والخيانة.

قالت زوزانا: «وماذا في ذلك. لا بد أنها فراشات غبية جداً لتقع في غرامه على أي حال. ستربّين فراشات جديدة أكثر عقلانية. فراشات حكيمة جديدة».

كارو أحبت زوزانا لاستعدادها للعب مثل هذه السخافة على خيط طائرة ورقية طويل. قالت: «صحيح»، ورفعت فنجان شايها علامة على نخب. وتابعت: «نخب جيل جديد من الفراشات، نأمل أن يكون أقل غباءً من الجيل السابق».

ربما كانت الفراشات ستنمو حتى الآن في شرانق صغيرة سمينة. أو ربما لا. كان من الصعب تخيل الشعور بذلك الإحساس السحري بالوخز في معدتها في أي وقت قريب. قالت لنفسها إنه من الأفضل ألا تقلق بشأن ذلك. لم تكن بحاجة إليه. حسناً. لم تكن تريد أن تحتاج إليه.

---

17. من اللاتينية، وتعني فراشات البطن.

إن توقها إلى الحب يجعلها تشعر وكأنها قطة تلتف حول الكاحلين دائماً، تموء: دلليني، دلليني، انظري إليّ، أحبيني.

من الأفضل أن تكون القطة التي تحدق بهدوء من فوق جدار عالٍ، وتعبيراتها غامضة. القطة التي تتجنب الملاعبة، ولا تحتاج إلى أحد. لماذا لم تستطع أن تكون تلك القطة؟

كوني تلك القطة!!! كتبت، ورسمتها في زاوية صفحتها، بهدوء وبرود.

تمنَّت كارو أن تكون تلك الفتاة التي تكتفي بذاتها، وتشعر بالراحة في عزلتها وبالهدوء. لكنها لم تكن كذلك. إنها وحيدة، وتخشى أن يتسع الفقدان في داخلها وكأنه قد يتمدد... ويبتلعها.

كانت تتوق إلى وجود شخص صلب بجانبها. أطراف الأصابع تضيء مؤخرة رقبتها ويسمع صوتها في الظلام. شخص ينتظرها بمظلة ليوصلها إلى منزلها تحت المطر، ويبتسم لها كأشعة الشمس عندما يراها قادمة. شخص يرقص معها على شرفتها، ويفي بوعوده ويعرف أسرارها، ويصنع عالماً صغيراً أينما كان، معها فقط وذراعاه وهمساته وثقتها به.

فُتح الباب. نظرت في المرآة وكتمت شتيمة. عاد ذلك الظل المجنح مرة أخرى متسللاً خلف بعض السياح. نهضت كارو واتجهت إلى الحمام، حيث أخذت الورقة التي جاء كيشميش لتسليمها.

ومرة أخرى ها هي تحمل كلمة واحدة.

لكن هذه المرة كانت الكلمة «أرجوكِ».

11

أرجوكِ

أرجوكِ؟ بريمستون لم يقل يوماً أرجوكِ. هرعت كارو مسرعة عبر المدينة، ووجدت نفسها مضطربة أكثر مما لو كانت الرسالة قد قالت شيئاً مهدداً، مثل: الآن، وإلا.

عند السماح لها بالدخول، بدت إيسا صامتة بشكل غير معهود.

«ما الأمر يا إيسا؟ هل أنا في ورطة؟».

«اصمتي. فقط ادخلي وحاولي ألا توبخيه اليوم».

رمشت كارو بعينيها وقالت: «أوبّخه؟». ظنت أنه إذا كان هناك أي شخص في خطر التعرض للتوبيخ، فستكون هي نفسها.

«أنت تقسين عليه في بعض الأحيان، وكأن الأمر ليس صعباً بما فيه الكفاية بالفعل».

«وكأن الأمر ليس صعباً بما فيه الكفاية؟».

«حياته. عمله. حياته هي عمله. إنها بلا بهجة، قاسية، وأحياناً تجعلينها أصعب مما هي عليه بالفعل».

قالت كارو مندهشة: «أنا؟ هل دخلتُ للتو في خضم محادثة يا إيسا؟ ليس لدي أي فكرة عما تتحدثين عنه».

«قلت لك اصمتي. أنا فقط أطلب منك أن تحاولي أن تكوني لطيفة كما كنتِ عندما كنتِ صغيرة. لقد كنتِ مبهجة لنا جميعاً يا كارو. أعلم أنه ليس من السهل عليك أن تعيشي هذه الحياة، لكن حاولي أن تتذكري، حاولي أن تتذكري دائماً، أنكِ لستِ الوحيدة التي تعاني من المشاكل».

وعندها فُتح الباب الداخلي، وخطت كارو عبر العتبة. كانت مرتبكة، ومستعدة للدفاع عن نفسها، ولكن عندما رأت بريمستون، نسيت كل ذلك إنه يتكئ بتثاقل على مكتبه، ورأسه الضخم يستند إلى إحدى يديه، بينما يضع يده الأخرى على عظمة الأمنيات التي كان يرتديها حول عنقه. قفز كيشميش بهياج من أحد قرني سيده إلى القرن الآخر، وهو يطلق زقزقة مزعجة من القلق، وتعثرت كارو في الكلام. «هل... هل أنت بخير؟». بدا السؤال غريباً، وأدركت أنه من بين كل الأسئلة التي أمطرته بها في حياتها، لم تسأله هذا السؤال من قبل. لم يكن لديها سبب لذلك أبداً - فهو نادراً ما أظهر أي تلميح من المشاعر، ناهيك عن الضعف أو الإرهاق.

رفع رأسه وتخلى عن عظمة الأمنيات وقال ببساطة: «ها قد جئتِ». بدا متفاجئاً، وفكرت كارو في شعورها بالذنب، وشعرت بالارتياح.

قالت، وهي تسعى للتخفيف من حدة الأمر: «حسناً، أرجوكِ هي الكلمة السحرية، كما تعلم».

«ظننت أننا ربما فقدناكِ».

«فقدتني؟ أتعني أنك ظننتني قد متُّ؟».

«لا، يا كارو. ظننت أنك قد نلتِ حريتك».

قالت: «حريـ...» وتوقفت عن الكلام.

نالت حريتها؟ تابعت: «ماذا يعني ذلك؟».

«لطالما تخيلت أن طريق حياتك سوف ينفتح يوماً ما عند قدميك، ويحملك بعيداً عنا. كما ينبغي، وكما يجب أن يكون. لكنني سعيد لأن ذلك اليوم ليس هو هذا اليوم».

وقفت كارو تحدق فيه. قالت: «هل أنت جاد؟ أفسدتُ مهمة واحدة وتعتقد أن هذا كل شيء، وأنني رحلت إلى الأبد؟ يا إلهي. ما رأيك بي، هل تعتقد أنني سأختفي هكذا؟».

«السماح لكِ بالرحيل، يا كارو، سيكون مثل فتح النافذة لفراشة. لا أحد يأمل في عودة فراشة».

«أنا لست فراشة لعينة».

«لا، أنت إنسان. مكانك في عالم البشر. طفولتك شارفت على الانتهاء»

«إذاً... ماذا؟ ألم تعد بحاجة إليَّ بعد الآن؟».

«على العكس من ذلك. أنا بحاجة إليكِ الآن أكثر من أي وقت مضى. كما قلت، أنا سعيد أن اليوم ليس اليوم الذي ستتركيننا فيه».

بدا هذا كله خبراً جديداً بالنسبة إلى كارو، حيث سيأتي يوم تترك فيه عائلتها الكيميرية، بل إنها امتلكت الحرية لفعل ذلك إذا رغبت. لم تكن تتمنى ذلك. حسناً، ربما تمنت ألا تذهب في بعض المهمات المخيفة، ولكن هذا لم يكن يعني أنها كانت فراشة ترفرف على الزجاج، وتحاول الخروج والهروب. لم تكن تعرف حتى ماذا تقول.

دفع بريمستون محفظة عبر المكتب إليها.

المهمة. كادت أن تنسى سبب وجودها هنا. غاضبة، أمسكت بالمحفظة وفتحتها. الدراهم. المغرب إذاً. تغضن جبينها. سألت: «إيزيل؟»، فأومأ بريمستون برأسه.

«لكن الوقت لم يحن بعد». كان لدى كارو موعد دائم مع حفار القبور في مراكش يوم الأحد الأخير من كل شهر، وكان هذا يوم الجمعة، وقبل أسبوع من الموعد.

قال بريمستون: «لقد حان الوقت». وأشار إلى جرة عطار طويلة على الرف خلفه. كارو تعرف الجرة جيداً؛ تلك الجرة التي تمتلئ عادة بأسنان بشرية. أما الآن فقد كانت شبه فارغة.

قالت: «أوه»، وجالت ببصرها على طول الرف ورأت، لدهشتها، أن العديد من مخزوم الجرار كان قد انخفض أيضاً. لم تستطع أن تتذكر وقتاً كان فيه مخزون الأسنان منخفضاً جداً. تابعت: «واو، أنت حقاً تستهلك الأسنان. هل هناك شيء ما يحدث؟».

كان سؤالاً سخيفاً. وكأنه بإمكانها أن تفهم ما يعنيه أنه يستهلك المزيد من الأسنان، في حين أنها لم تكن تعرف ما الغرض منها في البداية.

قال بريمستون: «انظري ماذا لدى إيزيل. لا أفضل أن أرسلك إلى أي مكان آخر للحصول على أسنان بشرية، إذا كان ذلك ممكناً».

قالت كارو: «نعم، وأنا أيضاً»، ومررت أناملها بخفة على ندوب الرصاص على بطنها، وتذكرت سانت بطرسبرغ، والمهمة التي سارت بشكل خاطئ وبشكل مروع. أسنان بشرية، على الرغم من وفرة المعروض منها في العالم، إلا أن... الحصول عليها قد يكون... مثيراً للاهتمام.

لن تنسى أبداً منظر أولئك الفتيات، وهن ما زلن على قيد الحياة في عنبر الشحن، وأفواههن ملطخة بالدماء، ومصائر أخرى تنتظرهن بعد ذلك ربما هربن. عندما تفكر كارو فيهن الآن، فإنها عادة ما تضيف نهاية مختلقة، كما علمتها إيسا أن تفعل مع الكوابيس حتى تتمكن من العودة إلى النوم.

لم تستطع تحمل الذكرى إلا إذا اعتقدت أنها أعطت أولئك الفتيات وقتاً للهروب من المتاجرين بهن، وربما فعلت ذلك بالفعل. لقد حاولت.

كم كان الأمر غريباً أن يتم إطلاق النار عليها. كم وجدت نفسها غير مسلحة، وكم كانت سريعة في نزع سكينها المخبأة واستخدامها. واستخدمتها. واستخدمتها.

لقد تدربت على القتال لسنوات، لكنها لم تضطر سابقاً للدفاع عن حياتها. في لحظة خاطفة، اكتشفت أنها تعرف تماماً ما يجب أن تفعله.

قال بريمستون: «جرّبي جامع الفنا. رصد كيشميش إيزيل هناك، لكن ذلك كان منذ ساعات، عندما استدعيتكِ لأول مرة. إذا كنتِ محظوظة، فقد يكون لا يزال هناك». بعد ذلك، انحنى مرة أخرى على صينية أسنان القرد، وانصرفت كارو على ما يبدو. الآن كان هناك بريمستون القديم، وكانت هي سعيدة. هذا المخلوق الجديد الذي قال لها «أرجوكِ»، وتحدث عنها وكأنها فراشة ‏- كان مقلقاً.

قالت كارو: «سأجده. وسأعود قريباً، وجيوبي مليئة بالأسنان البشرية. أراهن أن هذه الجملة لم تُقل في أي مكان آخر في العالم اليوم».

لم يُجب تاجر الأمنيات، وترددت كارو في الدهليز. قالت، وهي تنظر إلى الوراء: «بريمستون. أريدك أن تعرف أنني لن... أتركك أبداً».

عندما رفع عينيه اللتين تشبهان عيني الزواحف، كانتا شاحبتين من الإرهاق. قال: «لا يمكنك أن تعرفي ما الذي ستفعلينه»، ثم مدّ يده مرة أخرى إلى عظمة الأمنيات، وأضاف: «لن أجبركِ على ذلك».

أغلقت إيسا الباب، وحتى بعد أن غادرت كارو إلى المغرب، لم تستطع أن تتخلص من صورته على هذا النحو، ومن الشعور المزعج بأن هناك خطباً ما رهيباً.

12

شيء آخر تماماً

رآها أكيفا وهي تخرج. إنه يقترب من المدخل، وكان على بعد خطوات منه عندما انفتح الباب، وأطلق فيضاناً لاذعاً من السحر.

عبر المدخل، خطت فتاة ذات شعر بلون اللازورد الذي لا يقاوم. لم تره، وبدا أنها غارقة في التفكير بينما كانت تمر مسرعة. لم يقل شيئاً، لكنه وقف ينظر إليها وهي تبتعد، وسرعان ما حرمه منحنى الزقاق من رؤيتها ورؤية شعرها الأزرق المتمايل.

فوجئ بما رأى، واستدار عائداً إلى البوابة ووضع يده عليها. سمع هسهسة الحرق، ويده ملطخة بالدخان، وانتهى الأمر: هذا آخر الأبواب التي كان عليه أن يضع عليها علامته. وفي أجزاء أخرى من العالم، كان هازايل وليراز سينهيان الأمر أيضاً، ويشقان طريقهما نحو سمرقند.

أكيفا يتأهب للوثوب إلى السماء ليبدأ المرحلة الأخيرة من رحلته، وليلتقي بهما هناك قبل أن يعود إلى البيت، ولكن مرت لحظة، ثم أخرى، وما زال واقفاً متسمراً في مكانه، ناظراً في الاتجاه الذي سلكته الفتاة.

ودون أن يقرر ذلك تماماً، وجد نفسه يتبعها.

وتساءل عندما لمح بريق شعرها الذي كان يتخلله ضوء المصباح، كيف اختلطت فتاة كهذه بالكيميرا؟ من خلال ما رآه من تجار بريمستون الآخرين، فقد كانوا وحوشاً رديئة بعيون ميتة، تفوح منهم رائحة المسالخ.

لكن هي؟ لقد كانت جميلة مشرقة، رشيقة ونابضة بالحياة، على الرغم من أن هذا لم يكن بالتأكيد ما أثار اهتمامه. فقد كان كل بني جنسه جميلين، إلى حد أن الجمال كان أقرب إلى أن يكون عادياً بينهم. فما الذي اضطره إذاً إلى اللحاق بها، في حين أنه كان عليه أن يصعد في الحال إلى السماء، وقد شارفت المهمة على الانتهاء؟ لم يستطع أن يعرف.

لقد بدا الأمر وكأن همساً قد أشار إليه بالمضي قدماً.

مدينة مراكش متاهة متشابكة، حيث يتشابك ثلاثة آلاف زقاق معتم كدرج مليء بالثعابين، ولكن الفتاة بدت وكأنها تعرف طريقها ببرودة أعصاب. توقفت مرة واحدة لتمرير إصبعها على نسيج أحد الأقمشة، فأبطأ أكيفا خطواته، وانحرف إلى جانب واحد كي يتمكن من رؤيتها بشكل أفضل بدت على وجهها الشاحب الجميل نظرة حزن - نوع من الضياع - ولكن في اللحظة التي تحدث إليها البائع، تحولت إلى ابتسامة مشرقة. فأجابت بسهولة، مما جعل الرجل يضحك، وتبادلا المزاح فيما بينهما، وكانت لغتها العربية فصيحة وعميقة، ذات نبرة تشبه الخرخرة.

راقبها أكيفا بعين ثاقبة كالصقر. قبل أيام قليلة مضت، لم يكن البشر أكثر من مجرد أسطورة بالنسبة إليه، والآن ها هو هنا في عالمهم.

كان الأمر أشبه بالدخول إلى صفحات كتاب - كتاب مفعم بالألوان والعطور والقذارة والفوضى - والفتاة ذات الشعر الأزرق تتحرك عبر كل ذلك مثل جنية في قصة، وكان الضوء يعاملها بشكل مختلف عن الآخرين، ويبدو أن الهواء يتجمع حولها مثل أنفاس محبوسة.

وكأن هذا المكان كله قصة عنها.

من تكون؟

لم يكن يعرف، لكن حدساً بداخله أنبأه أنها لم تكن مجرد حاصدة أخرى من حاصدي الأرواح لدى بريمستون. لقد كان متأكداً بأنها كانت شيئاً آخر تماماً.

وبنظرة ثابتة، سار خلفها وهي تشق طريقها عبر المدينة.

13

لص القبور

سارت كارو واضعةً يديها في جيبيها، محاولةً التخلص من قلقها بشأن بريمستون. تلك الأشياء عن «نيل حريتها» - ماذا حول ذلك الأمر؟ لقد منحها ذلك إحساساً مفزعاً بالوحدة الوشيكة، وكأنها كانت حيواناً يتيماً يربيه فاعلو الخير، وقريباً سيتم إطلاقه في البرية.

لم تكن تريد أن يتم إطلاق سراحها إلى البرية. أرادت أن تكون محبوبة، أن تنتمي إلى مكان وعائلة بشكل لا رجعة فيه.

ناداها أحدهم قائلاً: «هنا الشفاء السحري، يا سيدتي، لكآبة الأحشاء»، فلم تستطع أن تمنع نفسها من الابتسام وهي تهز رأسها في استياء. قالت لنفلسها: ماذا عن كآبة القلوب؟ هل كان هناك علاج لذلك؟ ربما. كان هناك سحر حقيقي هنا بين الدجالين والمشعوذين. لقد عرفت كاتباً يرتدي ثياباً بيضاء ويكتب رسائل إلى الموتى (ويوصلها)، وقاصاً عجوزاً يبيع أفكاراً لكتّاب بثمن سنة من حياتهم. ورأت كارو سابقاً السياح يضحكون وهم يوقعون على عقده، ولم يصدقوا ذلك للحظة، ولكنها صدقت ذلك.

ألم تر أشياء أغرب من ذلك؟

وبينما كانت تشق طريقها، بدأت المدينة تشتت انتباها عن حالتها المزاجية. كان من الصعب أن تكون كئيبة في مثل هذا المكان. في بعض الدروب، كما تُسمى الأزقة المتعرّجة، بدا العالم وكأنه مغطى بالسجاد. وفي دروب أخرى، كان الحرير المصبوغ حديثاً يقطر على رؤوس المارة ألواناً قرمزية وكوبالتية. وكانت اللغات تتزاحم في الهواء مثل الطيور الغريبة: العربية، والفرنسية، واللغات القبلية. كانت النساء يوصلن أطفالهن إلى بيوتهن ليخلدوا إلى النوم، وكان الرجال المسنون الذين يرتدون الطرابيش يتكئون معاً عند المداخل ويدخنون.

ضجيج الضحكات، ورائحة القرفة والحمير، والألوان، في كل مكان.

شقت كارو تشق طريقها نحو جامع الفنا، نحو الساحة التي كانت تشكل شريان المدينة المركزي، وهي عبارة عن كرنفال مجنون يعج بالبشر: بسحرة الثعابين والراقصين، والصبية الحفاة المتسخين، والنشالين، والسياح التعساء، وأكشاك الطعام التي تبيع كل شيء من عصير البرتقال إلى رؤوس الأغنام المشوية. في بعض المهام، لم تستطع كارو العودة إلى البوابة بالسرعة الكافية، لكنها في مراكش كانت تحب التسكع والتجول، واحتساء الشاي بالنعناع، والرسم، والتجول في الأسواق بحثاً عن النعال المدببة والأساور الفضية.

إلا أنها لن تبقى هنا الليلة. من الواضح أن بريمستون كان متلهفاً للحصول على أسنانه. فكرت مرة أخرى في الجِرار الفارغة، وبدأ الفضول الجامح يداعب عقلها. حول ماذا يدور الأمر؟ حول ماذا؟ حاولت التوقف عن التساؤل. كانت في طريقها للعثور على لص القبور، بعد كل شيء، ولم يكن إيزيل شيئاً إن لم يكن حكاية تحذيرية.

كانت عبارة «لا تكن فضولياً» إحدى قواعد بريمستون الرئيسة، ولم يلتزم بها إيزيل. أشفقت كارو عليه، لأنها كانت تفهمه. أشعل الفضول في داخلها أيضاً ناراً ملتهبة، تؤججها أي محاولة لإخمادها. وكلما تجاهل بريمستون أسئلتها، ازدادت رغبتها في المعرفة. وكان لديها الكثير من الأسئلة.

عن الأسنان، بالطبع: لماذا كل هذه الأسنان بحق الجحيم؟

ماذا عن الباب الآخر؟ إلى أين كان يؤدي؟

من هم الكيميرا بالضبط، ومن أين أتوا؟ هل كان هناك المزيد منهم؟

وماذا عنها؟ من هما والداها، وكيف أصبحت تحت رعاية بريمستون؟ هل كانت حكاية خرافية مبتذلة، مثل الطفل الأول في قصة «رامبلستيلسكين[18]»، هل كانت سداداً لدين ما؟ أو ربما كانت أمها تاجرة خنقها طوق الثعبان، تاركة طفلة تصرخ على أرضية المتجر. فكرت كارو في مئات السيناريوهات، لكن الحقيقة ظلت لغزاً.

هل هناك حياة أخرى كان من المفترض أن تعيشها؟ في بعض الأحيان كانت تشعر بيقين شديد أن هناك حياة أخرى - حياة شبحية، تسخر منها من بعيد. كان ينتابها إحساس أثناء الرسم أو المشي، وذات مرة عندما كانت ترقص ببطء وقريبة من كاز، كان من المفترض أن تفعل شيئاً آخر بيديها، بساقيها، بجسدها. شيء آخر. شيء آخر. شيء آخر.

لكن ماذا؟

وصلت إلى الساحة وتجولت وسط الفوضى، وتناغمت حركاتها مع إيقاعات موسيقى كناوا الصوفية وهي تتفادى الدراجات النارية والبهلوانات. كانت أعمدة الدخان المنبعثة من اللحم المشوي تتصاعد بكثافة مثل

18. رامبيل ستيلتسكين: هو شخصية خيالية ظهرت في ألمانيا، وكان يسمى بالألمانية (Rumpelstilzchen) قصته جمعها الأخوان غريم في طبعتهما (الأطفال والحكايات المنزلية)، ثم ظهر في طبعات أخرى.

البيوت المشتعلة، وكان الصبية المراهقون يهمسون «حشيش»، فيما باعة الماء الذين يرتدون ملابس تنكرية يهتفون «صورة! صورة!». وعلى مسافة بعيدة، شكل إيزيل الأحدب بين فناني الحناء وأطباء الأسنان في الشوارع.

إن رؤيته كل شهر أشبه بمشاهدة فاصل زمني من التدهور. عندما كانت كارو طفلة، كان هو طبيباً وعالماً - رجلاً مستقيماً مهذباً ذا عينين بنيتين معتدلتين وشارب حريري يزينه كالريش. وكان يأتي إلى المتجر بنفسه ويقوم بالأعمال التجارية على مكتب بريمستون، وهو على عكس التجار الآخرين يجعل الأمر يبدو دائماً وكأنه زيارة اجتماعية.

كان يغازل إيسا، ويحضر لها هدايا صغيرة - ثعابين منحوتة من قرون البذور، وأقراطاً من اليشم، واللوز، ويجلب الدمى لكارو، وطبق شاي فضي صغير لهما، ولم ينسَ بريمستون أيضاً، حيث كان يترك الشوكولاتة أو مرطبانات العسل على المكتب عندما يغادر.

لكن ذلك حدث قبل أن ينحرف ويقع تحت وطأة خيار فظيع اتخذه، وانحنى والتوى وجن جنونه. لم يكن مرحباً به في المتجر بعد ذلك، لذلك خرجت كارو لمقابلته هنا.

عندما رأته الآن، غلبتها الشفقة الحانية. لقد كان جسده منحنياً بشكل مضاعف تقريباً، وكانت عصاه المصنوعة من خشب الزيتون الغليظ هي كل ما منعه من السقوط على وجهه. كانت عيناه غارقتين في الكدمات، أما أسنانه، التي لم تكن أسنانه الحقيقية، فقد بدت كبيرة في وجهه المجعد. وشاربه الذي كان مصدر فخره، فقد كان يتدلى مرتخياً وأشعث. أي عابر سبيل سيشعر بالشفقة عليه، لكن بالنسبة إلى كارو، التي تعرف كيف كان يبدو قبل سنوات قليلة فقط، فقد كان منظره مأساوياً.

أشرق وجهه عندما رآها. قال: «انظروا من هذه! ابنة تاجر الأمنيات الجميلة، سفيرة الأسنان الجميلة. هل جئتِ لتشتري لرجل عجوز حزين كوباً من الشاي؟».

قالت: «مرحباً يا إيزيل. يبدو كوباً رائعاً من الشاي»، ثم قادته إلى المقهى حيث كانا يلتقيان فيه عادة.

«يا عزيزتي، هل مرّ عليّ الشهر؟ أخشى أنني نسيت موعدنا تماماً».

«أوه، لم تفعل. لقد جئتُ مبكرة».

«آه، حسناً، إنه لمن دواعي سروري دائماً أن أراكِ، لكن أخشى أنه ليس لدي الكثير للشيطان العجوز».

«لكن لديك البعض؟».

«البعض».

وبخلاف معظم التجار الآخرين، لم يكن إيزيل يصطاد أو يقتل؛ لم يكن يقتل على الإطلاق. من قبل، بصفته طبيباً يعمل في مناطق النزاعات، كان بإمكانه الوصول إلى قتلى الحرب الذين لم يفقدوا أسنانهم. أما الآن وقد أفقده الجنون مصدر رزقه، فقد اضطر إلى نبش القبور.

وبصورة مفاجئة تماماً، صرخ قائلاً: «اصمتي، أيتها النكرة! تأدبي، ثم سنرى».

عرفت كارو أنه لم يكن يتحدث إليها، وتظاهرت بأدب أنها لم تسمع. وصلا إلى المقهى. عندما جلس إيزيل على كرسيه، كان يئن ويتأوه، وكانت ساقاه تنحنيان كما لو أنهما تحت ثقل أكبر بكثير من ثقل هذا الرجل المنهك. سأل وهو يستقر في مكانه: «إذاً، كيف حال أصدقائي القدامى؟ كيف حال إيسا؟».

«إنها بخير».

«أشتاق إلى وجهها كثيراً. هل لديك أي رسومات جديدة لها؟».

لدى كارو رسومات، وأطلعته عليها.

تتبع خد إيسا بطرف إصبعه وقال: «جميل. جميل جداً. الموضوع والعمل. أنتِ موهوبة جداً يا عزيزتي». عندما شاهد الحلقة مع الصياد الصومالي، سخر قائلاً: «حمقى. ما يجب على بريمستون أن يتحمله، هو التعامل مع البشر».

ارتفع حاجبا كارو، وقالت: «هيا، مشكلتهم ليست أنهم بشر. مشكلتهم أنهم أشباه بشر».

«هذا صحيح بما فيه الكفاية. كل جنس له بذوره السيئة، كما يفترض المرء. أليس هذا صحيحاً يا وحشي؟». قال هذه الجملة الأخيرة بقلق، وفي هذه المرة بدت استجابة ناعمة تنبعث من الهواء.

لم تتمالك كارو نفسها. ألقت نظرة خاطفة على الأرض، حيث بدا ظل إيزيل واضحاً على البلاط. بدا لها أنه من غير اللائق أن تختلس النظر، وكأن حالة إيزيل... يجب تجاهلها، مثل العين الضعيفة أو الوحمة. كشف ظله ما لم يكشفه النظر إليه مباشرة.

أخبرت الظلال بالحقيقة، وأخبرت إيزيل أن مخلوقاً كان يلتصق بظهره، غير مرئي للعين. كان كائناً ضخماً، ذا صدر أسطواني، وذراعاه مشدودتان حول عنقه. كان هذا ما أوصله إليه الفضول: ذلك الشيء يمتطيه كالبغل. لم تفهم كارو كيف حدث ذلك؛ عرفت فقط أن إيزيل قد تمنى المعرفة، وكان هذا هو شكل تحقيقها. حذّرها بريمستون من أن الأمنيات القوية يمكن أن تنحرف عن مسارها بقوة، وها هو الدليل على ذلك.

افترضتْ أن ذلك الشيء الخفي، الذي كان يُدعى رازغوت، يحمل الأسرار التي يتوق إيزيل إلى معرفتها. مهما كانت هذه الأسرار، فمن المؤكد أن هذا الثمن كان باهظاً للغاية.

كان رازغوت يتحدث. لم تستطع كارو أن تسمع سوى همسة خافتة، وصوتاً يشبه صفعة ناعمة من شفتين سمينتين.

قال إيزيل: «لا. لن أسألها عن ذلك. ستقول لا وحسب».

راقبت كارو، مشمئزة، بينما كان إيزيل يتجادل مع هذا الشيء الذي لم تستطع رؤيته إلا في الظل. وأخيراً، قال له لص القبور: «حسناً، حسناً، اصمت! سأسأل». ثم التفت إلى كارو وقال معتذراً: «إنه يريد فقط أن يتذوق. مجرد تذوق بسيط».

رمشت بعينها وقالت: «تذوق؟ تذوق ماذا؟». ولم يكن الشاي قد وصل بعد.

«تذوقكِ يا ابنتي. مجرد لعقة. وعد بعدم العض».

انقلبت معدة كارو. قالت: «أوه، لا».

تمتم إيزيل: «لقد أخبرتكَ. والآن هلا هدأتَ من فضلك؟».

جاءت هسهسة خافتة رداً على ذلك.

جاء نادل يرتدي جلباباً أبيض وسكب الشاي بالنعناع، ورفع الإبريق إلى مستوى الرأس ووجه بمهارة تيار الشاي الطويل نحو الكؤوس المقعرة.

طلبت كارو، وهي تنظر إلى تجاويف وجنتي لص القبور، المعجنات أيضاً، وتركته يأكل ويشرب لبعض الوقت قبل أن تسأله: «إذاً، ماذا لديك؟».

بحث في جيوبه وأخرج حفنة من الأسنان، وألقى بها على الطاولة.

***

راقب أكيفا من ظل المدخل القريب، واستقام واقفاً. وكان كل شيء هادئاً وصامتاً من حوله، ولم ير شيئاً سوى تلك الأسنان، والفتاة التي كانت تفرزها بالطريقة التي يعرفها الساحر المتوحش العجوز.

الأسنان. كم كانت تبدو غير مؤذية على تلك المنضدة - مجرد أشياء صغيرة قذرة نُهبت من الموتى. وإذا بقيت في هذا العالم حيث تنتمي، فهذا كل ما ستكون عليه. لكن بين يدي بريمستون، أصبحت أكثر من ذلك بكثير

كانت مهمة أكيفا هي إنهاء هذه التجارة الكريهة، ومعها السحر الأسود للشيطان.

راقب الفتاة وهي تتفحص الأسنان بيد من الواضح أنها كانت متمرسة على ذلك، وكأنها معتادة على فعل ذلك طوال الوقت. اختلط اشمئزازه بشيء يشبه خيبة الأمل. كانت كارو تبدو نظيفة جداً بالنسبة إلى هذه التجارة، لكن يبدو أنها لم تكن كذلك. لكنه كان محقاً في تخمينه أنها لم تكن مجرد تاجرة. كانت أكثر من ذلك، تجلس هناك وتقوم بعمل بريمستون. ولكن ما هو هذا العمل؟

***

قالت كارو: «يا إلهي يا إيزيل. إنها قذرة. هل أحضرتها مباشرة من المقبرة؟».

«من مقبرة جماعية. لقد كانت مخفية، لكن رازغوت تشممها. يمكنه دائماً العثور على الموتى».

قالت كارو: «يا لها من موهبة»، وانتابتها قشعريرة وهي تتخيل رازغوت وهو يحدق فيها غامزاً، آملاً في تذوقها. حولت انتباهها إلى الأسنان.

تشبثت بقايا من اللحم الجاف الملتصق بجذورها، إلى جانب التراب الذي انتشلت منه. كان من السهل أن ترى حتى من خلال هذه البقايا، أنها لم تكن ذات جودة عالية، بل كانت أسنان قوم كانوا يقضمون طعاماً قاسياً ويدخنون الغليون ولم يكونوا على دراية بمعجون الأسنان.

التقطتها من على الطاولة وأسقطتها في بقايا الشاي، وحركتها قبل أن تفرغها في كومة من أوراق النعناع والأسنان، التي أصبحت الآن أقل قذارة بقليل. التقطتها واحدة تلو الأخرى. قواطع وأضراس وأنياب، الكبار والصغار على حد سواء.

قالت: «إيزيل، أنت تعلم أن بريمستون لا يأخذ أسنان الأطفال».

قال بحدة: «أنتِ لا تعرفين كل شيء يا فتاة».

«المعذرة؟».

«في بعض الأحيان يفعل. ذات مرة. ذات مرة أراد بعضاً منها».

لم تصدقه كارو.

لم يشتر بريمستون الأسنان غير الناضجة، لا الحيوانية ولا البشرية، لكنها لم ترَ جدوى من الجدال.

قالت: «حسناً» - دفعت الأسنان الصغيرة جانباً، وحاولت ألا تفكر في الجثث الصغيرة في المقابر الجماعية – «لم يطلب أياً منها، لذا سأضطر إلى رفضها».

أمسكت بكل سن من أسنان البالغين، وأصغت إلى ما تخبرها به همهماتها، ثم قامت بفرزها إلى كومتين.

راقب إيزيل بقلق، ونظراته تتنقل من كومة إلى أخرى.

قال: «لقد مضغوا كثيراً، أليس كذلك؟ الغجر الجشعون! استمروا في المضغ بعد موتهم. لا آداب لديهم. لا آداب في تناول الطعام على الإطلاق»

كانت معظم الأسنان مهترئة غير حادة ومنخورة بالسوس، ولا تفيد بريمستون. بحلول الوقت الذي انتهت فيه كارو من الفرز، بدت إحدى الكومتين أكبر من الأخرى، لكن إيزيل لم يعرف أيهما ستختار هي.

أشار بأمل إلى الكومة الأكبر.

هزت رأسها وأخرجت بعض الدراهم من المحفظة التي أعطاها إياها بريمستون. لقد كان مبلغاً سخياً للغاية مقابل هذه الأسنان القليلة البائسة، لكنه لم يكن مع ذلك ما تمناه إيزيل.

قال متأوهاً: «الكثير من الحفر. ومن أجل ماذا؟ من أجل ورقة عليها صور الملك الميت؟ الموتى يحدقون بي دائماً». انخفض صوته، وتابع: «لا يمكنني الاستمرار في ذلك يا كارو. أنا محطم. بالكاد أستطيع حمل مجرفة بعد الآن. أحفر في الأرض الصلبة، أحفر كالكلب. لقد انتهيت».

داهمتها الشفقة بقوة. قالت: «بالتأكيد هناك طرق أخرى للعيش-».

قال: «لا، لم يبق سوى الموت. على المرء أن يموت بفخر عندما لا يعود من الممكن أن يعيش بفخر. قال ذلك نيتشه. إنه رجل حكيم، ذو شارب كبير». شدّ شاربه الأشعث وحاول أن يبتسم.

قالت: «إيزيل، لا يمكن أن تعني أنك تريد أن تموت».

«لو كانت هناك طريقة للتحرر...».

سألته بجدية: «أليست هناك طريقة؟ لا بد أن يكون هناك شيء يمكنك فعله».

ارتعشت أصابعه وهو يعبث بشاربه. قال: «لا أحب أن أفكر في ذلك يا عزيزتي، ولكن... هناك طريقة، إذا ساعدتني. أنتِ الوحيدة التي أعرفها تمتلك الشجاعة وجيدة بما فيه الكفاية-أوه». مد يده إلى أذنه، ورأت كارو الدم يتسرب من بين أصابعه. تراجعت إلى الوراء. لا بد أن رازغوت عضه.

صرخ لص القبور: «سأطلب منها ذلك إذا أردت أيها الوحش! نعم، أنت وحش! لا يهمني ما كنت عليه ذات يوم. أنت وحش الآن!». وتلا ذلك صراع غريب؛ بدا ذلك وكأن الرجل العجوز يتصارع مع نفسه.

ان النادل يتخبط في مكان قريب مضطرباً، بينما كانت كارو تسحب كرسيها إلى الخلف بعيداً عن الطرفين المتصارعين المرئي وغير المرئي.

صرخ إيزيل وعيناه جامحتان: «توقف. توقّف!». ثبّت نفسه ورفع عصا المشي، وأرجعها بقوة إلى كتفه وإلى الشيء الذي كان يجثم هناك. ضربه مراراً وتكراراً، وبدا وكأنه يضرب نفسه، ثم أطلق صرخة وسقط على ركبتيه.

ارتطمت عصاه بعيداً بينما طارت كلتا يديه إلى رقبته. كان الدم يتسرب إلى ياقة جلبابه - لا بد أن هذا الشيء قد عضه مرة أخرى. بدا البؤس على وجهه أكثر مما يمكن أن تتحمله كارو، ومن دون أن تتوقف للتفكير في الأمر، سقطت إلى جانبه، وأخذت بمرفقه لمساعدته على النهوض.

كان هذا شيئاً خاطئاً.

شعرت به في الحال على رقبتها: لمسة انزلاقية. فانتابها شعور بالاشمئزاز. كان لساناً. لقد تذوق رازغوت الطعم. سمعت صوت التهام مثير للاشمئزاز بينما كانت تندفع بعيداً تاركةً لص القبور على ركبتيه.

كان ذلك كافياً بالنسبة إليها. جمعت أسنانها ودفتر رسمها.

صرخ إيزيل: «انتظري، أرجوك. كارو. أرجوك».

كان توسله يائساً إلى درجة أنها ترددت. وسرعان ما أخرج شيئاً من جيبه وأمسك به. إنهما كماشتان. بدا عليهما الصدأ، لكن كارو كانت تعلم أنهما ليستا صدئتين. كانتا أداتي مهنته، مغطاتين ببقايا دماء أفواه الموتى. قال: «أرجوك يا عزيزتي. لا يوجد أحد آخر».

فهمت على الفور ما قصده، وتراجعت خطوة إلى الوراء في حالة صدمة. قالت: «لا، إيزيل! يا إلهي! الجواب هو لا».

«سوف تنقذني أمنية بروكسيس[19]! لا يمكنني إنقاذ نفسي.

---

19. عملة سحرية.

لقد استهلكت ما لديّ بالفعل. سيتطلب الأمر أمنية بروكسيس آخر لإلغاء أمنيتي الحمقاء. يمكنك أن تتمني له أن يبتعد عني. أرجوكِ ! أرجوكِ!».

بروكسيس. تلك هي الأمنية الوحيدة التي كانت أقوى من غافرييل، وقيمتها التجارية فريدة: الطريقة الوحيدة لشراء أمنية واحدة، كانت بأسنان المرء نفسه. جميع أسنانه التي يخلعها بنفسه.

فكرة اقتلاع أسنانه واحداً تلو الآخر جعلت كارو تشعر بالدوار. وهمست مذعورة من عرضه: «لا تكن سخيفاً». لكنه، في هذا الوقت، كان رجلاً مجنوناً، وهو الآن يبدو كذلك بالتأكيد.

تراجعت.. «لم أكن لأطلب، أنت تعرفين أنني لن أفعل، لكنها الطريقة الوحيدة!».

سارت كارو مبتعدة بسرعة، ورأسها مطأطئ، وكانت ستواصل السير من دون أن تنظر إلى الوراء لولا صرخة انطلقت من خلفها. انفجرت من فوضى جامع الفنا، وطغت على الفور على كل الضوضاء الأخرى. كان نوعاً من العويل الجنوني، نهراً عالياً ورفيعاً من الصوت لم تسمعه من قبل.

بالتأكيد لم يكن صوت إيزيل.

تصاعد العويل بشكل غير مألوف، متذبذباً وعنيفاً، لينكسر مثل موجة ويصبح لغة – خشخشة، بلا حروف ساكنة صلبة. كانت التحويرات توحي بكلمات، لكن اللغة غريبة حتى على كارو، التي تملك أكثر من عشرين لغة في مجموعتها. التفتت، ورأت أن الناس من حولها كانوا يلتفتون هم أيضاً ويمدون أعناقهم، وأن تعابيرهم المنذرة بالجزع قد تحولت إلى رعب عندما أدركوا مصدر الصوت.

ثم رأت ذلك هي أيضاً.

لم يعد الشيء الذي كان على ظهر إيزيل مخفياً بعد الآن.

14

طائر الروح القاتل

إذا كانت اللغة غريبة على كارو، فإنها لم تكن كذلك بالنسبة إلى أكيفا. جلجل صوت: «سيراف، أنا أراك! أنا أعرفك! أخي، أخي، لقد قضيت عقوبتي. سأفعل أي شيء! لقد تبت، لقد عوقبت بما فيه الكفاية».

حدق أكيفا بعدم فهم في الشيء الذي تجسد على ظهر الرجل العجوز. كان عارياً تقريباً، جذعه منتفخ وذراعاه ملتفتان بإحكام حول عنق الإنسان. تدلت ساقاه اللتان لا فائدة منهما إلى الخلف، وكان رأسه منتفخاً ومشدوداً وأرجوانياً، وكأنه محتقن بالدماء ومستعد لانفجار عظيم ورطب. كان بشعاً,' وإنهن لمن البشاعة أن يتكلم بلغة السيرافيم.

إن الخطأ المطلق في ذلك جعل أكيفا لا يتحرك، محدقاً، قبل أن تتحول الدهشة عند سماع لغته الخاصة إلى صدمة مما احتوته.

«لقد مزقوا جناحاي يا أخي!». كان الشيء يحدق في أكيفا. لقد فك إحدى ذراعيه من رقبة الرجل العجوز ومد يده نحوه متوسلاً.

تابع: «لقد لويت ساقي حتى اضطررت إلى الزحف، مثل حشرات الأرض! لقد مرت ألف سنة منذ أن طُردت، ألف سنة من العذاب، لكنك أتيت الآن، أتيتَ لتأخذني إلى البيت!».

البيت؟

لا، كان ذلك مستحيلاً.

تراجع الناس بعيداً عن مرأى المخلوق. والتفت آخرون، متبعين اتجاه تضرعه ليثبتوا أعينهم على أكيفا. وأدرك أنهم منتبهون، واكتسح الحشد بنظراته الملتهبة. تراجع البعض، وهم يهمسون بالصلوات. ثم استقرت عيناه على الفتاة ذات الشعر الأزرق على بعد حوالي عشرين ياردة. لقد كانت شخصية هادئة ومشرقة وسط الحشد الهائج.

وكانت تحدق فيه.

‫* * *‬

تحدق في عينين محاطتين بالكحل، في وجهٍ برونزيّ صبغته الشمس. عينان ملونتان بلون النار مع شحنة مثل الشرر الذي يشق طريقاً في الهواء ويضرمه. أصابت كارو برعشة - لم تكن مجرد رعشة بل سلسلة من ردود الفعل التي سرت في جسدها باندفاع بسبب الأدرينالين. تحفزت أطرافها بخفة وقوة في استيقاظ مفاجئ، فإما القتال أو الهروب، استيقاظ كيميائي وجامح.

قالت لنفسها: من؟ وعقلها يهرع لمواكبة الحماسة في جسدها.

و: ماذا؟

لأنه من الواضح أنه لم يكن إنساناً، ذلك الرجل الواقف وسط الاضطراب في سكون مطلق. خفق النبض في راحتي يديها وكورت قبضتي يديها، وشعرت بهمهمة جامحة في دمها.

عدو. عدو. عدو. سرت المعرفة في أعماقها على إيقاع نبضات قلبها: الغريب ذو العينين الناريتين هو العدو. كان وجهه - يا لجماله، كان مثالياً، أسطورياً - بارداً تماماً. كانت عالقة بين الرغبة في الفرار والخوف من أن تدير ظهرها له.

إيزيل هو من حسم قرارها.

صرخ مشيراً إلى الرجل: «ملاك! ملاك!».

ملاك.

ملاك؟

قال إيزيل: «أنا أعرفكَ أيها الطائر القاتل للروح! أعرف من أنت!» والتفت إلى كارو وقال بإلحاح: «كارو، يا ابنة الأمنيات، يجب أن تذهبي إلى بريمستون. أخبريه أن السيرافيم هنا. لقد عادوا. يجب أن تحذريه! اركضي يا طفلتي. أركضي!».

وركضت.

عبرت جامع الفنا، حيث كانت تتم عرقلة أولئك الذين كانوا يحاولون الفرار من قبل الذين انجذبوا إلى الضجة. فشقّت طريقها بينهم، ودفعت بأحدهم جانباً، ثم دارت من جانب جمل وقفزت فوق كوبرا ملتفّة، فهاجمتها، وكانت بلا أنياب، وغير مؤذية. ألقت نظرة خاطفة قلقة، ولم تستطع أن ترى أي أثر للمطاردة - لا أثر للمطاردة - لكنها شعرت بها.

شعرت بإثارة في كل عصب من أعصابها. كان جسدها يقظاً وحيوياً. كانت مطاردة، فريسة، ولم تكن تدسّ سكينها في حذائها، ولم تكن تفكر في أنها ستحتاجه أثناء زيارتها لص القبور.

ركضت، تاركة الساحة عبر أحد الأزقة العديدة التي كانت تصب فيها مثل الروافد. كان الزحام في الأسواق قد خفت حدته وانطفأ الكثير من الأضواء، فاندفعت مسرعة بين برك الظلام، وكانت خطواتها طويلة ومدروسة

وخفيفة، وكان وقع خطواتها صامتاً تقريباً. أخذت تدور على نطاق واسع لتجنب الاصطدام، ونظرت إلى الخلف مراراً وتكراراً ولم تر أحداً.

ملاك. ظلت الكلمة تتردد في ذهنها.

إنها على وشك الوصول إلى البوابة – لم يبقَ سوى منعطف واحد فقط، وعلى امتداد زقاق مسدود آخر، وستكون هناك، إذا تمكنت من الوصول.

اندفاع قادم من الأعلى. حرارة وهدير خفقات الأجنحة.

فوق رأسها، خيم الظلام حيث حجب شكل ما القمر. شيء ما اندفع نحو كارو بأجنحة ضخمة مستحيلة. كانت الحرارة وخفقات الأجنحة وهبوب الهواء تخترقهم كشفرة. شفرة. قفزت جانباً، وشعرت بالفولاذ يعض كتفها عندما اصطدمت بباب منحوت، فحطمت ألواحه. استولت على أحدها، رمح مسنن من الخشب، ودارت لتواجه مهاجمها.

وقف على بعد مسافة جسد، وكان طرف سيفه يرتكز على الأرض.

أوه، قالت كارو لنفسها وهي تحدق فيه. أوه. إنه ملاك بالفعل.

وقف عارياً. وكان نصل سيفه الطويل يتلألأ باللون الأبيض من توهج جناحيه – جناحان متلألئان ضخمان، وكان امتدادهما عظيماً جداً حتى إنهما غطيا الجدران على جانبي الزقاق، وكل ريشة منهما كأنها قبس شمعة تلفحه ريح.

تلك العينان.

كانت نظراته مثل فتيل مشتعل، يحرق الهواء بينهما. كان أجمل شيء رأته كارو في حياتها. إن أول ما خطر ببالها، وهو أمر متناقض لكنه طاغٍ، هو أن تحفظه في ذاكرتها لتتمكن من رسمه في وقت لاحق.

والشيء الثاني الذي خطر في بالها، هو أنه لن يكون هناك وقت لاحق، لأنه كان سيقتلها. لقد هجم عليها بسرعة كبيرة إلى درجة أن جناحيه كانا يرسمان ضباباً من الضوء في الهواء، وحتى عندما كانت كارو تقفز جانباً مرة

أخرى، كانت ترى بصمته النارية محفورة في رؤيتها. طعن بسيفه مرة أخرى، نحو ذراعها هذه المرة، لكنها استدارت ونجت من طعنة قاتلة. كانت سريعة. حافظت على مساحة حولها، فحاول هو أن يغلقها، ورقصت بثبات ورشاقة وسلاسة. والتقت عيونهما مرة أخرى، ورأت كارو ما وراء جماله المذهل، رأت الوحشية هناك، والغياب المطلق للرحمة.

هاجمها مرة أخرى. وبقدر ما كانت كارو سريعة، لم تستطع الابتعاد عن متناول سيفه. وبدلاً من ذلك، ارتطمت ضربة موجهة إلى حلقها بكتفها. لم يكن هناك ألم - سيأتي ذلك لاحقاً، ما لم تكن ميتة - فقط حرارة منتشرة كانت تعرف أنها دماء. ضربة أخرى، فتصدت لها بقطعة الخشب التي انقسمت مثل أعواد صغيرة، وسقط نصفها بعيداً، فأمسكت بقطعة من الخشب القديم بطول خنجر، وهي شيء سخيف كسلاح. ولكن عندما هجم عليها الملاك مرة أخرى، راوغته واقتربت منه وطعنته، وشعرت بقطعة الخشب تصيب اللحم وتغوص فيه.

لقد طعنت كارو رجالاً من قبل، وكانت تكره ذلك الشعور المروع باختراق لحم حي. تراجعت، وتركت سلاحها المؤقت في خاصرته. لم يظهر على وجهه أي ألم أو مفاجأة. كان، كما فكرت كارو وهو يقترب، وجهاً ميتاً. أو بالأحرى، كان وجهاً حياً لروح ميتة.

كان الأمر مرعباً للغاية.

لقد حاصرها الآن، وعلم كلاهما أنها لن تهرب. أدركت بشكل غامض صيحات الدهشة والخوف في الزقاق ومن النوافذ، لكن كل تركيزها انصب على الملاك. ما الذي كان يعنيه حتى، ملاك؟ ماذا قال إيزيل؟ السيرافيم هنا.

لقد سمعت الكلمة من قبل؛ كان السيرافيم رتبة عالية من الملائكة، على الأقل وفقاً للأساطير المسيحية، والتي كان بريمستون يزدريها تماماً،

كما يزدري كل الأديان. قال: «لقد حصل البشر على لمحات من الأشياء على مر الزمن. فقط ما يكفي لاختلاق البقية. كل شيء عبارة عن لحاف من القصص الخيالية مع رقعة هنا وهناك من الحقيقة».

«ما هو الحقيقي إذاً؟» كانت تريد أن تعرف.

«إذا كان بإمكانك قتله، أو بإمكانه قتلك، فهو حقيقي».

بهذا التعريف، كان هذا الملاك حقيقياً بما فيه الكفاية.

لقد رفع سيفه، وراقبته وهو يفعل ذلك، وقد لفتت انتباهها للحظة خطوط الحبر الأسود الموشومة على أصابعه - كانت مألوفة للحظة ولكنها لم تعد كذلك، فقد اختفى الشعور بمجرد أن فهمت - وحدقت في قاتلها وتساءلت بخدر عن السبب. بدا من المستحيل أن تكون هذه هي اللحظة الأخيرة في حياتها. أمالت رأسها إلى الجانب، وأخذت تبحث بيأس في ملامحه بحثاً عن بصيص من... الروح... ثم رأته.

تردّد.

لجزء من الثانية فقط انزلق قناعه، لكن كارو رأت بعض الشفقة الملحة تطفو على السطح، موجة من المشاعر التي خففت من ملامحه الجامدة والمثالية بشكل مثير للسخرية. انفتح فكه، وانفرجت شفتاه، وانعقد حاجباه في لحظة ارتباك.

في نفس اللحظة، أدركت النبض في كفيها، وهو ما جعلها تجمع يديها في قبضة عند رؤيته لأول مرة. كان لا يزال النبض في قبضتيها، طاقة مكبوتة، وقد صدمها اليقين بأن النبض ينبثق من وشمها. كافحت لكي ترفع يديها، وفعلت ذلك، ليس في استسلام وارتجاف، ولكن بكفين مبسوطتين بقوة، عليهما وشم يمثل عينين مفتوحتين، والذي كانت تملكه طوال حياتها من دون أن تعرف السبب.

وحدث شيء ما.

لقد كان الأمر أشبه بانفجار - شهيق حادّ، امتصّ الهواء كله في جوف محكم ثم أخرجه. كان الأمر ساكناً، بلا ضوء - بالنسبة إلى الشهود الذين كانوا فاغري الأفواه لم يكن شيئاً على الإطلاق، مجرد فتاة ترفع يديها - لكن كارو شعرت بذلك، وشعر به الملاك أيضاً. اتسعت عيناه في لحظة قبل أن يرتد بقوة مدمرة ليصطدم بجدار خلفه بحوالي عشرين قدماً. لقد انهار على الأرض ومال جناحاه وتطاير سيفه بعيداً. نهضت كارو على قدميها.

لم يكن الملاك يتحرك.

دارت وانطلقت مسرعة. أياً كان ما حدث، فقد ساد الصمت، وتبعها. لم تكن تسمع سوى أنفاسها، التي تضخمت بشكل غريب وكأنها في نفق. دارت حول المنعطف في الزقاق بسرعة، وانزلقت على كعبها لتتفادى حماراً يقف بعناد في منتصف الممر. كانت البوابة على مرمى البصر، باب عادي بين صف من البوابات العادية، لكن شيئاً ما كان مختلفاً بشأنها الآن. كانت هناك بصمة يد سوداء كبيرة محفورة في الخشب.

قذفت كارو بنفسها نحو البوابة، وهي تضرب بقبضتيها في نوبة جنون لم يسبق لها أن أطلقتها على بوابة من قبل. صرخت: «إيسا! دعيني أدخل!» مرت لحظة طويلة فظيعة، وكارو تنظر إلى الوراء من فوق كتفها، ثم انفتح الباب أخيراً.

بدأت تندفع إلى الأمام، ثم أطلقت صرخة مختنقة. لم تكن هناك إيسا أو الدهليز، بل امرأة مغربية تحمل مكنسة. أوه لا. ضاقت عينا المرأة وفتحت فمها لتوبيخها، لكن كارو لم تنتظر. دفعتها إلى الداخل وأغلقت الباب، وبقيت في الخارج. طرقت الباب مرة أخرى بشكل محموم. «إيسا!».

سمعت المرأة وهي تصرخ، وشعرت بها وهي تحاول دفع الباب لفتحه. شتمت كارو وأغلقته. لو كان الباب مفتوحاً، لما تمكن سحر البوابة من

التواصل. صرخت بالعربية: «ابتعدي عن الباب!».

نظرت بقلق. كانت هناك ضجة في الشارع، وأذرع تلوح، وأناس يصيحون. وقف الحمار غير متأثر. لا يوجد ملاك. هل قتلته؟ لا، مهما كان ما حدث، فقد عرفت أنه لم يمت. كان سيأتي.

طرقت الباب مرة أخرى وقالت: «إيسا، بريمستون، أرجوكما!».

لا شيء سوى اللغة العربية الغاضبة. أغلقت كارو الباب بقدمها وواصلت الطرق. «إيسا! سيقتلني! إيسا! دعيني أدخل!».

ما الذي كان يستغرق كل هذا الوقت؟ تدلّت الثواني مثل خرزات سكوبي معلقة على خيط، وتلاشت الواحدة تلو الأخرى. اندفع الباب نحو قدميها، شخص ما يحاول فتحه بالقوة - هل يمكن أن تكون إيسا؟ ثم شعرت بتيار من الحرارة خلف ظهرها. لم تتردد هذه المرة بل استدارت، وأسندت ظهرها إلى الباب لتبقيه مغلقاً، ورفعت يديها وكأنها تريد أن يرى وشمها. لم يكن هناك انفجار هذه المرة، فقط دوي من الطاقة التي رفعت شعرها مثل ثعابين ميدوسا.

كان الملاك يتجه نحوها، مطأطئ الرأس حتى ينظر إليها من أعلى عينيه المشتعلتين. لم يكن يتحرك بسهولة، وإنما وكأنه يقاوم هبوب الريح. أياً كانت القوة الكامنة في وشم كارو التي قذفت به إلى ذلك الحائط، فقد أعاقته الآن، ولكنها لم توقفه. كانت يداه مقبوضتين على جانبيه، وكان وجهه شرساً ومستعداً لتحمل الألم.

توقف على بعد خطوات قليلة منها ونظر إليها، نظر إليها حقاً، ولم تعد عيناه ميتتين بل تجولان على وجهها وعنقها، ثم عاد لينظر إلى كفيها، ومرة أخرى إلى وجهها. ذهاباً وإياباً، وكأن شيئاً ما لم يكن منطقياً.

سألها: «من أنتِ؟»، وكادت ألا تتعرف على اللغة التي كان يتكلم بها كيميرا، فقد بدت ناعمة جداً على لسانه.

من كانت هي؟ قالت: «ألا تكتشف ذلك عادةً قبل أن تحاول قتل شخص ما؟».

خلفها، ضغط متجدد على الباب. إذا لم تكن إيسا، فقد انتهى أمرها. اقترب الملاك خطوة، فتنحّت كارو جانباً كي ينفتح الباب.

جاء صوت إيسا حاداً: «كارو!».

ثم استدارت وقفزت عبر البوابة، وأغلقتها خلفها.

اندفع أكيفا خلفها، وسحب البوابة بعنف إلى الخلف، ليجد نفسه وجهاً لوجه أمام امرأة تصرخ، فارتجفت وألقت مكنستها عند قدميه.

كانت الفتاة قد اختفت بالفعل.

وقف هناك للحظة، غير مدرك للجنون الذي كان يحيط به. كانت أفكاره تدور. حذرت الفتاة بريمستون. كان عليه أن يوقفها، وبإمكانه أن يقتلها بسهولة. وبدلاً من ذلك ضربها ببطء، وهذا ما منحها الوقت للابتعاد والرقص بحرية. لماذا؟

كان الأمر بسيطاً. لقد أراد أن ينظر إليها.

أحمق.

وماذا رأى أو ظن أنه رأى؟ بعض لمحات من ماضٍ لا يمكن أن يتكرر مرة أخرى - شبح الفتاة التي علمته الرحمة، منذ زمن بعيد، فقط ليأتي قدرها الذي أبطل كل تعاليمها اللطيفة؟ لقد ظن أن كل شرارة من الرحمة قد ماتت فيه الآن، لكنه لم يتمكن من قتل الفتاة. ثم حدث ما لم يكن متوقعاً: الوشم على راحتي يديها.

إنسان موسوم بعيني الشيطان! لماذا؟

لم يكن هناك سوى إجابة واحدة محتملة، واضحة بقدر ما كانت مقلقة أنها لم تكن، في الواقع، بشرية.

15

الباب الآخر

في الدهليز، سقطت كارو على ركبتيها. وأخذت تتنفس بصعوبة، وانحنت على جسد إيسا الثعباني.

احتضنها إيسا في عناق جعلهما ملطختين بالدماء. قالت: «كارو! ماذا حدث؟ من فعل هذا بك؟».

كانت كارو مذهولة، فقالت: «ألم تريه؟».

«أرى من؟».

«الملاك...».

كان رد فعل إيسا غاضباً. انتفضت كالثعبان المستعد للهجوم وأطلقت فحيحاً: «ملاك؟». كانت جميع ثعابينها - في شعرها وحول خصرها وكتفيها - تتلوى معها وهي تصدر فحيحاً. صرخت كارو وهي تتألم من جروحها بسبب الحركة العنيفة.

رقّ قلب إيسا مرة أخرى وهي تحتضن كارو كطفلة. قالت: «يا عزيزتي، يا فتاتي الجميلة. سامحيني. ماذا تقصدين يا ملاكي؟ بالتأكيد لا –».

رمشت كارو في وجهها. كانت الظلال تقترب. قالت: «لماذا أراد قتلي؟». قالت إيسا بانزعاج: «عزيزتي، عزيزتي». سحبت معطف كارو الممزق بالسيف ووشاحها لترى جروحها، لكن الدماء كانت غزيرة ولا تزال تسيل، وكان الضوء في الدهليز خافتاً. وتابعت: «هناك الكثير من الدماء!»

شعرت كارو وكأن الجدران تتأرجح في قوس بطيء من حولها. كانت تنتظر أن ينفتح الباب الداخلي، لكنه لم ينفتح. قالت بصوت خافت: «ألا يمكننا الدخول؟ أريد بريمستون». تذكرت كيف حملها واحتضنها عندما جاءت نازفة من سانت بطرسبرغ. كيف كانت تشعر بالثقة والهدوء التامين، وهي تعلم أنه سيعالجها. وقد فعل، وسيفعل ذلك مرة أخرى...

جمعت إيسا وشاح كارو المخضب بالدماء وحاولت تضميد جراحها. قالت: «إنه ليس هنا الآن يا عزيزتي».

«أين هو؟».

«إنه... لا يمكن إزعاجه».

تذمرت كارو. كانت تريد بريمستون. إنها بحاجة إليه. قالت: «إزعاجه»، ثم فقدت وعيها، وغابت.

لقد سقطت.

كان صوت إيسا، بعيداً.

ثم لا شيء.

وبمرور الوقت، بدأت الصور تومض أمام عينيها مثل فيلم رديء: عيون إيسا وياسري، قريبة، قلقة. أيادٍ ناعمة، ماء بارد. أحلام: إيزيل والشيء الذي على ظهره، وجهه المنتفخ باللون البني الأرجواني كفاكهة مصابة، والملاك الذي يحدق مباشرة في كارو وكأنه يستطيع إشعالها بعينيه.

قالت إيسا بصوت خافت: «ماذا يمكن أن يعني وجودهم في عالم البشر؟».

ياسري. «لا بد أنهم وجدوا طريقة للعودة. لقد استغرق الأمر منهم وقتاً طويلاً بما فيه الكفاية، على الرغم من كل اعتدادهم بأنفسهم».

لم يكن هذا جزءاً من الحلم. لقد عادت كارو إلى وعيها وكأنها تسبح نحو شاطئ بعيد - بجهد جهيد - واستلقت صامتة مصغية. كانت على سرير طفولتها في الجزء الخلفي من المتجر؛ وقد عرفت ذلك من دون أن تفتح عينيها. كانت جروحها تؤلمها، وانتشرت رائحة المرهم الشافي نفاذة في الهواء. وقفت فتاتا الكيميرا في نهاية ممر خزائن الكتب تتهامسان.

همست إيسا: «لكن لماذا هوجمت كارو؟».

ياسري: «ألا تظنين...؟ لا يمكن أن يكونوا على علم بها».

إيسا: «بالطبع لا. لا تكوني سخيفة».

تنهدت ياسري وقالت: «لا، لا، بالطبع لا. أتمنى أن يعود بريمستون. هل تعتقدين أننا يجب أن نذهب لإحضاره؟».

«أنت تعلمين أنه لا يمكن مقاطعته. لكن لا ينبغي أن يستغرق الأمر وقتاً طويلاً».

«لا»

بعد صمت متوتر، غامرت إيسا وقالت: «سيغضب كثيراً». وافقت ياسري مع رعشة خوف في صوتها: «نعم. أوه، نعم». شعرت كارو بفتاتي الكيميرا وهما تنظران إليها، وحاولت قدر المستطاع أن تبدو فاقدة الوعي. لم يكن الأمر صعباً. شعرتْ بالخمول والألم يتفاقم في صدرها وذراعها وعظم الترقوة. كانت الجروح المقطوعة ترافق ندوب الرصاص. شعرت بالعطش، وعلمت أنه لم يكن عليها سوى إطلاق همسة لياسري كي تهرع إليها بالماء وبيد مهدئة، لكنها التزمت الصمت. هناك الكثير لتفكر فيه.

قالت ياسري سابقاً: «لا يمكن أن يكونوا على علم بها».

على علم بماذا؟

بدت هذه السرية جنونية. أرادت أن تنهض وتصرخ «من أنا؟»، لكنها لم تفعل. لقد تظاهرت بالنوم، لأنه كان هناك شيء آخر يدغدغ أفكارها.

لم يكن بريمستون هنا.

كان دائماً هنا. لم يسبق لها من قبل أن شمح لها بالدخول إلى المتجر في غيابه، والظرف الاستثنائي الوحيد الذي يفسر هذا الخرق، هو أنها كانت على وشك الموت.

هذه الفرصة.

انتظرت كارو حتى سمعت ياسري وإيسا تبتعدان، ونظرت من خلال رموشها لتتأكد من أنهما قد ذهبتا. كانت تعلم أنها بمجرد تحريك جسدها للوقوف، فإن نوابض السرير ستصدر صريراً ويفضح أمرها، لذلك مدت يدها إلى خيط من خرزات سكوبي الملتف حول معصمها. إنه استخدام آخر للأماني التي تكاد تكون عديمة الفائدة: إسكات صرير نوابض السرير.

وقفت وثبّتت نفسها ورأسها يدور، وجروحها تحترق، من دون أن تصدر صوتاً. كانت ياسري وإيسا قد خلعتا حذاءها ومعطفها وسترتها، فلم تكن ترتدي سوى الضمادات وقميص داخلي ملطخ بالدماء وبنطال جينز. سارت حافية القدمين حول خزانتين وتحت خيوط معلقة بها أسنان الجمل والزرافة، ثم توقفت، وأصغت، ونظرت إلى داخل المتجر.

كان مكتب بريمستون مظلماً، وكذلك كان مكتب تويغا، ولم تكن هناك فوانيس مضاءة لترفرف حولها الفراشات الطنانة. كانت إيسا وياسري في المطبخ بعيداً عن الأنظار، وكان المتجر كله مظلماً، ما جعل الباب الآخر يبرز أكثر فأكثر، حيث كان هناك شق من الضوء يكشف عن حافته.

ولأول مرة في حياة كارو كان الباب مفتوحاً.

اقتربت منه وقلبها يخفق بشدة. توقفت لوهلة واضعة يدها على المقبض ثم فتحت الباب قليلاً، ونظرت من خلاله.

16

الساقط

وجد أكيفا إيزيل مرتعداً خلف كومة قمامة في جامع الفنا، وكان مخلوقه لا يزال متشبثاً بظهره. احتشدت حولهما نصف دائرة من البشر الخائفين، مهددين، ولكن عندما سقط أكيفا من السماء في انفجار من الشرر، فروا في كل الاتجاهات، وهم يصرخون مثل الخنازير المصفوعة.

مد المخلوق يده إلى أكيفا، وقال بصوت خافت: «يا أخي. كنت أعرف أنك ستعود من أجلي».

انقبض فك أكيفا. أجبر نفسه على النظر إلى ذلك الشيء. وعلى الرغم من انتفاخ وجهه، فقد كانت ملامحه تحمل أثر جمال قديم: عينان لوزيتان، وأنف دقيق ذو جسر مرتفع، وشفتان مثيرتان كانتا شاذتين على وجه بائس كهذا. لكن مفتاح طبيعته الحقيقية كان في ظهره. من بين لوحي كتفه كانت تبرز بقايا مفاصل أجنحة ممزقة.

بشكل لا يصدق، كان هذا الشيء سيراف. لا يمكن أن يكون إلا أحد الهابطين.

عرف أكيفا القصة على أنها أسطورة ولم يتساءل أبداً عما إذا كانت صحيحة، حتى هذه اللحظة، عندما واجه الدليل على ذلك. هناك سيرافيم منفيون في عصر آخر بتهمة الخيانة والتعاون مع العدو، وقد طُردوا إلى عالم البشر إلى الأبد. حسناً، وها هنا واحد منهم، وبالفعل، لقد سقط بعيداً عما كان عليه من قبل. لقد أحنى الزمن عموده الفقري، وبدا لحمه، الذي أصبح مشدوداً، وكأنه يتدلى على كل فقرة من فقراته. تدلت ساقاه بلا فائدة خلفه - لم يكن ذلك من فعل الزمن، بل من فعل العنف. لقد سُحقتا عن عمد وبطريقة وحشية، كي لا يمشي مرة أخرى. وكأن تمزيق جناحيه لم يكن عقاباً كافياً – لم يتم تقطيعهما، بل تمزيقهما - وقد حُطمت ساقاه أيضاً، وتركوه كائناً يزحف على سطح عالم غريب.

لقد عاش ألف سنة هكذا، وبدا فرحاً جداً برؤية أكيفا.

لم يكن إيزيل سعيداً جداً. لقد انكمش أمام كومة النفايات النتنة، وكان خائفاً من أكيفا أكثر من خوفه من الغوغاء. وبينما كان رازغوت يردد بصوت عالٍ «يا أخي يا أخي» في ترنيمة نشوة، كان العجوز يرتجف، وحاول أن يتراجع، لكن لم يكن هناك مكان يذهب إليه. لوح أكيفا في الأفق فوقه، وأنار بريق جناحيه المشهد مثل ضوء النهار.

مد رازغوت يده بشوق نحو أكيفا. قال: «لقد انتهت عقوبتي، وقد جئتَ لتعيدني. هذا كل شيء، أليس كذلك يا أخي؟ أنت ستعيدني إلى المنزل وتعيدني إلى الحياة مرة أخرى، كي أتمكن من المشي، كي أتمكن من الطيران-».

قال أكيفا: «لا علاقة لهذا بك».

قال إيزيل وقد غصّ بلغة السيرافيم التي تعلمها من رازغوت: «ماذا... ماذا تريد؟».

قال أكيفا: «الفتاة. أريدك أن تخبرني عن الفتاة».

17

عالم منفصل

على الجانب الآخر من الباب الآخر، اكتشفت كارو ممراً من الحجر الأسود الباهت. وعندما نظرت إلى الخارج، استطاعت أن ترى أن الممر يمتد لحوالي عشرة أقدام قبل أن يختفي عن الأنظار. وقبل ذلك بقليل، كانت هناك نافذة - كوة ضيقة ذات قضبان بزاوية خاطئة بالنسبة إليها لترى من خلالها من حيث تقف. كان الضوء الأبيض يتسلل إلى الداخل ويرسم مستطيلات على الأرض. فكرت كارو في ضوء القمر، وتساءلت عن المنظر الطبيعي الذي ستراه إذا تسللت ونظرت إلى الخارج. أين كان هذا المكان؟ هل كان هذا الباب الخلفي يفتح على عدد لا يحصى من المدن، مثل الباب الأمامي للمتجر، أم إنه شيء آخر تماماً، شيء آخر في عمق مكان آخر من متجر بريمستون لم تتمكن من أن تبدأ في تقديره؟ بضع خطوات وقد تعرف ذلك، إن لم يكن هناك شيء آخر. ولكن هل تجرأت؟

أصغت جيداً. هناك أصوات لكنها بدت بعيدة، نداءات تتردد أصداؤها في الليل. كان الممر نفسه صامتاً.

لقد فعلت ذلك. خرجت خلسة، بخطوات سريعة ومن دون صوت على أطراف أصابع قدميها العاريتين، وتوجهت إلى النافذة. كانت تنظر من خلال قضبانها الحديدية الثقيلة، لترى ما كان هناك.

تراخت عضلات وجهها المتوترة من القلق، فجأة مع بداية الرهبة التامة، وتدلى فكها بالفعل. مرّت ثانية قبل أن تدرك ذلك وتطبق فكيها، وجفلت عندما كسر صوت أسنانها الحاد الصمت. انحنت إلى الأمام، وأخذت تتأمل المشهد أمامها وتحت قدميها.

أينما كان هذا المكان، فقد كانت متأكدة من شيء واحد: لم يكن عالمها.

في السماء قمران. كان ذلك أول شيء. قمران. لم يكن أي منهما مكتملاً. أحدهما نصف قرص مشع في الأعلى، والآخر هلال شاحب يرتفع لتوه لينير قشرة الجبل. أما بالنسبة إلى المنظر الطبيعي الذي أضاءاه، فقد رأت أنها كانت في قلعة شاسعة. كانت الجدران الدفاعية الضخمة المحصنة تلتقي عند معاقل سداسية الأضلاع؛ وكانت هناك مدينة واسعة في وسطها كلها، وأبراج ذات سطوح مسننة - وقد قدرت كارو من موقعها المرتفع أنها في أحدها - ترتفع فوقها كلها، مع ظلال الحراس الذين يقفون على قممها. ولولا وجود القمرين، لكان من الممكن أن تكون مدينة محصنة في أوروبا القديمة.

كانت القضبان هي التي جعلتها شيئاً آخر.

بشكل غير عادي، أحيطت المدينة بقضبان حديدية. لم يسبق لها أن رأت شيئاً كهذا. لقد كانت القضبان تتقوس فوق المكان بأكمله من مساحة من الجدران الترابية المدكوكة إلى المساحة التي تليها، سوداء قبيحة كالخنفساء، وتحيط حتى بالأبراج. لم تكشف دراسة سريعة عن أي ثغرات؛ فقد كانت القضبان متقاربة للغاية بحيث لا يمكن لأي جسم أن يتسلل بينها. كانت

شوارع البلدة وساحاتها محجوبة تماماً من الأعلى وكأنها موجودة داخل قفص، وكان ضوء القمر يلقي بظلاله الوارفة على كل شيء.

ما الهدف من ذلك؟ هل كانت القضبان مخصصة لحجز شيء ما في الداخل أو في الخارج؟

ثم شاهدت كارو شكلاً مجنحاً يهبط من السماء، فجفلت، وظنت أنها حصلت على إجابتها. إنه ملاك أو سيراف- كان ذلك أول ما فكرت فيه، وبدأ قلبها يخفق بشدة وجروحها تنزف. لكنه لم يكن كذلك. لقد مرّ فوقها واختفى عن الأنظار، ورأت بوضوح أن شكله كان حيواناً - نوع من الغزلان المجنحة. أهو حيوان الكيميرا؟ لطالما افترضت أنه لا بد أن يكون هناك المزيد، رغم أنها لم ترَ سوى أربعة منه فقط، ولم تكن لتجزم أبداً إن كان هناك غيرها.

لقد أدركت الآن أن هذه المدينة كلها لابد أن تكون مأهولة بالكيميرا، وأن وراء جدرانها عالماً بأكمله، عالماً ذا قمرين، مأهول بالكيميرا أيضاً، وكان عليها أن تمسك بالقضبان لتثبت نفسها في وضع مستقيم بينما بدا الكون وكأنه يرتجف ويتضخم من حولها.

كان هناك عالم آخر.

عالم آخر.

من بين كل النظريات التي كانت تحلم بها عن الباب الآخر، لم تتخيل هذا أبداً: عالم منفصل، مكتمل بجباله وقاراته وأقماره. شعرت بالفعل بالدوار بسبب فقدانها للدم، وهذا ما جعلها تترنح، فاضطرت إلى التمسك بقضبان النافذة.

عندها سمعت أصواتاً، قريبة، ومألوفة أيضاً. استمعت إلى همهماتهما طوال حياتها بينما كان رأساهما ينحنيان معاً في مناقشات حول الأسنان. لقد كانا بريمستون وتويغا، وكانا قادمين من الزاوية.

كان تويغا يقول: «لقد جلب أوندين ثياغو».

تنهد بريمستون وقال: «الأحمق. هل يظن أن الجيوش تستطيع تحمل خسارته في وقت كهذا؟ كم مرة يجب أن أقول له إن الجنرال لا يحتاج إلى القتال على الجبهة؟».

قال تويغا: «إنه لا يعرف الخوف بفضلك»، فما كان من بريمستون إلا أن تنهد، وبدت تلك التنهيدة خطيرة.

كادت كارو أن تصاب بالذعر. عادت عيناها إلى الباب الذي جاءت منه. لم تعتقد أنها تستطيع الوصول إليه. وبدلاً من ذلك، كورت نفسها في كوة النافذة وظلت ثابتة في مكانها.

مرا بجانبها، قريبين بما يكفي للمسها. وخشيت كارو أن يدخلا المتجر ويغلقا الباب خلفهما، ويحبساها في هذا المكان الغريب. كانت مستعدة للصراخ خلفهما لمنعهما من إغلاق الباب، لكنهما تجاوزا الباب. هدأت حالة ذعرها. وفي أعقاب ذلك، اندلع شيء آخر: الغضب.

غضب من سنوات الأسرار، وكأنها لم تكن جديرة بالثقة أو حتى بأدق تفاصيل وجودها. جعلها غضبها جريئة، وصممت على اكتشاف المزيد - بقدر ما تستطيع أثناء وجودها هنا. كانت تشك في أن هذه الفرصة لن تتاح لها مرة أخرى. لذلك عندما اتجه بريمستون وتويغا إلى السلالم، تبعتهما.

لقد كانت سلالم البرج، عبارة عن لولب ضيق هابط. جعل الهبوط الحلزوني كارو تشعر بالدوار: هبوط، ثم دوران، ثم هبوط، ثم دوران، ثم وقوعها فيما يشبه التنويم المغناطيسي، حتى بدا الأمر وكأنها عالقة في مطهر من الدرجات، وستظل تهبط هكذا إلى الأبد. كانت هناك نوافذ ذات فتحات صغيرة لفترة من الوقت، ثم اختفت. أصبح الهواء بارداً وساكناً، وكان لدى كارو انطباع بأنها تحت الأرض. وسمعت بريمستون وتويغا على فترات متقطعة، ولم تستطع فهم حديثهما.

قال تويغا: «سنحتاج إلى المزيد من البخور قريباً».

قال بريمستون: «سنحتاج إلى المزيد من كل شيء. لم يحدث مثل هذا الهجوم منذ عقود».

«هل تعتقد أنهم يضعون أعينهم على المدينة؟».

«متى لم يفعلوا؟».

سأل تويغا بتلعثم: «إلى متى؟ إلى متى يمكننا صدهم؟».

قال بريمستون: «لا أدري».

وعندما اعتقدت كارو أنها لن تتحمل المزيد من الدوران، وصلا إلى القاع. وهنا أصبحت الأمور مثيرة للاهتمام.

مثيرة للاهتمام حقاً.

امتدت السلالم إلى قاعة شاسعة ذات صدى واسع. اضطرت كارو إلى كبح جماح نفسها لتتأكد من أن بريمستون وتويغا قد مضيا في طريقهما، لكنها عندما سمعت صوتيهما يبتعدان، وتضاءلا أمام ضخامة الفضاء الذي ابتلعهما، تسللت خلفهما.

بدا أنها كانت في كاتدرائية - حيث الأرض نفسها حلمت بكاتدرائية على مدى آلاف السنين من المياه التي كانت تتدفق من خلال الصخور. لقد كان كهفاً طبيعياً هائلاً يرتفع في الأعلى إلى قوس قوطي شبه مثالي. كانت الصواعد التي تعود إلى عصور ما قبل التاريخ منحوتة في أعمدة على أشكال الوحوش، وكانت الشمعدانات معلقة في ارتفاع عالٍ جداً كأنها مجموعات من النجوم. عبقت رائحة ثقيلة في الهواء، أعشاب وكبريت، وكان الدخان ينتشر بين الأعمدة، ويتحول إلى خيوط من النسائم المنبعثة من فتحات غير مرئية في الجدران المنحوتة.

وتحت كل هذا، حيث سار بريمستون وتويغا في صحن الكاتدرائية الطويل، لم تكن هناك مقاعد للعبادة، بل موائد - موائد حجرية ضخمة

كالنصب التذكارية، ضخمة إلى درجة أنها كانت تتطلب فيلة لنقلها إلى هناك. في الواقع، لقد كانت كبيرة بما يكفي لتتسع لفيل متكئ، على الرغم من أن واحدة من تلك الطاولات الحجرية فقط كانت كذلك.

إنه فيل، متكئ على طاولة.

أو... لا. لم يكن فيلاً. لديه قدمان ذات مخالب ورأس يشبه رأس دب أشيب ضخماً ذا أنياب كابوسية، كان شيئاً آخر. كان كيميرا.

وكان ميتاً.

هناك العشرات من كائنات الكيميرا الميتة على كل طاولة من الطاولات. انتقلت نظرات كارو، بشكل غير منتظم، من طاولة إلى أخرى. لم يكن هناك اثنان من الموتى متشابهين. كان لدى معظمهم بعض الصفات البشرية، رأس أو جذع، ولكن ليس كلهم. كان هناك قرد بلبدة أسد؛ وإغوانا - شيء ضخم جداً إلى درجة أنه لا يمكن أن يطلق عليها سوى تنين؛ ورأس نمر على جسد امرأة عارية.

تنقّل بريمستون وتويغا بينها، يلمسانها ويتفحصانها. توقفا وقتاً طويلاً عند رجل مسجى.

كان عارياً أيضاً. لقد كان كما وصفته كارو وزوزانا، بابتسامات الخبراء المتعجرفة «عينة جسدية». كتفاه ضخمان ينحدران إلى وركين أنيقين، وبطن مموج، وكل العضلات التي استطاعت كارو أن تتعرف عليها من دراسة الرسم الواقعي، كانت واضحة بشكل صارخ. غطى صدره القوي شعر أبيض ناصع، وكان شعر رأسه أبيض أيضاً، طويلاً وحريرياً على الطاولة الحجرية تصاعد دخان البخور الكثيف حوله. كان الدخان يتصاعد من نوع من الفوانيس الفضية المزخرفة المعلقة بخطاف فوق رأسه، ويصدر الفانوس دخاناً متواصلاً. قالت كارو لنفسها إنها مبخرة مثل تلك التي تدور في القداس الكاثوليكي. وضع بريمستون يده على صدر الرجل الميت، وأبقاها

هناك للحظة في إشارة لم تستطع كارو فك رموزها. أهي إشارة ولع؟ حزن؟ عندما تحرك هو وتويغا واختفيا في حائط الظل المرتفع في الطرف البعيد من الصحن، تسللت هي من مخبئها وتوجهت نحو الطاولة.

وعن قرب، رأت أن شعر الرجل الأبيض كان غير متناسق. إنه شاباً، ووجهه خالٍ من التجاعيد، ووسيم للغاية، رغم أنه كان شاحباً وشمعياً بسبب الموت، ويبدو غير حقيقي تماماً.

كما أنه لم يكن بشرياً تماماً، وإن كان أقرب إلى الإنسان من معظم الكيميرا هنا. فقد تحول لحم وعضلات ساقيه عند منتصف الفخذين ليصبحا مثل أرجل ذئب ذي فرو أبيض، مع أقدام طويلة منحنية للخلف ومخالب سوداء. ورأت أن يديه كانتا هجينتين: عريضتين ومغطاتين بالفرو على الظهر مثل الكفوف وأصابعه البشرية تنتهي بمخالب. كانت راحتا يديه موجهتين إلى أعلى، وكأنهما كانتا مرتبتين بهذه الطريقة، وهكذا رأت كارو ما كان محفوراً على جلده.

في وسط كل كف كانت هناك عين موشومة مطابقة للعينين اللتين على راحتي يديها.

تراجعت خطوة إلى الوراء مذعورة.

كان هذا شيئاً ما، شيئاً بالغ الأهمية، شيئاً أساسياً، ولكن ماذا يعني ذلك؟ التفتت إلى الطاولة المجاورة، إلى المخلوق البشري الأسدي. كانت يداه قرديتين، ولحمه أسود، لكنها ما زالت تستطيع تمييز الهامسا عليهما.

ذهبت إلى الطاولة التالية، والتي تليها. حتى المخلوق الفيل: كان باطنا قدميه الأماميين الماموثيين يحملا علامات. كان كل واحد من هذه المخلوقات الميتة يحمل رسم هامسا، تماماً كما كانت تحمل هي. دارت أفكارها في رأسها بقدر ما كان قلبها يخفق في صدرها. ما الذي كان يحدث؟ كان هنا العشرات من الكيميرا وهم موتى وعراة - لاحظت أنهم لم يكونوا

يحملون أي جروح ظاهرة - وممددين وباردين على ألواح كالموجودة في كاتدرائية تحت الأرض. كانت الهامسا الخاصة بها تربطها بهم بطريقة ما، لكنها لم تستطع أن تتخيل كيف.

عادت إلى الطاولة الأولى، والتي يستلقي عليها الرجل ذو الشعر الأبيض، واتكأت عليها. انتبهت إلى الدخان المعطر المنبعث من المبخرة، وانتابتها لحظة قلق عندما أدركت أن شعرها سيتشبع بالرائحة وسيكشفها لياسري وإيسا عندما تتسلل إلى المتجر. المتجر. جعلها التفكير في تسلق ذلك اللولب اللامتناهي مرة أخرى، ترغب في التكور في وضعية الجنين. كانت جروحها تنزف، وتتسرب الدماء من خلال الضمادات، وكان مفعول بلسم ياسري قد بدأ يزول. إنها تتألم.

لكن... هذا المكان، وهؤلاء الموتى. وبسبب تشوش أفكارها، شعرت كارو بأنها غير قادرة على فهم هذا الغموض. كانت يد الرجل ذي الشعر الأبيض ممددة أمامها مباشرةً، وبدت الهامسا الخاصة به تسخر منها. فوضعت يدها بجانبها لتقارن بين العلامات، لكن يده كانت ممددة في ظل جسده، فمدت يدها لترفعها إلى الضوء.

بدت العلامات متطابقة. لقد رأت ذلك بينما كان عقلها يعمل في شيء آخر، تحذير بطيء جداً من حواسها البطيئة.

يده، يده الميتة... كانت دافئة.

لم تكن ميتة.

لم يكن ميتاً.

وبحركة سريعة انتصب على ركبتيه. وأمسكت يده التي كانت ساكنة في يدها بحنجرتها، ورفعها حيث لم تعد قدماها تلامسان الأرض، وألقى بها على الطاولة الحجرية. رأسها على الحجر. تشوشت رؤيتها. عندما صفا بصرها مرة أخرى كان فوقها وعيناه شاحبتان كالثلج، وشفتاه مسحوبتان إلى الخلف

فوق الأنياب. لم تستطع التنفس. كانت يده لا تزال تمسك بحنجرتها، وهي تخدشه بأظافرها، وتصارع من أجل إبعاده عنها، وتمكنت من وضع ركبتيها بينهما وركلته.

وارتخت قبضته فأخذت نفساً، وحاولت الصراخ، ولكنه كان فوقها مرة أخرى، ثقيلاً وعارياً ووحشياً، وقاتلته بكل ما في وسعها.. قاتلته بوحشية أسقطتهما من فوق حافة الطاولة إلى الأرض. كانت هناك فوضى وعراك، وبدت الأطراف العارية قوية جداً إلى درجة لم تستطع كارو أن تتحرر منها. كان هو فوقها، متشبثاً بساقيها، محدقاً فيها، وبدا أن نوعاً من الجنون الجامح قد زال عن عينيه. خفتت زمجرة شفتيه وبدا بشرياً مرة أخرى، تقريباً، وجميلاً، لكنه لا يزال مرعباً و... مرتبكاً.

أمسكها من معصميها، وفتح يديها عنوة ليرى الهامسا الخاصة بها، ثم نظر بحدة إلى وجهها. جالت نظراته على كامل جسدها حتى شعرت وكأنها هي العارية، ثم أطلق زمجرة قوية أرسلت رعشة في جسدها. «من أنتِ؟»

لم تستطع الإجابة. كان قلبها يخفق بشدة. كانت جراحها تحترق. وكالعادة، لم تكن تملك إجابة.

«من أنتِ؟». سحبها من معصميها وألقى بها على الطاولة الحجرية وانقض عليها مرة أخرى. كانت حركاته انسيابية وحيوانية، وأسنانه حادة بما يكفي لتمزيق حنجرتها، وفجأة رأت كارو كيف سينتهي بها تسللها من الباب الآخر: في بركة من الدماء.

التقطت أنفاسها.

وصرخت.

18

معركة ليست مع الوحوش

حدّق إيزيل في أكيفا وقال: «فتاة؟ هل... تقصد كارو؟».

كارو؟ كان أكيفا يعرف معنى هذه الكلمة. إنها تعني الأمل بلغة العدو. إذاً لم تكن تحمل هامسا فحسب، بل كانت تحمل أيضاً اسم كيميرا. سأله: «من هي؟».

بدا واضحاً أن الرجل العجوز مرعوب، فشدّ جسده ليصبح أكثر استقامة. قال: «لماذا تريد أن تعرف، أيها الملاك؟».

قال أكيفا: «أنا من يطرح الأسئلة. وأقترح عليك أن تجيب عليها». كان متلهفاً للمضي قدماً ومقابلة الآخرين، لكنه كره المغادرة مع هذا الغموض الذي يلفه. إذا لم يعرف من هي الفتاة الآن، فلن يعرف أبداً.

حرص على أن يكون مفيداً، فأجاب رازغوت: «طعمها مثل الرحيق والملح. الرحيق والملح والتفاح. حبوب اللقاح والنجوم. طعمها مثل الحكايات الخرافية. بجعة عذراء في منتصف الليل. قشطة على طرف لسان الثعلب. طعمها مثل الأمل».

كان أكيفا متجهم الوجه، منزعجاً بشكل غير معقول من فكرة أن يتذوق هذا البشع الفتاة. انتظر حتى صمت رازغوت قبل أن يقول، وصوته منخفض في حنجرته: «لم أسأل عن طعمها. سألت من هي».

هزّ إيزيل كتفيه وهو يرفرف بيديه في محاولة لإظهار عدم الاكتراث، وقال: «إنها مجرد فتاة. إنها ترسم الصور. إنها لطيفة معي. ماذا يمكنني أن أخبرك أكثر من ذلك؟».

كان صوته سلساً، واعتقد أكيفا أنه يستطيع حمايتها. كان ذلك أمراً نبيلاً، ومثيراً للضحك. لم يكن لديه وقت لتضييعه في اللعب، فقرر اتباع نهج أكثر صرامة. أمسك إيزيل من مقدمة قميصه ورازغوت بأحد نتوءات عظامه المسننة وقفز بهما في الهواء، وسحبهما معاً وكأنهما بلا وزن.

وما هي إلا خفقات أجنحة حتى تلألأت مراكش كلها تحتهم. كان إيزيل يصرخ وعيناه مغمضتان، أما رازغوت فكان صامتاً، وقد بدا على وجهه شوق لا يوصف، حتى إن هذا أصاب قلب أكيفا بشفقة كالشظية - أشد إيلاماً في الواقع من شظية الخشب التي طعنته بها كارو. لقد فاجأه ذلك. لقد تعلم على مر السنين أن يميت نفسه، وعاش طويلاً مع الموت، حتى ظن أن الشفقة والرحمة قد انطفأتا في داخله، ولكنه الليلة قد اختبر طعنات من كليهما.

هبط بهما ببطء نحو الأسفل مثل طائر جارح، حتى استقرا على القمة المقببة لأطول مئذنة في المدينة. جاهدا للتشبث بها وفشلا، وانزلقا على سطحها الزلق، وهما يحدقا بجنون بحثاً عن موطئ قدم ومكان للتمسك قبل أن يستقرّا على حاجز منخفض مزخرف كان هو ما منعهما من السقوط من فوق الحافة على ارتفاع عدة مئات من الأقدام إلى أسطح المسجد في الأسفل.

بدا وجه إيزيل شاحباً، وكان يتنفس بصعوبة. عندما تحرك رازغوت على ظهر الرجل العجوز، تأرجحا على نحوٍ خطير على حافة الهاوية. أطلق إيزيل سيلاً من الأوامر المذعورة ليبقى منخفضاً ولا يتحرّك ويتشبّث بشيء ما.

وقف أكيفا فوقهما. وخلفه كانت الحافة المسننة لجبال الأطلس تلمع في ضوء القمر. داعبت النسمات الريش الملتهب الذي يكسو جناحيه فتجعلهما يتراقصان، وكانت عيناه كوهج الجمر الخافت. قال: «الآن، إذا كنتما ترغبان في العيش، فأخبراني بما أريد أن أعرفه. من تكون هذه الفتاة؟»

أجاب إيزيل، بنظرة مرعوبة من فوق حافة السطح، على عجل: «إنها لا تعني لك شيئاً، إنها بريئة-».

«بريئة؟ إنها تحمل هامسا، وتتاجر بالأسنان لساحر الشيطان. إنها لا تبدو بريئة بالنسبة إلي».

«أنت لا تعرف. إنها بريئة. إنها فقط تقوم بمهمات من أجله. هذا كل ما في الأمر».

هل هذا كل ما كانت عليه، خادمة من نوع ما؟ لم يفسر ذلك وجود الهامسا. فسأل: «لماذا هي؟».

«إنها ابنة تاجر الأمنيات بالتبني. لقد رباها منذ أن كانت طفلة».

حلل أكيفا هذا. قال: «من أين أتت؟»، وركع ليقرّب وجهه من وجه إيزيل. شعر أنه من المهم جداً أن يعرف.

«لا أعلم. لا أعلم. في يوم من الأيام كانت هناك فقط، يحتضنها بين ذراعيه، وبعد ذلك بقيت هناك دائماً، دون أي تفسيرات. هل تعتقد أن بريمستون أخبرني بأشياء؟ لو فعل، ربما كنت سأظل رجلاً بدلاً من بغل!»، ثم أومأ إلى رازغوت وانخرط في ضحك جنوني. تابع: «قال بريمستون: «احذر مما تتمناه»، لكنني لم أستمع إليه، وانظر إليّ الآن!».

طفرت الدموع إلى زوايا عينيه المتغضنتين بينما كان يضحك ويضحك. كان أكيفا متصلباً.

المشكلة أنه صدق ما قاله الأحدب. لماذا يخبر بريمستون أتباعه من البشر بأي شيء، خاصةً الحمقى المجانين مثل هذا؟ لكن إذا لم يكن إيزيل يعرف، فما الأمل الذي كان لدى أكيفا في معرفة ذلك؟ كان الرجل العجوز هو دليله الوحيد، وقد تأخر كثيراً بالفعل.

قال: «إذاً أخبرني أين أجدها. لقد كانت ودودة معك. بالتأكيد أنت تعرف أين تعيش».

ومض البؤس في عيني الرجل العجوز. قال: «لا أستطيع أن أخبرك بذلك. لكن... لكن... لكن يمكنني أن أخبرك بأشياء أخرى. أشياء سرية! عن بني جنسك. بفضل رازغوت، أعرف عن السيرافيم أكثر بكثير مما أعرفه عن الكيميرا».

كان يساوم وهو لا يزال يأمل في حماية كارو. قال أكيفا: «هل تعتقد أن هناك أي شيء يمكنك أن تخبرني به عن بني جنسي؟».

«رازغوت لديه قصص –».

«كلمة الساقطين. هل أخبرك حتى لماذا تم نفيه؟».

قال إيزيل: «أوه، أنا أعرف السبب. أتساءل عما إذا كنت تعرف».

«أنا أعرف تاريخي».

ضحك إيزيل. ضغط أحد خديه على قبة المئذنة بشكل مستوٍ، وخرجت ضحكته على شكل أزيز.

قال: «مثل العفن على الكتب، تنمو الأساطير على التاريخ. ربما عليك أن تسأل شخصاً كان هناك منذ قرون مضت. ربما عليك أن تسأل رازغوت».

ألقى أكيفا نظرة باردة على رازغوت المرتعش، الذي كان يهمس

بترنيمته المتواصلة «خذني إلى البيت، أرجوك يا أخي، خذني إلى البيت. لقد تبت، لقد عوقبت بما فيه الكفاية، خذني إلى البيت...».

قال أكيفا: «لا أريد أن أسأله عن أي شيء».

«آه، لا؟ فهمت. قال رجل ذات مرة: «كل ما تحتاجه في هذه الحياة هو الجهل والثقة؛ ثم يكون النجاح مضموناً». مارك توين، كما تعلم، كان لديه شارب جميل. وغالباً ما يكون لدى الرجال الحكماء شارب جميل».

كان هناك شيء ما في الرجل العجوز يتغير بينما كان أكيفا يراقبه. رآه يرفع رأسه ليطل من فوق الحافة الحجرية التي كانت تمنعه من الانزلاق إلى حتفه. بدا أن حدة جنونه قد خفّت، إذا لم يكن الأمر كله تمثيلاً منذ البداية. كان يستجمع ما تبقى من شجاعته التي لم تكن، في ظل هذه الظروف، مثيرة للإعجاب. كان يماطل أيضاً.

قال أكيفا: «هوّن عليك أيها العجوز. لم آتِ إلى هنا لقتل البشر».

«لماذا أتيت؟ حتى الكيميرا لا يعتدون على هذا المكان. هذا العالم ليس مكاناً للوحوش».

«وحوش؟ حسناً، إذاً. أنا لست وحشاً».

«لا؟ رازغوت لا يعتقد ذلك أيضاً. هل تعتقد ذلك يا وحشي؟».

قال هذا بنبرة مفعمة بالحنين تقريباً، فصاح رازغوت: «لستُ وحشاً. أنا سيراف، كائن من نار بلا دخان، نعم، صُنع في عصر آخر، في عالم آخر». كان ينظر بشغف إلى أكيفا. تابع: «أنا مثلك يا أخي. أنا مثلك تماماً».

لم يستمتع أكيفا بالمقارنة. قال بنبرة لاذعة جعلت رازغوت يجفل: «أنا لست مثلك على الإطلاق أيها الكسيح».

مدّ إيزيل يده ليربت على ذراعه التي كانت كالملزمة حول عنقه. قال بصوت خالٍ من الشفقة: «مهلاً، مهلاً. لا يمكنه رؤية ذلك.

إنها حالة من حالات الوحوش الذين لا يرون أنفسهم على هذا النحو.

كان التنين قابعاً في القرية يلتهم العذارى، وسمع أهل القرية يصرخون «وحش!» فنظر خلفه.

أظلمت عينا أكيفا النمريتان، وقال: «أعرف من هم الوحوش». كم كان يعرف جيداً. لقد اختزل الكيميرا معنى الحياة في الحرب.

كانوا يأتون في ألف شكل وحشي، ومهما قتلت منهم، كان يأتي المزيد دائماً.

أجاب إيزيل: «قال رجل ذات مرة: 'لا تقاتل مع الوحوش لئلا تصير وحشاً، وإذا حدَّقت في الهاوية، فالهاوية أيضاً تحدق فيك'. أنت تعرف نيتشه. لديه شارب استثنائي».

استأنف أكيفا: «أخبرني فقط-»، لكن إيزيل قاطعه.

«هل سبق لك أن سألت نفسك، هل الوحوش هي من تصنع الحرب، أم إن الحرب هي من تصنع الوحوش؟ لقد رأيت أشياء يا ملاكي. هناك جيوش حرب العصابات التي تجعل الأولاد الصغار يقتلون عائلاتهم. مثل هذه الأفعال تقتل الروح وتفسح المجال للوحوش لتنمو بداخلها.

الجيوش تحتاج إلى وحوش، أليس كذلك؟ وحوش أليفة، لتقوم بعملها الرهيب! والأسوأ من ذلك أنه يكاد يكون من المستحيل استعادة الروح التي انتُزعت، تقريباً».

ألقى نظرة حادة على أكيفا وتابع: «ولكن يمكن القيام بذلك، إذا قررت يوماً ما... إذا قررت يوماً ما أن تبحث عن روحك».

اشتعل الغضب في أكيفا. وتطاير الشرر من جناحيه لتحمله النسائم فوق أسطح المنازل في مراكش. قال: «لماذا أفعل ذلك؟ من حيث أتيت، أيها الرجل العجوز، الروح عديمة الفائدة كالأسنان بالنسبة إلى الموتى».

«أعتقد أن هذا الكلام صادر عن شخص لا يزال يتذكر كيف كان الأمر عندما كانت لديه روح».

لقد تذكر أكيفا بالفعل. كانت ذكرياته عبارة عن سكاكين، ولم يكن مسروراً بانقلابها ضده. قال: «يجب أن تقلق على روحك، وليس على روحي»

«روحي نقية. لم أقتل أحداً قط. لكن أنت، أوه أنت. انظر إلى يديك».

لم يبتلع أكيفا الطعم، لكنه قام بلف أصابعه بشكل انعكاسي إلى قبضتين. كانت الخطوط محفورة على طول قمم أصابعه: كل واحدة منها تمثل عدواً مذبوحاً، وكانت يداه تحملان عدداً كبيراً.

سأل إيزيل: «كم العدد؟ هل تعرف حتى، أم إنك فقدت العد؟».

لقد اختفى تماماً ذلك المجنون المرتجف الذي كان أكيفا قد انتشله من فوق حصى الساحة. كان إيزيل جالساً الآن، أو أقرب ما يمكن أن يكون إلى ذلك، وهو مثقل بالعبء الذي شكله رازغوت على كتفيه. وكان رازغوت ينظر إلى الأمام وإلى الخلف في ضيق بين بغلته البشرية والملاك الذي يأمل بأنه أتى لإنقاذه.

في الواقع، عرف أكيفا العدد الدقيق للقتلى المحفور على يديه. ردّ على إيزيل: «ماذا عنك؟ كم عدد الأسنان، على مر السنين؟ لا أفترض أنك أحصيت عددها».

«أسنان؟ آه، لكنني أخذت أسناناً من الموتى فقط!».

«وبعتهم إلى بريمستون. أتعرف ماذا يجعلك هذا؟ شريكاً متعاوناً».

«متعاون؟ إنها مجرد أسنان. إنه يصنع القلائد، لقد رأيته. مجرد أسنان معلقة بخيوط!».

«أتعتقد أنه يصنع القلائد؟ أحمق. لقد كان لك كل العلاقة في حربنا، لكنك كنت غبياً جداً لترى ذلك.

أتقول لي إن القتال مع الوحوش جعلني وحشاً؟ التعامل مع الشياطين، هو ما جعل منك وحشاً؟».

حدّق إيزيل في وجهه، وفمه مفتوح، ثم قال في اندفاع من الفهم المفاجئ: «أنت تعرف. أنت تعرف ماذا يفعل بالأسنان».

تنهد أكيفا بمرارة وقال: «نعم، أعرف».

«أخبرني –».

أمره أكيفا عندما انقطع حبل صبره الأخير: «اصمت! أخبرني أين أجدها. حياتك لا تعني لي شيئاً. هل تفهم؟».

لقد سمع الوحشية في صوته، ورأى نفسه كما لو كان من الخارج، يلوح في الأفق فوق هذه المخلوقات المسكينة المحطمة. بماذا ستفكر مادريغال لو استطاعت رؤيته الآن؟ لكنها لا تستطيع، أليس كذلك؟ وكان هذا هو بيت القصيد.

لقد ماتت مادريغال.

الرجل العجوز على حق.

لقد كان وحشاً، لكن إذا كان وحشاً، فذلك بسبب العدو. ليس فقط بسبب الفترة التي قضاها في الحرب – التي لم تنجح في جعل أكيفا ما هو عليه.

لقد كان هناك فعل واحد أدى إلى ذلك، فعل لا يمكن أن ينساه أو يغفره أبداً، ومن أجل الانتقام، أقسم أن يدمر مملكة. همس: «هل تعتقد أنني لا أستطيع أن أجعلك تتكلم؟».

فأجابه إيزيل بابتسامة: «لا أيها الملاك. لا أعتقد أنك تستطيع».

ثم رمى بنفسه من فوق المئذنة، حاملاً معه رازغوت، ليسقط من على ارتفاع مائتي قدم ويتحطم على بلاط السقف في الأسفل.

19

ليس مَن، بل ما

حملت الكاتدرائية صرخة كارو وقسمتها إلى سيمفونية من الصرخات التي ترددت أصداؤها وتصادمت حتى أصبح الفضاء الواسع المقبب حياً بصوتها. ثم لم يعد كذلك. أسكتها الكيميرا بضربها بقفا كف اليد فانزلقت من على اللوح الحجري، وأسقطت عصا المعدن والمبخرة، فأصدرت ضجة صاخبة. واندفع خلفها إلى أسفل، وظنت أنه سيقتلع حنجرتها بأسنانه، فقد كان وجهه قريباً جداً من وجهها، ولكنه بعد ذلك... سُحب إلى الخلف كأنه تم انتزاعه، وطُرد بعيداً.

وكان بريمستون هناك.

لم تكن كارو سعيدة برؤيته أبداً. قالت: «بريمستون...» ثم توقفت. تلاشت سعادتها. ضاقت حدقتا عينيه التمساحيتين وتحولت إلى شقوق سوداء، كما كانتا تفعلان دائماً عندما يكون غاضباً، ولكن إذا كانت كارو تعتقد أنها رأته غاضباً من قبل، فقد كان هذا بمثابة تدريب على الغضب.

تجمدت اللحظة بينما كان يتغلب على صدمته لرؤيتها هناك، أما بالنسبة إلى كارو فقد كانت الأبدية تدور في الفراغ بين دقات القلب.

زمجر مرتاباً: «كارو؟»، وشفتاه تنكمشان في تجهم رهيب. كانت أنفاسه تتصاعد بسرعة من بين أسنانه، بينما كان يمد يده نحوها، ومخالبه مثنية. وخلفه، سأل الذئب الكيميرا ذا الشعر الأبيض: «من هذه؟».

هدر بريمستون: «هذه لا أحد».

فكرت كارو أنها ربما عليها أن تهرب. لكن فات الأوان.

هجم عليها بريمستون، وأمسك بذراعها مباشرة فوق الضمادة الملطخة بالدماء من آخر جرح ملاك لها، وسحقها في قبضته. ارتجف الضوء خلف جفون كارو، وشهقت. أمسك بذراعها الأخرى وحملها ورفعها حتى أصبح وجهها على بعد بوصات فقط من وجهه. بحثت قدماها العاريتان عن مكان لتستقر عليه ولم تجدا. كانت ذراعاها مثبتتين، ومخالبه تخترق جلدها. لم تستطع أن تتحرك. لم يكن بوسعها سوى التحديق في عينيه، اللتين لم تبدوا في حياتها بهذه الغرابة والوحشية، كما بدتا الآن.

قال الرجل: «أعطني إياها».

قال بريمستون: «أنت بحاجة إلى الراحة يا ثياغو. يجب أن تظل نائماً. سأعتني بها».

سأل ثياغو: «تعتني بها؟ كيف؟».

«لن تزعجنا مرة أخرى».

ورأت كارو، على هامش الرؤية، شكل تويغا المألوف برقبته الطويلة المنحنية على كتفيه المنحدرتين، فالتفتت إليه، ولكن النظرة التي علت وجهه بدت أسوأ من نظرة بريمستون، لأنها كانت مرعوبة وخائفة في آن واحد، وكأنه على وشك أن يشهد شيئاً لا يفضل أن يراه. بدأ الذعر ينتاب كارو. كانت تلهث وهي تتلوى في قبضة بريمستون، وتقول: «انتظر، انتظر، انتظر-» لكنه كان يسير بالفعل، وهو يحملها إلى السلالم، ويصعد بسرعة، في

قفزات واندفاعات. لم يكن حذراً معها، وشعرت هي بما يجب أن تكون عليه حال دمية في يد طفل صغير، تُقذف إلى الزوايا، وترتطم بالجدران، وتسقط وترمى كشيء غير حي. في وقت أقرب مما كانت تظن أنه ممكن - أو ربما فقدت وعيها لبعض الوقت - عادا إلى باب المتجر، وقذف بها من خلاله. لم تهبط على قدميها، بل سقطت على الأرض، واصطدم خدها بكرسي، فانفجرت ألعاب نارية خلف جفونها.

صفق بريمستون الباب خلفه وانحنى نحوها، وأرعد قائلاً: «بماذا كنتِ تفكرين؟ لم يكن بإمكانك أن تفعلي أسوأ من ذلك. طفلة حمقاء! وأنتما!»، استدار نحو ياسري وإيسا اللتين كانتا قد خرجتا مسرعتين من المطبخ وأخذتا تنظران مذعورتين. جفلتا. تابع: «إذا كنا سنبقيها هنا، كما قلنا، فستكون هناك قواعد. قواعد لا يمكن انتهاكها. ألم نتفق جميعاً؟».

أجابت إيسا: «نعم، ولكن –».

لكن بريمستون اقترب من كارو مرة أخرى، ورفعها من على الأرض. وسألها: «هل رأى يديكِ؟». لم يسبق لها أن سمعت صوته يرتفع إلى هذه الدرجة. كان مثل احتكاك حجر على حجر. شعرت به في جمجمتها. لقد أمسك بذراعيها بقوة. غمر البياض يغمر رؤيتها، وخشيت أن يغمى عليها.

كرر بصوت أعلى: «هل فعل؟».

عرفت أن لا هي الإجابة المناسبة، لكنها لم تستطع الكذب. قالت وهي تشهق: «نعم. نعم!».

لقد أطلق نوعاً من العواء الذي أصابها بالقشعريرة أكثر من أي شيء آخر حدث خلال هذه الليلة الرهيبة بأكملها. قال: «هل تعرفين ماذا فعلتِ؟»

لم تكن كارو تعرف. صرخت ياسري: «بريمستون! بريمستون، إنها مصابة!». كان ذراعا المرأة الببغاء يرفرفان مثل جناحين. حاولت أن تبعد يدي تاجر الأمنيات عن جرح كارو، لكنه صدها.

جرّ كارو إلى الباب الأمامي وفتحه بقوة، ودفعها أمامه إلى الدهليز.

صرخت إيسا: «انتظر! لا يمكنك إخراجها بهذه الطريقة».

لكنه لم يصغِ إلى ذلك. زمجر في وجه كارو: «اخرجي الآن! ابتعدي!». فتح الباب الخارجي للدهليز - وهو مقياس آخر لغضبه؛ لم يُفتح البابان معاً أبداً، أبداً، كان ذلك بمثابة أمان ضد الاقتحام - وكان آخر ما رأته هو وجهه المتلوي من الغضب قبل أن يدفعها بقوة ويغلق الباب.

بعد أن تم التخلي عنها فجأة، خطت ثلاث أو أربع خطوات إلى الوراء قبل أن تتعثر من على الرصيف وتنهار، وهناك جلست مذهولة وحافية القدمين وتنزف، وهي تشعر بالدوار وتلهث، وسط تيار عارم من الثلج الذائب. كانت ممزقة بين الارتياح لأنه تركها تذهب - للحظة خشيت ما هو أسوأ من ذلك بكثير - وعدم التصديق بأنه ألقى بها في البرد وهي مصابة وبالكاد ترتدي ملابسها.

شعرت بالدوار والذهول، ولم تكن تعرف ماذا تفعل. كانت ترتجف. كان الجو بارداً في الخارج، وكانت غارقة في طين المزاريب بالإضافة إلى الدماء. نهضت ووقفت في مكانها غير واثقة. تبعد شقتها عشر دقائق سيراً على الأقدام. كانت قدماها تحترقان من البرد. حدقت في الباب - غير متفاجئة الآن من رؤية بصمة يد سوداء على سطحه - وفكرت أنه يجب أن يُفتح بالتأكيد. على الأقل ستُحضر لها إيسا معطفها وحذاءها.

بالتأكيد.

لكن الباب لم يفتح، ولم يفتح ولا يزال مقفلاً.

هناك سيارة تهدر في نهاية المربع السكني، وكانت الضحكات والنقاشات تتطاير من النوافذ هنا وهناك، ولكن لم يكن أحد قريباً. اصطكت أسنان كارو. لفّت ذراعيها حول نفسها، دون جدوى، وبقيت تحدق في الباب، غير مصدقة أن بريمستون سيتركها هنا. مرت لحظات باردة فظيعة، وأخيراً، بعد أن انهمرت دموعها الغاضبة في عينيها، استدارت كارو ومضت بعيداً، وهي

تعانق نفسها، وبدأت تتعثر على قدميها المخدرتين في اتجاه شقتها. زُمقت ببعض النظرات الفضولية على طول الطريق، وبعض عروض المساعدة التي تجاهلتها، ولم تدرك أنها لم تكن تحمل مفاتيحها إلا عندما وصلت إلى باب منزلها وهي ترتجف بتشنج، ومدت يدها إلى جيب معطفها الذي لم تكن تلبسه. لا معطف، ولا مفاتيح، ولا شينغ أيضاً، والتي كانت ستتمكن من خلالها من تمني فتح الباب.

«اللعنة اللعنة اللعنة»، قالت كارو والدموع تتساقط على خديها. كل ما كان لديها هو خرزات سكوبي حول معصمها. أخذت واحدة بين أصابعها وتمنت، لكن لم يحدث شيء. تجاوز فتح الأبواب طاقة خرزات سكوبي الصغيرة. هي على وشك أن تقرع باب إحدى جاراتها لتوقظها عندما شعرت بحركة ماكرة خلفها.

باتت عاجزة عن التفكير. حطّت يد على كتفها، وكانت متوترة ومتسرعة. أمسكت باليد وألقت بثقلها إلى الأمام. ارتفع الشكل الذي كان خلفها - التقطت كارو بعد ثانية صوتاً قلقاً يقول: «يا إلهي، رو، هل أنتِ بخير؟» - لتقذفه من فوق كتفها ويخترق زجاج الباب.

تحطم الزجاج عندما اخترقه كاز، واصطدم بالأرض مصدراً صوت نخير مدوّ. وقفت كارو ساكنة، وأدركت أنه لم يكن يحاول إخافتها هذه المرة، والآن كان مستلقياً على عتبة الباب في كومة من الزجاج المحطم. اعتقدت أنها يجب أن تشعر بشيء ما - الندم؟ - لكنها لم تشعر بشيء على الإطلاق

على الأقل حلت مشكلة الباب المغلق.

سألته بصوت خافت: «هل تأذيت؟».

أغمض عينيه مذهولاً، وألقى نظرة خاطفة على المشهد. لا توجد دماء. تحطم الزجاج إلى قطع مستطيلة. كان بخير. خطت فوقه وشقت طريقها إلى المصعد. لقد أفقدها رمي كاز ما تبقى لها من قوتها القليلة المتبقية، وكانت تشك في قدرتها على صعود السلالم الستة. فُتحت أبواب المصعد

ودخلته، واستدارت لتواجه كاز الذي لم يتحرك بعد. كان يحدق فيها.

سألها: «ما أنت؟».

ليس من، بل ما.

لم تجب. أُغلقت أبواب المصعد، وكانت بمفردها مع انعكاس صورتها في المرآة حيث رأت ما رآه كاز. لم تكن ترتدي شيئاً سوى بنطال جينز مبلل وقميص قصير أبيض رقيق، كان يبدو شفافاً في المكان الذي التصق بجلدها. بدا شعرها متكتلاً في لفائف زرقاء حول عنقها، مثل ثعابين إيسا، وكانت الضمادات التي يكسوها الصدأ تتدلى من كتفيها. وبدت بشرتها وسط الدم شفافة، زرقاء تقريباً، وقد التفت على نفسها وهي ترتجف مثل المدمنين. كان كل ذلك سيئاً بما فيه الكفاية، لكن وجهها هو الذي لفت انتباهها. كان خدها منتفخاً بسبب إلقاء بريمستون لها على الكرسي، وكان رأسها مائلاً إلى الأسفل وفكها صلب حتى إن عينيها كانتا مغطاتين بالظل. قالت لنفسها بأنها تبدو كشخص قد تقطع مسافة طويلة لتجنب المرور بجانبه. بدت... غير بشرية بالمطلق.

انفتحت أبواب المصعد وجرّت نفسها إلى أسفل القاعة. كان عليها أن تتسلق النافذة للوصول إلى شرفتها، وأن تحطم زجاج باب الشرفة للدخول إلى شقتها، وتمكنت من ذلك قبل أن تخور قواها أو أن يشلها ارتعاشها، وأخيراً كانت في الداخل، وخلعت ملابسها المبللة. سحبت نفسها إلى سريرها، وشدّت لحافاً حولها، وانكمشت على شكل كرة وانخرطت في نحيب. سألت نفسها، متذكرة سؤال الملاك والذئب: من أنت؟ لكن كان سؤال كاز هو الذي تردد صداه في داخلها، صدى لا يموت.

ما أنت؟

ما؟

20

قصة حقيقية

أمضت كارو عطلة نهاية الأسبوع بمفردها في شقتها، وهي تعاني من الحمى، والكدمات، والجروح والتشويه، والبؤس. كان النهوض من الفراش يوم السبت بمثابة عذاب. وبدت عضلاتها وكأنها قد شُدّت بواسطة رافعات، شدت إلى درجة أنها تكاد تتمزق. كل شيء كان يؤلمها. كل شيء. بدا من الصعب التمييز بين ألم وآخر، وبدت كأنها كتيب عن العنف المنزلي، وقد بلغ خدها حجم ثمرة جوز الهند، وازداد ازرقاق لون بشرتها ليضاهي لون شعرها.

فكرت في الاتصال بزوزانا لطلب المساعدة، لكنها تخلت عن الفكرة عندما أدركت أن هاتفها ليس بحوزتها. كان هاتفها في معطفها وحذاؤها وحقيبتها ومحفظتها ومفاتيحها وكراسة الرسم في المتجر. كان بإمكانها أن ترسل بريداً إلكترونياً، لكن في الوقت الذي استغرقته لتشغيل حاسوبها المحمول تخيلت كيف ستكون ردة فعل زوزانا عندما تراها، وكانت تعلم

أن صديقتها لن تدع الأمور تمر هذه المرة بسلام. كان على كارو أن تخبرها بشيء ما. كانت متعبة للغاية إلى درجة أنها لم تستطع أن تختلق كذبة، لذا انتهى بها الأمر بأن تتناول تايلينول[20] وشاي وتمضي عطلة نهاية الأسبوع في حالة من الدوار والقشعريرة والتعرق والألم والكوابيس.

وكانت تستيقظ كثيراً على أصوات متخيلة، وتنظر إلى نوافذها، آملة أن ترى كيشميش مع رسالة ما، ولكنه لم يأت، ومرت عطلة نهاية الأسبوع من دون أن يطمئن عليها أحد - لا كاز، الذي جعلته يخترق اللوح الزجاجي، ولا زوزانا التي عودتها على تقبّل غيابها بصمت حذر. لم تشعر قط بالوحدة هكذا حلّ يوم الاثنين، ولم تغادر الشقة بعد. واصلت بشكل غير منتظم تناول الشاي والتايلينول. كان النوم عبارة عن دوّامة من الكوابيس، نفس المخلوقات تتكرر مرة بعد أخرى - الملاك، والشيء الذي على ظهر إيزيل، والذئب الكيميرا، وبريمستون الغاضب - وعندما فتحت عينيها، كان الضوء قد تغير، لكن لم يتغير شيء آخر سوى أن بؤسها ربما ازداد عمقاً.

كان الظلام حالكاً عندما رن الجرس. واستمر في الرنين. سحبت نفسها إلى لوحة المفاتيح بجانب الباب وقالت بصوت أجش: «مرحباً؟».

«كارو؟» كانت زوزانا. «كارو، ما هذا بحق الجحيم؟ اسمحي لي بالدخول أيتها المتخفية».

كانت كارو سعيدة جداً لسماع صوت صديقتها، وسعيدة جداً لأن شخصاً ما جاء للاطمئنان عليها، إلى درجة أنها أجهشت بالبكاء. عندما دخلت زوزانا من الباب، وجدت كارو جالسة على حافة سريرها، والدموع تنهمر على وجهها المحطم. ثم وقفت، وهي على ارتفاع خمسة أقدام - تقريباً - فوق حذاء مزخرف ذي كعب عالٍ، وقالت: «أوه. أوه. يا إلهي. كارو».

---

20. مسكن وخافض حرارة.

لقد عبرت الغرفة الصغيرة إلى الجهة الأخرى في خط مستقيم. كانت يداها باردتين من هواء الشتاء، وكان صوتها ناعماً، ووضعت كارو رأسها على كتف صديقتها، وبكت لدقائق طويلة دون توقف.

تحسنت الأمور بعد ذلك.

قامت زوزانا بتهدئتها من دون أن تطرح أي أسئلة، ثم ذهبت لإحضار بعض اللوازم: حساء؛ وضمادات؛ وعلبة من الخيوط لخياطة اللحم المتمزق على طول عظم ترقوة كارو وذراعها وكتفها، حيث جرحها سيف الملاك.

قالت زوزانا وهي تنحني أثناء معالجتها بنفس التركيز الذي كانت تطبقه في بناء الدمى المتحركة: «ستكون هذه ندوباً خطيرة. متى حدث هذا؟ كان يجب أن تذهبي إلى المستشفى على الفور».

قالت كارو وهي تفكر في بلسم ياسري: «لقد ذهبت، نوعاً ما».

«وماذا -؟ هل هذه علامات مخالب؟». كان لون كل من ذراعي كارو العلويين أرجوانياً داكناً في المكان الذي انغرست فيه أصابع بريمستون، وتركت وراءها آثار ثقوب متقرحة.

قالت كارو: «أممم».

نظرت زوزانا إليها في صمت، ثم نهضت وسخنت الحساء الذي أحضرته. جلست على كرسي بجانب السرير، وعندما انتهت كارو من تناول الطعام، رفعت قدميها - بدون حذاء الآن - على الفراش وطوت يديها في حضنها.

قالت زوزانا: «حسناً. أنا جاهزة».

«من أجل ماذا؟».

«من أجل سماع قصة جيدة حقاً أتمنى أن تكون هي الحقيقة».

الحقيقة. حاولت كارو تغيير الموضوع - «أخبريني أولاً ماذا حدث يوم السبت مع فتى الكمان» - بينما كانت تدور فكرة الحقيقة في ذهنها.

تذمرت زوزانا. قالت: «لا أعتقد ذلك. حسناً، اسمه ميك، لكن هذا كل
ما ستحصلين عليه حتى تتكلمي».

قالت كارو: «اسمه! لقد حصلت على اسمه!». جعلت هذه النتفة من
الحياة الطبيعية كارو سعيدة بشكل سخيف تقريباً.

قالت زوزانا: «كارو، أنا جادة». كانت تتكلم بجدية. اكتسبت عيناها
السلافيتان الداكنتان حدة لا تقبل الحماقات، وقد أخبرتها كارو في الماضي
أن هذه الحدة ستجعلها في وضع جيد كمحققة مع الشرطة السرية. تابعت:
«أخبريني ماذا حدث لك بحق الجحيم».

كانت كارو تقول الحقيقة طوال الوقت، لكنها تقولها بتلك الابتسامة
الساخرة، وكأنها تتصرف بفظاظة. هل كانت لديها حتى تعابير وجه تدل على
أنها تقول الحقيقة بجدية؟ وماذا كانت ستقول؟ لم تكن هذه قصة يمكن
أن تخبرها بلطف، مثل غمس إصبع القدم في الماء البارد. كان عليها أن
تقفز فحسب.

قالت: «حاول ملاك قتلي».

قالت زوزانا: «آه-هاه».

«لا، حقاً». كانت كارو واعية - واعية جداً - لتعبيراتها. شعرت وكأنها تقوم
بتجربة أداء لدور «راوية الحقيقة» وتبذل مجهوداً في ذلك.

«هل فعل الأحمق هذا؟».

ضحكت كارو بسرعة كبيرة وبصعوبة شديدة، ثم جفلت وأمسكت خدها
المتورم. بدت فكرة أن يؤذيها كاز فكرة سخيفة. حسناً، إيذاؤها جسدياً، على
الرغم من أن فكرة أنه كان بإمكانه أن يؤذي قلبها، تبدو سخيفة الآن، مع كل
شيء آخر كان عليها أن تقلق بشأنه. قالت: «لا، لم يكن كاز.
الجروح كانت بسبب سيف، عندما حاول ملاك قتلي ليلة الجمعة،
في المغرب.

يا إلهي، ربما ظهر ذلك في الأخبار. ثم كان هناك ذلك الرجل الذئب الذي ظننته ميتاً لكنه بالتأكيد لم يكن كذلك. والآخر كان بريمستون. و، أوه، كل شيء في دفاتر الرسم خاصتي حقيقي». لقد رفعت معصميها بجانب بعضهما، بحيث كانت وشومها تنطق بالقصة الحقيقية. تابعت: «أترين؟ إنها إشارة».

لم تكن زوزانا مسرورة، وقالت: «يا إلهي، كارو-».

اندفعت كارو إلى الأمام. ووجدت الحقيقة ناعمة، كحجر يقفز في راحة يدك. قالت: «وشعري؟ أنا لا أصبغه. تمنيت أن يكون بهذا اللون. وأنا أتحدث ستاً وعشرين لغة، وهذه في الغالب كانت أمنيات أيضاً. ألم تفكري أبداً أنه من الغريب أنني أتحدث التشيكية؟ أعني، من يتحدث التشيكية غير التشيكيين؟ لقد أهداني إياها بريمستون في عيد ميلادي الخامس عشر، قبل مجيئي إلى هنا مباشرة. أوه، وهل تتذكرين الملاريا؟

لقد أصبتُ بها في بابوا غينيا الجديدة، وكانت سيئة للغاية. وأصبت بطلق ناري أيضاً، وأعتقد أنني قتلت ذلك الوغد، ولست آسفة، ولسبب ما حاول ملاك قتلي، وكان هذا الملاك أجمل شيء رأيته في حياتي وأكثر شيء مرعب أيضاً، رغم أن ذلك الرجل الذئب بدا مخيفاً جداً أيضاً، وفي الليلة الماضية أغضبتُ بريمستون بشدة وطردني، وعندما عدت إلى هنا كان كاز ينتظرني، ورميته عبر الزجاج، وقد نجح الأمر بشكل رائع في الواقع، لأنه لم يكن معي مفتاحي».

توقفت قليلاً وتابعت: «لذلك لا أعتقد أنه سيحاول إخافتي مرة أخرى، وهذا هو الشيء الجيد الوحيد الذي نتج عن كل هذا».

لم تقل زوزانا شيئاً. أرجعت كرسيها إلى الوراء، ووضعت قدميها على الأرض بصوت قوي، وكانت بالتأكيد ستغادر بعد ذلك - ربما إلى الأبد - لولا الضربة التي هزت الألواح الزجاجية لباب الشرفة.

أطلقت كارو صرخة مخنوقة وقفزت من السرير، من دون أن تفكر في آلامها الكثيرة. اندفعت نحو الباب.

إنه كيشميش.

كان كيشميش، وكان مشتعلاً.

* * *

لقد مات بين يديها. أطفأت ألسنة اللهب واحتضنته، وكان جثة متفحمة، وكانت دقات قلبه التي تشبه دقات قلب الطائر الطنان تتوقف للحظات طويلة، وهي تنحني فوقه قائلة: «لا لا لا لا لا –».

كان لسانه المتشعب يدخل ويخرج من منقاره، وكانت زقزقاته المحمومة تخفت مع دقات قلبه. «لا لا لا. كيشميش، لا –»، ثم مات. بقيت كارو منحنية، على شرفتها، تحتضنه. تلاشت سلسلة الـ «لا» التي كانت تطلقها وتحولت إلى همسات خافتة، لكنها لم تتوقف عن قولها حتى تحدثت زوزانا.

كان صوتها ضعيفاً: «كارو؟».

نظرت كارو إلى أعلى.

«هل هذا...؟»، أشارت زوزانا بيد مرتعشة إلى شكل كيشميش الهامد. بدت حائرة. «هذا... أممم. هذا يبدو مثل –».

لم تساعدها كارو في ذلك. نظرت مرة أخرى إلى كيشميش وحاولت فهم هذا الاقتحام المفاجئ للموت. قالت لنفسها: لقد طار إلى هنا مشتعلاً. لقد جاء إليّ.

ورأت شيئاً ما مربوطاً بقدمه: قطعة من ورق رسائل بريمستون السميك، متفحمة، وقد تفتتت إلى رماد عندما لمستها، و... شيء آخر.

ارتجفت أصابعها وهي تفك الرباط، ثم أمسكت الشيء في كفها. تسارعت دقات قلبها بخوف طفولي متأصل: لم يكن من المفترض أن تلمسه. لقد كان عظمة أمنيات بريمستون.

لقد أحضرها لها كيشميش. لقد أحضرها وهو يحترق.

في المدينة، انطلقت صفارة إنذار، وسارعت إلى الاتصال الذي كان عقلها بطيئاً ليقوم به. حريق. بصمة يد سوداء.

البوابة. كافحت لتقف على قدميها وأسرعت إلى الداخل، وارتدت سترة وحذاء. كانت زوزانا هناك تسأل: «ما الأمر يا كارو؟ ما هذا؟ ماذا-». لكن كارو بالكاد سمعتها.

خرجت من الباب ونزلت الدرج، وكان كيشميش لا يزال ممسكاً بذراعها، وعظمة الأمنيات في كفها. تبعتها زوزانا إلى الشارع وعلى طول الطريق إلى جوزيفوف، إلى باب الخدمة الذي كان بوابة بريمستون في براغ.

لقد أصبح الآن جحيماً أزرق-أبيض منيعاً أمام نفاثات خراطيم إطفاء الحريق.

في اللحظة نفسها، وعلى الرغم من أن كارو لم تكن تعرف ذلك، اشتعلت الحرائق في جميع أنحاء العالم، عند كل باب ممهور ببصمة اليد السوداء.

لم يكن بالإمكان إخمادها، ومع ذلك لم تنتشر. أكلت النيران الأبواب والسحر الذي التصق بها ثم ابتلعتها، تاركة ثقوباً متفحمة في عشرات المباني.

انصهرت الأبواب المعدنية من شدة حرارتها، ورأى الشهود، الذين حدقوا في ألسنة اللهب في غمامة أحداق أعينهم المبهورة، ظلال أجنحة.

رأتها كارو وفهمت. لقد قُطعت الطريق المؤدية إلى المكان الآخر، أما هي فقد وجدت نفسها تسير على غير هدى.

كان يا ما كان
كانت هناك فتاة صغيرة تربَّت على يد وحوش

إلا أن الملائكة أحرقت أبواب عالمهم
وأصبحت وحيدة تماما

21

الأمل يصنع سحره الخاص

في إحدى المرات، عندما كانت كارو طفلة صغيرة، استخدمت حفنة من السكوبي لتسوية التجاعيد في رسم كانت ياسري قد جلست عليه. تجعيدة تلو الأخرى، وأمنية تلو الأخرى - إجراء مضنٍ تم إنجازه بتركيز تام، ولسانها يطل من زاوية شفتيها.

رفعت الرسم بفخر، وقالت: «ها قد انتهيت!».

أصدر بريمستون صوتاً، جعلها تفكّر في دب محبط.

«ماذا؟» تساءلت، وهي في الثامنة من عمرها، ذات شعر داكن وعينين سوداوين، ونحيلة كظل شجيرة صغيرة.

«إنه رسم جيد. كان يستحق الإنجاز». كان رسماً جيداً، رسماً لنفسها على هيئة كيميرا، بجناحي خفاش وذيل ثعلب.

صفقت إيسا بفرح، وقالت: «أوه، ستبدين جميلة بذيل ثعلب. بريمستون، ألا يمكن أن يكون لها ذيل، فقط لهذا اليوم؟».

تمنت كارو لو كان لديها جناحان، ولكن لم يكن أياً منهما ممكناً. تاجر الأمنيات، الذي بدا عليه الضجر، تنهّد قائلاً لا.

لم تتوسل إيسا، بل اكتفت بهز كتفيها. قبّلت كارو على جبينها، ووضعت الرسم في مكان الشرف. لكن كارو كانت مأخوذة بالفكرة، فسألت: «لِمَ لا؟ لن يستغرق الأمر سوى القليل من الحظ».

ردد: «سوى؟» وتابع: «وما الذي تعرفينه عن قيمة الأمنيات؟».

عددت سلم الأمنيات في نفس واحد: «سكوبي، شينغ، لاكنو، غافرييل، بروكسيس!».

ولكن هذا لم يكن، على ما يبدو، ما قصده. كان هناك المزيد من أصوات الدب المحبط، مثل الهدير الذي كان يخرج من أنفه، وقال: «الأمنيات ليست للعبث، يا صغيرتي».

«حسناً، فيمَ تستخدمها أنت؟».

قال: «لا شيء. أنا لا أتمنى».

لقد أدهشها ذلك، فقالت: «ماذا؟ أبداً؟». كل هذا السحر في متناول يده! «ولكن يمكنك أن تحصل على أي شيء تريده-».

«ليس أي شيء. هناك أشياء أكبر من أي أمنية».

«مثل ماذا؟».

«معظم الأشياء المهمة».

«باستثناء أمنيات بروكسيس-».

«بروكسيس له حدوده، مثل أي أمنية أخرى».

دخل طائر طنان بجناحين كجناحي فراشة وهو يتمايل في الضوء، فانطلق كيشميش من على قرن بريمستون والتقطه من الهواء، وابتلعه بالكامل – وفي لحظة، اختفى المخلوق. كان موجوداً، ثم لم يعد كذلك. اضطربت معدة كارو بينما كانت تفكر في إمكانية أن تصبح فجأة غير موجودة

أضاف بريمستون وهو يراقبها: «أنا آمل، يا صغيرة، لكنني لا أتمنى. هناك فرق».

قلّبت هذا الأمر في ذهنها، وفكرت أنها إذا تمكنت من التوصل إلى الفرق، فقد يثير ذلك إعجابه. خطر في بالها شيء ما، وكافحت من أجل صياغته في كلمات: «لأن الأمل ينبع من داخلك، والأمنيات مجرد سحر».

«الأمنيات كاذبة. الأمل حقيقي. الأمل يصنع سحره الخاص».

أومأت برأسها وكأنها فهمت، لكنها لم تفهم حينها، ولم تفهم الآن، بعد ثلاثة أشهر من احتراق البوابات وبتر نصف حياتها. لقد عادت إلى المدخل في جوزيفوف عشرات المرات على الأقل. كان قد تم استبداله، إلى جانب الجدار المحيط به، وبدا نظيفاً جداً، وجديداً جداً بالنسبة إلى محيطه. لقد طرقت الباب وأملت؛ لقد أرهقت نفسها بالأمل، ولا شيء. مراراً وتكراراً: لا شيء.

كانت تفكر بأنه مهما كان السحر الموجود في الأمل، فلم يكن له أي تأثير على أمنية جيدة وقوية.

وقفت الآن عند باب آخر، هذا الباب يعود إلى كوخ صيد في مكان مجهول في ولاية أيداهو، ولم تكلف نفسها عناء طرق الباب. فقط ركلت الباب لفتحه. قالت: «مرحباً». كان صوتها مشرقاً وثابتاً، وكذلك ابتسامتها. «لقد مضى وقت طويل».

في الداخل، نظر الصياد باين في دهشة. كان ينظف بندقية على طاولة القهوة، ونهض بسرعة على قدميه. «أنتِ، ماذا تريدين؟».

وبشكل مثير للاشمئزاز، كان عاري الصدر، وقد أظهر جزءاً كبيراً من بطنه البيضاء المترهلة، وكانت لحيته الاستثنائية تنسدل على كتفيه كالشتلات. كان بإمكان كارو أن تشم رائحته من الجانب الآخر من الغرفة، وكانت كريهة كرائحة عش الفأر.

دخلت إلى الكوخ دون دعوة. كانت ترتدي ملابس سوداء: بنطال صوفي ضيّق مع حذاء طويل، وحزام جلدي عتيق يحيط بالخصر. كانت تحمل حقيبة على كتفها، وكان شعرها مصففاً إلى الخلف في ضفيرة واحدة، ولم تكن تضع مكياجاً. بدت متعبة، ومرهقة. قالت: «هل حظيت بأي شيء مبهج مؤخراً؟».

سألها باين: «هل تعرفين شيئاً؟ هل فُتحت الأبواب مرة أخرى؟».

«أوه، لا، لا شيء من هذا القبيل». أبقت كارو صوتها منخفضاً، كما لو كانت تقوم بزيارة اجتماعية. كانت مهزلة بالطبع. فحتى عندما قامت بمهام لصالح بريمستون، لم تزر هذا المكان أبداً. كان باين يأتي دائماً إلى المتجر بنفسه.

قالت له: «لم يكن من السهل العثور عليك». فقد كان يعيش خارج نطاق الشبكة؛ وبقدر ما كان الأمر يتعلق بالإنترنت، فهو غير موجود. أنفقت كارو العديد من الأمنيات لتعقبه - أمنيات من الدرجة المنخفضة التي حصلت عليها من تجار آخرين.

نظرت حولها في أرجاء الغرفة. كانت هناك أريكة بنقشة مربعة، وبعض رؤوس أيائل بعيون مزججة معلقة على الجدران، وكرسي من الناوغاهيد[21] مثبت بشريط لاصق. كان هناك مولد كهربائي يهدر خارج النافذة، وكانت الغرفة مضاءة بمصباح مكشوف. هزّت رأسها، وقالت: «لديك أمنيات غافرييل لتلعب بها، وتعيش في مكب قمامة كهذا؟ يا للرجال!».

سألها باين بحذر: «ماذا تريدين؟ هل تريدين أسناناً؟».

«أنا؟ لا». جلست على حافة الكرسي. قالت وهي لا تزال تبتسم تلك الابتسامة الصلبة والمشرقة: «الأسنان ليست ما أريده».

21. ناوغاهيد: علامة تجارية أمريكية للجلد الصناعي، عبارة عن بطانة من نسيج محبوك وطلاء بولي فينيل كلوريد.

«ماذا إذاً؟».

اختفت ابتسامة كارو، وكأنها أطفأت مصباحاً. قالت: «أعتقد أنك تستطيع تخمين ما أريد». قال باين بعد لحظة صمت: «ليس لدي أي منها. لقد استخدمتها كلها».

«حسناً. لا أعتقد أنني سأصدق كلامك».

أشار إلى الغرفة من حوله وقال: «ألقي نظرة، إذاً. ابذلي قصارى جهدك».

«انظر، المشكلة هو أنني أعرف أين تحتفظ بها».

صمت الصياد، ونظرت كارو إلى البندقية على الطاولة. كانت مفككة، ولم تكن تشكل تهديداً. كان السؤال هو ما إذا كانت لديه بندقية أخرى في متناول اليد. على الأرجح، لم يكن من النوع الذي يستخدم سلاحاً واحداً.

ارتعشت أصابعه بشكل يكاد لا يُلحظ.

تسارع نبض كارو في يديها.

اندفع باين نحو الأريكة. كانت تتحرك بالفعل. وبحركة سلسة، قفزت فوق طاولة القهوة، وأمسكت برأسه براحة يدها ودفعته نحو الحائط. وبصرخة منخفضة انهار على الأريكة، وللحظة واحدة تحرر ليحفر بكلتا يديه في وسائد الأريكة باندفاع، ثم وجد ما كان يبحث عنه.

التفت حوله، رافعاً مسدسه. أمسكت كارو بمعصمه بإحدى يديها وأمسكت بحفنة من لحيته باليد الأخرى. انطلقت رصاصة فوق رأسها. ثبّتت إحدى قدميها على الأريكة وسحبته من لحيته، وألقته على الأرض. انقلبت الطاولة وتناثرت أجزاء البندقية. حافظت على قبضتها على معصمه، والمسدس مصوب بعيداً، ثم نزلت بقوة على ساعده بركبتها وسمعت صوت طحن العظام. صرخ وأفلت المسدس. أخذته كارو وأدخلت فوهته في محجر عينه. قالت: «سأغفر لك ذلك. أفهم، من وجهة نظرك، أن هذا الأمر سيئ. أنا فقط لا أشعر بالسوء حيال ذلك».

كان باين يتنفس بصعوبة وينظر إليها نظرة حقد. عن قرب كانت رائحته نتنة. كارو لا تزال ممسكة بالمسدس في عينه، وتشد نفسها وتمد يدها إلى لحيته الدهنية لتبحث فيها. وعلى الفور اصطدمت يدها بالمعدن. إذاً كان ذلك صحيحاً. لقد احتفظ بأمنياته في لحيته.

سحبت سكينها من حذائها.

سألته: «هل تريد أن تعرف كيف عرفت؟». كان قد حفر ثقوباً في عملات التمني وعقد شعره القذر من خلالها. قطعتها واحدة تلو الأخرى. «لقد كانت أفيغيث. الأفعى؟ كان عليها أن تطوق عنقك النتن، أليس كذلك؟ لن أحسدها على ذلك. هل كنت تعتقد أنها لن تخبر إيسا بما أخفيته في شجيراتك المقرفة هذه؟».

لقد شعرت بالألم، وهي تتذكر تلك الليالي العادية في المتجر، حيث كانت تجلس القرفصاء على الأرض، ترسم إيسا وتثرثران بينما تطن أدوات تويغا في الزاوية وبريمستون يعلق قلائد أسنانه التي لا تنتهي. ماذا يحدث هناك الآن؟

ماذا؟

كانت أمنيات باين في معظمها عبارة عن شينغ. ومع ذلك، كان هناك عدد قليل من لاكنو، والأفضل من ذلك كله، ثقيلة كالمطارق، كان هناك غافرييلان. كان ذلك جيداً، جيداً جداً. من التجار الآخرين الذين زارتهم حتى الآن، لم تحصل سوى على لاكنو وشينغ. قالت له كارو: «كنت آمل ألا تكون قد أنفقت هذه بعد. شكراً لك، حقاً. شكراً لك. أنت لا تعرف ما يعنيه هذا بالنسبة إلي».

تمتم: «عاهرة».

قالت: «حسناً، هذه شجاعة. أعني، أن تقول ذلك للفتاة التي تحمل مسدساً في مواجهة عينيك». واستمرت في قصّ خصلات من لحيته، بينما

كان باين مستلقياً وجامداً. وزنه على الأرجح ضعف وزنها، لكنه لم يقاوم. كان هناك بريق جامح في عينيها وقد أخافه. بالإضافة إلى ذلك، فقد سمع شائعات عن سانت بطرسبرغ، وعرف أنها لم تكن خجلة بسكينها.

استنفدت مخزون أمنيته وجلست على كعبيها، واستخدمت فوهة المسدس لإزاحة شفته السفلى. تجهمت عندما رأت أسنانه. كانت معوجة وبنية اللون، وحقيقية. لم يكن هناك أمل في أمنية بروكسيس، إذاً.

«أتعلم، أنت خامس تاجر من تجار بريمستون أتعقبه، وأنت الوحيد الذي لديه أسنان».

«نعم، حسناً، أنا أحب اللحوم».

«أنت تحب اللحوم. بالطبع تحبها».

التجار الآخرون الذين زارتهم هذه «الزيارات الاجتماعية»، قاموا جميعهم بالمقايضة مقابل أمنية البروكسيس، وجميعهم أنفقوها بالفعل، ومعظمهم على إطالة العمر. كانت إحداهن، وهي أم عجوز حاكمة لعشيرة من الصيادين غير الشرعيين في باكستان، قد أفسدت الأمنية، ونسيت أن تشمل الشباب والصحة، وكانت كارثة من اللحم المتحلل، وهي شهادة على تحذير بريمستون بأن حتى البروكسيس له حدود.

حسناً، كان من الممكن أن يكون البروكسيس غنيمة لا بأس بها، ولكن زوجاً من غافرييل هو ما تحتاجه كارو حقاً، والآن حصلت عليهما. جمعت كل الأمنيات، مع شعر اللحية المتسخ الذي كان ملتصقاً بها، وحشرت كل هذه الفوضى في حقيبتها. احتفظت بشينغ واحد في راحة يدها؛ ستحتاجه لتتمكن من الخروج.

سأل باين بصوت خافت: «هل تعتقدين أنه يمكنك القيام بذلك؟ إذا أغضبتِ صياداً، ستعيشين كالفريسة أيتها الفتاة الصغيرة، وستتساءلين دائماً عمن يتعقبك».

قامت كارو بإشارة تأمل. قالت: «لا يمكن أن يحدث هذا، أليس كذلك؟، ورفعت المسدس وصوبت فوهته نحوه، ورأت عينيه تتسعان ثم تغمضان وهي تقول بحماس: «كابلام[22]!» ثم خفضت المسدس مرة أخرى، وتابعت: «أيها الغبي. لحسن حظك، أنا لست من هذا النوع من الفتيات». وضعت المسدس على الأريكة، وعندما بدأ في الجلوس، تمنت له أن ينام. ارتطم رأسه بالأرض بجلبة واختفى الشينغ من كفها. لم تنظر كارو إلى الوراء. كانت قدماها ثقيلتين على درجات الشرفة، وعلى طول الطريق في الممر الحصوي المظلم إلى حيث تركت سيارة أجرة متوقفة عند مجموعة من صناديق البريد.

وصلت إلى صناديق البريد. لم تكن هناك سيارة أجرة.

تنهّدت كارو. لا بد أن السائق سمع الطلق الناري فغادر. لم تستطع لومه. لقد كان الأمر أشبه بمشهد من فيلم جريمة: فتاة تدفع له مبلغاً سخيفاً ليقلّها من بويزي إلى تلك المنطقة المحظورة، حيث تختفي في كوخ صيد وتطلق النار. من ذا الذي يكون بكامل قواه العقلية ويبقى ليرى كيف سينتهي الأمر؟

تنهدت مرة أخرى، وأغمضت عينيها وكادت أن تفركهما، ثم تذكرت أنها تتعامل مع لحية باين القذرة فمسحت يديها على بنطالها بدلاً من ذلك. إنها متعبة للغاية. مدت يدها إلى حقيبتها. وقررت أن الأمر سيتطلب حظاً الآن لتعيد سيارة الأجرة، فوضعت يدها في كفها وكانت على وشك أن تتمنى أمنية عندما توقفت. «بماذا أفكر؟» ظهرت غمازة على أحد خديها بينما ارتسمت ابتسامة على شفتيها.

أخرجت غافرييل بدلاً من ذلك. وهمست له قائلة: «مرحباً بك». وضعته على راحة يدها، وأمالت رأسها إلى الخلف ونظرت إلى السماء.

------

22. تعني صوت انفجار قوي.

22

قطعة حلوة فارغة

ثلاثة شهور.

لقد مرت ثلاثة شهور، منذ أن احترقت البوابات، ولم تتكلم كارو طوال هذا الوقت. كم مرة كانت أفكارها، رغم انشغالها بغير ذلك، تعود فجأة إلى الرسالة المحروقة في مخالب كيشميش؟ مثل خدش في أسطوانة، تركت الرسالة أثرها في ذهنها. ماذا كانت الرسالة تقول؟ ماذا أراد بريمستون أن يقول لها بينما كانت البوابات تحترق؟

ماذا قالت الرسالة؟

ثم كانت هناك عظمة الأمنيات، التي ترتديها الآن حول عنقها، كما كان يفعل بريمستون دائماً. وقد خطر لها بالطبع أنها قد تكون أمنية، أمنية أقوى حتى من البروكسيس، وقد أمسكتها في يدها وتمنت فوقها - تمنت أن تنفتح بوابة إلى مكان آخر - ولكن لم يحدث شيء أبداً. ومع ذلك، كان هناك شيء مريح في ملمسها في يدها. استقر جناحاها الهشان بين أصابعها وكأنها كانت مخصصة للإمساك بهما. ولكن إذا كانت أكثر من

مجرد عظمة، فلا يمكنها تخمين ما هي، وأما لماذا أرسلها بريمستون إليها، فقد خشيت أنها لن تعرف أبداً. كان الخوف يتفاقم إلى جانب كل أسئلتها التي لم تجد لها إجابات، ومعها مخاوف جديدة، غريبة وغير قابلة للتحديد

كان هناك شيء ما يحدث لها.

في بعض الأحيان عندما تنظر في المرآة الآن، كانت تمر بلحظة من عدم الألفة، وكأنها تقابل نظرة شخص غريب. لم يكن اسمها، الذي تُنادى به، يتبادر إلى ذهنها، وحتى شكل ظلها كان يبدو غريباً بالنسبة إليها. وقد ضبطت نفسها مؤخراً وهي تختبره بإيماءات سريعة لترى ما إذا كان ظلها. كانت متأكدة تماماً من أن هذا لم يكن سلوكاً طبيعياً.

لم توافقها زوزانا الرأي. قالت: «من المحتمل أن يكون هذا اضطراب ما بعد الصدمة. ما سيكون غريباً هو أن تكوني بخير. أعني، أنكِ فقدت عائلتكِ».

دُهشت كارو من الطريقة التي تقبّلت بها زوزانا قصتها الغريبة بأكملها. لم تكن صديقتها، في الواقع، من الأشخاص الذين يؤمنون بالأشياء، ولكن بعد رؤية كيشميش والحصول على عرض بسيط لسكوبي، صدقت كل شيء، وكان ذلك أمراً جيداً. كارو بحاجة إلى زوزانا، لأنها تعدها مرساة حياتها الطبيعية. أو ما تبقى منها، على أي حال.

هي لا تزال في المدرسة، ولو من الناحية الشكلية فقط. بعد حادثة الإحراق المتعمد من الملاك، استغرق الأمر أسبوعاً تقريباً حتى تلتئم جروحها، على الأقل بما يكفي لإخفاء مرحلة الاصفرار والاخضرار من كدماتها بالمكياج. عادت إلى الصف لبضعة أيام، لكنها كانت قضية خاسرة. لم تستطع أن تحافظ على تركيزها، وبدت يدها، التي تمسك بقلم الرصاص أو فرشاة الرسم، غير قادرة على التحلي بالرقة. تراكمت طاقة غاضبة في داخلها، وأكثر من أي وقت مضى عانت من ذلك الإحساس الوهمي بأنها من المفترض

أن تفعل شيئاً آخر.

شيء آخر. شيء آخر. شيء آخر.

لقد أجرت اتصالات مع إستر وغيرها من شركاء بريمستون الأقل شراً في جميع أنحاء العالم للتأكد من أن الظاهرة كانت عالمية: لقد اختفت البوابات، كلها.

وفي أثناء ذلك، اكتشفت أيضاً شيئاً غير متوقع تماماً: أنها غنية. اتضح أن بريمستون قد أنشأ حسابات مصرفية على مدار حياتها. حسابات مصرفية كثيرة غنية بالأصفار. حتى إنها امتلكت عقارات، مثل المباني التي كانت فيها البوابات حتى وقت قريب، وأرض، ومستنقع، من بين كل الأشياء. بلدة مهجورة من القرون الوسطى على تلة في مسار الحمم البركانية لجبل إتنا. وسفح جبل في جبال الأنديز حيث ادعى عالم حفريات هاوٍ - مما أثار فرحة علمية واسعة النطاق - أنه اكتشف مخبأ «هياكل عظمية لوحوش».

وقد حرص بريمستون على ألا تقلق كارو بشأن المال، وكان ذلك من حسن حظها لأنها كانت مضطرة إلى دفع ثمن «زياراتها الاجتماعية» على طريقة البشر العاديين: الطائرات، وجوازات السفر، ورجال الأعمال الودودين للغاية، وكل شيء.

لم تذهب إلى المدرسة إلا بشكل متقطع بعد ذلك، متذرعةً بظروف عائلية طارئة. ولولا كل العمل الإضافي الذي كانت تقوم به، والرسم المستمر في كراسة الرسم الجديدة - رقم ثلاثة وتسعين، التي استكملت من حيث انقطع رقم اثنين وتسعين الذي تركته في متجر بريمستون فجأة - لكانت بالتأكيد قد طُردت الآن. وكما هو الحال، فها هي تتشبث بخيط رفيع.

في المرة الأخيرة التي تواجدت فيها هناك، بدت البروفيسورة فيالا عابسة ومتهكمة. وهي تتصفح كراسة رسم كارو، توقفت عند رسم

واحد على وجه الخصوص، وهو رسم للملاك في مراكش، رسمتها من الذاكرة. كان ذلك الرسم يصور اللحظة التي رأته فيها كارو لأول مرة عن قرب في الزقاق.

قالت فيالا: «هذا درس رسم واقعي يا كارو. ليس درس رسم خيالياً»

نظرت كارو إلى الرسم مرة أخرى. كانت متأكدة تماماً من أنها أغفلت الجناحين، وبالفعل، رأت أنها فعلت ذلك. سألت: «خيالي؟».

قالت المعلمة وهي تقلب الصفحة بازدراء: «لا أحد بهذا الكمال».

لم تجادل كارو، لكنها قالت لزوزانا فيما بعد: «الشيء المضحك هو أنني لم أنصفه حتى. يا لتلك العينين. ربما يمكن للوحة أن تجسد هاتين العينين، لكن الرسم لا يمكن أن يجسدهما أبداً».

قالت زوزانا: «نعم، حسناً. إنه وغد مخيف وجميل المظهر، هذا ما هو عليه».

«أعلم ذلك. كان يجب أن تقابليه».

«حسناً. أتمنى بالتأكيد ألا أفعل ذلك أبداً».

قالت كارو التي لم تعد ترتكب خطأ الخروج من دون سلاح: «آمل أن أفعل ذلك فعلاً». لقد قدمت أداء سيئاً في تلك المعركة، وتألمت من الطريقة التي هربتْ بها. إذا كانت سترى الملاك مرة أخرى، فستقف في مكانها.

لكن، عندما يتعلق الأمر بالمدرسة، لم يكن هناك أرض تقف عليها. لم يكن لديها مشروع فصل دراسي لتتحدث عنه، ولم يعد بإمكانها أن تعتمد على كراسة الرسم واستدراك اللحظة الأخيرة المحمومة بعد الآن، وبقدر ما كان من الصعب أن تنسى الأمر، كانت لديها أشياء أكبر تقلق بشأنها.

بعد الحرائق، كانت رحلتها الأولى إلى مراكش. ظلت تتذكر ما صرخ به إيزيل: «يجب أن تذهبي إلى بريمستون. أخبريه أن السيرافيم هنا. لقد عادوا.

يجب أن تحذريه!».

عرف شيئاً ما. كان الهدف المنشود من بروكسيسه: هو المعرفة. وبينما كانت كارو تتساءل دائماً عما تعرفه، رأت الآن أنها في حاجة ماسة إلى معرفته. لذلك ذهبت للبحث، ولتكتشف، وبحزن شديد، أنه ألقى بنفسه من فوق المئذنة في وقت لاحق من نفس الليلة التي تركته فيها. ألقى بنفسه؟ من غير المحتمل، فكرت، وهي تتذكر بوضوح روح الملاك الميتة، وطعنة نصله، والندوب التي تركها لها لتتذكره بها.

في الواقع، كانت زوزانا قد طبعت لها قميصاً على شاشة المطبعة في المدرسة مكتوب عليه: قابلتُ ملاكاً في المغرب، ولم أحصل سوى على هذه الندوب البشعة. وطبعت لها قميصاً آخر مكتوباً عليه: لقد رأيتُ ملاكاً ولم تروه أنتم. تباً لكم، يا قرود النشوة!

كان هذا الشعور استجابة للحماسة العالمية التي أعقبت مشاهدات الملائكة. على الرغم من أن الروايات عن هذه اللقاءات تم تجاهلها في البداية على أنها هذيان السكارى والأطفال، إلا أن الأدلة أصبحت مثيرة للاهتمام إلى درجة لا يمكن تجاهلها

. انتشرت مقاطع الفيديو المحببة وبعض الصور الفوتوغرافية على شبكة الإنترنت، بل وانتقلت إلى وسائل الإعلام الرئيسية، مع عناوين مثل ملائكة الموت: نذير شؤم أم خدعة؟ التي أعلن عنها بأصوات قوية في أوقات الذروة. جاءت أفضل اللقطات من هاتف تاجر سجاد، وأظهرت الهجوم على كارو، على الرغم من أنها كانت، لحسن الحظ، مجرد صورة ظلية غير محددة في الخلفية، طمسها وميض حرارة أجنحة الملاك.

على حد علمها، كانت تلك هي المرة الوحيدة التي كشف فيها الملائكة - وكان هناك أكثر من واحد - عن أجنحتهم، لكن عدداً من الشهود زعموا

أنهم رأوهم يطيرون، أو على الأقل رأوا ظلالهم المجنحة. وُجدت راهبة في الهند لديها حروق على شكل ريشة على راحة يدها، وكانت تجتذب حشوداً من الحجاج من جميع أنحاء العالم، على أمل أن يتباركوا بها. حزمت طوائف المعتقدين بيوم القيامة ونهاية الزمان حقائبها وتجمعت معاً في سهرات عظيمة في انتظار النهاية. كانت منتديات الرسائل على الإنترنت تمتلئ يومياً بمشاهدات جديدة لملائكة، لم يكن أي منها صحيحاً بالنسبة إلى كارو.

قالت لزوزانا: «كل هذا هراء. مجرد مجانين ينتظرون نهاية العالم».

قالت زوزانا: «لأنه أمر ممتع، أليس كذلك؟»، وفركت يديها معاً في فرحة مصطنعة، وتابعت: «أوه، يا إلهي، نهاية العالم!».

«أليس كذلك؟ أعلم ذلك. إلى أي مدى يجب أن تكون حياتك سيئة لترغبي في نهاية العالم؟».

وبذلك، أمضتا أمسية كاملة في الزهرمان - مع ميك، وبالمناسبة، «فتى الكمان» الخاص بزوزانا وصديقها الرسمي الآن - يشربون شاي التفاح ويلعبون لعبة كم يجب أن تكون حياتك سيئة لترغب في نهاية العالم؟

«يجب أن تكون سيئة إلى درجة أن يكون خف الأرنب الذي تلبسه هو صديقك الوحيد».

«يجب أن تكون سيئة إلى درجة أن كلبك يهز ذيله عندما تغادر».

«أن تعرف كل كلمات أغاني سيلين ديون».

«أن تتمنى أن ينتهي العالم بأسره حتى لا تضطر إلى الاستيقاظ يوماً آخر في منزلك المتهالك - الذي بالمناسبة لا يحتوي على أي نوع من الفن على الإطلاق - وإطعام أطفالك العابسين، والذهاب إلى وظيفة مخدرة للعقل حيث من المؤكد أن شخصاً ما قد أحضر الكعك ليجعل مؤخرتك أكثر

سمنة. هذا هو مدى سوء حياتك لترغب في نهاية العالم».

تلك العبارة الفائزة، هي لزوزانا.

آه، يا زوزانا.

في برية إيداهو الآن، وبينما كانت كارو تنفق أول غافرييل لها على الإطلاق في تحقيق أمنية حياتها - اختفى الغافرييل، وارتفعت بسلاسة عن الأرض - كان أول ما فكرت فيه هو: يجب أن ترى زوزانا هذا.

كانت تطفو. أطلقت صيحة مبتهجة ومدت ذراعيها لتحقيق التوازن، وأخذت تضرب في الهواء وكأنها تطفو في البحر، ولكن... لم يكن البحر، بل الهواء. إنها تطير. حسناً، ربما لم تكن تطير تماماً - حتى الآن - لكنها تطفو عند عتبة السماء اللعينة بأكملها. والتي صادف أنها كانت تلتف حول العالم اللعين كله. فوقها، كان الليل ضخماً وفي كل مكان، مليئاً بالنجوم والأشياء الجامحة - عمق لانهائي، فضاء لانهائي قابل للاختراق، وكانت ترتفع أعلى وأعلى، مدعية ذلك.

كان بإمكانها رؤية سقف كوخ باين من فوق قمم الأشجار الآن. كانت النسمات تهمس في أذنيها، باردة ولكن مرحة في الوقت نفسه، وكأنها ترحب بها في الأماكن المرتفعة.

لم تستطع منع نفسها من الضحك. بمجرد أن بدأت، لم تستطع التوقف. تدفقت ضحكاتها وقد بدت جنونية بعض الشيء، ولكن من الذي لا يبدو عليه الجنون في لحظة كهذه؟

إنها تطير.

يا إلهي، تمنت لو وُجد هناك شخص ما هنا ليشاركها ذلك.

كانت ستشارك هذا مع شخص ما قريباً، لكنه لم يكن، على أقل تقدير، الشخص... الوحيد... الذي ستختار أن تشاركه أي شيء، إذا كان كل شيء آخر متوازناً. لكن كل شيء آخر لم يكن متوازناً.

كان هناك فرد واحد فقط في العالم بأسره يمكنه مساعدتها في القيام بما تحتاج إلى القيام به، وذلك الشخص، لسوء الحظ، هو رازغوت.

إن التفكير في مخلوق إيزيل جعل فرائص كارو ترتعد، لكن مصيرها الآن مرتبط بمصيره.

في مراكش، بعد أن علمت بوفاة إيزيل، تجولت في الأزقة المحيطة بالمسجد في حالة من اليأس والإحباط. كانت متأكدة من أن إيزيل سيكون قادراً على إخبارها بما يجري، وتعوّل على ذلك بشدة. تكورت عند أحد الجدران واستسلمت لدموعها التي كانت مزيجاً من الحزن على موت الرجل المسكين المعذب، والحسرة على نفسها. ثم، تردد فوق الأرض صوت قهقهة شيطانية. تحت عربة حمار مكسورة تحرك شيء ما، وسحب رازغوت نفسه إلى الضوء. همس: «مرحباً أيتها الجميلة»، وكان ذلك دليلاً على حالة كارو العقلية التي كانت سعيدة برؤيته.

قالت: «لقد نجوتَ من السقوط».

ولكنه لم يسلم من الأذى. فقد كان مجرداً من آدميته، وملقى على الأرض. شحقت إحدى ذراعيه، فضمها إلى صدره، وجرّ نفسه بالذراع الأخرى، وكانت ساقاه مترهلتين خلفه. وكان رأسه، رأسه الأرجواني الفظيع، مفلطحاً عند الصدغ، مغطى بطبقة من الدماء الجافة، ولا يزال مليئاً بالحصى والزجاج المكسور. نفض يده بحركة تعبر عن الضيق، وقال: «لقد سقطت من مسافة أعلى من ذلك».

بدت كارو متشككة. ارتفعت المئذنة عالياً، وهي أطول مبنى في المدينة عندما رآها رازغوت وهي تنظر إليه، ضحك مرة أخرى. لقد كان صوتاً مضطرباً: مزيج من البؤس والحقد.

«هذا لا شيء، أيتها الجميلة الزرقاء. منذ ألف عام، سقطتُ من الجنة»

«الجنة. لا توجد جنة».

«جدال فارغ، جدال فارغ. الجنة، إذاً، إذا كنت تعرفين الكثير. وأنا لم أسقط بالضبط. هذا يجعلني أبدو أخرق، أليس كذلك؟ وكأنني تعثرت وسقطت في عالمكِ. لا، لقد رُميت، طُردت، نُفيت».

وهكذا علمت كارو بأصل رازغوت.

كان من الصعب عليها أن تصدق وهي تنظر إليه وتتذكر الملاك - ذلك الكائن الأسطوري المثالي - أنهما كانا قريبين، ولكن عندما أجبرت نفسها على النظر إلى رازغوت حقاً، بدأت ترى ذلك. ولم يكن بالإمكان تجاهل المفاصل المكسورة لجناحيه المفقودين. لم يكن مخلوقاً من هذا العالم.

لقد فهمت أيضاً، أخيراً، الإنجاز المعقد الذي حققه إيزيل من خلال بروكسيس. بسبب رغبته في معرفة العالم الآخر، أوقع نفسه في مأزق مع رازغوت، الذي كان بإمكانه أن يخبره بكل ما لم يخبره به بريمستون.

سألته: «ماذا حدث لإيزيل؟ لم يقتل نفسه حقاً، أليس كذلك؟ .. الملاك».

«آه، حسناً، يمكنك إلقاء اللوم عليه، لقد جرّنا إلى أعلى المئذنة، لكن الأحدب الأحمق ألقى بنفسه من فوقها، كل ذلك لحمايتك».

«لحمايتي أنا؟».

«أخي سيراف كان يبحث عنكِ يا عزيزتي. ولد شقي، مع كل أسئلته. أنا أتساءل ما الذي يريده منك». لقد أصاب هذا كارو بالقشعريرة. قالت: «لا أعرف. ألم يخبره إيزيل بمكان إقامتي؟».

«أوه لا، ذلك النبيل الأحمق. لقد رقص مع السماء بدلاً من ذلك، فأسقطته السماء مثل ثمرة خوخ فاسدة».

انهارت كارو على الجدار وكورت جسدها. قالت: «يا إلهي. إيزيل، يا له من مسكين».

«يا له من مسكين؟ لا تشفقي عليه، أشفقي علي. لقد أصبح حراً، لكن انظر إليّ! هل تعتقدين أنه من السهل الحصول على البغال؟ لم أتمكن حتى من خداع متسول». حاول رازغوت رفع نفسه للوقوف واستخدم ذراعه السليمة لسحب ساقيه أمامه. كان وجهه يتلوى من الألم، ولكن ما إن بدأت كارو تشعر بأدنى قدر من الشفقة عليه، حتى تحول ألمه إلى نظرة خبيثة.

سألها مبتسماً: «ستساعدينني رغم ذلك، أليس كذلك يا حلوة؟».

كانت أسنانه مثالية بشكل غير متوقع. «هل ستوصلينني؟». ربما كان يعني «توصيلة» مثل التي قدمها له إيزيل، لكن نبرة صوته حملت إيحاءً أكثر فسقاً. «بعد كل شيء، هذا خطؤكِ».

«خطئي؟ لا يهم».

ثم قال متملقاً: «سأخبرك بالأسرار كما أخبرتُ إيزيل».

قالت كارو غاضبة: «اطلب شيئاً آخر. لن أحملكَ، أبداً».

«لكنني سأبقيكِ دافئة. سأجدل شعرك. لن تكوني وحيدة مرة أخرى».

وحيدة؟ شعرت كارو بالعري في تلك اللحظة، أن ينال هذا المخلوق من جوهرها بهذه الطريقة. ومضى يهمس: «كل هذا الجمال، مغلف بالوحدة. أتعتقدين أنني لم أتذوقه؟ أنتِ عملياً جوفاء. قطعة حلوى فارغة ليتم لعقها، لكن أوه، مذاقك لذيذ جداً». سقط رأسه إلى الوراء وأطلق آهة وعيناه نصف مغمضتين من اللذة التي تذكرها. شعرت كارو بالغثيان. «يمكنني أن ألعق رقبتك إلى الأبد، يا عزيزتي»، تأوه. «إلى الأبد».

كانت كارو بعيدة كل البعد عن اليأس الكافي لعقد تلك الصفقة. ابتعدت عن الحائط وبدأت في السير بعيداً. قالت: «محادثة لطيفة. إلى اللقاء».

ناداها رازغوت: «انتظري! انتظري!».

ولم تكن لتتصور أنه يمكن أن يقول أي شيء يجعلها تتوقف. ولكن بعد ذلك ناداها: «هل تريدين رؤية تاجر الأمنيات مرة أخرى؟ يمكنني أن آخذك إلى هناك. أعرف بوابة!».

استدارت لتنظر إليه بارتياب. اختفت نظرته الشهوانية وحلت محلها عاطفته الوحيدة التي تحافظ على استمراره. وكانت عاطفة تعرفها، وللحظة واحدة شعرت بصلتها مع هذا الكائن المكسور.

ارتسم الشوق على وجهه. إذا كان جوهرها هو الوحدة، فإن جوهر رازغوت هو الشوق. قال: «البوابة التي دفعوني عبرها، منذ ألف سنة مضت. أعرف مكانها. سأريكِ، لكن عليكِ أن تأخذيني معك». انقطع تنفسه، وهمس: «أريد فقط العودة إلى المنزل».

خفق قلب كارو بحماس شديد.

بوابة أخرى. قالت: «لنذهب إذاً. الآن».

ابتهج رازغوت. قال: «لو كان الأمر بهذه السهولة، فهل تعتقدين أنني كنت سأظل هنا؟».

«ماذا تقصد؟».

«إنه في السماء يا فتاة. علينا أن نطير إلى هناك».

والآن، وبفضل اثنين من الغافرييل الدهنيين تم نهبهما من لحية صياد - واحد لها والآخر لرازغوت - كان بإمكانهما القيام بذلك.

23

صبر لامتناهٍ

مدينة القصص الخيالية. من الجو، تعانق أسطح المنازل الحمراء انعطافة نهر مظلم، وفي الليل تبدو التلال الحرجية كامتدادات من اللاشيء الأسود أمام بريق القلعة المتلألئة، والأبراج القوطية الشاهقة، والقباب الكبيرة والصغيرة. يلتقط النهر كل الأضواء ويعكسها طويلة ومتمايلة، ويحجب المطر المتساقط على الجانبين كل شيء ويحوله إلى حلم.

هذه أول مرة يشاهد فيها أكيفا مدينة براغ؛ لم يكن هو من وضع علامة على هذه البوابة. كان ذلك من فعل هازايل الذي أعاد وضع علامة عليها بعد ذلك في عالمهم الخاص. قال إنها كانت جميلة، وهي كذلك. تخيل أكيفا أن مدينة أستراي ربما كانت تبدو بهذا الشكل في عصرها الذهبي، قبل أن تدمرها الوحوش. مدينة المائة برج، كانت تسمى عاصمة السيراف - برج لكل نجم من نجوم الآلهة - وقد هدم الكيميرا كل برج فيها هُدمت العديد من المدن البشرية في الحرب أيضاً، لكن براغ كانت محظوظة. إنها تقف جميلة وشبحية، وحجارتها المتشققة تآكلت بفعل قرون من العواصف، وملايين من جداول المطر. مدينة رطبة وباردة وغير

مضيافة، لكن ذلك لم يزعج أكيفا. لقد صنع دفأه الخاص. الرطوبة تهب على جناحيه غير المرئيين وتتبخر، لتظهر شكلهما في الليل في هالة منتشرة. لم يكن بوسع السحر أن يفعل شيئاً حيال ذلك، تماماً كما لا يمكنه أن يخفي جناحيه عن ظله، لكن لم يكن هناك أحد هنا في الأعلى ليراه.

جلس على سطح أحد المباني في أولد تاون. أبراج كنيسة تين ترتفع مثل قرون الشيطان خلف صف من المباني على الجانب الآخر من الشارع، وفي إحداها توجد شقة كارو. كانت نافذتها مظلمة. وشقتها فارغة، لمدة يومين منذ أن وجدها.

هناك صفحة مطوية في جيبه، وقد أصبحت تجاعيدها ناعمة من كثرة الاستعمال، وهي صفحة ممزقة من كراسة رسم - رقم اثنين وتسعين كما هو مطبوع على ظهرها. على الصفحة، الأولى في الكراس، كان هناك رسم يظهر كارو ويداها متشابكتان في وضعية تضرع مصحوباً بالكلمات: إذا وجدتها، يرجى إعادتها إلى كرودفورسكا 59، رقم 12، براغ. ستتم مكافأتك بحسن النية الكوني والمال النقدي. شكراً لك.

لم يكن أكيفا قد أحضر الكراس كله معه، فقط هذه الصفحة الوحيدة ذات الحافة الممزقة. لم يكن يسعى وراء حسن النية الكوني أو المال النقدي.

فقط كان يسعى وراء كارو.

بصبر لامتناه لشخص تعلم كيف يعيش مكسوراً، انتظر عودتها.

24

الطيران سهل

اكتشفت كارو بسرور أن الطيران كان سهلاً. لقد طردت البهجةُ من نفسها التعبَ، وطردت معها اللامبالاة التي سيطرت عليها بعد لقاءات كثيرة مع تجار أسنان بريمستون. حلّقت عالياً في السماء، وهي منبهرة بالنجوم وتشعر وكأنها تعيش بينها. لقد بدت النجوم متلألئة بشكل لا يصدق. لو رأى باين ذلك على الأقل. قد لا يكون لديه حس تزييني، لكنه عاش في صحبة النجوم. بدت السماء وكأنها مرشوشة بالسكر.

تركت الكوخ خلفها وتتبعت الطريق عائدة باتجاه بويزي. انحدرت وهبطت، عبر طبقات من الرياح. تلاعبت بالسرعة - دون عناء، على الرغم من أن ذلك جعل عينيها تنهمران بدموع جليدية. لم يمض وقت طويل قبل أن تتجاوز سيارة الأجرة التي تخلت عنها في البراري. تلاعبت السيناريوهات الملتوية في ذهنها. قد تطير بجانبها وتطرق على النافذة، وتهز قبضتها قبل أن تنطلق إلى الأعلى مرة أخرى.

فتاة شريرة، فكرت، وسمعت صوت بريمستون في رأسها، وهو يشجب مثل هذا الأذى ويصفه بالتهور. حسناً، ربما قليلاً.

لكن الأمنية نفسها - الطيران - والخطة التي كانت جزءاً منها، ما الذي كان سيفكر فيه؟ ماذا كان سيفكر عندما ظهرت كارو على عتبة بابه، وقد تموج شعرها بفعل ريح عالمين؟ هل سيكون سعيداً برؤيتها، أم أنه سيظل غاضباً، ويصرخ في وجهها بأنها حمقاء، ويطردها مرة أخرى؟ هل من المفترض أن تجده، أم إنه يريدها أن ترحل كالفراشة من النافذة، دون أن تنظر وراءها، وكأنها لم تحظَ بوحوش في عائلة؟

إذا كان يتوقع منها أن تفعل ذلك، فهو لم يكن يعرفها على الإطلاق.

إنها ذاهبة إلى المغرب للبحث عن رازغوت تحت أي كومة قمامة أو عربة حمار كان يختبئ فيها، ومعاً - معاً! إن مجرد التفكير في الكلمة التي تربطها به، يجعلها ترتجف - كانا سيطيران عبر شق في السماء ويظهران «في مكان آخر».

لقد أدهشها أن هذا ما كان يعنيه بريمستون بعبارة «الأمل يصنع سحره الخاص». لم تكن قادرة على أن تتمنى ببساطة فتح بوابة، ولكن بقوة إرادتها وأملها، عندما كان من الممكن أن تتخلى عن الكيميرا الخاصة بها وكأنها لم تكن موجودة، فعلت ما فعلت. لقد وجدت طريقة. ها هي ذا، تطير، وكان هناك مرشد ينتظرها ليأخذها إلى حيث تريد أن تذهب. بدت فخورة، وكانت تعتقد أن بريمستون سيكون فخوراً أيضاً، سواء أظهر ذلك أم لا.

ارتجفت. كان الجو بارداً في السماء، وكادت فرحتها في الطيران تتلاشى أمام اصطكاك أسنانها وعودة الإرهاق إليها، فنزلت في منتصف الطريق، وهبطت لأول مرة بسهولة وكأنها فعلت ذلك ألف مرة، وانتظرت سيارة الأجرة لتلحق بها.

وغني عن القول إن السائق فوجئ برؤيتها. نظر إليها وكأنها شبح، وقضى

وقتاً أطول في النظر إليها في المرآة الخلفية في طريق العودة إلى المطار أكثر مما كان يراقب الطريق. كانت كارو متعبة للغاية إلى درجة أنها لم تفكر في أن الأمر كان مضحكاً. أغمضت عينيها ومدت يدها إلى ياقة معطفها بحثاً عن عظمة الأمنيات، ودسّت حافتها بدقة بين أصابعها.

كانت على وشك النوم عندما رن هاتفها. أضاء اسم زوزانا شاشته. أجابت كارو: «مرحباً أيتها الجنية المشاكسة».

أجابت بسخط: «اصمتي. إذا كان هناك جنية فهي أنتِ».

«أنا لست جنية. أنا وحش. وخمني ماذا؟ بالحديث عن الجنيات، لديّ مفاجأة لك». حاولت كارو تخيل وجه زوزانا عند رؤيتها ترتفع في الهواء. هل يجب أن تخبرها، أم تفاجئها؟ ربما كان بإمكانها التظاهر بالسقوط من أعلى البرج - أم أن ذلك كان مجرد وقاحة؟

سألت زوزانا: «ماذا؟ هل أحضرت لي هدية؟».

جاء دور كارو في الضحك. قالت: «أنت مثل طفلة عندما يعود والداها من حفلة إلى البيت، ويبحثان في جيوبهما بحثاً عن كعكة».

«أوه، كعكة. سآخذ كعكة. ولكن ليس كعكة الجيب، لأنها مقرفة».

«ليس لدي كعكة».

«آه، أي نوع من الصديقات أنت على أي حال؟ إلى جانب النوع الغائب في الغالب».

«في الوقت الحالي، أنا من النوع المتعب في الغالب. إذا سمعت شخيراً، لا تنزعجي».

«أين أنت؟».

«في أيداهو، في طريقي إلى المطار».

«أوه، مرحى، المطار! أنت قادمة إلى المنزل، أليس كذلك؟ لم تنسي. كنت أعرف أنك لن تنسي».

«أرجوكِ. كنت أتطلع إلى هذا منذ أسابيع. أنت لا تعرفين حتى. إنه مثل، صياد مقرف، صياد مقرف، صياد مقرف، صياد مقرف، عرض دمى».

«كيف حال الصيادين المقرفين، على أي حال؟».

«مقرفون. لكن انسي أمرهم. هل أنت مستعدة تماماً؟».

«نعم. خائفة. مستعدة. الدمية جاهزة ورائعة، إذا جاز لي أن أقول ذلك بنفسي. الآن أريدك فقط أن تمارسي سحرك». صمتت قليلاً ثم تابعت: «أعني سحرك غير السحري. سحر كارو العادي الخاص بك. متى ستعودين؟»

«الجمعة، على ما أعتقد. عليّ فقط أن أتوقف في باريس بسرعة كبيرة»

كررت زوزانا: «تتوقفي في باريس بسرعة كبيرة. كما تعلمين، قد تنهي روح أصغر مني صداقتنا على أساس أنك تقولين أشياء بغيضة مثل ‹يجب أن أتوقف في باريس بسرعة كبيرة›».

ردت عليها كارو: «هل هناك أرواح أصغر منك؟».

«قد يكون جسدي صغيراً، لكن روحي كبيرة. لهذا السبب أرتدي الأحذية ذات الكعب العالي. كي أتمكن من الوصول إلى قمة روحي».

ضحكت كارو، وكان رنين ضحكتها مشرقاً، ما لفت نظر سائق التاكسي إليها في المرآة الخلفية.

وأضافت زوزانا: «وأيضاً من أجل التقبيل. لأنه بخلاف ذلك لا يمكنني سوى مواعدة الأقزام».

«كيف حال ميك، على أي حال؟ إلى جانب أنه ليس قزماً؟».

أصبح صوت زوزانا على الفور رقيقاً. قالت وهي تمط الكلمة مثل الحلوى: «إنه جيد».

«مرحباً؟ من هناك؟ أعيدي زوزانا إلى مكانها. زوزانا؟ هناك فتاة عاطفية على الخط، تتظاهر بأنها أنتِ».

قالت زوزانا: «اخرسي. فقط تعالي إلى هنا، حسناً؟ أحتاجك».

«أنا قادمة».

«وأحضري لي هدية».

«تباً. وكأنك تستحقين هدية».

أنهت كارو المكالمة وهي تبتسم. كانت زوزانا تستحق هدية بالفعل، وكان هذا هو سبب توقفها في باريس قبل عودتها إلى براغ.

المنزل. ربما لا تزال الكلمة محاطة بعلامتي اقتباس، لكن نصف حياة كارو قد اقتُطعت، والنصف الآخر - النصف الطبيعي - كان في براغ. شقتها الصغيرة ذات الصفوف والصفوف من دفاتر الرسم؛ زوزانا والدمى المتحركة؛ المدرسة، حامل الرسم، الرجال المسنون العراة الذين يرتدون أغطية الرأس المصنوعة من الريش؛ مطعم الزهرمان، التماثيل التي ترتدي أقنعة الغاز، أوعية الغولاش التي تتصاعد منها الأبخرة على أغطية التوابيت؛ حتى صديقها السابق الأحمق الذي كان يتربص بها في الزوايا مرتدياً زي مصاص دماء.

إذاً، حسناً. هذا طبيعي.

وعلى الرغم من أن هناك جزءاً منها كان متلهفاً للذهاب مباشرة إلى المغرب، وإحضار رفيق سفرها الشنيع، والانطلاق إلى مكان آخر، إلا أنها لم تستطع تحمل فكرة الاختفاء ببساطة، ليس مع كل ما فقدته بالفعل. من المفترض أنها كانت عائدة لتقول وداعاً، ولتعيد ملء حياتها الطبيعية للمرة الأخيرة في المستقبل المنظور.

بالإضافة إلى أنها لم تكن على وشك تفويت عرض دمى زوزانا.

25

لا سلام أبداً

وصلت كارو إلى براغ في وقت متأخر من ليلة الجمعة. أعطت سائق التاكسي عنوانها، ولكن عندما اقترب من الحي الذي تسكنه، غيّرت رأيها وطلبت منه أن ينزلها في جوزيفوف، بالقرب من المقبرة اليهودية القديمة. أكثر الأماكن التي تعرفها مسكونة بالأشباح، كانت الأرض مرتفعة وراقدة فوق أموات على مدى قرون، وشواهد القبور عشوائية مثل الأسنان الرديئة. عششت الغربان الخبيثة هناك، حيث كانت أغصان الأشجار مثل أصابع العجوز. أحبت الرسم هناك، لكن المقبرة كانت مغلقة بالطبع، ولم تكن وجهتها. سارت بمحاذاة جدارها الخارجي المنحني وهي تشعر بثقل صمتها، وشقت طريقها إلى بوابة بريمستون القريبة، أو ما كانت بوابته.

وقفت في الجهة المقابلة من الشارع، وتحدّت نفسها أن تصعد وتطرق الباب. افترضت أن الباب فُتح للتو. لنفترض أنه فُتح وكانت إيسا هناك مع ابتسامة غاضبة على وجهها. قد تقول: «بريمستون في مزاج سيئ. هل أنت متأكدة من أنك تريدين الدخول؟».

وكأن كل ذلك كان مجرد خطأ سخيف. ألم يكن ذلك ممكناً؟

عبرت الشارع. خفق قلبها بالأمل، رفعت يدها وطرقت الباب، ثلاث طرقات حادة. لم تكد تفعل ذلك حتى تبدد أملها بشكل مؤلم. أخذت نفساً عميقاً ووجدت نفسها تحبسه بينما قلبها يخفق بنبضات قلبها أرجوك أرجوك أرجوك وعيناها تتلألآن بالدموع. إن فتحت أو لم تفتح، فستبكي. الدموع جاهزة إما لخيبة الأمل أو الفرح.

صمت.

أرجوك أرجوك أرجوك.

و... لا شيء.

أخذت نفساً مرة أخرى، زفير متثاقل أطلق مساراً واحداً من الدموع من كل عين، وظلت تنتظر، وهي تلتف على نفسها من البرد لدقائق، دقائق ودقائق، قبل أن تستسلم أخيراً وتتجه إلى البيت.

* * *

في تلك الليلة، راقبها أكيفا وهي نائمة. شفتاها مفتوحتان بهدوء، وكلتا يديها ملتفتين بطريقة طفولية تحت أحد خديها، وكانت تتنفس بعمق. إنها بريئة، كما ادعى إيزيل. وهي تبدو كذلك عندما تكون نائمة. هل كانت كذلك؟

لقد شعر أكيفا أنه كان مسكوناً بها في الشهور الماضية - وجهها الجميل يميل إلى أعلى لتنظر إليه وهي تختبئ في ظله، معتقدة أنها ستموت. كانت الذكرى تحرقه. مراراً وتكراراً صدمته. كم كان قريباً من قتلها. وما الذي منعه؟

وجد فيها شيء ما ذكّره بفتاة أخرى، منذ زمن طويل، وضاعت منذ زمن بعيد، ولكن ما هو؟ لم تكن عيناها بلون طين بني ودافئتين كالأرض، بل

كانتا سوداوين - سوداوين كالبجعة، صارختين على لون بشرتها الكريمي. وفي ملامحها لم يستطع أن يلاحظ أي تشابه مع ذلك الوجه الآخر المحبوب الذي رآه لأول مرة من خلال الضباب منذ زمن بعيد. كلاهما كان جميلاً، هذا كل ما في الأمر، لكن شيئاً ما ربط بينهما وأوقف يده.

وأخيراً، أدرك الأمر. لقد كانت إيماءة: الطريقة التي تحني بها رأسها لتنظر إليه. كان ذلك ما أنقذها. شيء صغير كهذا.

وهو واقف على شرفتها، ينظر من النافذة، سأل أكيفا نفسه ماذا الآن؟

انتعشت الذكريات من دون أن يستعيد آخر مرة شاهد فيها شخصاً نائماً. في ذلك الوقت، لم يكن هناك زجاج بينهما متجمد من أنفاسه؛ لم يكن في الخارج ينظر إلى الداخل، بل كان دافئاً بجانب مادريغال، متكئاً على أحد مرفقيه ويختبر نفسه ليرى كم دقيقة يمكنه أن يمضيها دون أن يمد يده إليها. ولا حتى دقيقة كاملة. كان هناك وجع في أطراف أصابعه لا يمكن تسكينه إلا بلمسها. آنذاك، كان عدد العلامات على يديه أقل بكثير، على الرغم من أنه لم يكن خالياً من حبر الموت. لقد كان قاتلاً بالفعل، لكن مادريغال قبّلت يديه الموشومتين مفصلاً مفصلاً وغفرت له. همست: «الحرب هي كل ما تعلمناه. لكن هناك طرقاً أخرى للعيش. يمكننا العثور عليها يا أكيفا. يمكننا اختراعها. هذه هي البداية، هنا». وضعت كفها على صدره العاري - قفز قلبه عندما لمسته - ووضعت يده على قلبها وضغطت على جلدها الحريري الأملس، وتابعت: «نحن البداية».

لقد بدا الأمر وكأنه بداية، منذ تلك الليلة الأولى المسروقة معها - مثل اختراع طريقة جديدة للعيش.

لم يسبق لأكيفا أن استعمل يديه بنعومة كما كان يفعل عندما يتتبع بأطراف أصابعه جفون مادريغال النائمة، متخيلاً كنه الأحلام التي تطاردها وتجعل جفونها ترفرف.

لقد وثقت به بما يكفي لتسمح له بلمسها أثناء نومها. حتى وهو يستعيد ذكرياته أدهشه - أنها منذ البداية كانت تثق به للاستلقاء بجانبها وتتبع خطوط وجهها النائم، وعنقها الرشيق، وذراعيها النحيلتين القويتين، ومفاصل جناحيها القويين. وأحياناً كان يشعر بنبضها يتسارع في أحلامها المزعجة؛ وفي أحيان أخرى كانت تغمغم وتمد يدها إليه، وتستيقظ وهي تضمه إليها بنعومة.

ابتعد أكيفا عن النافذة. ما الذي جعل هذه الذكريات عن مادريغال تنبثق بهذه الكثافة والسرعة؟

شرعت خيوط فكرة ما تتكشف في أعماق عقله، بحثاً عن روابط - طريقة لجعل المستحيل ممكناً - لكنه لم يعترف بذلك لنفسه. حتى إنه لم يكن ليصدق أنه في مكان ما بداخله كانت تكمن القدرة على الأمل.

وسأل نفسه: ما الذي جعله يترك كتيبته في الليل، حتى من دون أن يخبر هازايل وليراز، ويعود إلى هذا العالم؟

لن يكون هناك ما يكفي لكسر زجاج النافذة أو إذابته. كان بإمكانه، في غضون ثوانٍ، أن يكون بجانب كارو، يوقظها وهو يضع يده على فمها. يمكنه أن يطالب بمعرفة... ماذا بالضبط؟

هل كان يعتقد أنها ستكون قادرة على إخباره عن سبب مجيئه؟ بالإضافة إلى أن فكرة إخافتها جعلته يشعر بالغثيان. أدار ظهره، وتوجه إلى الدرابزين ونظر إلى المدينة.

أدرك هازايل وليراز الآن أنه رحل. «مرة أخرى»، كانا يتمتمان لبعضهما البعض بأصوات منخفضة، حتى وهما يتستران على غيابه بقصة سريعة.

هازايل أخاه غير الشقيق، وليراز أخته غير الشقيقة. كانوا من أبناء

الحرم[23] من نسل إمبراطور السيراف، الذي كانت هوايته تربية الأبناء غير الشرعيين لخوض الحرب. كان «والدهم» - وكانوا ينطقون الكلمة من خلال أسنان مشدودة - يزور محظية مختلفة كل ليلة، نساءً يُمنحن كجزية أو ينتقيهن عندما يلفتن نظره. وكان أمناء سره يحتفظون بقائمة بأسماء ذريته في عمودين، البنات والأولاد. كانت تتم إضافة أسماء الأطفال الرضع دائماً، وعندما يكبرون ويموتون في ساحة المعركة، يتم شطبهم بقسوة.

وقد أضيف أكيفا وهازايل وليراز إلى القائمة في نفس الشهر. كانوا قد كبروا معاً، كأطفال في ذلك المكان الذي تسكنه النساء، وتم تسليمهم في سن الخامسة للتدريب. وقد تمكنوا من البقاء معاً منذ ذلك الحين، وقاتلوا دائماً في نفس الأفواج، وتطوعوا في نفس المهام، بما في ذلك المهمة الأخيرة: وضع علامات على أبواب بريمستون ببصمات الأيدي الحارقة التي أشعلت كل شيء في لحظة لتدمير بوابة الساحر.

هذه هي المرة الثانية التي يختفي فيها أكيفا دون تفسير. كانت المرة الأولى منذ سنوات، حيث اختفى لفترة طويلة في تلك المرة إلى درجة أن أخاه وأخته اعتقدا أنه مات.

لقد مات جزء منه.

لم يخبرهما أو يخبر أحداً قط أين كان في تلك الأشهر المفقودة، أو ما الذي حدث ليجعل منه ما هو عليه الآن.

23. ارتبط مفهوم الحرملك بالدولة العثمانية للدلالة على الجناح الضخم الملحق بقصر السلطان والذي يضم والدته وزوجاته وجواريه، وأبنائه. كان الحرم السلطاني في الباب العالي يحتل مساحة كبيرة تضم ما يزيد على 400 غرفة، وإضافة إلى أسرة السلطان وجواريه، فإنه يضم أيضًا الخدم والموظفين من النساء فقط للاهتمام بأعضاء الجناح ومرافقه المتعددة التي تضم مطابخ وحمامات وصالونات ومكتبات وحدائق.

كان إيزيل قد وصفه بالوحش، أليس كذلك؟ تخيّل ما كانت مادريغال تفكر فيه لو استطاعت أن تراه اليوم، وترى ما الذي صنعه من «طريقة العيش الجديدة» التي همسا بها، منذ زمن بعيد، في عالمهم الهادئ وأجنحتهما المتشابكة.

للمرة الأولى منذ أن فقدها، فشلت ذاكرته في استحضار وجه مادريغال. تسلل وجه آخر: وجه كارو.

كانت عيناها سوداوين ومرعوبتين، تعكسان لهيب جناحيه وهو يطل من فوقها.

كان وحشاً. لا شيء يمكن أن يغفر له الأشياء التي فعلها،.

نفض جناحيه وحلّق في سماء الليل. بدا وجوده هناك عند النافذة، بمثابة تهديد كامن، بينما كانت كارو تنام بسلام. تراجع مرة أخرى عبر الشارع ليسمح لنفسه بالنوم أيضاً، وعندما فعل ذلك أخيراً، حلم أنه على الجانب الآخر من الزجاج. ابتسمت له كارو - ليس مادريغال بل كارو - وضغطت بشفتيها على مفاصل أصابعه واحدة تلو الأخرى، وكل قبلة كانت تمحو الخطوط السوداء حتى أصبحت يداه نظيفتين.

طاهرتين.

همست: «هناك طرق أخرى للعيش»، فانتبه وفي حلقه غصة، لأنه كان يعلم أن ذلك لم يكن صحيحاً. لم يكن هناك أمل، لم يكن هناك سوى فأس الجلاد والانتقام. ولم يكن هناك سلام. لم يكن هناك سلام أبداً.

وضع كعبي يديه في عينيه بينما كان الإحباط يتصاعد في داخله كالصراخ لماذا جاء إلى هنا؟ ولماذا لم يستطع إجبار نفسه على الرحيل؟

26

خطأ بسيط

صباح يوم السبت، استيقظت كارو في سريرها لأول مرة منذ أسابيع. استحمَّتْ، وأعدت القهوة، ثم بحثت في المخزن عن شيء صالح للأكل، ولم تجد شيئاً، وغادرت شقتها حاملةً هدايا زوزانا في حقيبة تسوق. أرسلت رسالة نصية لصديقتها في الطريق - بيكابو!24 يوم عظيم. سأحضر الفطور - واشترت بعض الكرواسون من مخبزها المحلي في الزاوية.

وردتها رسالة نصية - إذا لم تكن شوكولاتة، فهي ليست إفطاراً - فابتسمت وعادت إلى المخبز لتشتري بعض الكعك بالشوكولاتة.

وفي تلك اللحظة، وهي تستدير في الشارع، بدأت تشعر بأن هناك شيئاً ما غريباً. إنه إحساس خفيف بالخطأ، ولكنه كافٍ لجعل خطواتها تتعثر وتتلفت حولها. تذكرت ما قاله باين عن العيش كالفريسة، وتساءلت دائماً عمن يتعقبها، فأثار ذلك حفيظتها.

---

24. : لعبة لتسلية الطفل من خلال إخفاء وجهه أو جسده بشكل متكرر ثم ظهوره مرة أخرى وهو يهتف «بيكابو!».

كانت تدس سكينها في حذائها، وكان قاسياً على نتوء كاحلها، وهو ما يشعرها بالراحة. حصلت على كعكات زوزانا وواصلت سيرها بحذر. شدت كتفيها ونظرت إلى الوراء عدة مرات، لكنها لم ترَ شيئاً خارجاً عن المألوف. وسرعان ما وصلت إلى جسر تشارلز.

أيقونة براغ، الجسر الذي يعود إلى القرون الوسطى، ويعبر فلتافا بين أولد تاون وليتل كوارتر. كانت أبراج الجسر القوطية ترتفع على كلا الجانبين، وعلى امتداد الجسر بأكمله - المخصص للمشاة فقط - صُفّت بتماثيل ضخمة للقديسين. بدا المكان في هذا الوقت المبكر شبه مهجور، وبسبب ميلان الشمس الفتية، ألقت التماثيل بظلالها الطويلة النحيلة. توافد الباعة والعازفون بعرباتهم اليدوية ليحجزوا أكثر المواقع المرغوبة في المدينة، وفي منتصف الجسر، أمام الخلفية المثالية لقلعة براغ على التل، كان هناك محرك الدمى العملاق.

«يا إلهي، إنه مدهش»، لم توجه كارو كلامها لأحد، لأن محرك الدمى كان يجلس وحيداً، بطول عشرة أقدام وبملامح شريرة، وبوجهه المنحوت القاسي ويديه الخشبيتين بحجم مجارف الثلج. نظرت كارو خلفها – إنه يرتدي معطفاً ضخماً - ولم يكن هناك أحد أيضاً. «مرحباً؟» صاحت كارو مندهشة من أن زوزانا قد تركت مخلوقها دون مراقبة. ولكن بعد ذلك، خرج صوت يقول « كارو!» من داخل الشيء، وانفرجت الدرزات الخلفية للمعطف مثل فتحة خيمة. اندفعت زوزانا إلى الخارج. وانتزعت كيس المعجنات من يد كارو. قالت: «الحمد لله»، وبدأت بالأكل.

«حسناً. سررت برؤيتك أيضاً».

«ممم».

خرج ميك خلفها وعانق كارو. وقال: «سأكون مترجمها. ما تقوله بلغة زوزانا، يعني شكراً لكِ».

سألت كارو متشككة: «حقاً؟ يبدو نوعاً ما مثل سنارفل سنارفل[25]».

«بالضبط».

وافقت زوزانا على ذلك: «ممم»، وأومأت برأسها.

قال ميك لكارو: «إنها الأعصاب».

«أهي سيئة؟».

وقف خلف زوزانا وانحنى ليضمّها في عناق جانبي: «فظيعة. عنيفة، فظيعة بشكل مخيف. إنها لا تطاق. خذيها أنت. لقد اكتفيتُ».

صفعته زوزانا على وجهه، ثم صرخت وهو يدفن وجهه في منحنى رقبتها ويصدر أصوات تقبيل مبالغاً فيها.

ميك شاب ذو شعر رملي وبشرة فاتحة، وله سالفان ولحية وعينان تشبهان شفرة السكين، تلمحان إلى أسلافه الذين غزوا السهول من آسيا الوسطى. إنه وسيم وموهوب، ويحمرّ خجلاً بسهولة ويدندن عندما يركّز، وكان رقيق الكلام لكنه مثير للاهتمام - إنه مزيج جيد. لقد كان يستمع بالفعل، بدلاً من التظاهر بالاستماع أثناء انتظار فترة زمنية مناسبة قبل أن يحين دوره في الحديث مرة أخرى، كما كان يفعل كاز. والأفضل من ذلك كله، أنه مغرم بزوزانا، وهي مغرمة به أيضاً. لقد كانا شخصيتين كرتونيتين، بالطريقة التي يخجلان ويبتسمان بها - كل ما كان ينقصهما هو قلوب للعيون - إن مشاهدتهما تجعل كارو سعيدة للغاية وبائسة للغاية. تخيلت أنها تستطيع أن ترى عملياً فراشاتهما - بابيليو ستوماخوس - ترقص تانغو الحب الجميل الجديد.

من جانبها، كان من الصعب عليها أن تتخيل أي شيء ينبض في داخلها. كانت الفتاة الجوفاء أكثر من أي وقت مضى، وبدا لها الفراغ ككيان خبيث، يسخر منها بكل الأشياء التي لن تعرفها أبداً.

25. إصدار صوت حيوان (مثل الخنزير) أثناء الأكل؛ تناول الطعام بشراهة.

لا، لقد أبعدت الفكرة. كانت ستعرف. إنها في طريقها إلى المعرفة.

ارتسمت على وجهها ابتسامة حقيقية عندما بدأ ميك في تقبيل رقبة زوزانا. ولكن بعد لحظة بدأت تشعر وكأنها ابتسامة السيد رأس البطاطا[26]، بلاستيكية ومتصنّعة. قالت وهي تتنحنح: «هل ذكرتُ لكِ بأن لدي هدايا؟»

وقد نجح ذلك. «هدايا!» صرخت زوزانا وهي تحرر نفسها من شفتي ميك. قفزت إلى أعلى وأسفل وصفقت: «هدايا، هدايا!». ناولتها كارو حقيبة التسوق. كان بداخلها ثلاثة طرود ملفوفة بورق بني ثقيل ومربوطة بخيوط. وفي أعلى أكبرها، وُضعت بطاقة مكتوب عليها: سيدتي ف. فيزيريزاك، تحف فنية. كانت الطرود أنيقة، وذات أهمية إلى حد ما. عندما أخرجتها زوزانا من الحقيبة، رفعت حاجبيها. سألت بجدية: «ما هذه؟ تحف فنية؟. قصدت بالهدايا دمية كتلك المكدسة في المطار أو شيء من هذا القبيل». قالت كارو: «افتحيها فقط. الطرد الكبير أولاً».

فتحته زوزانا. وبدأت في الصراخ. وهمست قائلة: «يا إلهي، يا إلهي»، وضمته إلى صدرها مع خيوط من الحرير. كان زيّ رقص باليه، ولكنه لم يكن زي باليه عادياً. قالت لها كارو متحمسة: «لقد ارتدته آنا بافلوفا في باريس عام 1905». كان تقديم الهدايا ممتعاً للغاية. لم تحتفل قط بعيد ميلادها أو بأعياد الميلاد في صغرها، ولكن عندما كبرت بما يكفي لتغادر المتجر بمفردها، كانت تحب أن تحضر أشياء صغيرة لإيسا وياسري - زهور، فاكهة غريبة، سحالي زرقاء، ومراوح إسبانية.

---

26. Mr. Potato Head سيد بطاطا هي لعبة للأطفال اخترعها جورج لرنر في أواخر الأربعينيات من القرن العشرين، وقامت شركة هاسبرو بتسويقها سنة 1952. سيد بطاطا هي عبارة عن دمية لها رأس بلاستيكي على شكل بطاطا ويمكن تغيير أنفه أو قبعته أو شواربه. كان الهدف من إطلاقها إعطائها كهدية مع فطور رقائق الذرة وكانت ستوزع على شكل عدة قطع متوزعة على عدة علب رقائق ذرة.

«حسناً، أنا لا أعرف تماماً من هي-».

«ماذا؟ إنها أشهر راقصة باليه على الإطلاق».

رفعت زوزانا حاجبيها. تنهدت كارو قائلة: «لا عليكِ. لقد كانت مشهورة بصغر حجمها، لذا يجب أن يناسبك اللباس».

رفعته زوزانا. قالت متعلثمة: «إنه... إنه... إنه... إنه يشبه لباس راقصات ديغا للغاية».

ابتسمت كارو وقالت: «أعرف. أليس رائعاً؟ هناك تلك المرأة في سوق ليه بوسيه التي تبيع أغراض الباليه العتيقة».

«لكن كم تكلفته؟ لا بد أنه كلف ثروة».

قال كارو: «شش. لقد أنفقت ثروات على أشياء أكثر غباءً. وإلى جانب ذلك، أنا ثرية، أتذكرين؟ ثرية بغيضة. ثراء سحري».

إحدى نتائج المنافع التي تلقتها من بريمستون، أنها كانت قادرة على تقديم الهدايا. وقد أهدت نفسها واحدة في باريس أيضاً، وهي أيضاً قطعة أثرية، وإن لم تكن من ملابس الباليه. كانت السكاكين تلمع أمامها من علبة زجاجية، وفي اللحظة التي لمحتها فيها، عرفت أنها يجب أن تحصل عليها. إنها شفرات هلالية صينية، وهي واحدة من أسلحتها المفضلة. بقيت مجموعتها الخاصة، تلك التي تدربت عليها، في هونغ كونغ مع معلمها، حيث لم تعد إلى هناك منذ احتراق البوابات. على أي حال، فإن هذه الشفرات تفوق تلك.

«القرن الرابع عشر – » هكذا بدأت السيدة فيزيريزاك عرضها للبيع، لكن كارو لم تكن بحاجة إلى سماعها. بدا لها أن المساومة قلة احترام للسكاكين، لذا دفعت السعر المطلوب من دون أن يرف لها جفن.

يتكون كل سكين من نصلين، مثل الهلالين المتشابكين، ومن هنا جاءت التسمية. المقابض في المنتصف، وعند استخدامها كانت السكاكين

توفر عدداً من الحواف الثاقبة والقاطعة، وربما الأهم من ذلك، أنها كانت توفر نقاط صد.

الأقمار الهلالية سلاح مثالي لمواجهة الخصوم المتعددين، وخاصة الخصوم الذين يحملون أسلحة طويلة مثل السيوف. لو كانت تملكها في المغرب، لما تغلب عليها الملاك بهذه السهولة.

اشترت لزوزانا أيضاً زوجاً من أحذية الباليه ذات الأصابع وغطاء رأس جميلاً من براعم الورود الحريرية المزركشة، من مسرح باريس في مطلع القرن الماضي. سألتها كارو: «هل أنت مستعدة؟»، فأومأت زوزانا برأسها موافقة بانفعال شديد. واندفعتا داخل محرك الدمى وألقتا بزيها الآخر غير المميز جانباً.

وبعد ساعة بدأ السياح يتوافدون عبر الجسر، متجهين نحو القلعة حاملين كتيباتهم الإرشادية تحت أذرعهم، وقد تحلق عدد غير قليل منهم حول محرك الدمى العملاق. كارو وزوزانا كانتا داخله.

قالت كارو وهي تحمل فرشاة مكياجها بينما كانت زوزانا تقوم بشدّ ملابسها تحت تنورتها القصيرة بطريقة غير أنثوية: «توقفي عن التلوي».

قالت زوزانا: «ثوبي المشدود ملتو».

«هل تريدين أن يكون خداكِ ملتويين أيضاً؟ اثبتي مكانكِ».

«حسناً». ظلت زوزانا ثابتة بينما كانت كارو ترسم دوائر وردية مثالية على خديها. بدا وجهها أبيض كالبودرة، وتحولت شفتاها إلى قوس كيوبيد صغير على شكل دمية، مع خطين أسودين رفيعين يخرجان من زوايا فمها لمحاكاة فك الدمية. زيّنت الرموش الاصطناعية عينيها الداكنتين، وكانت ترتدي التنورة القصيرة التي تناسبها بالفعل، والحذاء الذي يلائمها بالفعل، والذي شهد أياماً أفضل. كان لباسها الضيق الأبيض منسولاً ومرقعاً عند الركبتين؛ وأحد أحزمة صديريتها ممزقاً؛ فيما شعرها كان عبارة عن كعكة

فوضوية متوجة ببراعم وردية باهتة. بدت كدمية ملقاة غير محبوبة في صندوق ألعاب لسنوات. في الواقع، كان صندوق الألعاب مفتوحاً وجاهزاً لاستقبالها بمجرد أن تنتهي من ترتيب زيها.

قالت كارو وهي تتفحص عملها: «انتهى الأمر». صفّقت بيديها مرة واحدة في سرور، وبدت مثل إيسا عندما زينت كارو بقرنين مؤقتين مصنوعين من الجزر الأبيض، أو ذيل من منفضة ريش. «ممتاز. تبدين مثيرة للشفقة بشكل رائع. من المؤكد أن أحد السياح سيحاول حملك إلى المنزل كتذكار»

قالت زوزانا: «سوف يندم بعض السياح على هذا اليوم»، وهي تقلب تنورتها القصيرة وتتابع شد لباسها الضيق بعبوس صارم.

«هلا تركت هذا للباس الضيق المسكين وشأنه؟ إنه جيد».

«أنا أكره اللباس الضيق».

«حسناً، دعيني أضيف هذا إلى القائمة. منذ الصباح وأنت تكرهين، دعيني أرَ، الرجال الذين يرتدون القبعات، كلاب الوينر[27]»

صححت زوزانا: «أصحاب كلاب الوينر. يجب أن يكون لديك، كمثال، العداء للروح لكي تكرهي كلاب وينر».

«أصحاب كلاب الوينر، مثبتات الشعر، الرموش الاصطناعية، والآن اللباس الضيق. هل انتهيتِ؟».

قالت: «كراهية الأشياء؟»، ثم توقفت، لتقرأ بعض المقاييس الداخلية. أضافت: «نعم، أعتقد أنني انتهيت. في الوقت الحالي».

نظر ميك من خلال الفتحة. قال «لدينا حشد من الناس». تمحورت

27. كلب الوينر أو الدَّشْهَند، وتعني كلب الغُرَير، وهي سلالةٌ من سلالات الكلاب قصيرة الأرجل وطويلة الجسم. تم تطوير سلالة دَشهَند ذات الحجم القياسي من أجل المطاردة وطرد حيوان الغرير وغيرها من الحيوانات التي تقطن الجحور، في حين أنه تم تطوير دَشهَند الصغير من أجل صيد الفرائس صغيرة الحجم مثل الأرانب.

فكرته في نقل مشروع الفصل الدراسي الخاص بزوزانا إلى الشارع. كان يعزف أحياناً على كمانه من أجل المال، ويضع رقعة على عينه اليسرى السليمة تماماً ليبدو أكثر «رومانسية»، ووعد زوزانا بأنها ستجني بضعة آلاف من الكرونات في الصباح. لقد وضع رقعة عينه في مكانها الآن، وبدا بطريقة ما مخادعاً ومحبوباً في آن واحد.

قال وعينه الظاهرة على زوزانا: «يا إلهي، أنتِ رائعة».

عادةً لم تكن كلمة رائعة كلمة تستمتع بها زوزانا. كانت تقول: «الأطفال الصغار رائعون». ولكن عندما يتعلق الأمر بميك، بدت كل الرهانات غير صحيحة. احمر وجهها خجلاً.

قال لها: «لقد أوحيت لي بأفكار خاطئة»، وانزلق إلى المكان المكتظ، لذا كانت كارو محاصرة أمام الدمية. «هل من الغريب أن تثيرني دمية متحركة؟».

قالت زوزانا: «نعم. غريب جداً. لكن هذا يفسر سبب عملك في مسرح الدمى المتحركة».

«ليس كل الدمى المتحركة. أنت فقط». أمسكها من خصرها. صرخت قالت كارو: «احذر! مكياجها!».

لم يستمع ميك. وقبّل زوزانا ببطء على فمها المصبوغ كدمية ملونة، ولطخ أحمر شفاهها وبياض مكياجها وجهها، وظهر أخيراً بشفتين ورديتين. ضاحكة، مسحت زوزانا ذلك عنه. فكرت كارو في أن تلمسها، لكن اللطخة في الواقع ناسبت المظهر الأشعث تماماً، لذا تركتها.

صنعت القبلة أيضاً العجائب في أعصاب زوزانا. أعلنت بمرح: «أعتقد أنه حان وقت العرض».

قالت كارو: «حسناً، حسناً إذاً. إلى صندوق الألعاب معك».

وهكذا بدأ الأمر. كانت القصة التي سردتها زوزانا بجسدها - عن دمية

مهملة أخرجت من صندوقها من أجل رقصة أخيرة - مؤثرة للغاية. لقد بدأت خرقاء ومفككة، مثل شيء صدئ يستيقظ، وانهارت عدة مرات في كومة من التول. لاحظت كارو، وهي تراقب وجوه الجمهور المتلهفة، كيف أرادوا أن يتقدموا إلى الأمام ويساعدوا الراقصة الصغيرة الحزينة للوقوف على قدميها.

كان محرك الدمى يلوح فوقها شريراً، وبينما كانت زوزانا تدور، تحركت ذراعاها وأصابعها وقفزت وكأنها تتحكم فيها وليس العكس. كان التصميم الهندسي ماكراً ولم يلفت الأنظار، بحيث كان الوهم لا تشوبه شائبة. ثم وصلت إلى نقطة بدأت فيها الدمية تكتشف رشاقتها من جديد، فارتفعت زوزانا ببطء على رؤوس أصابعها وكأن الأوتار تجذبها إلى أعلى، واستطالت، وظهر على وجهها بريق الفرح. وانطلقت سوناتا سميتانا من أوتار كمان ميك بعذوبة مؤلمة، وتجاوزت اللحظة مسرح الشارع لتلامس شيئاً حقيقياً. شعرت كارو بالدموع تنساب من عينيها وهي تراقب. وفي داخلها، كان الفراغ يدق. في النهاية، عندما أُجبرت زوزانا على العودة إلى الصندوق، ألقت نحو الجمهور نظرة حنين يائسة ومدت ذراعها متوسلة قبل أن تستسلم لإرادة سيدها. انغلق غطاء الصندوق، وانطلقت الموسيقى بنغمة خافتة أحب الجمهور ذلك. امتلأت حقيبة كمان ميك بسرعة بالأوراق النقدية والعملات المعدنية، وأخذت زوزانا نصف دزينة من الأقواس ووقفت لالتقاط الصور قبل أن تختفي داخل معطف الدمية مع ميك. لم يكن لدى كارو شك في أنهما كانا يلحقان ضرراً بالغاً بمكياجها، وجلست على صندوق السيارة لتنتظر حتى ينتهي الأمر.

وهناك، في وسط كثافة السياح على جسر تشارلز، تسلل إليها الخطأ مرة أخرى ببطء، وتسرب إليها مثل الظل عندما تبحر سحابة أمام الشمس

27

ليست فريسة، بل قوة

ستعيشين كالفريسة، أيتها الفتاة الصغيرة.

رنّت كلمات باين في أذني كارو بينما كانت تتطلع حولها وتبحث في وجوه الحشد المحيط بها. شعرت بأنها مكشوفة في منتصف الجسر، فحدقت في الأسطح على ضفتي النهر، وركض خيالها إلى الصياد الذي كان ينظر إليها من خلال منظار البندقية.

نفضت يدها نحوه. لم يكن ليفعل، أليس كذلك؟ تلاشى هذا الشعور وقالت لنفسها إنه مجرد ذعر، ولكن على مدار بقية اليوم كان هذا الشعور يأتي ويذهب في قشعريرة متقطعة بينما كانت زوزانا ترقص عشرات المرات، وتكتسب الثقة مع كل أداء، وحقيبة كمان ميك تمتلئ مراراً وتكراراً، متجاوزةً ما وعد به.

حاول هو وزوزانا إقناع كارو بالخروج معهما لتناول العشاء، لكنها رفضت متذرعة بإرهاق السفر، ولم يكن ذلك غير صحيح، ولكنه لم يكن في حسبانها أيضاً.

كانت متأكدة من أنها كانت مراقبة.

تحركت أطراف أصابعها على كفيها. ثم شعرت بوخزات تسري في ذراعيها، وعندما خرجت من الجسر إلى المتاهة المرصوفة بالحصى في أولد تاون، أدركت أنها ملاحقة. توقفت وجثت على ركبتيها متظاهرة بتعديل حذائها بينما كانت تسحب سكينها - سكينها العادية؛ كان هلالها الجديد في علبته في شقتها - ووضعتها في كمها وهي تتفحص المكان من أمامها وخلفها.

لم ترَ أحداً، وواصلت سيرها.

في المرة الأولى التي جاءت فيها إلى براغ، ضلت طريقها أثناء استكشاف هذه الشوارع. لقد مرت بمعرض فني، وبعد بضعة مبانٍ عادت أدراجها لتجده ولم تستطع. لقد ابتلعته المدينة. في الواقع، لم تجده أبداً. كان هناك تشابك خادع من الأزقة يعطي انطباعاً بخريطة تتحرك خلفك، ومخلوقات غريبة تتسلل بحذر، وأحجار مثل قطع الأحاجي تعيد ترتيب نفسها في تكوينات جديدة بينما أنتِ لا تنظرين. سحرتكِ براغ، وأغرتك، مثل الجنيات الأسطوريات اللواتي يخدعن المسافرين في أعماق الغابات حتى يضيعوا بلا أمل. ولكن الضياع هنا كان مغامرة لطيفة من متاجر الدمى المتحركة والأفسنتين، وكانت المخلوقات الوحيدة التي تتربص بكِ في الزوايا هي كاز ورفاقه الذين يضعون مكياج مصاصي الدماء ومستعدين لإثارة سخيفة كالعادة. في تلك الليلة، شعرت كارو بتهديد حقيقي، ومع كل خطوة تخطوها، بهدوء ودقة، كانت تريد أن تتجلى إرادتها. أرادت أن تقاتل. كان جسدها ينبض بالحيوية. بالطريقة التي سخر منها في كثير من الأحيان حول ما يمكن لشبح أن يفعله، في هذه اللحظة، كانت متأكدة من أنها ستقاتل في حياتها الوهمية.

همست لمطاردها غير المرئي وهي تخفض رأسها وتزيد من سرعتها: «تعال. لدي مفاجأة لك».

إنها في كارلوفا، على طريق المشاة الرئيسي بين الجسر وميدان أولد تاون. واستمر السياح في التوافد بكثافة كالأسماك. تحركت بينهم، مسرعة وغير متوازنة، وهي تلقي بنظرات قلقة إلى الوراء لتوهمهم بالخوف أكثر من أملها في إلقاء نظرة خاطفة على مطاردها. عند تقاطع زقاق جانبي هادئ، انحرفت يساراً، والتصقت بالحائط. إنها تعرف هذه المنطقة جيداً. فقد كانت مليئة بمخابئ كاز أثناء جولاته. أمامها مباشرةً، كان منحنى قاعة من القرون الوسطى قد خلق لها مكاناً خفياً، اختبأت فيه عدة مرات في زي الأشباح. انتقلت إلى الظلال لتختبئ.

وأصبحت وجهاً لوجه مع مصاص دماء.

«مرحباً!» قال صوت حاد بينما كانت كارو تحاول التراجع بسرعة وتترنح إلى الوراء خارج الظل. قال الصوت: «يا إلهي. أنت».

اتكأت مصاصة الدماء على الحائط، وشبكت ذراعيها في وضعية تفوق ضجر.

سفيتلا. انقبض فك كارو عند رؤية الفتاة الأخرى. إنها عارضة أزياء طويلة القامة ونحيفة، مع نوع قاسٍ من الجمال الذي من المؤكد أنه كان مخيفاً. كانت تضع طلاء وجه أبيض وكحلاً قوطياً، مع أنياب مزيفة وقطرات من الدم عند زاويتي شفتيها الياقوتيتين. إنها مصاصة دماء مثيرة لكاز، برداء أسود وكل شيء، وكانت، بشكل غير مريح، محشورة في المكان الذي تقصده كارو للاختباء.

عاتبت كارو نفسها قائلة: «غبية». لقد حان وقت الجولة. وبالطبع، كانت أماكن اختباء كاز مليئة بالممثلين. وكثيراً ما كان يسلّيها، وهي تسير في المدينة القديمة في المساء، أن ترى أشباحاً ضجرة يتكئون على الجدران، ويرسلون رسائل نصية أو تغريدات على تويتر بينما ينتظرون المجموعة التالية من السياح لاصطحابهم.

«ما الذي تفعلينه هنا؟» سألتها سفيتلا وشفتاها تنكمشان، وكأنها تشم رائحة شيء غريب. لقد كانت واحدة من تلك الفتيات الجميلات اللاتي يتمتعن بموهبة جعل أنفسهن قبيحات.

نظرت كارو إلى الخلف نحو كارلوفا، ثم إلى الأمام نحو المنحنى التالي في الزقاق الذي يمكن أن يوفر لها غطاءً. كان بعيداً جداً، فلم تستطع المخاطرة. كادت أن تشعر بمطاردها يقترب منها.

قالت لها سفيتلا بهدوء: «إذا كنتِ تبحثين عن كاز، فلا تزعجي نفسك. لقد أخبرني بما فعلته».

يا إلهي، فكرت كارو. وكأن أياً من ذلك يهم الآن. قالت: «اصمتي يا سفيتلا»، ودفعت بنفسها إلى داخل الكوة مباشرة، ودفعت الفتاة الأخرى إلى الخلف على الحجارة. شهقت سفيتلا وحاولت دفعها إلى الخارج. «ماذا تفعلين أيتها المسخ؟».

قالت كارو هامسة: «قلت لك اخرسي». وعندما لم تفعل سفيتلا ذلك، أخرجت سكينها من كمها ورفعته إلى أعلى. وانحنى السكين عند طرفه مثل مخلب قطة، والتقط طرفه خيطاً من الضوء ولمع. شهقت سفيتلا شهقة صغيرة وصمتت، ولكن ليس لفترة طويلة. «أوه، صحيح. أنا متأكدة تماماً من أنك ستطعنينني –».

قال كارو بصوت منخفض: «اسمعي. اصمتي لدقيقة، وسأصلح حاجبيك الغبيين».

ساد الصمت المذهل قبل أن تقول بصوت أجش: «ماذا؟».

كان شعر سفيتلا مقصوصاً على شكل غرة طويلة وقاسية ومنخفضة إلى درجة أنه يلامس عينيها، وكان مغطى برذاذ الشعر بحيث لا يكاد يتحرك، وكل ذلك من أجل إخفاء حاجبيها، اللذين أهدرت كارو عليهما شينغاً في نوبة من الحقد في وقت قريب من عيد الميلاد. ولأنهما كانا أسودين وكثيفين

تحت شعرها، فمن المرجح أنه لم يكن لهما أي تأثير على مسيرتها الفنية كعارضة أزياء.

تأرجح تعبير سفيتلا ما بين الارتباك والغضب. لم يكن هناك ببساطة أي طريقة يمكن أن تعرف بها كارو عن حاجبيها اللذين تغطيهما بعناية فائقة. اعتقدت أن كارو كانت تتجسس عليها. لم تهتم كارو بما كانت تظنه. أرادت فقط الصمت. أخذت نفساً وقالت: «أنا جادة. لكن فقط إذا بقيت على قيد الحياة لأفعل ذلك، لذا اصمتي».

انجرفت الأصوات من كارلوفا، جنباً إلى جنب مع نغمات الموسيقى المنسابة من المقاهي القريبة، وخرير المحركات. لم تستطع سماع خطوات الأقدام، لكن هذا لا يعني أي شيء. كان الصيادون يفهمون التخفي. ظلت تعابير وجه سفيتلا مذهولة، ولكن في هذه اللحظة على الأقل، كانت هادئة. وقفت كارو جامدة وعيناها شرستان، تستمع باهتمام.

هناك شخص ما قادماً. بدت خطواته أشبه بأشباح خطوات. في الزقاق، تسرّب ظلٌّ إلى الرؤية. راقبته كارو وهو يطول على الأرض أمامها بينما كان مصدره يقترب منها. ارتجفت راحتا كفيها وأمسكت بسكينها بإحكام وأمعنت النظر في الظل محاولة فهمه.

رمشت، وانسابت الكلمات عبر أفكارها. ليست كلمات باين بل كلمات رازغوت. أخي سيراف كان يبحث عنكِ يا حبيبتي.

الظل. كانت للظل أجنحة. يا إلهي، الملاك. أصبح نبض كارو متقطعاً. انقشع التشتيت الناجم عن باين كالدخان ليكشف ما كان موجوداً طوال الوقت: في كفيها طاقة متدفقة. كانت الهامسا على راحتيها تحترقان. كيف لم تدرك ذلك من قبل؟ وجهت نظرة تحذيرية شرسة إلى سفيتلا وقالت اصمتي. أوقفت سفيتلا الزمجرة. بدت خائفة. تقدم الظل وخلفه الملاك. حدق إلى الأمام، بتركيز. كان جناحاه متلألئين، وعيناه تتوهجان في الظلام،

وكانت كارو تحدق في ملامحه بوضوح. بدا جماله صادماً كما كان في المرة الأولى التي رأته فيها. فيالا، استدعت ذاكرتها معلمة الرسم الخاصة بها، وتمنت لو أمكنها أن ترى هذا. وعلى الرغم من وجود سيفين مغمدين على ظهره، إلا أن ذراعيه كانتا مسبلتين على جانبيه، ويداه مرفوعتين قليلاً وأصابعه مبسوطة وكأنه يشير إلى أنه أعزل من السلاح.

هنيئاً لك، فكرت كارو وهي تشد قبضتها على سكينها. أنا لست عزلاء.

لقد وصل إلى الكوة.

استجمعت كارو قواها. وقفزت.

توجب عليها أن تقذف بنفسها إلى أعلى لتلتف حول رقبته - كان طويل القامة، ستة أقدام وأربع بوصات على الأقل - واصطدمت به بقوة وجعلته يترنح. تشبثت به، وشعرت على الفور بما لم تستطع رؤيته: الحرارة وكتلة الأجنحة، غير مرئية ولكنها حقيقية. وشعرت أيضاً بدفء واتساع كتفيه وذراعيه، وأدركت تماماً حيويتهما القوية عندما وضعت نصلها على حنجرته

«هل تبحث عني؟».

«انتظري-» قال من دون أن يقوم بأي حركة لمقاومتها أو إبعادها.

سخرت كارو قائلةً: «أنتظر»، وباندفاع، أخذت سطح يدها الأخرى وضغطت بالعين الموشومة على الجلد المكشوف لعنق الملاك.

في المغرب، عندما وجهت إليه سحرها المجهول لأول مرة، حدث شيء ما. في تلك المرة، قذفته في الهواء. أما الآن، فإن قوتها الرهيبة لم تصدمه ولم تقذفه، بل دخلت فيه. وحيثما لامسه وشم كارو، شعرت بصرخة في جلده دفعت الرعشة إلى داخل جسده وارتد صداها إلى ذراعها هي نفسها، إلى صميمها، وحتى جذور أسنانها. كان الأمر مروعاً. وهذا ما شعرت به

بالنسبة إليه، كان الأمر أسوأ بكثير. عصفت التشنجات بجسده القوي وهددتها بارتخاء قبضتها. تشبثت به. لقد اختنق. عصف به السحر. شعر

بالغثيان والخطر - ماذا كان يفعل؟ انتفض، وهو يرتجف بعنف، وحاول إبعاد يدها، لكن أصابعه خارت. تحت يد كارو، بدا جلده ناعماً وساخناً، ساخناً جداً، ساخناً جداً، وارتفعت الحرارة. كانت حرارة جناحيه أيضاً، مثل نار تشتعل في جنون. نار، نار غير مرئية.

لم تستطع كارو تحمُّل ذلك. فقدت راحة يدها ملامسة عنقه. وبينما كانت يدها تبتعد، وهي تشتعل بالحرارة، انتفض الملاك. أمسك بمعصمها وحركها بقوة، وقذفها بعيداً.

هبطت بخفة واستدارت لتواجهه.

وقف متراخياً، يتنفس بصعوبة، ممسكاً عنقه بإحدى يديه وهو يحدق فيها بعينيه النمريتين. شعرت بأنها مثبتة في مكانها، ولوهلة طويلة لم تستطع سوى التحديق إليه. بدا متألماً. رسمت الحيرة تجعداً في جبينه، وكأنه كان يحاول فك لغز. وكأنها كانت هي لغزه.

ثم تحرك، وانفرجت أساريره. رفع يديه مهدئاً. قربه منها جعل كارو تنبض. نبضت هامساتها على يديها. نبض قلبها وأطراف أصابعها وذكرياتها: سيفٌ قاطعٌ، كيشميش يحترق، بواباتٌ مشتعلة، إيزيل وآخر مرة رأته فيها وهو ينوح، «ملاك!».

وعندما رفعت يديها، لم يكن ذلك في حالة سلام. أمسكت بإحداهما سكينها، وومضت الأخرى بوشم العين.

جفل السيراف، ودفعته هامسا إلى الوراء عدة خطوات. قال وهو يحاول مقاومتها: «انتظري. لن أؤذيكِ».

علقت ضحكة في حلق كارو. من كان في خطر التعرض للأذى هنا؟ شعرت بالقوة. لقد توقفت حياتها الشبحية عن تعنيفها، وانزلقت بدلاً من ذلك في جلدها واستحوذت عليها. هذا ما كانت عليه: ليست فريسة، بل قوة هجمت عليه، وتراجع إلى الوراء. هي تطارده، وهو يتراجع. في كل

المعارك التي خاضتها خلال سنوات من التدريب، كانت دائماً ما تكتم شيئاً صغيراً. لكن ليس الآن.

شعرت بقوتها، وشعرت أنها أطلقت العنان لنفسها، ووجهت كاتا ملتفة، ووجهت ضربات إلى صدره وساقيه وحتى يديه اللتين كانتا مرفوعتين ومعلنتين السلام، ومع كل اتصال كانت تتذكر صلابته - حضوره الجسدي الراسخ. سواء أكان ملاكاً أم لا - أياً كان معنى ذلك - لم يكن هناك شيء أثيري فيه. كان جسداً.

صرخت بلغة الكيميرا: «لماذا تلاحقني؟».

قال: «لا أعرف».

ضحكت كارو. كان الأمر مضحكاً حقاً. بدت خفيفة كالهواء ولامعة كالخطر. هاجمت بغضب بارد، ومع ذلك كان بالكاد يدافع عن نفسه، إنه فقط يتفادى طعنات السكين وينكمش تحت قوة تفوّق هامسا.

«قاتل»، تمتمت في وجهه عندما سددت إليه ركلة أخرى ولم يفعل شيئاً سوى امتصاصها. لم يقاتل. وبدلاً من ذلك، في المرة التالية التي هجمت عليه فيها، استجمع الهواء من تحته وأخذ يرفرف، وارتفع عن الحصى بعيداً عن متناولها. قال وهو فوقها: «أريد فقط أن أتحدث إليكِ».

رمت برأسها إلى الوراء، ونظرت إلى حيث كان يحوم في الهواء. جعل تيار ضربات جناحيه شعرها يتطاير حول وجهها في خصلات زرقاء جامحة.

ابتسمت بوحشية وغرقت في انحناءة. قالت: «تكلم إذاً»، وقفزت في الهواء لملاقاته.

28

وضعية الصلاة

في مخبئها، نسيت مصاصة الدماء سفيتلا للحظات كيف تتنفس. أسفل الزقاق عند تقاطع كارلوفا، دارت مجموعة سياحية صغيرة حول الزاوية، وتوقفت في حالة من الصدمة. سقطت العلكة من الأفواه الفاغرة. أدرك كاز، الذي كان يرتدي قبعة عالية ويحمل وتداً خشبياً تحت إحدى ذراعيه، أن صديقته السابقة تحلق في الهواء.

بصراحة، لم يكن متفاجئاً إلى هذا الحد. فقد كان هناك شيء ما في كارو يثير سرعة تصديق غير عادية. الأشياء التي لا تحلم بتصديقها هي في الآخرين، لم تكن تبدو بعيدة المنال بالنسبة إلى كارو. كارو تطير؟ حسناً، لم لا؟

ما شعر به كاز لم يكن مفاجأة، بل غيرة. حلقت كارو، بالتأكيد، لكنها لم تكن تطير بمفردها. إنها مع رجل، رجل حتى كاز - الذي يدعي أنه «من الشذوذ» الاعتراف بجاذبية الرجال الآخرين - كان عليه أن يعترف لنفسه

بأنه جميل إلى حد غير معقول. جميل إلى حد الإفراط تماماً. ليس رائعاً، فكر بهذا وهو يشبك ذراعيه.

لا يمكن وصف ما كان يفعله الاثنان بأنه طيران. لقد كانا في الأعلى على مستوى السقف، لكنهما بالكاد يتحركان - يحومان مثل القطط، ويحدقان في بعضهما البعض بشغف غير عادي. خفق الهواء بينهما إلى حد ما، وشعر كاز بذلك وكأنه لكمة في الأحشاء.

ثم هاجمت كارو الرجل، وشعر كاز بتحسن كبير.

سيدّعي لاحقاً أن القتال الجوي كان جزءاً من جولته، وسيحصل على إكراميات قياسية. أشار إلى كارو باعتبارها صديقته، مما أثار غضب سفيتلا التي تسللت إلى المنزل لتحدق في حاجبيها - اللذين لا يزالان سمينين كيرقتين - في المرآة. لكن في الوقت الحالي، كان الجميع يحدقون فقط في المخلوقين الجميلين اللذين يتشاجران في الهواء وخلفهما أسطح منازل براغ.

حسناً، كانت كارو تقاتل، على أي حال. كان خصمها يراوغها فقط، برشاقة كبيرة وبنوع غريب من... اللطف؟... وبدا أنه يخجل منها ويجفل وكأنه تعرض للضرب حتى عندما لم تلمسه.

واستمر الأمر على هذا النحو لبضع دقائق مع تزايد عدد الحشود على الأرض، ثم حدث أنها عندما هجمت عليه، أمسك الرجل بيديها فأسقطت سكينها - سقط بعيداً، ووقع بين الحصى وعلق هناك - وأمسك بها.

بدا الأمر غريباً: أمسك بكفيها مضمومتين معاً في وضعية الصلاة. قاومت، لكن كان من الواضح أنه أقوى بكثير وأمسكها بسهولة، ويداه تضغطان على يديها، وكأنه يجبرها على الصلاة.

تحدث إليها وانسابت كلماته إلى المتفرجين، غريبة وغنية بالنغمات، خشنة وحيوانية إلى حد ما. ورغم كل ما قاله لها، فقد توقفت تدريجياً عن المقاومة. ومع ذلك، أبقى يديها مطويتين بين يديه للحظة طويلة. وفي ساحة أولد تاون، كانت أجراس كنيسة تين تدق معلنة عن حلول الساعة التاسعة، ولم يطلق سراحها إلا عندما تردد صدى الساعة التاسعة في الصمت، واندفع إلى الوراء في الهواء، متوتراً ومترقباً، مثل شخص أطلق سراح شيء متوحش من القفص ولا يدري إن كان سينقلب عليه ويهاجمه.

لم تنقلب كارو عليه وتهاجمه، بل ابتعدت عنه.

تحدث الاثنان، وأومأ أحدهما للآخر. كانت حركات كارو في الهواء بطيئة، وساقاها الطويلتان ملتفتان تحتها، وذراعاها تتحركان بإيقاع متناغم، وكأنها تحاول إبقاء نفسها محلقة.

بدا الأمر كله سهلاً للغاية - ممكناً للغاية - إلى درجة أن العديد من السياح اختبروا بحذر الهواء بأذرعهم، متسائلين عما إذا كانوا قد ضلوا الطريق إلى جيب ما من العالم حيث... حسناً، حيث يمكن للناس أن يطيروا.

وبعد ذلك، عندما بدأوا يعتادون على المشهد المذهل للفتاة ذات الشعر الأزرق والرجل ذي الشعر الأسود وهما يحلقان في الهواء كقطعة فنية رائعة، قامت الفتاة بحركة مفاجئة. ترنح الرجل في الهواء، وبدأ في السقوط في نوبات متقطعة، وهو يكافح من أجل البقاء في الهواء.

وفقد الرجل مقاومته وترنح. ارتد رأسه إلى الوراء، مرتخياً على عنقه، وفي أزيز من الشرر الذي أعطى انطباعاً وجيزاً بذيل مذنب، سقط على الأرض.

29

ضوء النجوم نحو الشمس

عندما ظن الملاك أن بإمكانه الإفلات بمجرد رفع نفسه عشرة أقدام عن الأرض، شعرت كارو بمفاجأته بمتعة شيطانية. ولكن إذا كان قد تفاجأ، فإنه لم يظهر ذلك. ارتفعت في الهواء أمامه، فنظر إليها. فقط نظر... كانت نظراته حارة على وجنتيها وشفتيها. كانت لمسة... بدت عيناه منومتين مغناطيسياً، وكان حاجباه سوداوين ومخمليين. بدا نحاسياً وظلاً، وعسلاً ووعيداً، وظهرت عظام وجنتيه كحد السكين، ونياشينه[28] كحد الخنجر. كل ذلك مع طقطقة خافتة للنار غير المرئية، وفي مواجهته انتصبت كارو مرتجفة في خضم الدم والسحر، وشيء آخر.

في جوفها: رفرفة أشياء مجنحة ترفرف نفسها بحماس نحو الحياة. لقد انعكس ذلك احمراراً في وجنتيها. غطرسة الفراشات تزعجها الآن. ماذا كانت هي، فتاة طائشة تنتشي بالجمال؟

---

28. نياشين، ومفردها نيشان: وهو مساحة فارغة من الشعر على جانبي الجبهة وإلى أعلى.

«الجمال»، سخر بريمستون ذات مرة. «البشر حمقى بسببه. عاجزون كالفراشات التي تقذف نفسها في النار».

لن تكون كارو فراشة. في اللحظات التي كانا يدوران فيها حول بعضهما البعض، ذكّرت نفسها أنه على الرغم من أن السيراف لن يقاتلها الآن، إلا أنه أراق دمها من قبل. لقد تركها مجروحة. والأسوأ من ذلك أنه أحرق البوابات وتركها وحيدة. لبست غضبها مثل الدرع وهاجمته مرة أخرى، واندفعت نحوه في الهواء، ولبضع دقائق استطاعت أن تخدع نفسها بأنها ند له، وأنها تستطيع... ماذا؟ قتله؟ إنها بالكاد تحاول حتى استخدام سكينها. لم تكن تريد قتله.

ما الذي تريده؟ ماذا يريد هو؟

ثم أمسك بيديها، وبحركة واحدة سلسة نزع سلاحها، وحررها من أي فكرة ربما كانت تراودها بأنها تنتصر. لقد ضغط على راحتي يديها معاً كي لا تتمكن من مهاجمته بهامستيها مرة أخرى - ورأت عن قرب أن رقبته كانت بيضاء متورمة في المكان الذي لمسته فيه - وكان قوياً جداً، ولم تستطع أن تفلت منه. كانت يداه دافئتين وأحاطتا بيديها تماماً. سحرها محصور في كفيها، وكان أحد الوشمين حاراً على الآخر، وسقط سكينها في الشارع في الأسفل. لقد تم القبض عليها. عاشت لحظة مذعورة، وتذكرت الطريقة التي وقف بها فوقها في المغرب، وموت تعابير وجهه. لكنه لم يكن ميتاً الآن. على العكس من ذلك.

كان يمكن أن يكون شخصاً آخر تماماً، ونظرته مليئة بالمشاعر. أي شعور هذا؟ الألم. كان يتلألأ مع لمعان الحمى. بدا وجهه يحمل ضغط الألم الذي يعاني منه، وتنفسه غير منتظم. لكن هذا لم يكن كل شيء. توهج بشدة، ومال نحو كارو في الهواء، وهو ينظر، وينظر، ويبحث بعينين حارقتين واسعتين.

غمرتها لمساته وحرارته ونظراته، وفي لحظة لم تعد تشعر بالفراشات. كانت تلك الرفرفة الصغيرة، رفرفة فتاة دائخة.

هذا الشيء الجديد الذي انبثق بينهما، كان... نجمياً. لقد أعاد تشكيل الهواء، وكان في داخلها هي أيضاً - دفئاً ونعومة، وجذباً - وفي تلك اللحظة، عندما كانت يداها في يديه، شعرت كارو بالعجز وكأن ضوء النجوم ينجذب نحو الشمس في ذلك الفضاء الضخم الغريب الملتوي. قاومته، محاولةً الابتعاد

قال الملاك بصوته المنخفض والأجش: «لن أؤذيك. أنا آسف على ما حدث في السابق. أرجوكِ صدقيني يا كارو. لم آتِ إلى هنا لأؤذيك».

أذهلها سماع اسمها وتوقفت عن المقاومة. كيف عرف اسمها؟ قالت: «لماذا أتيتَ؟».

ارتسمت على وجهه نظرة عاجزة. قال مرة أخرى: «لا أعرف»، وهذه المرة لم يكن الأمر مضحكاً. قال: «فقط... فقط لنتحدث. لمحاولة فهم هذا... هذا...». بحث عن الكلمات وتلعثم في النطق، وهو في حيرة من أمره، لكن كارو ظنت أنها تعرف ما كان يعنيه، لأنها كانت تحاول فهمه أيضاً

قال: «لا يمكنني تحمل المزيد من سحرك»، وأدركت مرة أخرى إجهاده. لقد آذته حقاً. كما ينبغي لها، قالت لنفسها. لقد كان عدوها. الحرارة في يديها أخبرتها بذلك. ندوبها أخبرتها بذلك، وحياتها المسلوبة أيضاً. لكن جسدها لم يكن يستمع. كان يركز على تلامس بشرتهما، يديه على يديها.

قال: «لكنني لن أمسك بكِ. إذا كنتِ تريدين إيذائي، فهذا ليس أكثر مما أستحقه». أطلق سراحها. هجرتها حرارته واندفع الليل بينهما أبرد مما كان عليه من قبل.

ضمت كارو هامستيها بقبضتي يدها، وتراجعت، وبالكاد أدركت أنها لا تزال تحلق. يا إلهي. ما هذا؟

أدركت عن بعد أنها كانت تطير على مرأى من حشد من الناس

المتجمهرين، وأن المزيد من المتفرجين كانوا يتوافدون أفواجاً، وكأن الطريق السياحي لكارلوفا قد تحول إلى هذه القناة الجانبية. شعرت بإشاراتهم ودهشتهم، ورأت ومضات الكاميرات، وسمعت الصيحات، لكن كل ذلك كان مكتوماً، مكتوماً، مكتوماً، وكأنه يُعرض على شاشة، أقل واقعية من اللحظة التي تعيشها.

كانت على حافة شيء لا يوصف. عندما أمسك السيراف بيديها، وعندما تركها، كان الأمر وكأنها قد امتلأت، ولم تدرك ذلك حتى ابتعد عنها وعاد الفراغ مرة أخرى. كان يعصف بداخلها الآن، بارداً وموجعاً، فارغاً ومتعطشاً - راغباً - وكان لا بد من أن يهدأ جزء يائس منها من الاندفاع إلى الأمام للإمساك بيديه مرة أخرى. أجبرت نفسها على المقاومة، وهي حذرة من الإكراه الاستثنائي الذي بدأ ينبض بداخلها. الأمر أشبه ما يكون بمقاومة المد والجزر، وفي المعركة كان الرعب نفسه: أن تجرفها المياه العميقة، إلى ما وراء كل أمان.

أصيبت كارو بالذعر.

وعندما همّ الملاك بالتحرك نحوها، رفعت يديها بينهما، كلتا يديها معاً، وعلى مسافة قريبة. اتسعت عيناه، وتعثر في الهواء، وحدث خرق في رشاقته المثالية. انقطعت أنفاس كارو. حاول تثبيت نفسه على عتبة نافذة الطابق الرابع، وفشل.

تدحرجت عيناه إلى الوراء وسقط على بعد بضعة أقدام، ما أدى إلى تصاعد الشرر. هل كان يفقد وعيه؟ تحدثت كارو وهي تشعر بانقباض شديد في حنجرتها: «هل أنت بخير؟».

لكنه لم يكن كذلك، وسقط.

**

أدرك أكيفا بشكل خافت أنه لم يعد يحلق في الهواء. كان تحته حجر. في

ومضات من الضوء رأى وجوهاً تحدق فيه. اهتز وعيه. سمع أصواتاً بلغات لم يستطع فهمها، وعلى حافة الرؤية: لون أزرق. كانت كارو هناك. ارتفع هدير في أذنيه، فأجبر نفسه على الوقوف، وأصبح الهدير... تصفيقاً.

أدارت كارو ظهرها له وانحنت له انحناءة مسرحية. ثم انتزعت سكينها من حيث انغرست بين الحصى بحركة استعراضية ودسته في حذائها. ونظرت إليه بقلق، وبدا عليها الارتياح لرؤيته واعياً، ثم تراجعت إلى الوراء... وأمسكت بيده، بحذر، بأطراف أصابعها فقط، كي لا تحرقه هامستيها. ساعدته على الوقوف، وقالت له بصوت منخفض في أذنه: «انحنِ».

«ماذا؟».

«انحنِ فحسب، حسناً؟ دعهم يعتقدون أن هذا كان أداءً. سيكون من الأسهل المغادرة. دعهم يحاولون معرفة كيف فعلنا ذلك».

قام بانحناءة صغيرة، فتعالت أصوات التصفيق.

سألته كارو: «هل يمكنكَ المشي؟».

فأومأ برأسه.

لم يكن من السهل عليهما المغادرة. وقف الناس في طريقهما، راغبين في التحدث إليهما. تحدثت كارو؛ لم يكن يعرف ما قيل، ولم يفهم لغتها، لكن إجاباتها جاءت مقتضبة. كان المتفرجون مندهشين ومبتهجين - باستثناء واحد منهم، شاب يرتدي قبعة طويلة حدق في أكيفا وحاول أن يمسك بمرفق كارو. أثار تصرفه الخاص غضباً قديماً في أكيفا وجعله يرغب في رمي الرجل على الحائط، لكن كارو لم تكن بحاجة إلى تدخله. أزاحت الرجل جانباً وقادت أكيفا إلى خارج الحشد. كانت أصابعها لا تزال في أصابعه؛ باردة وصغيرة، وكان آسفاً عندما انعطفت إلى زاوية في ساحة مليئة بأكشاك السوق الفارغة، ثم ابتعدت.

سألته وهي تضع مسافة بينهما: «هل أنتَ بخير؟».

استند إلى حائط في الظل تحت مظلة. قال: «ليس لأنني لم أكن أستحق ذلك، لكني أشعر كما لو أن جيشاً قد زحف فوقي».

مشت بخطى حثيثة، وطاقة قلقة تهتز بداخلها إلى حد ما. قالت: «أخبرني رازغوت أنك كنت تبحث عني. لماذا؟».

قال أكيفا بذهول: «رازغوت؟ لكنني ظننت أنه كان-».

«ميتاً؟ لقد نجا. لكن إيزيل لم ينجُ».

نظر أكيفا إلى الأرض. قال: «لم أكن أعرف أنه سيقفز».

«حسناً، لقد فعل. لكن هذا لا يجيب على سؤالي. لماذا كنت تبحث عني؟».

مرة أخرى، شعر بالعجز. شرع يتلمس طريقه إلى المعنى. «لم أعرف من أنت. إنسانة موشومة بعيني الشيطان».

نظرت كارو إلى راحتيها، ثم نظرت إليه بضعف مرتبك في تعابير وجهها. قالت: «لماذا... يفعلون ذلك؟ معك؟».

ضيّق عينيه. هل من الممكن أنها لا تعرف؟

وشم العين هو مجرد مثال واحد على شيطنة بريمستون. كان السحر يضرب كجدار من الرياح، سحر يحمل في طياته غضباً من المرض والضعف، وقد تدرب أكيفا على مقاومته - كما فعل كل جنود السيراف - ولكن لم يكن هناك الكثير ما يستطيع تحمله. لو أنه في معركة، لكان قطع أيدي العدو قبل أن يسمح لهم بتركيز الكثير من طاقتهم الشريرة عليه. لكن مع كارو... آخر شيء يريد أن يفعله، هو أن يؤذيها مرة أخرى، لذا تحمّل قدر استطاعته الآن أكثر من أي وقت مضى كانت تضربه مثل جنية في حكاية - جنية مطاردة بعينين مظللتين ولدغتها مثل العقرب. شعر بحرقة لمستها على رقبته وكأنها رذاذ حمضي، مصحوبة بغثيان خفيف ومضطرب من هجومها المتواصل. شعر بالوهن، وخشي أن ينهار مرة أخرى.

قال بحذر: «إنها علامات العائدين من الموت. يجب أن تعرفي ذلك».

«العائد من الموت؟».

تأمل وجهها. قال: «هل حقاً لا تعرفين؟».

«أعرف ماذا؟ ما هو العائد من الموت؟ أليس هو شبح؟».

قال: «إنه جندي من الكيميرا»، وكان ذلك جزءاً من الحقيقة. «الهامسا لهم» توقف ثم أضاف: «فقط».

جمعت يديها بشكل قبضتين مشدودتين. قالت: «من الواضح أنها ليست لهم فقط».

لم يجب. كل شيء بينهما، كل ما كان يشعر به، يملأ الهواء بينما كانا يواجهان بعضهما البعض فوق أسطح المنازل. كان وجوده قربها يشبه التوازن على عالم مائل، يحاول أن يحافظ على توازنه بينما الأرض تريد أن تدحرجك إلى الأمام، تقذف بك في دوامة لا يمكن الخروج منها، وليس هناك سوى الاصطدام، اصطدام يتوق إليه، اصطدام لطيفاً ومغرٍ.

لقد شعر بهذا من قبل ولم يرغب في الشعور به مرة أخرى. ولم يكن في وسعه إلا أن يخفف من ذكرى مادريغال، فقد كانت كذلك بالفعل، ومرة أخرى فشلت ذاكرته في استحضار وجهها. كان الأمر أشبه بمحاولة استدعاء لحن بينما انطلق عزف أغنية أخرى. كان وجه كارو هو كل ما استطاع أن يراه - عينان لامعتان، وخدان ناعمان، وقوس الشفتين الناعمتين المضمومتين معاً بذعر.

لقد تلاشى شعوره؛ وما ينبغي له أن يشعر بهذا – هذه الفوضى، هذا الإلحاح والاضطراب، هذا الصخب. وتحت هذا كله، كانت هناك قطعة مشوهة من الأفكار التي احتفظ بها سجينة في ظلال عقله، مشوهة إلى درجة أنه لم يعرفها على حقيقتها: أمل. أمل صغير جداً. وفي مركزه: كارو.

إنها على بُعد جناحين منه، وهي لا تزال تتجول. كانا يتجولان على حواف

قهرهما المتبادل، وكلاهما خائفين من الاقتراب من بعضهما البعض. سألته: «لماذا أحرقتَ البوابات؟».

أطلق نفساً عميقاً. ماذا يمكنه أن يقول؟ من أجل الانتقام؟ من أجل السلام؟ كلاهما كان صحيحاً في سياقه. قال بحذر: «من أجل إنهاء الحرب» «الحرب؟ هنالك حرب؟».

«نعم يا كارو. الحرب هي كل ما هنالك».

لقد فوجئت مرة أخرى باستخدامه لاسمها. «هل بريمستون والآخرون... هل هم بخير؟». هناك انقطاع أنفاس في صوتها، أدرك أكيفا أنه خوف - خوف مما ستكون عليه إجابته.

تحت الغثيان الناجم عن الهامسا، شعر بغثيان آخر أعمق - بدايات الفزع. قال: «إنهم في القلعة السوداء».

ارتفع صوتها بالأمل: «القلعة. مع القضبان. لقد كنتُ هناك، رأيت ذلك، في الليلة التي هاجمتني فيها».

أشاح أكيفا بنظره بعيداً. سرت في جسده موجة من الغثيان. من الصعب التركيز بوجود النبض في رأسه؛ لم يسبق له أن تلقى مثل هذه الصدمة المستمرة من علامات الشيطان، وهو عذاب لم يتوقع أن ينجو منه، ولم يفهم حتى الآن لماذا نجا.

كان يواجه صعوبة في إبقاء عينيه مفتوحتين، وشعر بأن جسده مثل مرساة تحاول سحبه إلى أسفل.

هناك أصوات. استدار رأس كارو. نظر أكيفا. كان بعض جمهورهم قد تتبعهم إلى هنا وكانوا يشيرون بأيديهم.

قالت كارو: «اتبعني».

وكأن بإمكانه فعل أي شيء آخر.

30

أنت

قادته إلى شقتها، وهي تفكر طوال الوقت: غبية، غبية، ماذا تفعلين؟ أجوبة، قالت لنفسها. أنا سأحصل على أجوبة.

ترددت عند المصعد، إذ لم تكن متأكدة من وجودها في مكان صغير جداً مع السيرافي، لكنه لم يكن في حالة تسمح له بصعود السلالم، لذلك ضغطت على الزر. تبعها إلى الداخل، وبدا أنه لم يكن على دراية بمبدأ المصاعد، وذهل قليلاً عندما بدأت آلية المصعد في العمل.

في شقتها، وضعت مفاتيحها في سلة بجانب الباب ونظرت حولها. على الحائط: جناحا ملاك الانقراض، يشبهان جناحيه بشكل غير متوقع. إذا كان قد لاحظ التشابه، فإن وجهه لم يفصح عن شيء. كان المكان صغيراً جداً بحيث لم يكن بالإمكان بسط الجناحين إلى أقصى مدى لهما، لذلك كانا معلقين مثل مظلة، نصفها يحمي السرير، الذي هو عبارة عن مقعد عميق من خشب الساج مصنوع على شكل قصة الأميرة وحبة البازلاء، مع فراش من الريش. كان غير مرتب وضائعاً في سيل من دفاتر الرسم القديمة التي

كانت كارو تتصفحها في الليلة السابقة، لأنها الطريقة الوحيدة لها لكي تبقى في تواصل مع عائلتها.

كان أحد الدفاتر مفتوحاً على صورة بريمستون. رأت فك الملاك ينقبض عند رؤيتها، فأمسكتها وضمتها إلى صدرها. ذهب إلى النافذة ونظر إلى الخارج. سألته: «ما اسمك؟».

«أكيفا».

«وكيف تعرف اسمي؟».

صمت طويلاً ثم أجاب: «أخبرني به الرجل العجوز».

إيزيل. بالطبع. لكن... خطرت لها فكرة. ألم يقل رازغوت إن إيزيل قفز إلى حتفه لحمايتها؟ سألت: «كيف وجدتني؟».

كان الظلام حالكاً في الخارج، وكانت عينا أكيفا تعكسان اللون البرتقالي في زجاج النافذة. «لم يكن الأمر صعباً»، وهذا كل ما قاله.

ستطلب منه أن يكون محدداً، لكنه أغمض عينيه وأسند جبينه على الزجاج. قالت له: «يمكنك الجلوس»، وأشارت إلى كرسيها المخملي الأخضر الداكن: «إذا كنت لن تحرق أي شيء».

انحنت شفتاه بشكل متجهم يشبه الابتسامة الكئيبة. قال: «لن أحرق أي شيء».

فكّ إبزيم الأشرطة الجلدية التي تغطي صدره، وسقط سيفاه المغمدان بين كتفيه على الأرض بضربتين لم تكن كارو تظن أن جارتها في الطابق السفلي ستستحسنهما. ثم جلس أكيفا، أو بالأحرى انهار على الكرسي. دفعت كارو دفاتر رسمها جانباً لتفسح لنفسها مكاناً على السرير، وجلست في وضعية زهرة اللوتس في مواجهته.

الشقة صغيرة، لا تتسع سوى للسرير والكرسي ومجموعة من الطاولات المتداخلة المنحوتة، وكلها فوق سجادة فارسية فخمة اشترتها كارو عندما

كانت السجادة لا تزال على النول في تبريز. كان أحد الجدران عبارة عن خزائن للكتب، وفي مواجهة أحد الجدران، ويواجه إحدى النوافذ، ويطل على قاعة المدخل: مطبخ صغير، وخزانة أصغر حجماً، وحمام بحجم حوض تقريباً. كان يبلغ ارتفاع السقف اثني عشر قدماً، ما جعل ارتفاع الغرفة الرئيسية أطول من عرضها، لذا قامت كارو ببناء دور علوي فوق خزائن الكتب، وكان عليها أن تتسلقه للوصول إليه، وهو عميق بما يكفي للجلوس على الوسائد التركية والاستمتاع بالمنظر من النوافذ العالية: خط مباشر فوق أسطح المنازل في البلدة القديمة إلى القلعة.

راقبت أكيفا. لقد أرخى رأسه إلى الوراء، وكانت عيناه مغمضتين. بدا مرهقاً للغاية. حرك أحد كتفيه بحذر، وكان يئن وكأنه يؤلمه. فكرت في أن تقدم له الشاي - كان بإمكانها أن تتناول بعضاً منه بنفسها - لكنها شعرت بأن الأمر أشبه ما يكون بلعب دور المضيفة، وجاهدت لتذكر الديناميكية التي كانت بينهما: لقد كانا عدوين. أليس كذلك؟

تأملته وهي تصحح ذهنياً الرسومات التي رسمتها من ذاكرتها. كانت أصابعها تتلهف لانتزاع قلم رصاص ورسمه واقعياً. أصابع غبية.

فتح عينيه ورآها تنظر إليه. احمرت وقالت بارتباك: «لا تسترخي كثيراً»

كافح ليقف، وقال: «أنا آسف. الأمر هكذا، بعد المعركة».

معركة. راقبها بحذر بينما كانت تعالج الفكرة. قالت: «معركة. مع الكيميرا. لأنكم أعداء».

أومأ برأسه.

«لماذا؟»

«لماذا؟» كررها، وكأن فكرة الأعداء لا تحتاج إلى تبرير.

«نعم، لماذا أنتم أعداء؟»».

«لطالما كنا كذلك. لقد كانت الحرب مستمرة منذ ألف عام -».

«هذه حجة ضعيفة. لا يمكن أن يكون هناك عرقان قد ولدا أعداءً منذ الأزل، أليس كذلك؟ كان يجب أن يبدأ الأمر في مكان ما».

أومأ ببطء، وقال: «نعم، لقد بدأ في مكان ما». فرك وجهه بيديه، وتابع: «ماذا تعرفين عن الكيميرا؟».

ماذا كانت تعرف؟ اعترفت: «ليس الكثير. حتى الليلة التي هاجمتني فيها، لم أكن أعرف حتى أن هناك أكثر من أربعة منهم. لم أكن أعرف أنهم جنس كامل».

هز رأسه. قال: «إنهم ليسوا جنساً واحداً. إنهم متعددون ومتحالفون».

افترضت كارو أن ذلك كان منطقياً، مع عدم تشابههم. قالت: «أوه. هل هذا يعني أن هناك آخرين مثل إيسا، مثل بريمستون؟».

أومأ أكيفا برأسه. أعطت الفكرة ظلالاً جديدة من الواقع للعالم الذي لمحته كارو. لقد تخيلت قبائل متناثرة في مناظر طبيعية شاسعة، وقرية كاملة من الإيسا وعائلات من البريمستون. أرادت أن تراهم. لماذا حُرمت منهم؟

قال أكيفا: «لا أفهم كيف كانت حياتكِ. لقد رباكِ بريمستون ولكن في المتجر فقط؟ ليس في القلعة نفسها؟».

«لم أكن أعرف حتى ما كان على الجانب الآخر من الباب الداخلي حتى تلك الليلة».

«هل أخذكِ إلى الداخل إذاً؟».

زمّت كارو شفتيها وهي تتذكر غضب تاجر الأمنيات. قالت: «بالتأكيد، لنفترض أن هذا ما حدث».

«وماذا رأيتِ هناك؟».

«لماذا أخبركَ بذلك؟ أنتم أعداء، وفي هذه الحالة، أنتم أعدائي أيضاً».

«أنا لست عدوكِ يا كارو».

«إنهم عائلتي. أعداؤهم أعدائي».

«عائلتي»، كرر أكيفا وهو يهز رأسه. «لكن من أين أتيتِ؟ من أنت، حقاً؟».

«لماذا يسألني الجميع هذا السؤال؟» سألت كارو، وقد حركها وميض من الغضب، على الرغم من أنه كان شيئاً تساءلت عنه بنفسها كل يوم تقريباً منذ أن كانت كبيرة بما يكفي لفهم الغرابة الشديدة لظروفها. «أنا أنا. من أنتَ؟».

كان سؤالاً بلاغياً، لكنه أخذه على محمل الجد. قال: «أنا جندي».

«إذاً ماذا تفعل هنا؟ حربكَ هناك. لماذا أتيت إلى هنا؟».

أخذ نفساً عميقاً ومرتجفاً، ثم تراجع مرة أخرى إلى الكرسي. قال «كنت بحاجة... إلى شيء ما، شيء منفصل. لقد عشت الحرب لمدة نصف قرن –»

قاطعته كارو: «أنت في الخمسين؟».

«الأعمار مديدة، في عالمي».

قالت كارو: «حسناً، أنت محظوظ. هنا، إذا كنت تريد حياة مديدة، عليك أن تنتزع كل أسنانك بالكماشة».

وجلب ذكر الأسنان وميضاً خطيراً إلى عينيه، لكنه اكتفى بالقول: «إن الحياة المديدة عبء عندما تقضينها في البؤس».

البؤس. هل كان يعني نفسه؟ سألته.

أغمض عينيه وكأنه كان يكافح من أجل إبقائهما مفتوحتين، ونسي القتال فجأة. ظل صامتاً لفترة طويلة إلى درجة أن كارو تساءلت عما إذا كان قد نام، وتخلت عن سؤالها. شعرت بأنه متطفل على أي حال. وشعرت أنه كان يقصد نفسه. فكرت في الطريقة التي بدا عليها في مراكش. ما الذي جعل الحياة تخرج من عيني شخص ما هكذا؟

ومرة أخرى جاءها دافع العناية لتقدم له شيئاً، لكنها قاومت ذلك.

سمحت لنفسها بالتحديق فيه - في تقاسيم وجهه، والسواد العميق لحاجبيه ورموشه، والخطوط المرسومة بالحبر على يديه اللتين كانتا مفتوحتين على ذراعي الكرسي. مع إمالة رأسه إلى الخلف، كان بإمكانها أن ترى الندبة على رقبته، وأعلى قليلاً، النبض الثابت لوريده الوداجي.

ومرة أخرى أدهشتها طبيعته الجسدية، أنه كائن من لحم ودم، على الرغم من أنه لم يكن مثل أي كائن آخر رأته أو لمسته من قبل. إنه مزيج من عنصري: النار والتراب. ظنت أن لدى الملاك شيئاً من الهواء، لكنه لم يكن كذلك. لقد كان كله جوهراً: قوياً وخشناً وحقيقياً.

فتح عينيه، فقفزت وهي تحدق مرة أخرى. كم مرة كانت ستحمر خجلاً على أي حال؟

قال بصوت خافت: «أنا آسف. أعتقد أنني غفوت».

لم تستطع أن تتمالك نفسها، فقالت: «ممم. هل تريد بعض الماء؟».

«من فضلك». بدا ممتناً للغاية إلى درجة أنها شعرت بالذنب لأنها لم تقدم له الماء قبل ذلك. قامت بفك ساقيها من وضعية اللوتس، ونهضت وأحضرت له كوباً من الماء الذي أفرغه في جوفه دفعة واحدة. «شكراً لك»

قالها بطريقة نابعة من القلب بشكل غريب، وكأنه يشكرها على شيء أعمق بكثير من كوب من الماء.

قالت بارتباك: «آه». شعرت وكأنها تحلّق وهي واقفة هناك. لم يكن هناك حقاً أي مكان في الغرفة لتذهب إليه سوى السرير، لذلك تراجعت إلى الخلف نحوه. أرادت نوعاً ما أن تخلع حذاءها، لكن ذلك شيء لا تفعله إذا كان هناك أي فرصة للفرار بسرعة أو ركل شخص ما. وبالنظر إلى إعياء أكيفا الواضح، لم تكن تعتقد أنها كانت في خطر من أي منهما. الخطر الوحيد هو رائحة القدمين.

بقيت مرتدية حذاءها. قالت: «ما زلت لا أفهم لماذا أحرقتَ البوابات.

كيف ينهي ذلك حربكم؟».

شد أكيفا يديه على كأس الماء الفارغ. قال: «كان هناك سحر يأتي من خلال البوابات. إنه سحر أسود».

«من هنا؟ لا يوجد سحر هنا».

«هذا ما تقوله الفتاة الطائرة».

«حسناً، لكن هذا بسبب أمنية، من عالمك».

«من بريمستون».

اعترفت بذلك بإيماءة.

«إذاً، أنت تعلمين أنه ساحر».

«أنا... آه. نعم». لم تفكر قط في بريمستون كساحر. هل كان يفعل أكثر من صناعة الأمنيات؟ ما الذي كانت تعرفه حقاً، وما الذي تجهله؟ بدا جهلها أشبه بالوقوف في ظلام دامس يمكن أن يكون إما خزانة أو ليل شاسع بلا نجوم.

دارت في ذهنها مجموعة من الصور. فوران السحر عندما دخلت المتجر. مجموعة الأسنان والأحجار الكريمة، والطاولات الحجرية في تلك الكاتدرائية تحت الأرض، التي كانت مكدسة بالموتى... الموتى الذين لم يكونوا موتى بالفعل، كما تعلمت كارو بالطريقة الصعبة. وتذكرت إيسا وهي تحذرها من أن تجعل حياة بريمستون أكثر صعوبة - حياته «الكئيبة»، كما قالت.

عمله «الدؤوب». أي عمل؟

أمسكت كراسة الرسم بشكل عشوائي، وأخذت تتصفح رسوماتها السابقة للكيميرا حتى أصبحت نوعاً رسوماً متحركة متقطعة. سألت أكيفا: «ماذا كان السحر؟ السحر الأسود».

ولم يجب، وتوقعت عندما نظرت إلى أعلى أن تراه قد نام مرة أخرى، ولكنه كان يراقب الصور التي تومض في كراسة الرسم. فأغلقت الكراسة،

فوقع نظره عليها بدلاً من ذلك. مرة أخرى، ذلك البحث الحي.

سألت، بارتباك: «ماذا؟».

قال: «كارو. يعني الأمل».

فرفعت حاجبيها، وكأنها أرادت أن تقول إذاً؟

«لماذا أطلق عليكِ هذا الاسم؟».

هزت كتفيها. كان الأمر متعباً، عدم معرفة أي شيء.

«لماذا أطلق عليك والداكَ اسم أكيفا؟».

عند ذكر والديه، تصلب وجه أكيفا، وعادت نظراته المتيقظة المشرقة إلى الإرهاق. قال: «لم يفعلا. أطلق علي هذا الاسم أحد المضيفين من القائمة. كان هناك أكيفا آخر قبلي قد قُتل. أصبح الاسم متاحاً».

«أوه». لم تعرف كارو ماذا تستنتج من ذلك. جعل ذلك تربيتها الغريبة تبدو مريحة وعائلية مقارنة به.

قال أكيفا بصوت أجوف: «لقد تربيت لأكون جندياً»، وأغمض عينيه مرة أخرى، بإحكام هذه المرة، وكأن موجة من الألم قد اجتاحته. صمت لفترة طويلة، وعندما تكلم مرة أخرى، قال أكثر بكثير مما كانت تتوقعه.

«أُخذت من أمي وأنا في الخامسة من عمري. لا أتذكر وجهها، لا أتذكر سوى أنها لم تفعل شيئاً عندما جاؤوا من أجلي. إنها أولى ذكرياتي. كنت صغيراً جداً إلى درجة أنني لم أرَ سوى أقدام هؤلاء الجنود الغامضين تحيط بي. كانوا من حراس القصر، لذلك كانت صفائح التي تغطي سيقانهم فضية، وكنت أرى نفسي منعكساً فيها، في كل واحد منها، أرى وجهي المذعور مراراً وتكراراً. أخذوني إلى معسكر التدريب، حيث كنت واحداً من فيلق من الأطفال المذعورين». ثم بلع ريقه وتابع: «حيث عاقبونا على رعبنا وعلمونا إخفاءه. وأصبحت تلك هي حياتي، إخفاء الرعب، حتى لم أعد أشعر به، أو بأي شيء آخر».

لم تستطع كارو أن تتخيله طفلاً خائفاً ومنبوذاً. وانهمر الحنان في داخلها مثل الدموع.

قال بصوت خافت: «أنا موجود فقط بسبب الحرب - الحرب التي بدأت منذ ألف عام بمذبحة لشعبي. أطفال، وشيوخ، لم يسلم منهم أحد. في أستراي، عاصمة الإمبراطورية، انتفض الكيميرا لذبح السيرافيم. نحن أعداء لأن الكيميرا وحوش. حياتي دامية، لأن عالمي عالم وحوش.

«ثم جئت إلى هنا، وكان البشر...» وانعكس على نبرته تعجُّب يشبه الحلم. «كان البشر يمشون بحرية، بلا سلاح، ويتجمعون في العراء، ويجلسون في الساحات، ويضحكون، ويكبرون في السن. ورأيت فتاة... فتاة ذات عينين سوداوين وشعر من الأحجار الكريمة، و... حزن. كان حزنها عميقاً جداً، لكنه يمكن أن يتحول إلى ضوء في ثانية، وعندما رأيت ابتسامتها تساءلت كيف سيكون شعوري إذا جعلتها تبتسم. فكرت... ظننت أنه سيكون مثل اكتشاف الابتسامة. لقد كانت مرتبطة بالعدو، وعلى الرغم من أن الشيء الوحيد الذي أردت أن أفعله هو النظر إليها، إلا أنني فعلت ما تدربت على فعله و... ألحقت بها الأذى. وعندما عدت إلى المنزل، لم أستطع التوقف عن التفكير فيكِ، وكنت ممتناً جداً لأنكِ دافعت عن نفسكِ. وأنكِ لم تدعيني أقتل «لكِ». (لكِ). لم تغفل كارو تغيير الضمير. جلست من دون أن ترمش، وبالكاد تتنفس.

قال أكيفا: «عدتُ كي أجدكِ. لا أعرف لماذا. كارو. كارو لا أعرف لماذا». كان صوته خافتاً جداً إلى درجة أنها بالكاد سمعته. تابع: «فقط كي أجدكِ، وأكون في العالم الذي أنت فيه...». انتظرت كارو، لكنه لم يقل المزيد، ثم حدث شيء ما في الهواء من حوله.

بريق، كالهالة في البداية، ثم سطع نوره وصار له جناحان - مفتوحان ومرفوعان من كتفيه لينبسطا على الكرسي ويمتدا على السجادة في زخارف

نارية رائعة. انطفأ بريقه، وكادت كارو تلهث لرؤية جناحيه مكشوفين، لكن اللهب لم يشتعل. كان بلا دخان، ومكتفياً بذاته بطريقة ما. كانت التحولات الخفية للريش الناري تدفع إلى التنويم مغناطيسياً، وتنفست كارو مرة أخرى، بعمق، وجلست تراقبهما لدقائق بينما كانت ملامح أكيفا تسترخي في شيء يشبه الهدوء. هذه المرة كان نائماً حقاً.

نهضت وأخذت كأس الماء من يديه. أطفأت الضوء. كانت إضاءة جناحيه كافية حتى للرسم.

أخرجت كراسة الرسم وقلم رصاص، ورسمت أكيفا نائماً في موضع جناحيه الواسعين، ثم من الذاكرة، وعيناه مفتوحتان. حاولت أن تلتقط شكلهما الدقيق، واستخدمت الفحم للكحل الأسود الثقيل الذي يحيط بهما ويجعله يبدو غريباً جداً، ولم تستطع أن تترك قزحيتيه الناريتين بلا لون. أمسكت بعلبة ألوان مائية ورسمت.

رسمت ورسمت لوقت طويل، ولم يكن يتحرك، باستثناء ارتفاع صدره وانخفاضه الخفيفين وبريق جناحيه الذي كان يلقي على الغرفة وهجاً نارياً.

لم تكن كارو تخطط للنوم، ولكن بعد منتصف الليل بقليل هدأ نشاطها، وهي لا تزال شبه غارقة في دفاتر الرسم لتريح عينيها للحظة. وغرقت في الأحلام، وعندما استيقظت قبيل الفجر - شيء ما أيقظها، صوت سريع ساطع - كانت الغرفة من حولها، لوهلة من الزمن، غير مألوفة تماماً. فقط الجناحان على الحائط فوقها لم يكونا مألوفين، ومنحاها دفقة من السرور، ثم انزلق كل شيء كما تنزلق الأحلام. كانت في شقتها، بالطبع، على سريرها، وكان الصوت الذي أيقظها هو صوت أكيفا.

كان واقفاً فوقها، وعيناه متوهجتان، واسعتان، وقزحيتا عينيه البرتقاليتين محاطتين باللون الأبيض، ويحمل في كل يد سكيناً هلالياً.

31

صحيح

جلست كارو فجأة، ما جعل دفاتر الرسم تنزلق من على السرير. كان قلمها الرصاص لا يزال في يدها، وراودتها الفكرة: دائماً بالسلاح السخيف، عندما يتعلق الأمر بهذا الملاك. ولكن حتى عندما كانت تُحكم قبضتها على القلم، استعداداً للطعن، تراجع أكيفا، وأنزل السكينين.

لقد وضعهما حيث وجدهما، حيث تركتهما، في حقيبتها، فوق الطاولات المتداخلة. كانتا عملياً تحت أنفه عندما استيقظ.

قال: «أنا آسف. لم أقصد إخافتكِ».

عندها، وفي ضوء وميض جناحيه فقط، كان منظره... صحيحاً جداً، ومناسباً، بطريقة ما. لم يكن الأمر منطقياً على الإطلاق، لكن الشعور غمر كارو، ومهما كان الأمر، فقد بدا رائعاً مثل بقعة من شعاع الشمس على أرضية لامعة، ومثل قطة، أرادت فقط أن تتكور فيها.

حاولت التظاهر بأنها لم تكن على وشك أن تطعنه بقلم رصاص. «حسناً»، قالت وهي تتمدد وتترك القلم يسقط من يدها بشكل عرضي. «أنا لا أعرف

عاداتكم، ولكن هنا، إذا كنت لا تريد أن تخيف شخصاً ما، فلا تلوح فوق جسده النائم بالسكاكين».

هل كانت تلك ابتسامة؟ لا، بل ارتعاشة في زاويتي فمه الصارم؛ لم تكن ارتعاشة مناسبة.

لمحت دفتر الرسم مفتوحاً أمامها، وهو الدليل على جلسة رسمها في وقت متأخر من الليل هناك ليراه. أغلقته بسرعة، على الرغم من أنه كان سيراه بالطبع بينما كانت لا تزال نائمة.

كيف أمكنها أن تنام مع هذا الغريب في شقتها؟ كيف أمكنها إحضار هذا الغريب إلى شقتها؟

لم تشعر بأنه غريب.

قال أكيفا وهو يشير إلى حقيبة السكاكين: «إنها غير عادية».

«لقد حصلت عليها للتو. جميلة، أليس كذلك؟».

«جميلة»، وافقها الرأي، وربما كان يتحدث عن السكاكين، لكنه كان ينظر إليها مباشرة.

احمرّ وجهها، ووعت فجأة بمظهرها - شعرها المجعّد، وسيلان لعابها أثناء النوم؟ ما أهمية كيف كان شكلها؟ ما الذي حدث هنا بالضبط؟ هزت نفسها، ونهضت من السرير، محاولةً إيجاد مساحة في الغرفة الصغيرة خارج هالته المشعة. بدا الأمر مستحيلاً.

قالت: «سأعود على الفور»، ودخلت إلى الصالة ثم إلى الحمام الصغير. وبعد أن انفصلت عنه، انتابها خوف شديد من أن تعود لتجده قد رحل. قضت حاجتها، وتساءلت عما إذا كان السيرافيم فوق مثل هذه الاحتياجات الدنيوية - على الرغم من أنه بالنظر إلى قتامة فكه، لم يكن أكيفا فوق الحاجة إلى شفرة حلاقة - ثم رشّت الماء على وجهها ونظفت أسنانها. سرحت شعرها بالفرشاة، ومع كل لحظة كانت تتريث فيها، يتزايد قلقها من أنها عندما تعود

لن تجد سوى غرفة فارغة، وباب الشرفة مفتوحاً والكون كله من السماء فوقها، دون أي تلميح إلى الاتجاه الذي ذهب فيه.

لكنه لا يزال هناك. اختفى بريق جناحيه مرة أخرى، وسيفاه في مكانها على ظهره، غير مؤذيين في غمديهما الجلديين المزخرفين.

قالت: «أمم. الحمام هناك، إذا، آه...».

أومأ برأسه وتجاوزها وهو يحاول حشر جناحيه غير المرئيين في المساحة الضيقة وإغلاق الباب.

بدّلت كارو ملابسها على عجل بملابس نظيفة، ثم ذهبت إلى النافذة. كان الظلام لا يزال حالكاً في الخارج. أشارت الساعة إلى الخامسة. إنها تتضور جوعاً، وعرفت من بحثها عن الطعام في الصباح السابق أنه لا يوجد شيء صالح للأكل في المطبخ. عندما خرج أكيفا سألته: «هل أنت جائع؟».

«وكأنني قد أموت من الجوع».

«هيا بنا إذاً». التقطت معطفها ومفاتيحها ومشت نحو الباب، ثم توقفت وغيرت اتجاهها. خرجت إلى الشرفة بدلاً من ذلك، وصعدت على الدرابزين، ثم نظرت إلى أكيفا خلفها ثم نزلت مباشرة.

هبطت ستة طوابق إلى الشارع، خفيفة كطائر الحجل، غير قادرة على كبت ابتسامة. كان أكيفا بجانبها مباشرة، غير مبتسم كالعادة. لم تستطع أن تتخيله مبتسماً تماماً، فقد كان كئيباً جداً، لكن ألم يكن هناك شيء ما في الطريقة التي نظر بها إليها؟ هناك، في تلك النظرة الجانبية: لمحة من التعجب؟ لقد تذكرت الأشياء التي قالها في الليل، والآن، وهي ترى ومضات من المشاعر تتخلل الجاذبية الحزينة لوجهه، أصابها ألم مفاجئ في قلبها. كيف كانت حياته، وهو صغير جداً، قد خصصت للحرب؟ الحرب. إنها مجرد فكرة بالنسبة إليها. لم تكن تستطيع أن تتصور حقيقتها، ولا حتى حدود حقيقتها، ولكن الطريقة التي كان عليها أكيفا - وهو فارغ العينين - والطريقة

التي ينظر بها إليها الآن، جعلتها تشعر وكأنه عائد من الموت من أجلها، وبدا لها ذلك أمراً عظيماً، وحميمياً. وفي المرة التالية التي التقت فيها عيونهما توجب عليها أن تشيح بنظرها.

أخذته إلى المخبز في شارعها. لم يكن المخبز مفتوحاً بعد، لكن الخباز باعهما أرغفة ساخنة عبر النافذة - أرغفة من عسل الخزامى من الفرن ولا يزال البخار يتصاعد داخل أكياسها البنية المجعدة - ثم فعلت كارو ما سيفعله أي شخص بإمكانه الطيران، ووجدت نفسها في شوارع براغ عند الفجر مع أرغفة من الخبز الساخن لتأكلها.

طارت، ثم أشارت إلى أكيفا أن يتبعها إلى السماء وفوق النهر، ليجلسا على قبة برج جرس الكاتدرائية العالية الباردة، ويراقبا شروق الشمس.

* * *

وظل أكيفا على مقربة منها واقفاً خلفها، وهو يراقب شعرها المنسدل، وخصلات شعرها الطويلة وهي تتحدى رطوبة الفجر. لقد أخطأت كارو في افتراض أن طيرانها لم يفاجئه. كل ما في الأمر أنه تعلّم على مدى سنوات عديدة أن يسحق كل شعور وكل رد فعل. أو أنه ظن أنه فعل ذلك.

بوجود هذه الفتاة، على ما يبدو، لم يكن هناك شيء مؤكد. هناك دقة في الطريقة التي تشق بها الهواء. لقد كان سحراً - إنها ليست أجنحة ساحرة، بل إنها ببساطة إرادة الطيران التي أعلنت عن نفسها. أمنية، كما افترض، من مخزون بريمستون نفسه. بريمستون. جاءت فكرة الساحر مثل رذاذ الحبر، فكرة سوداء ضد سطوع كارو. كيف يمكن لشيء خفيف مثل طيران كارو الرشيق أن يأتي من شر سحر بريمستون؟

طارا عالياً بعيداً عن المراقبة العادية، فوق النهر وانحرفا باتجاه القلعة، حيث حلقا فوقها نحو الكاتدرائية. كانت وحشاً قوطياً، منحوتاً ومتعرجاً

مثل جرف متهالك ضربته العواصف على مر العصور. هبطت كارو على قبة برج الجرس. لم يكن مكاناً لطيفاً. اكتسحت الرياح المكان، مفعمة بالجليد والعدائية، واضطرت كارو إلى جمع شعرها بين يديها وإبعاده عن وجهها. أخرجت قلم رصاص - نفس القلم الذي لوحت به في وجهه؟ - وعقدت شعرها وأدخلت قلم الرصاص من خلاله، وهو أداة متعددة الاستعمالات. وانفلتت خصلات زرقاء من النسق وتراقصت على جبينها، وتطايرت على عينيها والتصقت بشفتيها اللتين كانتا تبتسمان ببهجة طفولية بسيطة. قالت له: «نحن على برج الكاتدرائية».

أومأ برأسه.

«لا، نحن على الكاتدرائية»، قالت مرة أخرى، وظن أن شيئاً ما فاته، بعض الفروق الدقيقة التي ضاعت في اللغة، لكنه أدرك بعد ذلك: أنها كانت فقط مندهشة. مندهشة لكونها تجلس على قمة الكاتدرائية، في أعلى القمة فوق براغ وكل شيء تحتها. لقد ضمت ذراعيها حول الخبز الدافئ ووقفت تنظر إلى الأفق، وعلى وجهها رهبة عارية أقوى مما يتذكر أكيفا أنه شعر بها من قبل، حتى عندما كان الطيران حدثاً جديداً. كان من المحتمل أنه لم يشعر بشيء كهذا من قبل. لم تكن رحلاته الجوية المبكرة فرصة للرهبة أو الفرح - بل للانضباط. لكنه أراد أن يكون جزءاً من اللحظة التي جعلت وجهها يلمع بهذا الشكل، لذا اقترب منها ونظر إلى الأمام.

كان مشهداً رائعاً، فالسماء بدأت تشحب من أطرافها، وجميع الأبراج مغمورة بوهج ناعم، وشوارع المدينة لا تزال مظللة ومتلألئة باليراعات المضيئة، وأشعة المصابيح الأمامية المنارة.

سألها: «ألم تصعدي إلى هنا من قبل؟».

التفتت إليه. وقالت: «أوه، نعم، أنا أحضر جميع الأولاد إلى هنا».

قال: «وإذا لم يحظوا بالموافقة، يمكنك دائماً أن تدفعيهم بعيداً».

كان ذلك قولاً خاطئاً. بدت تعابير وجه كارو قاتمة. لا شك أنها كانت تفكر في إيزيل. لقد لام أكيفا نفسه لبذله جهداً في الفكاهة. بالطبع سيبدو الأمر خاطئاً تماماً. لقد مر وقت طويل منذ أن كانت لديه الرغبة في المزاح. قالت كارو متجاوزة الأمر: «في الحقيقة، لقد تمنيت أمنية الطيران منذ بضعة أيام فقط. لم تتح لي الفرصة للاستمتاع بها بعد».

مرة أخرى كان مندهشاً، ولا بد أن ذلك بدا واضحاً هذه المرة، لأن كارو لاحظت نظرته وقالت: «ماذا؟».

هزّ رأسه. «لقد كنتِ سلسة جداً في الهواء، والطريقة التي كنتِ تطيرين بها من شرفتكِ دون أن تتوقفي للحظة واحدة، وكأن الطيران جزء منك».

قالت: «أتعلم، لم يخطر في بالي أن الأمنية يمكن أن تزول. كان يمكن أن يكون ذلك عقاباً على التباهي، أليس كذلك؟ سحقاً». ضحكت، غير منزعجة من الفكرة، وتابعت: «يجب أن أكون أكثر حذراً».

سألها: «هل تزول الأمنيات؟».

فهزت كتفيها. قالت: «لا أعرف. لا أعتقد ذلك. لم يتغير شعري أبداً».

«أهذه أمنية؟ هل سمح لك بريمستون باستخدام السحر في... هذا؟»

«حسناً، لم يوافق تماماً». لقد رمقته بنظرة خجولة ومتحدية في الوقت نفسه. «ليس الأمر وكأنه لم يسمح لي أبداً أن أحصل على أي أمنيات حقيقية. فقط ما يكفي لإحداث أذى بسيط- أوه». خطرت لها فكرة. «آسفة».

«ماذا؟».

«لقد قطعتُ وعداً الليلة الماضية ونسيتُ كل شيء بخصوصه». فتشت في جيب معطفها وأخرجت عملة معدنية صغيرة، لمح عليها أكيفا صورة بريمستون. إنها موجودة على راحة يدها عندما أغلقت يدها؛ وعندما فتحتها، كانت قد اختفت. قالت: «سحر. بووف».

سألها: «ماذا تمنيتِ؟».

«مجرد شيء غبي. فتاة لئيمة في مكان ما هناك ستستيقظ سعيدة. ليس لأنها تستحق ذلك. فتاة وقحة». أخرجت لسانها نحو المدينة في ومضة من النزوة الطفولية. «أوه، خذ». التفتت إلى أكيفا ودفعت أحد أكياس المخبوزات إليه. «كما تعلم، كي لا تموت».

وأثناء تناولهما الطعام، رأى أنها كانت ترتجف، ففتح جناحيه – غير المرئيين – كي تلتقط الريح حرارتهما وتنشرها حولها. بدا أن ذلك ساعدها. فجلست، وأنزلت ساقيها على الحافة، وأخذت تهزهما بلا مبالاة، بينما كانت تمزق قطعاً صغيرة من الخبز من الرغيف وتأكلها. جلس إلى جانبها.

سألته: «بالمناسبة. كيف تشعر؟».

قال: «هذا يعتمد»، قال وهو يشعر بالمكر، وكأن نزوة كارو قد انتقلت إليه.

«يعتمد على ماذا؟».

«على ما إذا كنت تسألين لأنك قلقة على سلامتي، أو لأنك تقصدين إبقائي ضعيفاً وعاجزاً».

«أوه. ضعيف وعاجز. بالتأكيد».

«في هذه الحالة، أشعر بالسوء».

«جيد». قالت ذلك بجدية تامة، ولكن مع بريق في عينيها. وأدرك أكيفا أنها كانت تتوخى الحذر في توجيه الهامسا باتجاهه عن طريق الخطأ. لقد تأثر، كما حدث معه عندما استيقظ ليجدها نائمة على بعد أقدام منه، جميلة جداً وضعيفة، وثقتها، مثل ثقة مادريغال، غير مكتسبة.

قال بهدوء: «أشعر بتحسن. شكراً لكِ».

«لا تشكرني. أنا الذي آذيتكَ».

غمره الخجل. قال: «ليس... ليس كما آذيتكِ».

قالت كارو موافقة: «لا. ليس كما آذيتكَ».

كانت الريح عاتية؛ وبهبّة متمردة حررت شعرها، ثم رقصت لتستولي عليه؛ وفي لحظة هبت الريح في كل مكان، وكأن مجموعة من الكائنات الهوائية تحاول أن تهرب منها لتصنع أعشاشها في حرير شعرها الأزرق. وسرعان ما هرعت لمجابهة الريح؛ وفقدت القلم على حافة السطح، وسقط بين الدعامات المتطايرة، فأمسكت بشعرها بكلتي يديها.

انتظرها أكيفا أن تقول إنها مستعدة للنزول بعيداً عن الريح، لكنها لم تفعل. ارتفعت الشمس فوق التلال، وشاهدت كيف ساهم وهجها في دفع الليل إلى الظلال حيث يتجمع، وكان أكثر ظلمة بسبب كثافته - تكدس الليل كله في الأماكن المائلة التي لا يصل إليها الفجر.

وبعد برهة قالت: «أتعلم أنك قلت في الليلة الماضية إن أولى ذكرياتك كانت عن الجنود القادمين من أجلك -».

قال بذهول: «أأنا أخبرتك بذلك؟».

«ماذا، ألا تتذكر؟». التفتت إليه، وحاجباها متجعدان، داكنان كالكاكاو، مرفوعان في دهشة.

هز رأسه وهو يبحث في ذهنه. إنه مريض جداً من علامات الشيطان، وكان الأمر كله فقدان وعي، ولكنه لم يستطع أن يصدق أنه تحدث عن طفولته، وعن ذلك اليوم من بين كل الأيام.

لقد جعله ذلك يشعر وكأنه انتشل ذلك الصبي الصغير المكلوم من الماضي - وكأنه في لحظة ضعف، أصبح هو مرة أخرى. سأل: «ماذا قلت غير ذلك؟».

حركت كارو رأسها. كانت تلك هي الحركة التي أنقذتها في مراكش، ذلك الميلان السريع الذي يشبه ميلان الطائر، لتنظر إليه بشكل جانبي تقريباً، وسرعان ما تسارعت دفات قلب أكيفا.

قالت بعد لحظة: «ليس كثيراً. لقد نمتَ بعد ذلك». من الواضح أنها كانت تكذب.

ماذا قال لها في الليل؟

تابعت من دون أن تنظر في عينيه: «على أي حال، لقد جعلتني أفكر، وكنت أحاول أن أتذكر ذكرياتي الأولى». رفعت نفسها مرة أخرى على قدميها من على حافة السطح، وهي حركة تطلبت إطلاق شعرها الذي جمح في مهب الريح.

«و؟».

«بريمستون». توقف تنفسها، وظهرت ابتسامة حنونة وحزينة بلا حدود. «إنه بريمستون. أنا جالسة على الأرض خلف مكتبه، وألعب بخصلة ذيله».

اللعب بخصلة ذيله؟ لم يكن ذلك يتناسب مع فكرة أكيفا عن الساحر، والتي تمت صياغتها من خلال أعمق آلامه، وانطبعت في روحه كالوسم.

قال بمرارة: «بريمستون. هل كان طيباً معك؟».

كانت كارو شرسة في ردها. كان شعرها كالسيل الأزرق، وعيناها جائعتين، قالت: «دائماً. مهما كان ما تظن أنك تعرفه عن الكيميرا، فأنت لا تعرف بريمستون».

قال بهدوء: «أليس من الممكن يا كارو أنك أنت من لا تعرفيه حق المعرفة؟».

سألت: «ماذا؟ ما الذي لا أعرفه بالضبط؟».

قال أكيفا: «سحره، أولاً. أمنياتك. هل تعرفين من أين تأتي؟».

«من أين تأتي؟».

«الأمنيات ليست مجانية يا كارو. السحر له ثمن. الثمن هو الألم».

32

المكان والشخص معاً

الألم.

بينما كان أكيفا يشرح، شعرت كارو بالغثيان. فكرت في كل أمنية غير منطقية تمنّتها في حياتها - لماذا لم يخبرها بريمستون أبداً؟ ستحقق الحقيقة ما لم تحققه كل نظراته الغاضبة. ما كانت لتتمنى أمنية أخرى لو أنها علمت.

قال أكيفا: «لكي تأخذ من الكون، يجب أن تعطي».

«لكن... لماذا الألم؟ ألا يمكنكَ أن تعطي شيئاً آخر؟ مثل... الفرح؟».

«إنه توازن. لو كان العطاء شيئاً سهلاً، لبدا بلا معنى».

قالت كارو: «هل تعتقد حقاً أن الحصول على الفرح أسهل من الحصول على الألم؟ أيهما كان لديك أكثر؟».

نظر إليها نظرة عميقة، وقال: «هذه نقطة جيدة. لكنني لم أبتكر النظام»

«من ابتكره؟».

«يعتقـد قومـي أنها كانت النجوم الإلهية. لـدى الكيميرا قصص كثيرة كالأجناس».

سألت كارو بانزعاج: «حسناً... من أين يأتي الألم؟ هل هو ألمه الخاص؟»

قال أكيفا: «لا يا كارو. إنه ليس ألمه الخاص». لقد نطق كل كلمة بعناية، وكان المعنى الضمني معلقاً هناك: إذا لم يكن ألمه هو، فما مصدر ألمه؟

شـعرت بالغثيـان. خطرت ببالهـا صورة لجثث ممـددة على الطاولات. لا، قد يكون هذا شـيئاً آخر تماماً. كانت تعرف بريمسـتون، أليس كذلك؟ ربمـا لـم تكـن تعرف... حسـناً، أي شـيء عنـه... إلا أنهـا تعرفـه، وتثق به، وليس بهذا الملاك.

ابتلعت غصة في حلقها، وقالت: «أنا لا أصدقكَ».

قال بلباقة: «كارو، ما هي المهمات التي قمت بها من أجله؟».

فتحت فمها لتجيب ثم أغلقته مرة أخرى. بدأت موجة بطيئة من الفهم تتسلل إليها، وأرادت أن تدفعها بعيداً. الأسنان: واحدة مـن أعظم ألغاز حياتها. الجثث، الكماشة، الموت. أولئك الفتيات الروسيات بأفواههن الملطخة بالدماء. وطالما علمت بمتاجرة بريمستون بالأسنان، فقد كانت متمسكة بفكرة أنه يحتاج إلى الأسنان لشيء حيوي، وأن الألم كان نتيجة طبيعية محزنة ويائسة لذلك. ولكن... ماذا لو كان الألم هو بيت القصيد؟ إذا كانت هذه هـي الطريقة التي دفع بها بريمستون ثمن قوته وأمنياته، وكل شيء؟

قالت: «لا»، وهزت رأسها، لكن القناعة كانت قد غادرتها.

وبعد هنيهة من الزمن، عندما خرجت من الكاتدرائية إلى الهواء، اختفت متعتها بالطيران. تساءلتْ، من الذي دفع ثمن ألمها هذا؟

وذهبا إلى مقهى في نيرودوفا، الطريق طويل ومتعرج من القلعة، وشرع أكيفا يحكي لها عن عالمه. الإمبراطورية والحضارة، والانتفاضة والمجازر،

والمدن المفقودة والمحتلة، والأراضي المحروقة، والأسوار التي دُكت، والحصارات حيث يموت الأطفال جوعاً أولاً، بغض النظر عن أن آباءهم أعطوهم كل ما يملكون وهلكوا بعد فترة وجيزة.

تحدث عن إراقة الدماء والرعب في أرض الجمال المتهاوي. «لقد اختفت الغابات القديمة من أجل بناء السفن، وآلات الحصار، أو تم إحراقها كي لا تتحول إلى سفن وآلات حصار».

تحدث عن المدن الضخمة المدمرة والمقابر الجماعية والخيانة.

عن جيوش الوحوش التي استمرت في القدوم، ولم تنحسر أبداً، ولم تنكسر أبداً.

هناك أشياء أخرى - أشياء ملحمية رهيبة - لم يخبرها بها بل كان يتحاشى إخبارها بها، مثل مداعبة حواف الجرح، متردداً، واختبار الألم.

استمعت كارو تستمع إليه بعينين واسعتين، مذعورة من الوحشية، وتمنت لو أن بريمستون رأى أنه من المناسب في وقت ما في السنوات السبع عشرة الأخيرة أن يعطيها درساً في مكان آخر. خطر ببالها أن تسأل: «ماذا يسمى، عالمك؟».

قال أكيفا: «إريتز»، ما جعل حاجبي كارو يرتفعان.

قالت: «هذه هي الأرض بالعبرية. لماذا يحمل عالمانا الاسم نفسه؟».

قال أكيفا: «ذات يوم، آمن السحرة أن العوالم كانت ذات طبقات، مثل الرواسب الصخرية، أو حلقات الأشجار».

«آه، حسناً»، قالت كارو وقد تغضن جبينها. وتابعت: «السحرة؟».

«السحرة السيراف».

«قلت «ذات يوم». بماذا يؤمنون الآن؟».

«إنهم لا يؤمنون بشيء. لقد ذبحهم الكيميرا جميعاً».

«أوه». زمّت كارو شفتيها. ماذا يمكن أن تقول لشيء كهذا؟ «حسناً».

فكرت ملياً في فكرة العوالم. «ربما سرقنا اسم إريتز منكم في الماضي، بالطريقة التي بنينا بها أدياننا على هيئتكم». كان هذا ما سماه بريمستون لحافاً من الحكايات الخرافية التي نسجها البشر معاً من رقع صغيرة. «الجمال يساوي الخير؛ القرون والحراشف تساوي الشر. ببساطة».

«وفي هذه الحالة، هذا صحيح».

وقفت النادلة خلف المنضدة تحدق فيهما ذهاباً وإياباً. أرادت كارو أن تسألها إلى ماذا كانت تنظر، لكنها لم تفعل. قالت لأكيفا: «إذاً في الأساس»، محاولةً جمع كل الأشياء التي أخبرها بها في جملة بسيطة، «السيرافيم يريدون أن يحكموا العالم، والكيميرا لا يريدون أن يحكمهم أحد، وهذا يجعلهم أشراراً».

تحرك فكه؛ إنه مستاء من هذا التبسيط. «لم يكونوا سوى برابرة في قرى طينية. لقد أعطيناهم النور، والهندسة، والكلمة المكتوبة».

«ولم تأخذوا شيئاً مقابل ذلك، أنا متأكدة».

«لا شيء منطقي».

«آه-هاه». تمنت كارو لو أنها قد أولت اهتماماً أكبر لدروس التاريخ البشري الخاصة بها حتى تتمكن من تخيل سياق أفضل للنطاق الواسع لما كان يخبرها به. «إذاً، منذ ألف عام، ومن دون سبب وجيه، انتفض الكيميرا وذبحوا أسيادهم واستعادوا السيطرة على أراضيهم».

قال معترضاً: «لم تكن الأرض ملكهم أبداً. كانت لديهم حيازات زراعية صغيرة، وأكواخ حجرية. وعلى الأكثر، قرى. أما المدن فقد بنتها الإمبراطورية، ولم تكن مجرد مدن. كانت هناك جسور وموانئ وطرق-».

«ولكن هل كان هذا هو المكان الذي ولدوا وماتوا فيه منذ بداية كل شيء؟ حيث وقعوا في الحب، وربوا أطفالهم، ودفنوا شيوخهم. ماذا لو لم يبنوا مدناً عليها؟ ألم تكن لا تزال ملكهم؟ أعني، إلا إذا كنت تسير على قاعدة

أن ما هو لك هو ما يمكنك الدفاع عنه، وفي هذه الحالة يحق لأي شخص في أي وقت أن يحاول أخذ أي شيء من أي شخص آخر. هذه ليست حضارة».

«أنت لا تفهمين الأمر».

«لا، لا أفهمه».

أخذ أكيفا نفساً عميقاً. قال: «لقد بنينا العالم بحسن نية. عشنا جنباً إلى جنب معهم-».

سألت كارو: «على قدم المساواة؟ أنت تستمر في نعتهم بـ «الوحوش»، لذا يجب أن أتساءل».

تأنى قليلاً في الإجابة، ثم قال: «ماذا رأيت منهم يا كارو؟ هل قلت أربعة من الكيميرا، ولا أحد منهم محارب؟ عندما رأيت إخوتك وأخواتك وقد نطحتهم المينوتورات[29]، ونهشتهم الأسود الحارسة[30]، ومزقتهم التنانين إرباً إرباً، عندما رأيت-» مهما كان ما أوشك على قوله، فقد كظمه بقوة، مع نظرة من الألم. «عندما يتم تعذيبك وإجبارك على مشاهدة إعدام... أحبائك، عندها يمكنك التحدث معي عما يجعل الوحش وحشاً»

الأحباء؟ لم يكن يقصد الإخوة والأخوات بالطريقة التي قال بها ذلك. شعرت كارو بألم مفاجئ... بالتأكيد لم يكن بسبب الغيرة. ماذا كان يهم من أحبَّ، أو كان يحب؟ ابتلعت ريقها. ماذا يمكنها أن تقول؟ لم تستطع أن تعترض على أي شيء أخبرها به. كان جهلها كاملاً، لكن هذا لا يعني أنها مضطرة إلى تصديقه أيضاً.

---

29. المينوتور: مخلوق في القصص اليونانية القديمة له جسد إنسان ورأس ثور. كان الملك ثيسيوس هو الحاكم الأسطوري الذي قتل المينوتور في متاهة كريت. واجه التنانين والمينوتورات وخصوماً أسطوريين آخرين.

30. الأسود الحارسة، والمعروفة أيضاً باسم كومواينو أو شيشي أو كلاب الفو، هي مخلوقات أسطورية مخيفة تشبه الأسد تُرى في أشكال فنية متنوعة، بدءاً من الهندسة المعمارية وصولاً إلى الوشم. وبما أنها ترمز إلى الازدهار والنجاح والحراسة، فهي مفعمة بالمعاني - ما جعلها تحظى بشعبية في الفن الغربي أيضاً

قالت بهدوء: «أود أن أسمع وجهة نظر بريمستون». خطر ببالها شيء ما بعد ذلك، شيء كبير. «يمكنك أن تأخذني إلى هناك. يمكنك أن تعيدني إلى هناك».

رمش بعينيه مذهولاً، ثم هزّ رأسه. «لا، إنه ليس مكاناً للبشر».

«وهل هذا مكان للملائكة؟».

«الأمر مختلف. المكان آمن هنا».

«حقاً؟ أخبر ندوبي كم هو آمن هنا». قامت بسحب ياقة قميصها من مكانها لتكشف عن الشق المتجعد من الندوب عبر عظمة الترقوة. تألم أكيفا من منظرها القبيح وما فعلته يداه، وأعادت كارو ياقتها إلى مكانها. قالت: «إلى جانب ذلك، هناك أشياء أكثر أهمية من السلامة. مثل... الأحباء». شعرت بالقسوة، وهي تستخدم كلماته، وكأنها تستخدم سكيناً.

كرر: «الأحباء».

«لقد أخبرت بريمستون أنني لن أتركه أبداً، ولن أفعل. سأذهب، حتى بدون مساعدتك».

«كيف تخططين لفعل ذلك؟».

قالت بحذر: «هناك طرق. لكن سيكون من الأسهل لو أخذتني». أسهل بالفعل. لا شك أن أكيفا سيكون رفيق سفر أفضل من رازغوت.

لكنه قال، «لا أستطيع أن آخذك. البوابة محروسة. ستُقتلين فور رؤيتك»

«أنتم أيها السيرافيم تفعلون الكثير من ذلك، تقتلون فور رؤيتكم أحداً»

«لقد جعلتنا الوحوش ما نحن عليه».

«الوحوش». فكرت كارو في عيني إيسا الضاحكتين، ورفرفة ياسري المنفعلة ولمساتها المهدئة. كانت هي نفسها تسميهم وحوشاً في بعض الأحيان، ولكن باعتزاز، بنفس الطريقة التي كانت تسمي بها زوزانا المسعورة. من فم أكيفا، خرجت الكلمة قبيحة فحسب. «وحوش، شياطين، وحوش. لو

كنتَ قد عرفت أي كيميرا من قبل، لما استطعت أن تنبذهم هكذا».

نظر نحو الأسفل، ولم يجب، وضاع مسار حديثهما في صمت متوتر. ظنت أنه بدا شاحباً، وكان لا يزال متوعكاً. كان كوبا الشاي مصنوعين من الفخار، كبيرين بدون مقبضين، وأمسكت كارو كوب الشاي بكلتي يديها. أبقت كفيها على الكوب، لتدفئتهما بعد الساعات الباردة فوق الكاتدرائية ولمنع نفسها من أن تلقي أي سحر مؤلم على أكيفا دون قصد. على الجانب الآخر من الطاولة، كانت وضعيته تعكس وضعيتها، والتفت يداه حول كوبه أيضاً، بحيث لم تستطع أن تمنع نفسها من رؤية وشومه: الخطوط السوداء المتكررة عبر أعلى أصابعه.

كانت كل واحدة منها مرتفعة قليلاً، مثل الندوب، وظنّت كارو أنها، على عكس وشومها، مجرد جروح فركت بسخام المصابيح - وهو إجراء بدائي. وكلما أطالت النظر إليهما، استولى عليها إحساس غريب بأنها تعرف شيئاً ما، أو تكاد تعرفه. كان الأمر وكأنها على أعتاب الوعي، تتأرجح بين المعرفة وعدم المعرفة، بسرعة كبيرة إلى درجة أنها لم تستطع تحديد ماهية ذلك الشيء- مثل محاولة رؤية أجنحة النحلة أثناء الطيران. لم تستطع التركيز عليه.

رأى أكيفا أنها تحدق، وقد جعله ذلك خجولاً. تحرك، وغطى إحدى يديه بالأخرى، وكأن بإمكانه طمس الوشم.

سألته كارو: «هل لديك سحر فيها أيضاً؟».

قال: «لا»، فكرت، بفظاظة بعض الشيء.

«ماذا إذاً؟ هل تعني شيئاً؟».

لم يُجب، فمدت يدها دون تفكير لتتبع أثرها بأطراف أصابعها. كانت تتبع نمطاً كلاسيكياً مكوناً من خمسة أسطر: مقابل كل أربعة أسطر، كان الخامس عبارة عن خط مائل. قالت: «إنه عدد»، بينما تحرك طرف إصبعها

بخفة من رقم خمسة إلى الذي يليه على سبابته اليمنى - خمسة، عشرة، خمسة عشر، عشرة، عشرون- وفي كل مرة كانت تلمسه فيها، كان الأمر أشبه بشرارة قافزة ونداء، نداء لتشبيك أصابعها في أصابعه، وحتى - يا إلهي، ما خطبها؟ - أن ترفع يديه إلى شفتيها وتقبّل العلامات...

وبعد ذلك، ومن حيث لا تدري، عرفت. لقد عرفت ما الذي كانت تحصيه، فسحبت يدها. حدقت في وجهه وهو جالس هناك بلا حماية، مستعداً لتقبل أي حكم ستوجهه إليه.

قالت بصوت خافت: «إنهم قتلى. إنهم كيميرا».

لم ينكر ذلك. كما حدث عندما هاجمته، لم يدافع عن نفسه. بقيت يداه في مكانهما، ثابتتين كالعظام، وعلمت كارو أنه كان يقاوم الرغبة في إخفائهما.

كانت ترتجف، وهي تحدق، وتفكر في تلك العلامات التي لمستها - عشرون علامة على سبابة واحدة فقط. قالت: «الكثير. لقد قتلتَ الكثير». «أنا جندي».

تخيلت كارو موت الكيميرا الأربعة الخاصة بها، ووضعت يدها على فمها خوفاً من الغثيان. عندما كان يخبرها عن الحرب، بدا الأمر بعيداً عنها. لكن أكيفا ظهر حقيقياً وأمامها مباشرة، وحقيقة أنه كان قاتلاً، كان حقيقياً الآن أيضاً.

كانت كل تلك العلامات ترمز إلى الدم والموت - ليس للذئاب والنمور، بل لدماء وموت الكيميرا.

ثبتت نظرها عليه، و... رأت شيئاً ما. كأنما انشقت اللحظة كقشرة بيضة لتكشف عن لحظة أخرى في داخلها، لا يمكن تمييزها عنها - تقريباً - ثم اختفت، وتوقف الزمن. كان أكيفا كما هو، ولم يحدث شيء على الإطلاق، ولكن تلك النظرة الخاطفة...

سمعت كارو نفسها تقول، بصوت غامض ربما انبثق من داخل لحظة قشرة البيض تلك: «لديك المزيد الآن».

«ماذا؟» نظر إليها أكيفا نظرة خالية من التعبير - ثم، مثل صاعقة البرق، لم تكن نظرته خالية من التعبير. جلس بحدة إلى الأمام، وعيناه واسعتان تومضان، والحركة المفاجئة جعلت شايه ينسكب. «ماذا؟» قال مرة أخرى، بصوت أعلى. تراجعت كارو إلى الوراء. أمسك أكيفا بيدها. «ماذا تقصدين بأنه لدي المزيد الآن؟».

هزّت رأسها. كانت تقصد المزيد من العلامات. لقد رأت شيئاً ما في تلك اللحظة المقطوعة. جلس أمامها أكيفا الحقيقي، وكان هناك وميض من المستحيل أيضاً: أكيفا يبتسم. لا التواء في الشفتين المتجهمتين بل ابتسامة دافئة مفعمة بالدهشة، ابتسامة جميلة جداً إلى درجة أنها آلمتها. كانت هناك تجاعيد في زوايا عينيه اللتين كانتا مبتهجتين وممتلئتين بالسعادة غير الواعية. بدا التغيير عميقاً. فإذا بدا جميلاً في القبر - وقد كان كذلك - فقد بدا مبتسماً، لم يكن أقل من رائع.

لكن كارو أقسمت إنه لم يبتسم.

وأكيفا المستحيل ذاك، الموجود في تلك اللحظة - كان لديه شيء آخر: يداه تحملان عدداً أقل من العلامات، وبعض أصابعه خالية تماماً منها.

كانت يدها لا تزال في يده، تستريح في بقعة الشاي المنسكب. خرجت النادلة من خلف المنضدة ووقفت مستعدة ومعها منشفة وهي غير متأكدة. سحبت كارو يدها، واستندت إلى الوراء لتسمح لها بمسح الفوضى، وهو ما فعلته وهما لا تزالان تتبادلان النظرات. عندما انتهت النادلة سألت بتردد: «كنت أتساءل فقط... كنت أتساءل كيف فعلتِ ذلك».

نظرت إليها كارو، غير مستوعبة. كانت النادلة فتاة في مثل سنها، ممتلئة الخدين ومحمرة الوجه. أوضحت: «الليلة الماضية. الطيران».

آه. الطيران. سألت كارو: «هل كنتِ هناك؟». بدا الأمر وكأنه مصادفة غريبة

قالت الفتاة: «كنت أتمنى ذلك. لقد شاهدته على شاشة التلفزيون. كان في الأخبار طوال الصباح».

أوه، فكرت كارو. أوه. مدت يدها إلى هاتفها، الذي كان يصدر أصوات طنين وأزيز حاد على مدار الساعة الماضية أو نحو ذلك، وتفقدت شاشته. كانت المكالمات الفائتة والرسائل النصية تتدفق عبره، معظمها من زوزانا وكاز. اللعنة.

سألت النادلة: «هل كانت هناك أسلاك؟ لم يتمكنوا من العثور على أي أسلاك أو أي شيء».

قالت كارو: «لا أسلاك. كنا نطير حقاً»، ثم ابتسمت ابتسامتها الساخرة المعهودة. ردت الفتاة بابتسامة عريضة ظناً منها أنها جزء من مزحة.

ثم قالت غاضبة ساخرة: «لا تخبريني إذاً»، وتركتهما بمفردهما لإحضار المزيد من الشاي لأكيفا.

كان لا يزال مستنداً إلى الخلف، ينظر إلى كارو بتلك العينين الواسعتين اللتين تضربان كالبرق وتلك النظرة الحذرة الواضحة.

سألته بخجل: «ماذا؟ لماذا تنظر إليّ بهذه الطريقة؟».

فرفع يديه ومرر أظافره في شعره الكثيف المقصوص، وأمسك برأسه لوهلة. قال بخجل: «لا يمكنني التحكم بنفسي».

شعرت كارو بدفقة من المتعة. أدركت أنه على مدار الصباح اختفت كل تلك الصلابة من وجهه، أو كادت. كانت شفتاه مفتوحتين بنعومة، ونظراته غير حذرة، والآن بعد أن رأت - تخيلت؟ - تلك الومضة من الابتسامة المستحيلة، لم يكن من الصعب عليها أن تتخيل حدوثها مرة أخرى، وبشكل حقيقي هذه المرة.

بالنسبة إليها، ربما.

يا إلهي. كوني تلك القطة! ذكّرت نفسها. تلك التي بقيت بعيدة عن متناول اليد، ولم تخرخر أبداً. استندت إلى الوراء، ورتبت ملامحها فيما كانت تأمل أن تكون النسخة البشرية من ازدراء القطط. وأعطته خلاصة ما تعلمته من النادلة، على الرغم من أنها لم تكن متأكدة من أنه يفهم حقاً عن التلفزيون، ناهيك عن الإنترنت، أو الهواتف، في هذا الشأن. «هل يمكنك أن تعطيني دقيقة؟»، سألته وطلبت منه ذلك، واتصلت بزوزانا التي ردت على الهاتف من أول رنة.

انفجر صوتها في أذن كارو. «كارو؟».

«إنها أنا...».

«يا إلهي! هل أنت بخير؟ رأيتك في الأخبار. رأيته. رأيت... يا إلهي، كارو، هل تدركين أنك كنت تطيرين؟».

«أنا أعلم. أليس هذا رائعاً؟».

«هذا ليس رائعاً! ليس رائعاً! ظننتكِ متِّ في مكان ما». إنها على حافة الهستيريا، واستغرق الأمر من كارو بضع دقائق لتهدئتها، بينما كانت منتبهة لعيني أكيفا عليها، وحاولت أن تحافظ على هدوء أعصابها.

سألت زوزانا: «هل أنتِ حقاً بخير؟ ليس لديه ما يشبه السكين على حنجرتك ليجبرك على القول بأنك بخير؟».

«إنه حتى لا يتحدث التشيكية»، طمأنتها كارو ثم أعطتها ملخصاً سريعاً عن الليلة السابقة، وأعلمتها أنه لم يحاول إيذاءها - بل ذهب إلى أقصى درجات المهادنة كي لا يؤذيها - واختتمت بقولها: «لقد شاهدنا شروق الشمس من أعلى الكاتدرائية».

«ماذا بحق الجحيم؟ هل كان موعداً غرامياً؟».

«لا، لم يكن موعداً غرامياً، بصدق، لا أعرف ماذا كان. لا أعرف ماذا يفعل هو هنا...» تعثر صوتها بينما كانت تنظر إليه. لم يكن السبب فقط ابتسامته أو العلامات على يديه. لقد عرفت، بطريقة ما، أن كتفه الأيمن كان كتلة من الندوب. إنه يفضل ذلك؛ لقد رأت ذلك. لا بد أن هذه هي الطريقة التي عرفت بها. لماذا، إذاً، عرفت كيف بدت الندوب؟

بدت مثل؟

«كارو؟ مرحباً؟ كارو؟».

رمشت كارو بعينيها وتنحنحت. لقد حدث ذلك مرة أخرى: اسمها، يطفو في الماضي مباشرة، غير متصل بها. استشعرت من هياج زوزانا أنها كانت غائبة في التفاعل لبضع لحظات تجاوزت أي فترة مقبولة من السكون. قالت: «أنا هنا».

«أين؟ ما زلت أسألك. أين أنت؟».

نسيت كارو للحظات. «أممم. في المقهى في نيرودوفا».

«اجلسي. ابقي. أنا ذاهبة إلى هناك».

«لا، أنت لستِ –».

«بلى، أنا قادمة».

«زوز –».

«كارو لا تجبريني على إيذائك بقبضتي الصغيرة».

«حسناً»، رضخت كارو. «تعالي، إذاً».

ركبت زوزانا مع عمة أرملة في هرادتشاني، من مكان ليس بعيداً. قالت: «سأكون هناك في العاشرة».

لم تستطع كارو مقاومة إخبارها: «سيكون الأمر أسرع إذا طرتِ».

«غريبة الأطوار. لا تحاولي المغادرة. ولا تدعيه يغادر أيضاً. لدي تهديدات لأوجهها، وأحكام لأطلقها».

قالت كارو: «لا أعتقد أنه سيذهب إلى أي مكان»، ونظرت مباشرة إلى أكيفا وهي تقول ذلك، وهو غارق في النظر إليها، فعرفت أن ذلك صحيح، لكنها لم تعرف السبب.

لم يكن بشرياً. لم يكن حتى من عالمها. لقد كان جندياً قام بالعديد من عمليات القتل، وعدواً لعائلتها. ومع ذلك، فهناك شيء ما يربطهما معاً، أقوى من كل ذلك، شيء لديه القدرة على التحكم بدمها وأنفاسها مثل سيمفونية، بحيث أن أي شيء فعلته لمواجهة ذلك، يشعرها وكأنه نشاز، وكأنه لا ينسجم مع نفسها.

بقدر ما يمكنها أن تتذكر، كانت الحياة الشبحية تسخر منها بـ «شيء آخر» لا يمكن اختراقه، لكن الآن كان العكس. هنا، في دائرة حضور أكيفا، حتى وهما يتحدثان عن الحرب والحصار والعداوة الدائمة، شعرت بنفسها منجذبة إلى دفء المطلق والصواب، وكأنه مكان وشخص معاً، وعلى عكس كل المنطق، كان هو المكان الذي يفترض أن تكون فيه بالضبط.

33

غير معقول

قالت كارو لأكيفا وهي تنقر بأصابعها على الطاولة: «صديقتي الصغيرة المخيفة قادمة إلى هنا».

«تلك التي كانت على الجسر».

تذكّرت كارو أنه كان يتبعها بالأمس، وكان سيشاهد أداء زوزانا. فأومأت برأسها. «إنها تعرف عن عالمك، قليلاً. وهي تعلم أنك حاولت قتلي، لذا..»

سأل أكيفا: «هل يجب أن أخاف؟»، وللحظة اعتقدت كارو أنه جاد. بدا جاداً دائماً، لكنه كان تلميحاً آخر من الفكاهة الجافة، مثل ما حدث في الكاتدرائية عندما فاجأها بمزحته عن تأجيل المواعيد السيئة.

أجابت: «أن تخاف كثيراً. الجميع يرتعدون أمامها. سترى».

أصبح كوبها فارغاً، لكنها أبقت كفيها عليه، ليس خوفاً من أن تلقي السحر على أكيفا بقدر ما كان ذلك لمنع يديها من القيام بأي حركات غير مقبولة أخرى عبر الطاولة لتلمس يديه. كان ينبغي لها أن تنفر من يديه مع ما تحمله

من عدد الموتى، وقد كانت كذلك، ولكن ليس هذا فحسب. فجنباً إلى جنب مع الرعب كانت هناك... الجاذبية.

علمت أنه كان يشعر بذلك أيضاً، وأن يديه تخوضان معركتهما الخاصة كي لا تصل إلى يديها. وظل هو ينظر إليها، وظلت هي تحمر خجلاً، واستمر حديثهما متلعثماً إلى أن انفتح الباب ودخلت زوزانا. تقدمت مباشرة إلى الطاولة، ووقفت في مواجهة أكيفا. كانت شرسة ومستعدة لتوبيخه، لكنها عندما رأته، رأته حقاً، ترددت. واختلطت تعابير وجهها - الشراسة مع الرهبة - وانتصرت الرهبة. ألقت نظرة جانبية على كارو، وقالت بدهشة وعجز: «أوه، اللعنة. يجب أن تتزوجيه على الفور».

بدا الأمر غير متوقع، وكانت كارو في حالة توتر شديد، إلى درجة أنها انفجرت بالضحك. غاصت في كرسيها وسمحت لها بأن تتدفق: ضحكة ناعمة متلألئة أحدثت تغييراً آخر في وجه أكيفا وهو يراقبها بنظرة ثاقبة مفعمة بالأمل جعلتها ترتعش، شعرت وكأنها... مرئية.

قالت زوزانا: «لا، حقاً. الآن. إنها، مثل، ضرورة بيولوجية، أليس كذلك، للحصول على أفضل مادة وراثية؟ وهذه» - ورفعت يديها في وجه أكيفا – «هي أفضل مادة وراثية رأيتها في حياتي». سحبت كرسياً إلى جانب كارو، فكان الاثنان مثل هيئة تراقب السيراف. «فيالا ستتراجع عن كلامها. يجب أن تحضريه كموديل يوم الإثنين».

قالت كارو: «صحيح. أنا متأكدة من أنه لن يمانع في التعري أمام مجموعة من البشر –».

قالت زوزانا بتصنع: «التعري. من أجل الفن».

سأل أكيفا: «هل ستعرفيننا على بعضنا البعض؟». بدت الآن لغة الكيميرا التي كانتا تتحدثان بها طوال الوقت في غير مكانها، وكأنها صدى خشن من عالم آخر.

أومأت كارو برأسها وهي تضحك. قالت: «أنا آسفة»، وأضافت مقدمة

سريعة. «بالطبع، سأضطر إلى الترجمة إذا كنتما تريدان أن تتحدثا مع بعضكما البعض».

قالت زوزانا في الحال: «اسأليه إن كان يحبكِ».

كادت كارو تختنق. أدارت جسدها بالكامل في كرسيها لمواجهة زوزانا التي رفعت يدها قبل أن تتمكن من الاحتجاج. «أعلم، أعلم. لن تطلبي منه ذلك. ولا تحتاجين حتى إلى ذلك. إنه يحبك. انظري إليه. أخشى أنه سيثيرك بعينيه البرتقاليتين المجنونتين».

لقد شعرت بذلك بالفعل، كان على كارو أن تعترف. لكن الحب؟ كان ذلك أمراً غير معقول. قالت ذلك.

قالت زوزانا التي كانت لا تزال تتأمل أكيفا وقد بدا مندهشاً من تقييمها: «أتريدين أن تعرفي ما هو غير معقول؟ نياشينه تلك غير معقولة. يا إلهي. إنها تجعلك تشعرين حقاً بالندرة المحزنة للنياشين في الحياة اليومية. يمكننا، مثلاً، أن نستخدمه كمخزون تكاثر لبذر النياشين في عامة الناس» «يا إلهي. ما كل هذا الكلام عن التزاوج والتناسل؟».

قالت زوزانا بعقلانية: «أنا أتحدث فقط. أنا مجنونة بميك، حسناً، لكن هذا لا يعني أنني لا أستطيع القيام بدوري في نشر النياشين كخدمة لمجموعة الجينات. أنت أيضاً ستفعلين هذا، أليس كذلك؟ أو ربما...» رمقت كارو بنظرة جانبية. «هل فعلتها بالفعل؟».

«ماذا؟» كانت كارو مذهولة. «لا! ماذا تظنينني؟».

إنها متأكدة من أن أكيفا لم يستطع أن يفهم، لكن كان هناك ارتباك في فمه. سألها عمّا قالته زوزانا، فشعرت كارو بوجهها أحمر قرمزياً.

قالت له بلغة الكيميرا: «لا شيء». وأضافت بالتشيكية بصرامة: «هي لم تقل أي شيء».

«نعم، لقد قلت»، وكطفلة تلقت رد فعل على تصرفات شقية رددت بمرح: «تزاوج! بذرة!».

توسلت كارو وهي عاجزة وسعيدة للغاية لعدم وجود لغة مشتركة بين الاثنين، وقالت «زوزي، توقفي أرجوكِ».

قالت صديقتها: «حسناً. يمكنني أن أكون مهذبة. لاحظي». خاطبت أكيفا مباشرة. قالت بإيماءات مبالغ فيها: «مرحباً بك في عالمنا. آمل أن تستمتع بزيارتك».

ترجمت كارو وهي تبتسم.

أومأ أكيفا برأسه، وقال: «شكراً لكِ». وتوجه إلى كارو وقال: «هلا أخبرتها، من فضلك، أن أداءها كان جميلاً؟».

فعلت كارو. قالت زوزانا موافقة على ذلك: «أعرف». كان ذلك قبولها المعتاد للمجاملة، لكن بإمكان كارو أن تقول إنها كانت سعيدة. «إنها فكرة كارو» لم تنقل كارو ذلك. قالت بدلاً من ذلك: «إنها فنانة رائعة».

أجاب أكيفا: «وكذلك أنتِ»، وجاء دور كارو لكي تكون سعيدة. فأخبرته إنهما ذهبتا إلى مدرسة للفنون، فقال لها إنه لا يوجد شيء من هذا القبيل في عالمه، بل فقط تدريب مهني. وأخبرته أن زوزانا كانت أشبه بالمتدربات، وأنها تنحدر من عائلة من الحرفيين، وتساءلت عما إذا كان هو من عائلة من الجنود. فأجابها: «بطريقة ما». كان إخوته جنوداً، وكذلك كان والده في أيامه. قال كلمة الأب بحِدّة، فاستشعرت كارو العداوة ولم تضغط عليه، وعاد الحديث إلى الفن. بدت المحادثة، التي تمت تنقيتها من خلال كارو - وكانت زوزانا حتى وهي في أفضل حالاتها تستلزم درجة عالية من التنقية - سهلة بشكل مدهش. سهلة للغاية، كما فكرت.

لماذا كان سهلاً عليها أن تضحك مع هذا السيرافي، وأن تنسى باستمرار صورة البوابة النارية، وجسد كيشميش الصغير الخامد، بينما كانت نبضات قلبه تتسارع ثم تتوقف؟ كان عليها أن تستمر في تذكير وتأديب نفسها، ومع ذلك، عندما نظرت إلى أكيفا، بدا كل شيء يتلاشى - كل حذرها وضبطها لنفسها. بعد لحظة، أشار برأسه نحو زوزانا قائلاً: «إنها ليست مخيفة جداً

في الواقع. لقد أقلقتني».

«حسناً، لقد جردتها أنت من سلاحها. لديك هذا التأثير».

«حقاً؟ لماذا بدا أن الأمر لم ينجح معك، بالأمس».

قالت: «كان لديّ سبب أكبر لمحاربة هذا. عليّ أن أستمر في تذكير نفسي بأننا عدوان».

كان الأمر وكأن ظلاً خيّم عليهم. أصبحت تعابير وجه أكيفا غائرة مرة أخرى، ووضع يديه تحت الطاولة، وأبعد وشومه عن ناظريها.

سألت زوزانا: «ماذا قلتِ له للتو؟».

«لقد ذكرته بأننا عدوان».

«مهما كنتما يا كارو، أنتما لستما عدوين».

قالت: «ولكننا كذلك»، وكانا كذلك، مهما حاول جسدها بقوة أن يقنعها بعكس ذلك.

«إذاً ماذا تفعلين، أتشاهدين شروق الشمس وتشربين الشاي معه؟».

«أنتِ على حق. ما الذي أفعله؟ لا أعرف ماذا أفعل». فكرت فيما يجب أن تفعله: الذهاب إلى المغرب للعثور على رازغوت؛ التحليق عبر ذلك الشق في السماء إلى... إريتز. سرت قشعريرة في جسدها. ركزت على الوصول إلى غافرييل إلى درجة أنها كانت تتجنب التفكير كثيراً فيما سيكون عليه الأمر لو ذهبت بالفعل، والآن مع تصوير أكيفا لعالمه في ذهنها - ممزقاً بالحرب وكئيباً - تسلل الرعب إليها؛ وفجأة لم تكن تريد الذهاب إلى أي مكان.

ماذا كان يفترض أن تفعل عندما تصل إلى هناك، على أي حال؟ هل كانت ستطير إلى أعمدة تلك القلعة المنيعة وتسأل بأدب عما إذا كان بريمستون في المنزل؟

قالت زوزانا: «بالحديث عن الأعداء، لقد ظهر الغبي على التلفاز هذا الصباح». أجابت كارو وهي لا تزال غارقة في أفكارها الخاصة: «هذا جيد بالنسبة إليه».

«لا، ليس جيداً. إنه سيئ. أحمق سيئ».

«أوه لا. ماذا فعل؟».

«حسناً، بينما كنت تشاهدين شروق الشمس مع عدوك، كانت الأخبار تلاحقك، وكان أحد الممثلين مفيداً جداً، حيث كان يتجمل أمام الكاميرا ويخبر العالم كل شيء عنك. مثل، ندوب الرصاص؟ لقد جعلك تبدين كعشيقة أحد زعماء العصابات –».

«عشيقة؟ من فضلك. إذا كان هناك أي شيء، فأنا زعيمة العصابات –»

قاطعتها زوزانا: «على أي حال، يؤسفني أن أقول إنه مهما كانت السرية التي كنتِ تحظين بها أيتها الفتاة ذات الشعر الأزرق، فإن حيلتك الطائرة وضعت حداً لها. ربما تكون الشرطة في شقتك».

«ماذا؟».

«نعم. إنهم يطلقون على شجارك «اضطراباً»، ويقولون إنهم يريدون التحدث إلى الأشخاص المتورطين في الشجار إن كان هناك من يعرف مكانهم».

رأى أكيفا ضيقها، فأراد أن يعرف ما يقال؛ فترجمت بسرعة. كانت نظرته مظلمة. وقف وانتقل إلى الباب، وألقى نظرة خاطفة إلى الخارج. سألها: «هل سيأتون إلى هنا لأجلك؟». رأت كارو الحمائية في وقفته وكتفيه المنحنيين والمتوترين، وأدركت أن مثل هذا التهديد في عالمه قد يكون أكثر خطورة. وأكدت له: «لا بأس. الأمر ليس كذلك. كانوا يطرحون الأسئلة فقط. حقاً». لم يبتعد عن الباب. «لم نخالف أي قوانين». التفتت إلى زوزانا وتحولت إلى اللغة التشيكية. «ليس الأمر وكأن هناك قانوناً ضد الطيران»

«بلى يوجد. قانون الجاذبية. المهم هو أنهم يقومون بالبحث عنك».

ألقت نظرة خاطفة إلى النادلة التي كانت تتسلل في مكان قريب وتتنصت بالتأكيد. «أليس هذا صحيحاً؟».

احمرت النادلة خجلاً. سارعت إلى القول: «لم أتصل بأحد. لا بأس أن تبقوا هنا. هل... هل تريدين المزيد من الشاي؟».

لوّحت زوزانا لها وقالت لكارو: «من الواضح أنك لا تستطيعين البقاء هنا إلى الأبد».

«لا».

«إذاً، ما هي الخطة؟».

خطة. خطة. كانت لديها خطة، على وشك أن تؤتي ثمارها. كل ما عليها فعله الآن هو المغادرة. تركت حياتها هنا، وتركت المدرسة، وشقتها، وزوزانا وأكيفا... لا، لم يكن أكيفا جزءاً من حياتها. نظرت إليه كارو وهو يراقبها في المدخل، مستعداً لحمايتها، وحاولت أن تتخيل أنها تبتعد عن... المكان... عنه، عن الصواب، عن رقعة ضوء الشمس، عن الجاذبية. كل ما كان عليها فعله هو أن تنهض وترحل. أليس كذلك؟

مرت لحظة صمت، ولم يرتعش جسد كارو بقدر ما ارتعش استجابة لفكرة الرحيل. قالت: «الخطة»، وبذلت جهداً هائلاً من الإرادة والمواجهة. «الخطة هي الذهاب بعيداً».

كان أكيفا ينظر إلى خارج الباب، وفقط عندما استدار ليواجهها أدركت أنها تتحدث بلغة الكيميرا موجهةً الكلام إليه.

«بعيداً؟ إلى أين؟».

قالت وهي تقف: «إلى إريتز. لقد أخبرتكَ. سأذهب لأجد عائلتي».

انتشرت الكآبة على وجهه عندما أدرك الأمر. «لديك حقاً طريقة للوصول إلى هناك».

«لديّ حقاً».

«كيف؟».

«هناك بوابات أكثر من بوابتك فقط».

«كانت هناك. كل المعرفة بها فُقدت مع السحرة. استغرق الأمر مني سنوات لأجد هذه البوابة-».

«أعتقد أنك لست الوحيد الذي يعرف الأشياء، على ما أعتقد. على الرغم من أنني أفضل أن تريني الطريق».

«من هو؟» كان يفكّر، محاولاً معرفة ذلك، ورأى كارو من خلال وميض الاشمئزاز عندما فعل ذلك. «الساقط. ذلك الشيء. ستذهبين إلى ذلك الشيء».

«ليس إذا أخذتني بدلاً عنه».

«لا أستطيع حقاً يا كارو. البوابة تحت الحراسة –».

«حسناً إذاً. ربما سأراك على الجانب الآخر في وقت ما. من يدري؟». أرسل حفيف من أجنحته غير المرئية شرارات تطايرت على الأرض. «لا يمكنك الذهاب إلى هناك. لا يوجد أي نوع من الحياة هناك، ثقي بي».

أشاحت كارو بوجهها عنه والتقطت معطفها وارتدته وسرّحت شعرها الذي كان له طابع رطوبة حورية البحر، وكان منسدلاً في لفائف على كتفيها. أخبرت زوزانا أنها ستغادر المدينة، وكانت تتفادى استفسارات صديقتها الحتمية عندما أمسك أكيفا بمرفقها.

بلطف. «لا يمكنك الذهاب مع ذلك المخلوق». كان تعبيره حذراً، تصعب قراءته. «ليس بمفرده. إذا كان يعرف بوابة أخرى، يمكنني أن آتي معك وأتأكد من أنك بأمان». كان رد كارو الأول هو الرفض. كوني تلك القطة. كوني تلك القطة. لكن من كانت تخدع؟ لم تكن تلك القطة التي أرادت أن تكونها. لم تكن تريد أن تذهب بمفردها - أو بمفردها مع رازغوت، وهو ما كان أسوأ. قالت، وقلبها يخفق بشدة، «حسناً»، وبمجرد اتخاذ القرار، انزاح عبء هائل من الرهبة.

لن تضطر إلى فراق أكيفا.

حتى الآن، على أي حال.

34

أي يوم هو هذا؟

أي صباح هو هذا؟ سألت كارو نفسها. كان جزء منها يحلق بالفعل في المستقبل متخيلاً كيف سيكون لمّ شملها مع بريمستون، لكن جزءاً آخر منها كان مستقراً في جلدها منتبهاً إلى حرارة ذراع أكيفا على كتفها. كانا يسيران في نيرودوفا مع زوزانا في مواجهة تدفق السياح المتجهين إلى القلعة، وتوجب عليهما أن يكونا بالقرب من بعضهما البعض لتجاوز حشد من الألمان الذين يرتدون أحذية مناسبة.

وضعت شعرها في قبعة استعارتها من النادلة، لذا كانت أكثر ملامحها الواضحة مخفية. كان أكيفا لا يزال يجذب قدراً هائلاً من الاهتمام، لكن كارو اعتقدت أن السبب في الغالب هو جماله الغريب، وليس بسبب ما نشر في الأخبار.

قالت زوزانا: «يجب أن أتوقف عند المدرسة. تعالي معي».

أرادت كارو الذهاب إلى المدرسة على أي حال - كان ذلك جزءاً من برنامج وداعها - لذا وافقت. توجب عليها الانتظار حتى حلول الظلام على

أي حال للعودة إلى شقتها إذا كانت الشرطة تراقبها. بعد حلول الظلام كان بإمكانها العودة عبر السماء والشرفة، بدلاً من الشارع والمصعد، والحصول على الأشياء التي ستحتاجها لرحلتها.

سألت نفسها: ما هو اليوم؟ وكانت هناك سعادة غامرة في داخلها كان عليها أن تعترف بأن لها علاقة كبيرة بالطريقة التي وقف بها أكيفا في مدخل المقهى، وصلابته بجانبها الآن بكل ما فيها من صواب.

وكان هناك خطأ أيضاً، خافت ووامض، ولكنها عزت ذلك إلى الأعصاب، ومع انقضاء الصباح في طنين السعادة التي لم تكن تتوقعها، ظلت تنحيه جانباً دون وعي منها كما يبعد المرء ذبابة.

* * *

ودّعت كارو قاعة الليسيوم - في رأسها فقط، إذ لم تكن تريد أن تزعج زوزانا - وبعد ذلك ودعت مطعم الزهرمان. وضعت يدها بحنان على الخاصرة الرخامية لبستيلنس[31]، ومررت أصابعها على مخمل الأريكة المهلهل قليلاً. استقبل أكيفا المكان بتعبير حائر، التوابيت وكل شيء، ووصف هذا بـ «المَرَضي». تناول وعاءً من الغولاش أيضاً، لكن كارو لم تعتقد أنه سيطلب الوصفة في أي وقت قريب.

لقد رأت مطاردها بعينين جديدتين عندما كانت هناك معه، وشعرت بالخجل عندما فكرت في مدى ضآلة استيعابها لحقيقة الحروب التي شكلت تلك الأماكن. في المدرسة، كان أحد المهرجين قد كتب على الحائط - الحرية - باللون الأحمر، حيث كتبها مقاتلو الحرية ذات مرة بدم النازيين، وفي الزهرمان كان عليها أن تشرح لأكيفا الأقنعة الواقية من الغاز، وأنها جاءت من حرب مختلفة عن حرب الحرية.

---

31. هو أحد الفرسان الأربعة في سفر الرؤيا في الكتاب المقدس.

قالت وهي ترتدي قناعاً: «هذا القناع من الحرب العالمية الأولى، قبل مائة عام. جاء النازيون في وقت لاحق». رمقته بنظرة جانبية لاذعة. تابعت: «ولعلمكَ فقط، الغزاة هم دائماً الأشرار. دائماً».

انضم ميك إليهم، وكان الأمر متوتراً بعض الشيء في البداية، لأنه لم يكن يعرف أي شيء عن العوالم الأخرى والأجناس الأخرى، واعتقد أن كارو كانت غريبة الأطوار فقط. أخبرته بالحقيقة - أنهم كانوا يطيرون حقاً، وأن أكيفا كان ملاكاً من عالم آخر - ولكن بأسلوبها المعهود، حتى ظن أنها كانت تضايقه. لكن عينيه ظلتا تتجهان إلى أكيفا بنفس نوع الدهشة مثل أي شخص آخر. ورأت كارو، وهي تراقب، أن ذلك جعل أكيفا غير مرتاح. لقد أدهشها أنه لم يكن هناك أي شيء في أسلوبه على الإطلاق يوحي بأنه يعرف قوة جماله.

وفي وقت لاحق، سار أربعتهم على جسر تشارلز. كان ميك وزوزانا متقدمين بخطوات قليلة، متشابكين وكأن لا شيء يمكن أن يفرقهما عن بعضهما البعض، تبعاهما كل من كارو وأكيفا.

قالت كارو: «يمكننا المغادرة إلى المغرب الليلة. كنت سأستقل الطائرة، لكنني لا أعتقد أن هذا خيار متاح لك».

«لا؟».

«لا، ستحتاجين إلى جواز سفر، ووثيقة توضح جنسيتكِ، والتي تشير إلى أنك من هذا العالم الحقيقي».

«لا يزال بإمكانكِ الطيران، أليس كذلك؟».

اختبرت كارو قدرتها، فارتفعت بضع بوصات قليلة عن الأرض ثم عادت إلى الأسفل مباشرة. «لكن الطريق طويل، رغم ذلك».

«سأساعدك. حتى لو لم تتمكني من الطيران، يمكنني أن أحملكِ».

تخيلت عبور جبال الألب والبحر الأبيض المتوسط بين ذراعي أكيفا. لم

يكن أسوأ شيء يمكن أن تفكر فيه، لكن مع ذلك. لم تكن فتاة في محنة. قالت: «سأتدبر أمري».

وفي الأعلى، منح ميك زوزانا قبلة من الخلف، وتوقفت كارو مرتبكة من استعراضهما. التفتت إلى درابزين الجسر ونظرت إلى النهر. «لا بد أن الأمر غريب بالنسبة إليك ألا تفعل شيئاً طوال اليوم».

أومأ أكيفا برأسه. كان ينظر إلى الخارج أيضاً، متكئاً على الدرابزين، وأحد مرفقيه على مرفقها. لم يغب عن ذهن كارو أنه وجد طرقاً خفية لملامستها. «ما زلت أحاول أن أتخيل قومي يعيشون هكذا، ولا أستطيع».

سألته: «كيف يعيشون؟».

«الحرب هي كل شيء. إذا لم يكونوا يخوضون الحرب، فهم يستعدون لها، ويعيشون في خوف، دائماً. لا يوجد أحد بدون خسارة».

«والكيميرا؟ كيف هي حياتهم؟».

تردد، ثم قال: «لا توجد حياة جيدة لأي شخص هناك. إنه ليس مكاناً آمناً». وضع يده على ذراعها. «كارو، حياتك هنا، في هذا العالم. إذا كان بريمستون يهتم لأمرك، فلا يمكنه أن يطلب منكِ أن تذهبي إلى ذلك المكان المحطم. يجب أن تبقي». كانت كلماته التالية همساً. بالكاد سمعتها، وبعد ذلك لم تكن متأكدة تماماً من أنها سمعتها. قال: «يمكنني البقاء هنا معك».

قبضته قوية وناعمة؛ ويده على ذراعها دافئة وناعمة. سمحت كارو لنفسها أن تتظاهر، للحظة واحدة فقط، بأنها تستطيع أن تحظى بما همس به: حياة معه. كل ما كانت تتوق إليه دائماً كان موجوداً هنا: الصلابة، والثبات والحب.

الحب. لم تكن الكلمة، عندما خطرت ببالها، مزعجة أو غير معقولة، كما كانت عندما نطقت بها زوزانا في ذلك الصباح في المقهى. لقد كانت مغرية

لم تفكر كارو. مدت يد نحو يد أكيفا.

فصُعقت بنبضها. رجعت إلى الوراء. لقد وضعت الهامسا بالكامل على جلده. احترقت راحة يدها، وتراجع أكيفا خطوة إلى الوراء. وقف هناك ممسكاً بيده المحروقة بالسحر على جسده بينما كانت رعشة تمر من خلاله. كان فكه مشدوداً من شدة الألم.

الألم، مرة أخرى.

قالت كارو: «لا يمكنني حتى أن ألمسك. أياً كان ما يريده بريمستون لي، فهو ليس أنت، وإلا لما أعطاني هذه». بدت يداها المضمومتان بإحكام إلى صدرها شريرتين بالنسبة إليها في تلك اللحظة. فمدت يدها إلى ياقة قميصها وأخرجت عظمة الأمنيات، وأمسكتها بيدها بقوة، لتهدئة نفسها.

قال أكيفا: «ليس عليك أن ترغبي بكل ما يرغب به».

«أدرك ذلك. ولكن يجب أن أعرف ماذا يحدث هناك. يجب أن أعرف». كان صوتها متهدجاً؛ أرادت منه أن يفهم، وقد فعل. لقد رأت ذلك في عينيه، ومعه العجز والألم اللذان رأتهما في البريق واللمعان منذ أن دخل حياتها في الليلة السابقة. فقط في الليلة السابقة. كان من غير المعقول أنه كان وقتاً قصيراً جداً.

«ليس عليكَ أن تأتي معي».

«بالطبع سآتي معك. كارو...». كان صوته لا يزال همساً خافتاً. «كارو». مدّ يده وأزاح القبعة من على رأسها حتى انسدل شعرها في بقع من اللون الأزرق، ودسّ خصلة ضالة خلف أذنها. أمسك وجهها بين يديه وانفجرت أشعة الشمس في صدر كارو. ظلت صامتة، وكان سكونها يخفي الاندفاع في داخلها. لم يسبق لأحد أن نظر إليها كما كان ينظر إليها أكيفا الآن، كانت عيناه مفتوحتين على وسعهما وكأنه يريد أن يسحب المزيد منها إلى داخله، مثل الضوء عبر نافذة.

انزلقت إحدى يديه بنعومة حول مؤخرة عنقها، وتشابكت مع شعرها وأرسلت شعوراً بالشوق في جسدها. شعرت بنفسها تستسلم وتذوب. انزلقت إحدى قدميها إلى الأمام حتى لامست ركبتها ركبته واستقرت عليها، وكانت المساحة المتبقية بينهما - المساحة السلبية، كما تسمى في الرسم - تنادي بأن يتم إغلاقها.

هل كان سيقبّلها؟

يا إلهي، هل كانت رائحة الغولاش في أنفاسها؟

لا يهم. كان لديه ذلك أيضاً.

هل كانت تريده أن يقبّلها؟

كان وجهه قريباً جداً منها إلى درجة أنها كانت ترى الشمس الداكنة على رموشه، وكان وجهها يتوسط السواد العميق لبؤبؤي عينيه. إنه يحدق في عينيها وكأن هناك عوالم في داخلها وعجائب واكتشافات.

نعم، لقد أرادته أن يقبّلها. نعم.

انزلقت يده إلى أسفل حنجرتها، لتجد يدها التي كانت لا تزال تقبض على عظمة الأمنيات وهي مربوطة إلى حبلها.

كانت ضلوعها بارزة من بين أصابعها، وعندما شعر أكيفا بها هناك، توقف. تجمد شيء ما في نظراته. نظر إلى الأسفل. انحبست أنفاسه؛ وبصعوبة أخذ نفساً وفتح يد كارو دون أن يتوخى الحذر من هامساتها.

عظمة الأمنيات هناك، بقايا صغيرة مبيضة من حياة أخرى. أطلق صرخةً كانت مزيجاً من الدهشةً و... ماذا؟ شيء عميق ومؤلم انتزع منه مثل مسامير تشقّ الخشب وهي تنخلع.

قفزت كارو مذهولاً. «ماذا؟».

«لماذا لديك هذه؟»، كان قد شحب لونه.

«إنها... إنها لبريمستون. لقد أرسلها إلي عندما احترقت البوابات».

كرر: «بريمستون». كان وجهه مليئاً بالأفكار الغامضة، ثم فهم. «بريمستون»، قال مرة أخرى.

«ماذا؟ أكيفا –».

ما فعله بعد ذلك، جعل كارو تغرق في الصمت. جثا على ركبتيه. انقطع الحبل حول رقبتها وانفصل عظم الأمنيات في يده، وللحظة شعرت بأنها حرمت منه. لكنه انحنى عليها بعد ذلك.

ضغط بوجهه على ساقيها، وشعرت بحرارة وجهه عبر بنطال الجينز. وقفت مندهشة وهي تنظر إلى أسفل إلى كتفيه القويين وهو ينحني نحوها، ويتخلى عن بريقه حتى ظهرت أجنحته.وانطلقت من حولهما على الجسر صيحات وصرخات. وتوقف الناس في مساراتهم وهم يلهثون. وتوقفت زوزانا وميك عن عناقهما ودارا ليحدقا.

كانت كارو تنتبه إليهما من بعيد فقط. حدقت في أكيفا ورأت أن كتفيه كانا يرتجفان. هل كان يبكي؟ كانت يداها ترتعشان راغبة في لمسه، خائفة من إيذائه. كرهت هامساتها، وانحنت فوقه وراحت تمسح بظهر أصابعها على شعره، وعلى جبينه الحار الساخن بقفا يديها.

سألته: «ما الأمر؟ ما خطبك؟».

اعتدل، وهو لا يزال على ركبتيه، ونظر إليها. كانت منحنية فوقه مثل علامة استفهام.

أمسك بساقيها، وشعرت برعشة تهز يديه، وعظم الأمنيات في قبضته حيث أمسك بمؤخرة ركبتها. ثم انفتح جناحاه؛ فصارا كمروحتين عظيمتين، وأصبح كلاهما في غرفة من نار، في عالم خاص بهما أكثر من أي وقت مضى.

تفرس في وجهها، وقد بدا مذهولاً وحزيناً بشكل رهيب، كما ظنت كارو وقال لها: «كارو، أنا أعرف من أنتِ».

35

لغة الملائكة

أنا أعرف من أنتِ.

حدّق أكيفا في وجه كارو، ورأى ما فعلته كلماته بها. كان الأمل يتنازع مع الخوف والرجاء، وعيناها السوداوان تلمعان بالدموع وتتألقان بالحيوية. عندها فقط، عندما رأى الانعكاس في عينيها، أدرك أنه تخلى عن سحره. هناك وقت كان يمكن أن يتسبب هذا الإهمال في قتله.

الآن، لم يكن يهتم.

ماذا؟ تحركت شفتا كارو لكن لم يخرج أي صوت. لقد تنحنحت. قالت: «ماذا قلت؟».

كيف أمكنه أن يخبرها بذلك؟ إنه يترنح. هنا كان المستحيل، وبدا الأمر جميلاً، وفظيعاً، وكان يشق صدره ليظهر أن قلبه الذي تخدّر طويلاً لا يزال مفعماً بالحياة وينبض... فقط لكي يُنتزع منه مرة أخرى، بعد كل هذه السنين؟

هل هناك مصير أكثر مرارة من أن تحصل على أكثر ما تتوق إليه، بعد فوات الأوان؟

توسلت كارو: «أكيفا»، وجثت على ركبتيها أمامه بعينين واسعتين ومذهولتين. «أخبرني».

همس: «كارو»، وكان اسمها يطارده - الأمل - المليء بالوعود والإدانة إلى درجة أنه كاد يتمنى لو كان ميتاً. لم يستطع النظر إليها. جذبها إليه، فسمحت له بأن يضمها إليه، لينة كالحب. كان شعرها الذي تبعثره الرياح كالحرير المجعد، فدفن وجهه فيه وحاول أن يفكر فيما سيقول لها.

وفي كل ما حوله، كان هناك خليط من الهمهمات ووطأة المراقبة، ولم يسمع أكيفا شيئاً من ذلك تقريباً حتى شق صوت واحد طريقه إلى الأمام. كانت الحنجرة تتنحنح، لاذعة وبصوت عالٍ بشكل مسرحي. وخز من عدم الارتياح، وقبل أن ينطق بأي كلمة، كان قد بدأ بالفعل في الالتفات.

«أكيفا، حقاً. تمالك نفسك».

إنه أمر غريب جداً هنا - ذلك الصوت، تلك اللغة. لغته.

هناك وقف هازايل وليراز، وقد أغمدا سيفيهما على جانبيهما، وبدت على وجهيهما تعابير الفزع.

لم يستطع أكيفا حتى أن يعبر عن دهشته. كان ظهور السيرافيم صغيراً مقارنة بالصدمات التي كانت تتوالى الواحدة تلو الأخرى طوال الصباح: السكاكين الهلالية، ورد فعل كارو الغريب على وشمه، وموسيقى ضحكاتها الشبيهة بالأحلام، والآن ما لا يمكن إنكاره: عظمة الأمنيات.

سألهما: «ماذا تفعلان هنا؟» كانت ذراعاه لا تزالان حول كارو، التي رفعت رأسها من على كتفه لتحدق في الدخيلين.

كررت ليراز: «ماذا نفعل هنا؟ أعتقد، وبالنظر إلى كل شيء، أن هذا

السؤال يجب أن نوجهه نحن. ما الذي تفعلانه هنا بحق نجوم الآلهة؟».

بدا عليها الذهول، ورأى أكيفا نفسه كما كانت تراه: جاثياً على ركبتيه، باكياً، ملتحماً مع فتاة بشرية.

وأذهله كم كان من المهم أن يعتقدا أن كارو كانت مجرد فتاة بشرية. ومهما بدا الأمر غريباً، فقد كان فقط: غريباً. لكن الحقيقة ستكون أسوأ بكثير.

استقام، وهو لا يزال جاثياً على ركبتيه، واستدار وهو يسحب كارو خلفه. وبهدوء، حتى لا يسمعه أخوه وأخته وهو يتحدث بلغة الأعداء، تمتم قائلاً: «لا تدعيهما يريان يديك. لن يفهما».

تمتمت بهدوء: «يفهما ماذا؟»، ولم ترفع عينيها عنهما، كما لم يرفعا أعينهما عنها.

قال: «نحن. لن يفهمانا».

«أنا لا أفهم نحن أيضاً».

لكن بفضل عظمة الأمنيات، الهشة في قبضته، فهم أكيفا أخيراً.

غرقت كارو في صمت متوتر، وأبقت عينيها على السيرافيم. كانت أجنحتهما في مكانها الصحيح، ولكن رغم ذلك، بدا وجودهما على الجسر غير طبيعي، ومقلقاً بعض الشيء - وخاصة ليراز.

على الرغم من أن هازايل كان أكثر قوة، إلا أن ليراز بدت أكثر رعباً، ولطالما كانت كذلك؛ ربما كان عليها أن تكون كذلك لأنها أنثى. كان شعرها الفاتح مجدولاً إلى الوراء في ضفائر حادة، وهناك شيء يشبه سمكة القرش في جمالها: لامبالاة قاتلة صريحة. كان في عيني هازايل مزيد من الحياة، ولكن في هذه اللحظة كانت تغلب عليه حيرة صريحة وهو ينظر إلى أكيفا أمامه، الذي كان لا يزال جاثياً على ركبتيه.

قال، ولكن ليس بقسوة: «انهض. لا أستطيع تحمل رؤيتك هكذا».

نهض أكيفا وسحب كارو معه وأبقاها خلف درع جناحيه.

سألت ليراز: «ما الذي يحدث؟ أكيفا، لماذا عدت إلى هنا؟ و... من هذه؟». قامت بإشارة جامحة من الاشمئزاز تجاه كارو.

«مجرد فتاة»، سمع أكيفا نفسه يردد ما قاله إيزيل، وبدا غير مقنع تماماً مثل الرجل العجوز.

عدلت ليراز: «مجرد فتاة تطير».

توقف قلب أكيفا قليلاً، ثم قال: «لقد كنت تتبعينني».

بصقت ليراز، ثم قالت: «ماذا كنت تظن. أتظن أننا سنتركك تختفي مرة أخرى؟ بالطريقة التي كنت تتصرف بها بعد لوراميندي، كنا نعرف أن شيئاً ما سيحدث. لكن... هذا؟».

«ما هذا بالضبط؟» سأل هازايل، ومن الواضح أنه كان لا يزال يأمل في الحصول على تفسير ما يجعل كل شيء على ما يرام.

شعر أكيفا بأنه منشطر إلى نصفين. كان أمامه هنا أقرب حلفائه المقربين، وشعر وكأنهم أعداء، وكان ذلك خطأه. إذا كانت لأكيفا عائلة، فلم تكن والدته التي ابتعدت عندما جاء الجنود لأخذه؛ وبالتأكيد لم يكن الإمبراطور.

لقد كانت عائلته هما هذان الاثنان، ولم يكن هناك أي جواب يمكن أن يقدمه لهما ليجعل هذا الأمر منطقياً. ولم يكن هناك شيء يستطيع أن يقوله لكارو أيضاً التي وقفت خلفه يائسة لتعرف ما أخفي عنها طوال حياتها - سر كبير وغريب جداً لم يستطع أن يجد كلمات ليصوغه. لذلك وقف هناك صامتاً، ولم تكن لغات الجنسين مجدية لتساعده في تفسير أي شيء.

«أنا لا ألومك على رغبتك في الابتعاد»، قالها هازايل، صانع السلام دائماً.

كان هو وليراز يحملان تشابهاً أخوياً لم يتشاركا فيه مع أكيفا.

كانا ذا شعر أشقر وعينين زرقاوين، مع احمرار في بشرتهما العسلية. كان هازايل يتسم بالهدوء، يكاد يكون متراخياً، ويبتسم ابتسامة كسولة تكاد تخدعك في الحكم عليه بشكل خاطئ. لقد كان، دائماً، جندياً - بردود أفعاله وفولاذيته - ولكنه في أعماقه استطاع بطريقة ما أن يحتفظ بشيء طفولي، حيث عمل التدريب وسنوات الحرب جاهدين على القضاء عليه. كان حالماً.

قال: «لقد راودتني أفكار عن نفسي بالعودة إلى هذا العالم بعد كل شيء -»

صاحت ليراز، التي لم تكن في داخلها حالمة على الإطلاق: «لكنك لم تفعل. أنت لم تختفِ في الليل، تاركاً الآخرين يختلقون قصصاً للتستر عليك، دون أن يعرفوا متى أو حتى إذا كنت ستعود هذه المرة».

قال أكيفا: «لم أطلب منكِ أن تتستري علي».

«لا، لأنه كان عليك أن تخبرنا أنك ذاهب. بدلاً من ذلك تسللت، كما فعلت من قبل. وهل كنا سننتظر عودتك محطماً مرة أخرى، ولم تخبرنا أبداً ما الذي حطمك؟».

قال: «ليس هذه المرة».

منحته ليراز ابتسامة هشة، وعرف أكيفا أنها كانت تتألم تحت جليدها.

ربما لم يكن ليعود أبداً؛ ربما لم يكونوا ليعرفوا أبداً ما حدث له.

ماذا يعني ذلك للعقود التي حمى فيها كل منهم الآخر؟ ألم تكن ليراز، منذ سنوات، هي التي خاطرت بحياتها للعودة إلى ساحة المعركة في بولفينش؟ وعلى عكس أي توقع بأنه لا يزال على قيد الحياة، ومع زحف الكيميرا عند انتصارهم وتناثر الجرحى على الرماح، عادت وعثرت عليه وحملته بعيداً. كانت قد خاطرت بحياتها من أجله، وستفعل ذلك مرة أخرى دون تردد،

وكذلك سيفعل هازايل، وكذلك سيفعل أكيفا من أجلهما. لكنه لم يستطع أن يخبرهما لماذا جاء إلى هنا، أو ماذا وجد.

تساءلت ليراز: «ليس هذه المرة ماذا؟ أنك لن تعود محطماً؟ أم إنك لن تعود على الإطلاق؟».

«لم أخطط لأي شيء. لم أستطع البقاء هناك». حاول أن يشرح لهما؛ كان مديناً لهما بالجهد، على الأقل. «بعد لوراميندي، وصلتُ إلى نهاية، وكانت مثل حافة الهاوية. لم يكن هناك شيء آخر أردته، لا شيء سوى...»، ولم يقل الباقي. لم يكن بحاجة إلى القول، فقد رأياه جاثياً على ركبتيه. ركزا أعينهما على كارو.

قالت ليراز: «سوى هذه، الإنسانة. إذا كانت كذلك».

قال وهو يخفي مسحة من الخوف: «ماذا يمكن أن تكون غير ذلك؟»

قالت: «لديّ نظرية»، فارتجف قلب أكيفا. «في الليلة الماضية، عندما هاجمتْكَ، كان هناك شيء غريب في ذلك القتال، أليس كذلك يا هازايل؟».

«غريب»، وافقها هازايل.

«لم نكن قريبين بما فيه الكفاية لنشعر بأي... سحر... لكن بالتأكيد بدا الأمر كما لو كنت تشعر به».

دارت أفكار أكيفا بعنف. كيف يمكنه أن يبعد كارو من هنا؟

«يبدو أنك سامحتها على الرغم من ذلك». اقتربت ليراز خطوة أخرى. «هل هناك أي شيء تريد أن تخبرنا به؟».

تراجع أكيفا وأبقى كارو خلفه. قال: «دعيها وشأنها».

تقدمت ليراز. «إذا لم يكن لديك ما تخفيه، دعنا نراها».

بصوت حزين كان أسوأ من نبرة ليراز الحادة، قال هازايل: «أكيفا، أخبرنا فقط أن الأمر ليس كما يبدو. فقط أخبرنا أنها ليست...».

شعر أكيفا بنوع من الاندفاع حوله، سنوات من الأسرار تلاحقه كريح - ريح، تمنّى بنوع من الاستسلام الجامح، أن تحمله بعيداً، مع كارو، إلى مكان بلا سيرافيم وكيميرا وموهبتهم في الكراهية، بلا بشر يقفون حوله يتثاءبون، بلا أحد يقف بينهما مرة أخرى. قال: «بالطبع ليست كذلك».

خرجت الكلمة على شكل زمجرة، واعتبرتها ليراز تحدياً لإثبات ذلك - ما كانت عليه كارو وما لم تكن - ولمعت عيناها بنظرة يعرفها أكيفا جيداً، غضب شديد سخّرته في ساحة المعركة. اقتربت أكثر. اندفع الأدرينالين ساخناً بينما كانت يداه تتقلصان في قبضة، وانحنت عظمة الأمنيات تحت الضغط، واستعد لما سيأتي بعد ذلك.

اجتاحته شكوك مرضيّة بأن الأمر وصل إلى هذا الحد. لكن مهما كان ما توقع حدوثه، لم تكن كارو لتتحدث بصوت واضح وبارد وتسأل: «ماذا؟ ماذا لست أنا؟».

توقفت ليراز، وتحوّل غضبها إلى صدمة. بدا هازايل مذهولاً أيضاً، واستغرق الأمر من أكيفا برهة ليدرك السبب، لكنه أدرك ذلك فجأة.

كلمات كارو، كانت سلسة كالماء المتساقط.

كانت بلغته. لقد نطقت بلغة الملائكة، التي لم يكن لديها أي وسيلة، دنيوية أو غيرها، لمعرفتها. وفي التردد الذي أحدثه سؤالها، خرجت من ملجأ جناحيه ووقفت مكشوفة أمام ليراز وهازايل. ثم قالت لليراز بنفس الوحشية الساطعة التي ابتسمت بها لأكيفا عندما هاجمته في الليلة السابقة: «إذا أردتِ أن تري يداي، فما عليك إلا أن تطلبي».

36

أن تفعل شيئاً آخر غير القتل

كل ما احتاجت إليه هو حظ من جيبها وأمنية هامسة، وأن تسبح كلمات السيرافيم من التدفق الشجي إلى المعنى - لغة أخرى في مجموعة كارو، وكانت جائزة. عرفت بالفعل، من خلال عيني السيرافيم الأنثى الصلبتين المتقدتين ووقفة أكيفا الحامية أنهما كانا يتحدثان عنها.

«فقط أخبرنا أنها ليست...» قال الذكر، وترك كلماته تتدفق في رعب غير معلن، وكأنه يتوسل إلى أكيفا لدحض شكوكهما حولها.

من كانا يعتقدانها؟ هل كان عليها أن تقف هنا صامتة بينما يتحدثان عنها؟

سألت: «ماذا؟ ماذا لست أنا؟ رأت وجوههم تتجمد في صدمة عندما خرجت من خلف أكيفا. الملاك الأنثى على بعد خطوات، تحدق. بدت عيناها ميتتين مثل عيون الجهاديين، وشعرت كارو برعشة من الضعف مع عدم وجود أكيفا بينهما.

فكرت في سكاكينها الهلالية التي تركن بلا فائدة في شـقتها، ثم أدركت أنها لم تكن بحاجة إليها. كان لديها سلاح مصمم خصيصاً للسيرافيم فقط. كانت سلاحاً مصمماً خصيصاً للسيرافيم فقط.

ارتسمت الابتسامة من تلقاء نفسها الشبحية، وقالت بحماسة مظلمة ومتحفزة: «إذا أردتما أن تريا يداي، كل ما عليكما فعله هو أن تطلبا».

ثم، هناك على جسر تشارلز على مرأى ومسمع من المتفرّجين، وهواتفهم وكاميراتهم المحمولة تلتقط ذلك للعالم، ومع اقتراب الشرطة بحذر وتجهم الوجوه، انفتحت أبواب الجحيم.

* * *

صرخ أكيفا: «لا!»، لكن الأوان كان قد فات.

تحركت ليراز أولاً بسرعة، مثل طعنة السكين، لكن كارو كانت تضاهيها بسرعة السكين. رفعت يديها وتموج الهواء مع طرد السحر. لقد صنعت رسماً في حركة بطيئة، بقي معلقاً هناك لثانية واحدة مثل الاعوجاج، ثم ضربت. ارتجفت أطرافه على نطاق واسع ليمسك هازايل وأكيفا، وترنح كلاهما. أما ليراز، على الرغم من ذلك، فقد قُذفت إلى الوراء مثل حشرة مرفرفة. التفت، بطريقة بهلوانية، وهبطت على قدميها بقوة ارتجاجية هزت الجسر. في أعقاب الانفجار، كانت كارو وحدها هي التي وقفت منتصبة. كان شعرها قد علق وكأنه في تيار هوائي عكسي، وانسحب إلى الأمام ثم انقلب إلى الخلف، وتطاير في الهواء المتماوج.

لا تزال تبتسم، ببرود. بدت بشعرها المنسدل وكفيها اللتين تبرزان عينيها الحبريتين المحدقتين، حاقدة حتى بالنسبة إلى زوزانا، وكأنها نوع من الآلهة الهابطة في هيئة فتاة غير مقنعة. تراجعت زوزانا وميك وباقي المتفرجين الآخرين. ألقت ليراز بريقها، وبدا الأمر وكأن الحجاب الذي كان

يحجبهم قد انزاح ليكشف عن نار مستعرة. وألقى هازايل سحره هو الآخر وانتقل إلى جانب أخته، واصطفا في خط المعركة، وكان الملاكان في مواجهة كارو، مطأطئي الرأس في مواجهة البؤس الذي كانت تنفثه عليهم هامساتها

وقف أكيفا بينهم مندهشاً. كان عليه أن يتحرك إلى جانب أو آخر، أن يتحرك خطوة أو خطوتين في أي من الاتجاهين، وكان ذلك هو الخيار الذي سيحدده إلى الأبد. نقّل نظر بسرعة بين أخويه وكارو.

«أكيفا»، همست ليراز. توقعت أن يتقدم نحوهما. لطالما كانوا ثلاثتهم، يتقدمون ضد العدو، ويقتلون، وبعد ذلك يرسمون علامات التعداد الخشنة على أيدي بعضهم البعض بأطراف السكاكين وسخام نار المخيم. بالنسبة إليهم، كانت كارو مجرد وشم آخر ينتظر أن يحدث، خطأ يُنحت. ثم كانت هناك كارو، مستعدة تماماً لرفع يديها وإطلاق سحر بريمستون المؤذي.

قال أكيفا: «لا يجب أن يكون الأمر هكذا»، لكن صوته كان رقيقاً، وكأنه لم يصدق ذلك بنفسه.

قالت ليراز: «الأمر هكذا. لا تكن طفلاً يا أكيفا».

كان لا يزال بينهما، متأرجحاً بين مستقبلين محتملين. قالت ليراز: «إذا كنت لا تستطيع قتلها بنفسك، فاذهب. ليس عليك أن ترى ذلك. لن نتحدث عن ذلك مرة أخرى. لقد انتهى الأمر هل تسمعني؟ اذهب إلى المنزل»

تحدثت بإلحاح وعزم. لقد كانت تعتقد حقاً أنها تعتني به، وأن هذا - هذا الأمر مع كارو، الذي تجاوز إدراكها تماماً - كان جنوناً يجب نسيانه بالقوة. فأجاب: «لن أذهب إلى المنزل».

قال هازايل: «ماذا تعني بأنك لن تذهب إلى المنزل؟ بعد كل ما فعلته؟ كل ما قاتلت من أجله؟ إنه عصر جديد يا أخي. السلام -».

«إنه ليس سلاماً. السلام هو أكثر من مجرد غياب الحرب. السلام هو وفاق، هو انسجام».

«تقصد الوئام مع الوحوش؟». خيمت الريبة على ملامح وجه هازايل، وخيم الاشمئزاز، ولا يزال، لا يزال الأمل في أن يكون كل ذلك سوء فهم.

عندما أجاب أكيفا، كان يعرف أنه يعبر حدوداً نهائية، بعيداً عن أي احتمال لسوء التفسير أو العودة. لقد كانت حدوداً يجب أن يتجاوزها منذ وقت طويل. لقد أصبح كل شيء معقداً للغاية؛ وكان هو قد أصبح معقداً للغاية. «نعم، هذا ما أعنيه».

أشاحت كارو نظراتها بعيداً عن الدخيلين لتلقي نظرة عليه. كانت الابتسامة القاسية قد غادرت وجهها بالفعل، والآن، عندما أحست باضطرابه، حتى يداها اللتان كانتا متماسكتين قد اضطربتا. ونسيت أفكارها وإجاباتها وفراغها، وطغى على كل ذلك ألم أكيفا الذي شعرت به وكأنه ألمها هي.

وصل رجال الشرطة. ترددوا في مواجهة هذا المشهد الغريب. ورأت كارو وجوههم الحائرة، وأسلحتهم المتوترة، ورأت الطريقة التي نظروا بها إليها. هناك ملائكة على جسر تشارلز، وهي عدوهم. هي: عدوة الملائكة، في معطفها الأسود ووشومها الشريرة، بشعرها الأزرق المنسدل وعينيها السوداوين. هم: ذهبيون للغاية، كصور اللوحات الجدارية للكنيسة التي تنبض بالحياة. إنها هي: الشيطان في هذا المشهد، وكانت شبه متوقعة، وهي تلمح ظلها الحاد أمامها، أن ترى له قرنين. لم يكن الأمر كذلك. كان ظلها ظل فتاة، وبدا في تلك اللحظة أنه لا علاقة لظلها بها على الإطلاق.

أما أكيفا الذي كان منذ لحظة قد وضع وجهه على ساقيها وبكى، فقد وقف ساكناً في مكانه دون حراك، وشعرت كارو بالخوف لأول مرة منذ أن جاء الملاكان إليهما. إذا كان يجب أن ينحاز إلى جانبهما... همست: «أكيفا».

قال: «أنا هنا»، وعندما تحرك، كان تحركه نحوها. لم يكن هناك أي شك، فقط كان هناك أمل في ألا يكون الاختيار قسرياً بطريقة ما، وأن اللحظة

يمكن التراجع عنها، لكن الوقت قد فات على ذلك. لذلك تقدم نحو مستقبله، وحال بين كارو وأخيه وأخته، وقال لهما بصوت خفيض ولكن ثابت: «لن أسمح لكما بإيذائها. هناك طرق أخرى للعيش. لدينا ما نفعله غير القتل».

حدّق فيه هازايل وليراز. وبشكل غير متوقع اختار الفتاة. سرعان ما تحولت صدمة ليراز إلى مرارة. اندفعت نحوه وقالت: «هل نفعل؟ هذا موقف مناسب الآن، أليس كذلك؟».

كانت كارو قد أخفضت يديها عندما وقف أكيفا أمامها. مدّت يدها، فقط أطراف أصابعها إلى ظهره، لأنها لم تستطع أن تمنع نفسها عن فعل ذلك

قال لها: «كارو، عليك أن تذهبي».

«أذهب؟ لكن...».

«ابتعدي من هنا. سأمنعهم من ملاحقتك». كان صوته كئيباً بسبب ما يعنيه ذلك، لكنه اتخذ قراره. نظر إليها نظرة سريعة قلقة؛ كان وجهه متوتراً لكنه بدا ثابتاً. «سأقابلكِ في المكان الذي التقينا فيه لأول مرة. عديني بأنك ستنتظرينني هناك».

المكان الذي التقيا فيه لأول مرة. جامع الفناء، في قلب مراكش، حيث التقطت نظراته الملتهبة من خلال فوضى الزحام واخترقت روحها. قال أكيفا بصوت أجش بإلحاح: «عديني. كارو، عديني ألا تذهبي مع رازغوت حتى أجدك، حتى أشرح لك».

أرادت كارو أن تعده. رأت أنه قد أعلن ولاءه لها، حتى ضد بني جنسه. لقد أنقذ حياتها بالتأكيد - هل كان بإمكانها أن تنجو من هجوم اثنين من السيرافيم المسلحين؟ - بالإضافة إلى ذلك، كان قد اختارها. ألم يكن هذا ما أرادته دائماً، أن يتم اختيارها؟ أن تكون عزيزة؟ لقد تخلى عن مكانه في عالمه الخاص من أجلها، وطلب منها أن تنتظره في مراكش.

لكن شيئاً ما متصلباً في داخلها منعها من الوعد. ربما يكون قد اختارها،

لكن هذا لا يعني أنها كانت ستفعل الشيء نفسه إذا ما واجهت نفس الاختيار - ضد بريمستون، إيسا، ياسري، تويغا. لقد أخبرت بريمستون: «أريدك أن تعرف أنني لن أتركك أبداً»، وهي لن تفعل ذلك. كانت ستختار عائلتها. كان أي شيء آخر لا يمكن تصوره، على الرغم من أن فكرة التحول وترك أكيفا وراءها جلبت لها ألماً جسدياً.

قالت: «سأنتظرك بقدر ما أستطيع. هذا أفضل ما يمكنني فعله».

وظنت أن بريق جناحيه المحترقين قد خفت قليلاً. قال بصوت أجوف وهو لا يزال يواجهها وبعيد عنها: «إذاً يجب أن يكون ذلك جيداً بما فيه الكفاية».

سحبت ليراز سيفها، وتبعها هازايل. رد رجال الشرطة بالتراجع إلى الوراء رافعين بنادقهم وصاحوا باللغة التشيكية للملائكة لإلقاء أسلحتهم. صرخ المتفرجون بنوع من الرعب المنتشي. أبقت زوزانا التي كانت تتدافع بينهم عينيها إلى كارو.

أما أكيفا، الذي كان سيفاه أقل وضوحاً في غمديهما المتقاطعين بين جناحيه، فقد مدّ يده مرتين فوق كتفيه وسحبهما برنين متناغم. ومن دون أن ينظر إلى الوراء حثها قائلاً: «كارو. اذهبي».

جمعت نفسها بوضعية القرفصاء، وقبل أن تقفز إلى السماء لتختفي في الأثير في خط من اللونين الأزرق والأسود قالت، وهي مختنقة ومتوسلة: «تعال وابحث عني يا أكيفا».

ثم غادرت، وبقي وحيداً ليواجه تداعيات اختياره المدمر.

كان يا ما كان
كان هناك ملاك يحتضر في الضباب

وركع شيطان فوقه وابتسم

37

حلم- ضائع

بدا أكيفا عاجزاً عن إبقاء دمه في جسده. كان الدم ينزف من تحت أصابعه ويسيل خارجاً، موكباً لتيار نبضات قلبه في دفقات ساخنة. لم يستطع إيقاف النزيف. كان الجرح ينهشه، والإمساك به أشبه بجمع حفنة من بقايا اللحم ليقذف بها إلى كلب.

كان على وشك الموت.

فقد العالم من حوله آفاقه. خنق ضباب البحر شاطئ بولفينش، وسمع أكيفا صوت الأمواج تتكسر، لكنه لم يستطع أن يرى إلا أقرب الجثث: تلال رمادية اللون حجبها الضباب. قد تكون جثث كيميرا أو سيرافيم - باستثناء الجثة الأقرب، والتي لم يستطع تمييزها. كان ذلك الكائن على بعد بضع ياردات فقط، وسيفه مغروس في الوحش. كان الوحش نصف ضبع ونصف سحلية، كان مسخاً، وقد شق الوحش جسد الكائن من الترقوة إلى العضد، ومزق درعه بسهولة كما يمزق القماش. وما زال الوحش ممسكاً به، وأسنانه تخترق لحم كتفه، حتى بعد أن طعنه في صدره.

كان قد لوى نصله، ثم طعنه بعمق، ثم لواه مرة أخرى. صرخ الوحش من أعماق صدره، لكن الكائن لم يترك الوحش حتى مات.

والآن، بينما كان أكيفا مستلقياً في انتظار الموت، انقطع صمت ما بعد المعركة بصخب عالٍ. فتصلب وأمسك جرحه بإحكام. لاحقاً، سيتساءل لماذا فعل ذلك. كان عليه أن يترك جرحه ينزف ويحاول الموت قبل أن يصلوا إليه.

كان العدو يجول في الميدان ويقتل الجرحى. كانوا قد سيطروا على الموقف، وطردوا السيرافيم إلى التحصينات في خليج مورين، ولم يكن لديهم أي اهتمام بالأسرى. كان يجب على أكيفا أن يسرّع في احتضاره، وينسلّ بعيداً في هدوء فقدان الدم، وكأنه ينام. كان العدو أقل لطفاً بكثير.

ما الذي جعله ينتظر؟ هل هو الأمل في قتل كيميرا آخر؟ ولكن إذا كان هذا هو السبب، فلماذا لم يحاول أن يزحف لاستعادة سيفه؟ لقد استلقى هناك، وهو يمسك بجرحه، ويعيش تلك الدقائق القليلة الإضافية من دون سبب يمكنه يفهمه.

ثم رآها.

كانت مجرد صورة ظلّية في البداية. أجنحة خفاش واسعة، وقرنا غزال طويلان حادان كرمحين - الأجزاء الوحشية للعدو. امتلأ أكيفا بالكراهية الشديدة، وشاهدها وهي تقف بجانب جثة واحدة ثم التي تليها. جاءت إلى جثة السحلية الضبع ووقفت هناك لحظة طويلة - ماذا كانت تفعل؟ هل تؤدي طقوس الموت؟

استدارت وتوجهت نحو أكيفا.

كانت تزداد وضوحاً مع كل خطوة تخطوها. إنها نحيلة، وساقاها طويلان – فخذاها بشريان نحيلان ينتهيان، تحت الركبة، بساقي غزال نحيلتين مستدقتين ناعمتين، وحوافر مشقوقة دقيقة تجعلها تبدو وكأنها

تتوازن على دبابيس. جناحاها مطويان، ومشيتها رشيقة ومتوترة في نفس الوقت مع قوة مكبوتة. كانت تحمل في إحدى يديها نصلاً هلالياً، وهناك نصل آخر مثله كان مغمداً على فخذها. رفعت بيدها الأخرى عصا طويلة لم تكن سلاحاً. كانت مقوسة مثل عصا الراعي، وفيها شيء فضي - فانوس؟ - معلق في نهايتها.

لا، ليس فانوساً. لم يكن ينبعث منه ضوء، بل دخان.

خطت خطوات قليلة، بينما تغوص حوافرها في الرمال، ثم كشف الضباب عن وجهها له ووجهه لها. توقفت فجأة عندما رأت أنه على قيد الحياة. استعد للزمجرة، والاندفاع المفاجئ، والألم الجديد الذي أصابه بنصلها، لكن فتاة الكيميرا لم تتحرك. للحظة طويلة نظر كل منهما إلى الآخر. أومأت برأسها إلى أحد الجانبين، في لفتة فضولية شبيهة بإيماءة طائر ولا تنمّ عن التوحش، بل عن الفضول. لم تكن هناك زمجرة على شفتيها. كان وجهها مهيباً.

كانت جميلة بشكل غير متوقع.

تقدمت خطوة أخرى. راقب وجهها وهي تقترب أكثر. انزلقت نظراته إلى أسفل عنقها الطويل، إلى حواف عظام ترقوتها. إنها جميلة، وأنيقة ورشيقة. شعرها قصير مثل زغب البجعة، ناعم وداكن ويشبه القبعة؛ لذلك كانت ملامح وجهها واضحة؛ مثالية. كان الطلاء الأسود الدهني يشكل قناعاً حول عينيها اللتين كانتا كبيرتين - بنيتين ومشرقتين، زاهيتين وحزينتين.

عرف أن حزنها كان على رفاقها الذين سقطوا وليس عليه، ولكنه وجد نفسه مع ذلك منبهراً بالشفقة في نظراتها. لقد جعله ذلك يفكر أنه ربما لم ينظر إلى كيميرا من قبل. لقد رأى العبيد في كثير من الأحيان، لكنهم كانوا يبقون أعينهم على الأرض، ولم يقابل محاربون مثلها إلا وهو يتفادى ضربة قاتلة أو يوجه ضربة قاتلة، وهو شبه أعمى من غضب المعركة. وإذا

ما تجاهل حقيقة نصلها الملطخ بالدماء ودرعها الأسود المحكم، وجناحيها وقرنيها الشيطانيين، وإذا ما ركز فقط على وجهها - الجميل بشكل غير متوقع - بدت له كفتاة، فتاة وجدت شاباً يحتضر على الشاطئ.

للحظة، هذا ما كان عليه المشهد. لم يكن جندياً، ولم يكن عدواً لأحد، وبدا الموت الذي كان يداهمه، بلا معنى. ولأنهم عاشوا كما عاشوا، ملائكة ووحوشاً محاصرين بوابل من القتل والموت، الموت والقتل، فقد بدا خياراً تعسفياً.

وكأنه كان بإمكانهم اختيار عدم القتل والموت.

لكن لا. هذا كل ما كان بينهم. وكانت هذه الفتاة هنا لنفس السبب الذي كان هو هنا من أجله: ذبح العدو. وكان ذلك يعني هو.

لماذا لم تفعل هي ذلك إذاً؟

ركعت إلى جانبه، ولم تفعل شيئاً لحماية نفسها من أي حركة مفاجئة قد يقوم بها. تذكّر السكين في وركه. إنه سيكن صغير، لا يقارن بسكينها الهلالي الخيالي المزدوج، لكن سكينه كان قادراً على قتلها. بحركة واحدة يمكنه أن يغرسه في المنحنى الناعم لحنجرتها. حنجرتها المثالي.

لم يتحرك.

لقد فقد حلمه في ذلك الوقت. فقد دمه. بينما كان يحدق في الوجه الذي فوقه، تساءل عما إذا كان هذا حقيقياً. قد يكون حلماً يحتضر، أو قد تكون هي حاصدة أرواح أُرسلت من الحياة الأخرى لتنتزع روحه.

كانت المبخرة الفضية تتدلى على عصاها، تنفث دخاناً عشبياً وكبريتياً في آن واحد، وبينما كانت رائحتها تهب نحوه، شعر أكيفا بجذب، وإغراء. شعر بالدوار، وظن أنه لن يمانع في اتباع هذه الرسول إلى العالم الآخر.

تخيلها تقوده من يده، وبتلك الصورة الهادئة المطبوعة في ذهنه،

ترك جرحه ليمد يده إلى أصابعها، وأمسكها بأصابعه، التي كانت لزجة بسبب الدم.

اتسعت عيناها وانتزعت يدها بعيداً.

لقد باغتها؛ لم يكن يقصد ذلك. قال: «سأذهب معكِ»، متحدثاً بلغة الكيميرا، التي كان يعرف منها ما يكفي لإعطاء الأوامر للعبيد. لقد كانت لغة خشنة، مزيج من العديد من اللهجات القبلية التي جمعتها الإمبراطورية تحت سقف واحد، والتي انصهرت مع مرور الوقت في لغة مشتركة. كان بالكاد يستطيع سماع صوته، لكنها كانت تفهم كلماته بشكل جيد بما فيه الكفاية.

نظرت إلى مبخرتها، ثم عادت تنظر إليه. قالت: «هذا ليس لكَ»، وأخذتها بعيداً وغرستها في الطين، حيث يبعث النسيم الدخان في اتجاه الريح. «لا أعتقد أنك تريد الذهاب إلى حيث أذهب». كان صوتها جميلاً كالأغنية، حتى في ظل الانحرافات الحيوانية للغة.

«الموت»، قال أكيفا. كانت حياته تغادره بسرعة الآن بعد أن أبعد يده عن جرحه ولم يعد ممسكاً به. كانت عيناه فقط تريدان أن تغمضا. «أنا مستعد».

«حسناً، أنا لست كذلك. سمعت أن الموت ممل».

قالت ذلك بخفة وطرافة وهو ينظر إليها. هل كانت تمزح؟ ابتسمت. ابتسمت.

ابتسم هو أيضاً.

شعر بالدهشة، شعر بأن ذلك يحدث، وكأن ابتسامتها قد أثارت رد فعل فيه. قال وترك عينيه ترفرفان مغمضتين: «الممل يبدو لطيفاً. ربما يمكنني متابعة قراءة الكتب».

كتمت ضحكة، وبدأ أكيفا ينساق إلى الاعتقاد بأنه قد مات. سيكون الأمر أقل غرابة مما لو كان هذا يحدث بالفعل. لم يعد يشعر بكتفه الممزق، لذلك لم يدرك أنها كانت تلمسه حتى شعر بألم شديد. شهق وهو يفتح عينيه. هل طعنته بعد كل شيء؟

لا. لقد قامت بشد ضمادة فوق جرحه. كان هذا هو الألم.

نظر إليها بتعجب.

قالت: «أوصيكِ بالحياة».

«سأحاول».

ثم، تناهت إلى أسماعهما أصوات قريبة، أصوات حلقية. أصوات الكيميرا. تجمدت الفتاة في مكانها، ووضعت إصبعها على شفتيها وتنهدت قائلة: «ششش».

تبادلا نظرة أخيرة. بعثر الضباب ضوء الشمس خلفها، ولمع قرناها وجناحاها ببريق. كان شعرها المقصوص مخملياً ناعماً - بدا ناعماً كغرّة المهر - وكان قرناها مدهونين بالزيت، ويلمعان كحجر كريم مصقول. وعلى الرغم من قناعها الدهني البشع، كان وجهها جميلاً، وابتسامتها عذبة. ولم يكن أكيفا معتاداً على اللطف؛ فقد اخترق صدره، اخترق مكاناً عميقاً لم يظهر أي إشارة سابقاً إلى أنه مكان للشعور.

كان الأمر جديداً وغريباً وكأن عيناً انفتحت فجأة في مؤخرة رأسه، وانفتح أمامه بُعد جديد للرؤية.

أراد أن يلمس وجهها لكنه أحجم عن ذلك، لأن يده كانت مضمخة بالدماء، وبالإضافة إلى ذلك، فقد كانت حتى ذراعه غير المصابة ثقيلة إلى درجة أنه لم يكن يعتقد أنه يستطيع رفعها.

لكن كان لديها نفس الدافع. مدت يدها، وترددت، ثم مررت أطراف

أصابعها الباردة على جبينه المحموم الساخن، فوق حافة خده لتستقر على نقطة النبض الناعمة في حنجرته. تركتها هناك للحظة، وكأنها تطمئن نفسها بأن الحياة لا تزال تنبض في دمه.

هل شعرت كيف تسارع نبضه عندما لمسته؟

ثم، وبسرعة فائقة، قفزت واختفت. كانت هاتان الساقان الطويلتان بحوافر الغزال وعضلاتها الطويلة النحيلة تدفعها بعيداً عبر الضباب في قفزات انسيابية تكاد تكون طيراناً، وكان جناحاها نصف مطويين ومرفوعين عالياً مثل الطائرات الورقية، لذا كان نزولها مع كل قفزة انجرافاً راقصاً. وعلى مسافة بعيدة، رأى أكيفا شكل ظلها يلتقي أشكالاً أخرى في الضباب - وحوش ضخمة لا تملك شيئاً من رشاقتها. كانت الأصوات تتدافع نحوه مليئة بالزمجرة، وصوتها في وسطهم هادئ. كان يثق أنها ستقودهم بعيداً عنه، وقد فعلت.

عاش أكيفا وتغيّر.

سألته ليراز لاحقاً، عندما وجدته وأوصلته إلى بر الأمان: «من الذي ربط لك هذا الرباط؟». قال إنه لا يعرف.

لقد شعر وكأن حياته حتى تلك اللحظة قد قضاها تائهاً في متاهة، وفي ساحة المعركة في بولفينش وجد أخيراً مركزها. مركزه الخاص - ذلك المكان الذي نبض فيه الشعور من الخدر. لم يتوقع حتى في وجود هذا المكان، حتى ركعت عدوته بجانبه وأنقذت حياته. تذكرها بنعومة الحلم، لكنها لم تكن حلماً.

إنها حقيقية، وموجودة في العالم. مثل عيني حيوان تلمعان من غابة ليلية، كانت موجودة هناك، وميض قصير من الإشراق في ظلام دامس. كانت هناك.

38

فاجر

بعد معركة بولفينش، كان وجود مادريغال - سيمر عامان قبل أن يعرف اسمها – ينادي على أكيفا كصوت هائم في صمت عظيم.

وبينما كان مستلقياً على فراش الموت في معسكر المعركة في خليج موروين، حلم مراراً وتكراراً بأن الفتاة العدو راكعة فوقه مبتسمة. وفي كل مرة كان يستيقظ فيها على غيابها، ليرى بدلاً منها وجوه أقاربه وعشيرته، كانوا يبدون أقل واقعية من هذا الشبح الذي يطارده. حتى عندما كانت ليراز تتصدى للطبيب الذي أراد بتر ذراعه، كان ذهنه يستدعيه إلى الشاطئ الذي يلفه الضباب في بولفينش، إلى العينين البنيتين والقرنين اللامعين وتلك الصدمة من اللطف.

لقد تدرب على تحمل سحر علامات الشيطان، ولكن ليس هذه. وجد أنه لم يكن لديه أي دفاع ضد هذه.

بالطبع، لم يخبر أحداً.

جاء هازايل إلى سريره ومعه مجموعة أدوات الوشم الخاصة به لوشم علامات على يدي أكيفا بعدد الذين قتلهم في بولفينش. «كم عددهم؟»، سأل وهو يسخن نصل سكينه لتعقيمها.

كان أكيفا قد قتل ستة من الكيميرا في بولفينش، بما في ذلك الضبع المتوحش الذي قضى عليه. ست علامات جديدة ستوشم على يده اليمنى التي كانت لا تزال ملتصقة بجسده بفضل ليراز. استلقت الذراع بلا فائدة إلى جانبه. فقد أعيد توصيل الأعصاب والعضلات المقطوعة؛ ولن يعرف لبعض الوقت ما إذا كانت ستعمل مرة أخرى.

عندما أمسك هازايل اليد الهامدة، والسكين جاهزة في يده، كل ما كان يفكر فيه أكيفا هو الفتاة المعادية، وكيف يمكن أن ينتهي بها الأمر كعلامة سوداء على مفصل أحد السيرافيم. كانت الفكرة لا تطاق. انتزع ذراعه من يد هازايل بيده السليمة وغمره الألم على الفور. قال وهو يلهث: «لا أحد. لم أقتل أحداً».

حدّق هازايل بعينيه. قال: «لقد فعلت. كنت معك ضد تلك الكتيبة من ثيران القنطور».

لكن أكيفا رفض العلامات، وانصرف هازايل.

وهكذا، بدأ السر الذي تحول على مر السنين إلى صدع بينهما، والذي هدد، في سماء العالم البشري، بتمزيقهما إلى الأبد.

* * *

عندما انفجرت كارو من على الجسر، تبعتها ليراز، واندفع أكيفا ليمنعها. واشتبكت سيوفهما. وأمسك السيفان بالقرب من مقبضيهما، ووضع قوته فيهما، وبضغط مستمر أجبر أخته على التراجع. وأبقى هازايل

في مرمى بصره خوفاً من أن يلاحق كارو، ولكن أخاه كان لا يزال واقفاً على الجسر، يحدق في المنظر الذي لا يمكن تصوره وهو عراك أكيفا وليراز بسيوفهما المتشابكة.

كان ذراعا ليراز يرتجفان من الجهد الذي بذلته في التوازن على أرضها - هوائها - وكان جناحاها يعملان في خفقات خلفية غاضبة. كان وجهها متجهماً وفكها مشدود، من شدة النزال، وكانت عيناها واسعتين إلى درجة أن قزحيتيهما كانتا بقعتين في محجرين أبيضين محدقين.

وبصرخة بانشي[32] رمت أكيفا بعيداً، وأطلقت سيفها المحرر في إعصار حول رأسها، ثم أنزلته فوق رأسه.

تصدى لها. هزت قوتها عظامه. لم تكن تتراجع. صدمته شراسة هجومها - هل ستحاول قتله حقاً؟ هاجمته مرة أخرى، فتصدى لها وصدها، وأخيراً تحرر هازايل من جموده، ووثب نحوهما.

صرخ مذعوراً: «توقفا». بدأ يندفع نحوها، لكنه اضطر إلى التراجع عندما قامت ليراز بضربة عنيفة. تفادى أكيفا الضربة وأفقدها توازنها، فدارت حول نفسها قبل أن تتوازن وتستقر.

رمقته بنظرة حاقدة، وبدلاً من أن تنقض عليه مرة أخرى، اندفعت إلى الأعلى. انطلقت من جناحيها كرة نارية انفجرت تسبب في شهقة جماعية من المتفرجين، ثم انطلقت مسرعة في الاتجاه الذي ذهبت إليه كارو.

لم تُظهر السماء أي إشارة لكارو، لكن أكيفا لم يشك في أن ليراز يمكنها أن تتعقبها. فأسرع خلفها. وبسرعة، انحسرت أسطح المنازل، وانحسرت معها البشرية. لم يكن هناك سوى الهواء المندفع، وتوهج الأجنحة، و- لحق بأخته وأمسك بذراعها – وعاد النزاع.

---

32. بانشي: في الأسطورة الأيرلندية، هي روح أنثوية ينذر صراخها بموت وشيك في أحد المنازل.

دارت نحوه مرة أخرى وهي تضرب، ودوّت سيوفهما مرات عدة. وكما حدث في براغ، عندما هاجمته كارو، لم يفعل أكيفا سوى أن يتفادى الهجوم، ويتجنبه، ولم يرد الهجوم.

«توقفا!»، صاح هازايل مرة أخرى، واقترب من أكيفا ودفعه بقوة ليخلق مسافة بينه وبين ليراز.

كانا الآن على ارتفاع عالٍ فوق المدينة، في صمت مطبق لا يتردد فيه سوى صدى رنين الفولاذ. تساءل هازايل بنبرة من عدم التصديق: «ما الذي تفعلانه؟ أنتما الاثنان تتقاتلان».

قال أكيفا وهو يتراجع: «أنا لا أقاتل. لن أفعل».

همست ليراز: «لم لا؟ قد يكون من الأفضل أن تنحر عنقي بدلاً من أن تطعنني في ظهري».

«ليراز، لا أريد أن أؤذيك».

ضحكت. «أنت لا تريد ذلك، لكنك ستفعل إذا اضطررت إلى ذلك؟ هل هذا ما تقوله؟».

هل كان كذلك؟ ماذا سيفعل لحماية كارو؟ لم يكن بإمكانه إيذاء أخته أو أخيه، لم يكن بإمكانه أن يتعايش مع ذلك. لكنه لم يستطع أن يسمح لهما بإيذاء كارو أيضاً. كيف يمكن أن يكون هذان خياريه الوحيدين؟

قال: «فقط... انسي أمرها. أرجوكِ. فقط دعيها تذهب».

تسبب الانفعال الشديد في صوته، في جعل عيني ليراز تضيقان بازدراء. ونظر إليها، وفكر أكيفا في أنه من الأفضل أن يتوسل إلى سيف بدلاً من أن يتوسل إليها. ألم يكن هذا ما تربى عليه ثلاثتهم، وجميع أوغاد الإمبراطور الآخرين أيضاً؟ إنهم أسلحة مصنوعة من اللحم. أدوات لا تفكر سوى بالعداء القديم

لم يستطع قبول ذلك. كانوا أكثر من ذلك، جميعهم. كان يأمل. خاطر، وأعاد سيفيه إلى غمديهما. بعينين بدتا ضيقتين كجرحين في وجهها، راقبت ليراز بصمت.

قال: «في بولفينش. سألتني من الذي ربط الرباط على جرحي».

انتظرتْ، وكذلك فعل هازايل.

فكّر أكيفا في مادريغال، وتذكر ملمس بشرتها، والنعومة المدهشة لجناحيها الجلديين، وبريق ضحكتها - التي تشبه ضحكة كارو - وتذكر ما قالته له كارو في ذلك الصباح: إذا كان قد عرف أي كيميرا في أي وقت مضى، فإنه لن يتمكن من نبذهم باعتبارهم وحوشاً.

لكنه الآن عرف كيميرا، ولم ينبذها. كان قد عرف مادريغال وأحبها، ومع ذلك فقد أصبح ما أصبح عليه - الهيكل ذو العينين الميتتين الذي كاد أن يذبح كارو بهمجية. لقد نبتت أزهار الحزن القبيحة في داخله: الحقد، والانتقام، والعمى. الشخص الذي أصبح عليه الآن، كانت مادريغال لتندم على إنقاذ حياته.

لكن مع كارو، كان لديه فرصة أخرى - للسلام، على وجه التحديد. ليس للسعادة، ليس بالنسبة إليه. لقد فات الأوان بالنسبة إليه.

لكن بالنسبة إلى الآخرين، ربما كان لا يزال هناك خلاص.

قال لأخته وأخيه: «لقد كانت كيميرا هي من ربطت الرباط». أخذ نفساً، مدركاً أن هذا سيبدو لهم أمراً غير مقبول. كانوا قد تعلموا منذ المهد أن الكيميرا كائنات حقيرة زاحفة وشياطين وحيوانات. لكن مادريغال... كانت قد تمكنت في لحظة من تحريره من تعصبه، وقد حان الوقت ليحاول أن يفعل الشيء نفسه. قال: «لقد أنقذت الكيميرا حياتي، ووقعتُ في حبها».

39

سيُراقُ الدم

بعد بولفينش، تغيّر كل شيء بالنسبة إلى أكيفا. عندما أبعد عنه هازايل وعدة الوشم الخاصة به، راودته فكرة: عندما يرى فتاة الكيميرا مرة أخرى، سيكون قادراً على إخبارها بأنه لم يستخدم الحياة التي منحته إياها لقتل المزيد من أبناء جنسها.

كان من غير المرجح أن يراها مرة أخرى أبداً، لكن الفكرة استوطنت في ذهنه - شيء هارب لا يبدو أنه يستطيع أن يطارده - واعتاد على وجوده الكامن. واستأنس به، وتحول الشيء من فكرة جامحة إلى أمل - أمل مستدام، وهو الأمل الذي سيغير مسار حياته: أن يرى الفتاة مرة أخرى ويشكرها. كان هذا كل شيء، فقط يشكرها. عندما تخيل تلك اللحظة، لم يذهب عقله إلى أبعد من ذلك. كان ذلك كافياً لإبقائه مستمراً.

لم يمضِ أكيفا وقتاً طويلاً في خليج موروين بعد المعركة. أرسله جرّاحو المعركة إلى أستراي ليرى ما يمكن أن يفعله المعالجون هناك من أجله

أستراي. حتى وقوع المذبحة قبل ألف عام مضت، كان السيرافيم يحكمون الإمبراطورية من أستراي. لمدة ثلاثمائة عام كانت، بكل المقاييس، نور العالم، أجمل مدينة بُنيت على الإطلاق. القصور والأروقة والنوافير وكلها من الرخام اللؤلؤي المستخرج في إيفورين، والشوارع الواسعة المرصوفة بالكوارتز التي تعلوها أغصان جلعاد المعطرة بالعسل. ارتفعت المدينة فوق مرفئها على منحدرات مخططة على ساحل ميريا الزمردي الذي يمتد على مرمى البصر. وكما هو الحال في براغ، كانت هناك أبراج تشير إلى السماء، واحد لكل نجم من نجوم الآلهة - نجوم الآلهة التي عينت السيرافيم كحراس للأرض وجميع مخلوقاتها.

نجوم الآلهة التي كانت تراقب كل شيء وهو يسقط في الفوضى.

فكر أكيفا في أن مواطني أستراي لا بد أنهم شعروا بعد ثلاثمائة عام أنها كانت وستظل كذلك دائماً. والآن، وبعد عشرة قرون، بدا عصرها الذهبي وكأنه غمضة عين إله ميت منذ زمن بعيد، ولم يبق من المدينة الأصلية إلا القليل. لقد دمرها العدو: أسقط الأبراج، وأحرق كل ما يمكن أن يشتعل. ولو استطاع لمزق النجوم من السماء. لم يكن لهذه الوحشية سابقة في التاريخ. في نهاية اليوم الأول، مات السحرة، حتى أصغر تلاميذهم، وابتلعت النيران مكتبتهم مع كل النصوص السحرية في كل أنحاء إريتز.

من الناحية الاستراتيجية، كان الأمر منطقياً. لقد أصبح السيرافيم يعتمدون بشكل كبير على السحر إلى درجة أنهم في أعقاب المذبحة، مع عدم بقاء أي ساحر على قيد الحياة، كانوا عاجزين تقريباً. تمت التضحية بكل الملائكة الذين لم يهربوا من أستراي على مذبح في ضوء القمر، وكان إمبراطور السيرافيم، جد والد أكيفا، من بينهم. لقد ضحى الكثير من الملائكة بأرواحهم على حجر المذبح إلى درجة أن دماءهم سالت على درجات المعبد مثل الأمطار الموسمية وأغرقت المخلوقات الصغيرة في الشوارع.

احتفظ الوحوش بأستراي لقرون، حتى شن جورام - والد أكيفا - حملة شاملة في بداية عهده واستعاد كل الأراضي حتى جبال أدلفا. كان قد عزز سلطته وبدأ في إعادة بناء الإمبراطورية، مع وضع مركزها في المكان الذي تنتمي إليه كما قال: في أستراي.

لم يحرز جورام تقدماً كبيراً في مجال السحر. فمع احتراق المكتبة وموت السحرة، عاد السيرافيم إلى أبسط الألاعيب، وفي كل القرون التي تلت، لم يتقدموا كثيراً بعد ذلك.

لم يفكر أكيفا كثيراً في السحر. فقد كان جندياً، وتعليمه محدود. لقد افترض بأن السحر لغز بالنسبة إلى عقول أخرى أكثر ذكاءً. لكن إقامته في أستراي غيرت ذلك. فقد أتيح له الوقت ليكتشف أن عقله، رغم كونه جندياً، كان أكثر إشراقاً من معظمهم، وأنه يمتلك شيئاً لم يمتلكه سحرة أسترا. في الحقيقة، هو يمتلك شيئين لم يمتلكوهما. كان لديه الدم اللازم لذلك، على الرغم من أن الأمر استلزم تعليقاً خبيثاً من والده ليعرف ذلك. ولديه الشيء الأكثر أهمية، الشيء الجوهري.

لديه الألم.

استمر الألم في كتفه، وكذلك كانت لديه شبحه المثالي، الفتاة المعادية، وكان الاثنان مرتبطين. وعندما كان كتفه يحترق ويعود إلى الحياة ببطء، لم يكن بوسعه إلا أن يفكر في يديها الناعمتين اللتين كانتا على كتفه وهما تثبتان الضمادة التي أنقذته. وقد رفض المعالجون في أسترا عقاقير الجراحين في المعركة، التي لم تنفع في علاجه، وجعلوه يستخدم ذراعه. ووظفوا له عبداً – من الكيميرا – لغرض تمسيدها للحفاظ على ليونة العضلات، وأمروا أكيفا أن يذهب إلى ميدان التدريب لتمرين ذراعه اليسرى على المبارزة بالسيف، تحسباً لعدم تعافي اليمنى تماماً. وعلى عكس ما كان متوقعاً، فقد تعافت بالفعل، رغم أن الألم لم يخفّ، وفي غضون أشهر قليلة أصبح مبارزاً أكثر

روعة مما كان عليه من قبل. وزار صانع الأسلحة في القصر للحصول على مجموعة من النصال المتطابقة، وسرعان ما سيطر في ميدان التدريب. كان يقاتل بيديه الاثنتين، ويجذب الحشود إلى المبارزات الصباحية، بمن فيهم الإمبراطور نفسه.

سأله جورام وهو يقيّم أداءه: «أأنت واحد من أولادي؟».

لم يكن أكيفا قد واجه والده مباشرة. كان أبناء جورام غير الشرعيين كثيرين، ولا يمكن أن يُتوقع منه أن يعرفهم جميعاً.

«نعم يا سيدي»، قال أكيفا مطأطئ الرأس. كان كتفاه لا يزالان يؤلمانه من جهد المبارزة، وكانت يمناه ترسل شرارات الألم التي صارت جزءاً من حياته الآن.

أمره الإمبراطور: «انظر إليّ».

فعل أكيفا ذلك، ولم يرَ شيئاً من نفسه في السيرافيم الذي أمامه. هازايل وليراز، نعم. كانت عيناهما الزرقاوان موروثتين من جورام، وكذلك ملامحهما. كان الإمبراطور أشقر، وشعره الذهبي يميل إلى الشيب، وعلى الرغم من أنه عريض البنية، إلا أنه كان متوسط القامة، وتوجب عليه أن ينظر إلى الأعلى نحو أكيفا.

كانت نظرته حادة. قال: «أنا أتذكّرُ أمكَ».

رمش أكيفا بعينيه. لم يكن يتوقع ذلك السؤال.

قال الإمبراطور: «العينان نفسهما. العيون لا تُنسى، أليس كذلك؟».

كانت العينان هما أحد الأشياء القليلة التي يتذكرها أكيفا عن والدته. كان بقية وجهها ضبابياً، ولم يكن يعرف حتى اسمها، لكنه كان يعرف أنه يملك عينيها. بدا أن جورام كان ينتظر منه الإجابة، فأقرّ قائلاً: «أنا أتذكر»، وشعر بالضياع، وكأنه باعترافه هذا كان يسلم الشيء الوحيد الذي يملكه عنها

قال جورام: «فظيع ما حدث لها».

تجمد أكيفا. لم يكن يعرف شيئاً عن والدته بعد أن انتُزع منها، كما كان الإمبراطور يعرف بالتأكيد. كان جورام يستفزه، يريده أن يسأل، ماذا؟ ماذا حدث لها؟ ولكن أكيفا لم يسأل، بل شدّ على أسنانه فقط، فقال جورام وهو يبتسم ابتسامة جارحة: «ولكن ماذا تتوقع حقاً من الستيليين؟ إنهم قبيلة متوحشة. تقريباً بنفس سوء الوحوش. احترس كي لا يُراق الدم أيها الجندي».

وانصرف، تاركاً أكيفا مع حرقة في كتفه وإلحاح جديد لمعرفة ما لم يكن يهتم به من قبل: أي دم؟

هل يمكن أن تكون أمه ستيلية؟ لم يكن من المنطقي أن يكون لجورام محظية ستيلية؛ لم تكن له علاقات دبلوماسية مع «القبيلة المتوحشة» في الجزر البعيدة، مع السيرافيم المارقين الذين لم يكونوا ليقدموا نساءهم كجزية.

فكيف إذاً وصلت إلى هناك؟

اشتهر الستيليون بأمرين. الأول هو استقلالهم الشديد - لم يكونوا جزءاً من الإمبراطورية، حيث رفضوا بثبات، على مر القرون، الانضمام إلى الجماعة مع أبناء جنسهم من السيراف.

والأمر الثاني هو تعاطفهم مع السحر. فقد كان يُعتقد، في غياهب تاريخهم السحيقة، أن السحرة الأوائل كانوا من الستيليين، ويُشاع أنهم لا يزالون يمارسون مستوى نادراً من السحر غير معروف في بقية أنحاء إريتز. كان جورام يكرههم لأنه لم يستطع أن يغزوهم أو يتسلل إليهم، على الأقل ليس في الوقت الذي يحتاج فيه إلى تركيز قواته على حرب الكيميرا. ولكن لم يكن هناك شك، على الرغم من ذلك، في الشائعات التي انتشرت في العاصمة حول المكان الذي سيضعه نصب عينيه بمجرد كسر شوكة الوحوش. أما بالنسبة إلى ما حدث لوالدته، فلم

يعرف أكيفا قط. فقد كان الحرملك عالماً مغلقاً، ولم يستطع حتى أن يتأكد من وجود محظية ستيلية في أي وقت مضى، ناهيك عما حدث لها. ولكن بالنسبة إليه، نشأ شيء ما أثناء لقائه بأبيه: تعاطف مع أولئك الغرباء من دمه، وفضول بشأن السحر.

وقد قضى في أستراي أكثر من عام. وإلى جانب العلاج الطبيعي والمبارزة وبعض الساعات كل يوم في معسكر التدريب لتدريب الجنود الشبان على السلاح، كان وقته ملكاً له. بعد ذلك اليوم، استغل وقته. كان يعرف عن عُشر الألم[33]، وبفضل جرحه، أصبح لديه الآن مخزون دائم من الألم يستفيد منه. ومن خلال مراقبة السحرة - الذين كان هو، الجندي المتوحش، غير مرئي بالنسبة إليهم - تعلم الألاعيب الأساسية، بدءاً من الاستحضار. كان يمارس ذلك على طائر الخفاش والفراشات الطنانة في ظلام الليل، ويوجه طيرانها، ويصفّها في صفوف على شكل حرف V مثل إوز الشتاء، ويستدعيها لتستقر على كتفيه، أو بين راحتي يديه.

كان الأمر سهلاً؛ فقد استمر في المضي قدماً. وسرعان ما وصل إلى حدود ما هو معروف، ولم يكن ذلك يعني الكثير - فما كان يسمى سحراً في هذا العصر، لم يكن أكثر من حيل وأوهام. ولم يكن يخدع نفسه قط بأنه ساحر أو قريب من ذلك، ولكنه كان مبدعاً، وعلى عكس المتغطرسين الذين كانوا يسمون أنفسهم سحرة، لم يكن مضطراً إلى جلد نفسه أو حرقها أو جرحها لاستخلاص القوة - كان يملكها في مستوى منخفض وثابت. لكن السبب الحقيقي الذي جعله يتفوق عليهم، لم يكن ألمه ولا إبداعه، بل كان دافعه. الفكرة التي نمت من شيء جامح إلى أمل - رؤية فتاة الكيميرا مرة أخرى - أصبحت خطة.

---

33. عشر الألم، هو ما يلزم لأداء السحر.

كانت تتكون من جزأين. الأول فقط كان سحرياً: إتقان سحر يمكن أن يخفي جناحيه. هناك تلاعب من أجل التخفي، لكنه كان بدائياً، مجرد نوع من «القفز» في الفضاء يمكن أن يخدع العين - عن بعد - للتغاضي عن الشيء المقصود. لم يكن التخفي كذلك. إذا كان يأمل أن يمر متخفياً بين الأعداء - وهو ما كان يأمله بالضبط - فعليه أن يفعل ما هو أفضل من ذلك

لذا عمل على ذلك. استغرق الأمر شهوراً. تعلم أن يغوص في ألمه، كما لو كان مكاناً. من داخل هذا المكان، بدت الأشياء مختلفة - ذات حواف حادة - وبدت مختلفة أيضاً، رقيقة وباردة. كان الألم مثل العدسة التي تصقل كل شيء، حواسه وغرائزه، وهناك، من خلال التجربة والتكرار بلا هوادة، فعلها. لقد حقق الاختفاء. لقد كان انتصاراً من شأنه أن يكسبه الشهرة وأرفع الأوسمة الإمبراطورية، وكان من دواعي رضاه البالغ أن يحتفظ به لنفسه.

قال لنفسه إن الدم سيُراق، يا أبي.

الجزء الآخر من خطته هو اللغة. فقد جثم على سطح ثكنات العبيد ليستمع إلى حكاياتهم التي كانوا يروونها على ضوء نيران روثهم ذات الرائحة الكريهة. كانت حكاياتهم غنية وجميلة على نحو غير متوقع، وهو يستمع، ولم يستطع أن يمنع نفسه من تخيل فتاته الكيميرا جالسة عند نار المعسكر في مكان ما تحكي نفس القصص.

فتاته. لقد وجد نفسه يفكر فيها على أنها مُلك له، ولم يبدُ الأمر غريباً.

وبحلول الوقت الذي أعيد فيه إلى كتيبته في خليج موروين، كان بإمكانه أن يستفيد من وقت أطول قليلاً لإتقان لهجته الكيميرية، ولكنه كان يعتقد أنه مستعد أساساً لما سيأتي بعد ذلك، بكل ما فيه من جنون ساطع ومشرق.

40

مثل السحر تقريباً

في ذلك الوقت، كان وجود مادريغال هو الذي ناداه عبر الفضاء. أما الآن فقد أصبح وجود كارو. ثم، كانت لوراميندي هي وجهته في ذلك الوقت، هي مدينة الوحوش المحبوسة. أما الآن فقد أصبحت مراكش. ومرة أخرى ترك هازايل وليراز خلفه، لكنه هذه المرة لم يتركهما في حالة جهل. لقد عرفا حقيقته.

ولم يستطع تخمين ما سيفعلانه حيال ذلك.

لقد وصفته ليراز بالخائن، وقالت إنه أصابها بالغثيان. حدّق هازايل في وجهه شاحباً ومشمئزاً.

لكنهم أطلقا سراحه دون إراقة دماء – دمه أو دمهما - وكان ذلك أفضل ما يأمله. ولم يكن يعرف ما إذا كانا سيخبران قائدهما - أو حتى الإمبراطور – بالعودة لمطاردته أو التستر عليه. لم يكن بوسعه التفكير في الأمر. كان يحلّق فوق البحر الأبيض المتوسط وعظمة الأمنيات في يده.

كانت أفكاره تتعلق بكارو. تخيّلها تنتظره في الساحة المغربية المجنونة حيث وقعت عيناه عليها لأول مرة. كان يتخيلها بوضوح شديد، ويتخيل حتى الطريقة التي كانت ترفع بها يدها إلى حلقها وتمدها إلى عظمة الأمنيات قبل أن تتذكر، مع وجع جديد في كل مرة، أنها لم تعد تملكها.

كانت بحوزته. كل ما كان يعنيه، بالنسبة إلى الماضي والمستقبل، يملكه هنا في يده - مثل السحر تقريباً، كما أخبرته مادريغال ذات مرة.

حتى تلك الليلة التي رأى فيها مادريغال أخيراً مرة أخرى، لم يكن يعرف حتى ما هي عظمة الأمنيات. كانت تضع واحدة وتعلقها بحبل حول عنقها، وهو شيء غير متناسق مع ثوبها الحريري، وبشرتها الحريرية.

«إنها عظمة الأمنيات»، قالت له وهي تمسك بها. «تضع إصبعك حول النتوء، هكذا، وكل منا يتمنى أمنية ويسحب. من يحصل على القطعة الأكبر ينال أمنيته».

سأل أكيفا: «أهو سحر؟ من أي طائر هذه العظمة، حتى تصنع سحراً؟»

«إنه ليس سحراً. الأمنيات لا تتحقق حقاً».

«لماذا تفعلين ذلك إذاً».

هزت كتفيها. «إنه الأمل؟ يمكن أن يكون الأمل قوة جبارة. ربما لا يوجد فيه سحر حقيقي، ولكن عندما تعرف ما تأمله أكثر من غيره وتمسك به كالنور في داخلك، يمكنك أن تجعل الأشياء تحدث، مثل السحر تقريباً».

لقد تاه فيها. أشعل توهج عينيها شيئاً ما في داخله، جعله يدرك أنه قضى حياته في سديم من نصف حياة، وفي أحسن الأحوال نصف إحساس.

«وما هو أكثر ما تأملينه». سألها راغباً - أياً كان - في أن يمنحها إياه.

كانت خجولة. قالت: «ليس من المفترض أن أخبرك. تعال، تمنَّ معي».

مدّ أكيفا يده ووضع أحد أصابعه حول النتوء النحيل للعظمة. كان الشيء الذي تمنى حدوثه هو أكثر شيء لم يتمناه سابقاً، ليس قبل أن يعثر عليها. ولقد تحقق ذلك في تلك الليلة، وفي ليالٍ عديدة بعدها.

إنها فترة وجيزة ومشرقة من السعادة، إنها نقطة الارتكاز التي دارت حولها حياته كلها. كل ما فعله منذ ذلك الحين، كان بسبب حبه لمادريغال، وفقدها وفقد نفسه.

والآن؟ لقد كان يطير نحو كارو والحقيقة في يده، هذا الشيء الهش للغاية، «مثل السحر تقريباً».

تقريباً؟ ليس هذه المرة.

عظمة الأمنيات هذه تنضح بالسحر. كان توقيع بريمستون قوياً عليها كما هو الحال في البوابات التي كانت تجعل أسنان أكيفا تتألم. في العظمة تكمن الحقيقة، ومعها القوة التي تجعل كارو تكرهه.

وإذا اختفت العظمة - وهي شيء ضئيل للغاية ليسقط في المحيط - فماذا بعد ذلك؟ لم تكن كارو بحاجة إلى معرفة أي شيء.

كان بإمكانه أن يحصل عليها حينها؛ بإمكانه أن يحبها. والأدهى من ذلك، لو لم تكن هناك عظمة الأمنيات، لأمكنها أن تحبه.

كانت فكرة مسمومة، وملأت أكيفا بكراهية الذات. حاول إخمادها، لكن العظمة سخرت منه. بدا أنها لا يجب أن تعرف أبداً، كما بدا له أن العظمة تقول، وهي مستلقية هناك على يده المفتوحة. والبحر الأبيض المتوسط البعيد في الأسفل، المرقط والمتلألئ بأشعة الشمس والعميق، أكد ذلك.

لا يجب أن تعرف أبداً.

41

ألف

كانت كارو في المكان الذي تخيلها فيه أكيفا بالضبط، على طاولة مقهى على طرف جامع الفنا، وكما تخيلها هو أيضاً، بدت مضطربة في غياب عظمة الأمنيات. في يوم من الأيام، لم تكن أصابعها في حاجة إلى ما يشغلها سوى الإمساك بقلمها الرصاص.

أما الآن فقد كان دفتر رسمها مفتوحاً أمامها، وكانت صفحاته البيضاء تضيء في شمس شمال أفريقيا. إنها مضطربة، غير مركزة، وغير قادرة على منع عينيها من البحث في الساحة عن أكيفا.

قالت لنفسها إنه سيأتي، وسوف يعيد عظمة الأمنيات. سيفعل ذلك.

إذا كان على قيد الحياة.

هل كان أولئك السيرافيم الآخرين ليؤذوه؟ لقد مر يومان بالفعل. ماذا لو...؟ لا، لقد كان حياً. إن تخيله خلاف ذلك... لم يستطع عقل كارو أن يقترب من هذه الفكرة، من فكرة موته. وبغرابة، ظلت تتذكر كيشميش،

قبل سنوات، وهو يبتلع ذلك الطائر الظنان – الفراشة – ويخطر لها فجأة: حي، ليس حياً. هكذا تماماً.

«لا». انحرفت أفكارها بعيداً، مركزة على عظمة الأمنيات. ماذا يعني أن يكون لها هذا التأثير على أكيفا؟ و... ما الذي يمكن أن يكون قد أخبرها به وجعله يجثو على ركبتيه؟ اكتسى غموضها صبغة داكنة وشعرت برعشة من الخوف. لم تستطع أن تمنع نفسها من تذكر زوزانا وميك، والنظرات التي كانت ترتسم على وجهيهما – نظرات الذهول والخوف، منها. كانت قد اتصلت بزوزانا أثناء توقفها في المطار في الدار البيضاء. كانتا قد تجادلتا.

رغبت زوزانا في أن تعرف، قالت: «ماذا تفعلين؟ دعينا لا نعود إلى زمن المهمات الغامضة يا كارو».

لم تكن هناك فائدة كبيرة من الحذر الآن، هكذا أخبرتها. لم يكن من المستغرب أن تقتنع زوزانا بمقولة أكيفا بأن الأمر خطير جداً، وأن بريمستون لن يرغب في ذلك.

قالت كارو: «أريدكِ أن تأخذي شقتي. لقد اتصلت بالمالك بالفعل. لديه مفتاح لك، وقد دُفع إيجارها لبقية –».

قالت زوزانا: «لا أريد شقتك اللعينة». كانت زوزانا التي كانت تسكن مع خالتها المسنة التي تطهو الملفوف، تمزح كثيراً حول قتل كارو لمجرد الحصول على شقتها. «لأنك تعيشين فيها. لا تختفي هكذا يا كارو. هذا ليس كتاباً من كتب نارنيا[34] اللعينة».

لم يكن هناك أي تفاهم معها. وانتهت المحادثة بشكل سيئ، وتُركت كارو جالسة وهاتفها دافئ بين يديها ولا أحد آخر لتتصل به.

---

34. نارنيا أو كرونيكلز أوف نارنيا، هي سلسلة فانتازيا خيالية من سبع روايات، من تأليف الكاتب البريطاني سي. إس. لويس، ورسوم بولين بينز، نشرت أولا بين عامي 1950-1956، أنتج من هذه السلسلة برامج إذاعية وتلفزيونية ومسرحية وأفلام بالإضافة إلى ألعاب كومبيوتر.

لقد صدمها بوضوح رهيب مدى قلة عدد الأشخاص في حياتها. فكرت في إستر، جدتها المزيفة، وهذا ما جعلها حزينة، لأن عقلها سيتحول إلى البديل. كادت أن ترمي الهاتف في سلة المهملات هناك - لم يكن لديها شاحن على أي حال - لكنها كانت سعيدة للغاية في الصباح التالي، لأنها لم تكن تملكه. اهتز الهاتف في جيبها في المقهى، وكان على وشك أن يفرغ من الشحن، وكشف عن الرسالة:

لا طعام في أي مكان. شكراً جزيلاً على تجويعي. *انتهاء الصلاحية* ضحكت، وأمسكت بوجهها، بل وبكت قليلاً، وعندما سألها رجل عجوز إن كانت بخير، لم تكن متأكدة تماماً.

إنها تجلس هنا منذ يومين؛ وفي ليلتين حاولت النوم في غرفتها المستأجرة القريبة. لقد تعقبت رازغوت لتعرف أين هو، عندما تكون مستعدة للمغادرة، وتركته مرة أخرى، وهي تبكي على الغافرييل، الذي لم تعطه إياه. كانت ستحقق له أمنيته عندما يحين وقت الرحيل.

الرحيل، مع أو من دون أكيفا، مع أو من دون عظمة الأمنيات خاصتها. كم من الوقت ستنتظر؟

يومان وليلتان لا نهاية لهما، وعيناها كانتا زائغتين من الجوع. كان قلبها يلهث، فارغاً. مهما كانت المقاومة التي بداخلها، فقد تخلت عنها. كانت يداها تعرفان ما تريدان: كانتا تريدان أكيفا، شرارته وحرارته. حتى في دفء الربيع المغربي، كانت تشعر بالبرد، وكأن الشيء الوحيد الذي يمتلك فرصة لتدفئتها كان هو. في صباح اليوم الثالث، أثناء سيرها في الأسواق متجهة نحو جامع الفنا، قامت بعملية شراء غريبة.

اشترت قفازان من دون أصابع. رأتهما في كشك البائع، وهما قفازان منسوجان بكثافة من الصوف البربري المخطط، مدعومان بالجلد عند راحتي اليدين. اشترتهما وارتدتهما. وقد غطيا هامستها بالكامل، ولم تستطع أن

تخدع نفسها بأنها اشترتها من أجل الدفء. كانت تعرف ما تريده. أرادت ما أرادته يداها: أن تلمس أكيفا، وليس فقط بأطراف أصابعها، وليس بحذر، وليس بخوف من التسبب له بالألم. أرادت أن تحتضنه وأن يحتضنها، في لحمة رائعة مثالية، مثل الرقص البطيء. أرادت أن تلائم نفسها معه، أن تتنفسه، أن تنبض بالحياة أمامه، وأن تكتشفه، وأن تمسك بوجهه كما يمسك بوجهها، بحنان.

كان بريمستون قد وعدها ذات مرة قائلاً: «سيأتي، وستعرفينه»، وعلى الرغم من أنه لم يحلم بالتأكيد أنه سيأتي إليها كعدو، إلا أنها عرفت الآن أنه لم يكن مخطئاً. لقد كانت تعرف ذلك بالفعل. كان الأمر سهلاً وواضحاً، كالجوع أو السعادة، وعندما رفعت بصرها عن الشاي في صباح اليوم الثالث ورأت أكيفا في الساحة، واقفاً على بعد عشرين ياردة تقريباً وينظر إليها، شعرت بالإثارة، وكأن أعصابها ترسل ضوء النجوم. لقد كان بأمان.

كان هنا. نهضت من على كرسيها.

لقد أدهشتها الطريقة التي كان يقف بها هناك على مسافة بعيدة.

وعندما اقترب منها، كان يسير بخطى ثقيلة وتعبيرات منغلقة على نفسها، ببطء وتردد. تلاشى يقينها. لم تمد يدها إليه، أو حتى تخرج من خلف الطاولة. وانكمش ضوء النجوم في نهايات أعصابها، فتركها باردة، وحدقت فيه – في بطئه الشديد، وفتور نظراته - وتساءلت عما إذا كانت قد تخيلت كل شيء بينهما.

«مرحباً»، قالت بصوت خافت، مترددة وبنبرة أمل في أن تكون قد أساءت فهمه، وأنه لا يزال يعكس لها تلك الشرارة التي أشعلتها رؤيته في نفسها. لقد كان هذا ما أرادته دائماً وظنت أنها وجدته: شخص يكون لها، كما تكون له، شخص يغنّي دمه وفراشاته لها، وتستجيب له، نغمة بنغمة.

لكن أكيفا لم يجبها بشيء. أومأ برأسه بإيماءة بسيطة ولم يتحرك ليقترب منها.

قالت له: «أنت بخير»، ولم يكن صوتها يعبّر عن سعادتها.

قال: «لقد انتظرتِ».

«أنا... قلتُ إنني سأفعل».

«لطالما كنت تستطيعين».

هل كان يشعر بالمرارة لأنها لم تعده؟ أرادت كارو أن تخبره أنها لم تكن تعرف آنذاك ما تعرفه الآن - أن «لطالما كانت تستطيع» كان وقتاً طويلاً بالفعل، وأنها شعرت وكأنها تنتظره طوال حياتها. لكن ملامحه المبهمة أسكتتها.

فمدّ يده وقال لها: «خذي»، وكانت هناك عظمة الأمنيات الخاصة بها تتدلى من حبلها. فأخذتها، وهي تشكره بصوت هامس بينما كانت تضعها حول رقبتها. ثم استقرت في مكانها عند قاعدة حنجرتها.

قال أكيفا: «لقد أحضرتُ هذه أيضاً»، ووضع على الطاولة العلبة التي كانت تحمل سكاكينها الهلالية. «ستحتاجينها». بدا الأمر صعباً، وكأنه تهديد. وقفت كارو هناك، وهي تغمض عينيها لتمنع دموعها.

سألها أكيفا: «هل ما زلت تريدين أن تعرفي من أنتِ؟». لم يكن ينظر إليها حتى. كان ينظر إلى ما وراءها، إلى لا شيء.

قالت: «بالطبع أريد»، على الرغم من أن هذا لم يكن ما كانت تفكر فيه. ما أرادته الآن هو العودة بالزمن إلى الوراء، إلى براغ. لقد آمنت آنذاك، بيقين كان مثيراً وملاذاً في آن واحد، أن أكيفا كان عائداً من ليلة مظلمة من ليالي الروح من أجلها. أما الآن فقد كان الأمر وكأنه ميت مرة أخرى، وعلى الرغم من أنها استعادت عظمة الأمنيات، وعلى الرغم من أنها كانت ستعرف، أخيراً، الإجابة على السؤال الذي كان في صميم وجودها، إلا أنها شعرت بالموت أيضاً. فسألته: «ماذا حدث مع الآخرين؟».

تجاهل السؤال. قال: «هل هناك مكان يمكننا الذهاب إليه؟».

«الذهاب؟».

أشار أكيفا نحو الحشود في الميدان، والباعة الذين يبنون أهرامات من البرتقال، والسياح الذين يحملون الكاميرات وطرود التسوق. قال: «سترغبين في أن تكوني بمفردك من أجل سماع هذا».

«ماذا... ماذا لديك لتخبرني به حتى أرغب في أن أكون بمفردي لسماعه؟».

«لن أخبرك بأي شيء هنا». كان أكيفا يحدق في وجهها، من دون تركيز، طوال هذا الوقت، حتى إنها بدأت تشعر وكأنه نوع من الضبابية، لكنه ثبّت عينيه عليها الآن. كان بريقهما كبريق الشمس في التوباز، ورأت، قبل أن يشيح بنظره بعيداً مرة أخرى، وميضاً خافتاً لشوق عميق يؤلمها النظر إليه. ارتجف قلبها. قال: «سنكسر عظمة الأمنيات».

* * *

وعندها ستعرف كارو كل شيء، وستكرهه. كان أكيفا يحاول أن يهيئ نفسه للطريقة التي ستنظر بها إليه بمجرد أن تفهم. وكان قد راقبها من الساحة لبضع ثوان قبل أن تنظر إليه، وشاهد الطريقة التي تحوّل بها وجهها لدى رؤيته - من القلق والترقب الضائع إلى... النور. كان الأمر وكأن نبضة من الإشعاع انبعثت منها ووصلت إليه حتى حيث كان واقفاً، فغمرته وأحرقته

كل ما لم يكن يستحقه ولم يكن ليحصل عليه، كان يكمن في تلك اللحظة. كل ما أراده الآن هو أن يحتضنها، وأن يضع يديه في شعرها - الذي كان نظيفاً وممشطاً كالأنهار على كتفيها - وأن ينغمس في عطرها ونعومتها

تذكّر قصة أخبرته بها مادريغال ذات مرة: حكاية الغولم[35] البشري. لقد كان شيئاً مصنوعاً من الطين على شكل إنسان، تم إحياؤه بنحت الرمز ألف على جبينه. كان ألف هو الحرف الأول من الأبجدية البشرية القديمة، والحرف

---

35. الغولم، في الأسطورة، شخصية من الطين تم إحياؤها بالسحر.

الأول من الكلمة العبرية الحقيقة؛ كان يمثل البداية. عندما شاهد أكيفا كارو وهي تقف على قدميها، متألقة بشعرها اللازوردي المنسدل، مرتدية ثوباً منسوجاً بلون اليوسفي، وفي عنقها حلقة من الخرز الفضي وعلى وجهها الجميل نظرة فرح وارتياح و... حب، عرف أنها هي أَلِفه، حقيقته وبدايته. هي روحه. وكانت مفاصل جناحيه تؤلمه مع رغبة في أن يرفرف، مرة واحدة، ويندفع نحوها، ولكنه بدلاً من ذلك كان يمشي ثقيلاً ومحبطاً. كان يشعر أن ذراعيه مقيدتان بالحديد، ما منعهما من الوصول إليها. وكانت الطريقة التي انطفأ بها النور من عينيها بسبب برودة اقترابه منها، والتردد والرجاء في صوتها - تقتله شيئاً فشيئاً. كان ذلك أفضل. إذا استسلم وسمح لنفسه بالحصول على ما يريد، فإنها ستكرهه أكثر عندما تعرف من هو حقاً. لذا فقد بقي بعيداً، متألماً، مستعداً للحظة التي كان يعرف أنها ستأتي.

«كَسَرها؟» سألت كارو الآن، وهي تنظر إلى عظمة الأمنيات في دهشة. «لم يفعل بريمستون هذا أبداً –».

قال أكيفا: «لم تكن ملكه. لم تكن ملكه أبداً. لقد كان يحتفظ بها فقط. من أجلك».

لم يكن قادراً على رميها في البحر. حتى إن مجرد تفكيره في ذلك جعله يشعر بالغثيان من نفسه – وهو دليل آخر على عدم استحقاقه لها. إنها تستحق أن تعرف كل شيء، بكل ما فيه من حزن ووحشية، وإذا كان محقاً بشأن عظمة الأمنيات، فإنها ستعرف قريباً جداً.

بدا أنها شعرت بشيء من ضخامة اللحظة. همست: «أكيفا. ما الأمر؟». وعندما نظرت إليه بعينيها السوداوين، خائفة ومتوسلة، كان عليه أن يشيح بوجهه مرة أخرى، فقد كان الشوق الذي يتملّكه قوياً جداً. كان عدم لمسها في تلك اللحظة من أصعب الأشياء التي قام بها على الإطلاق.

وربما كان الأمر بينهما على ذلك النحو الرهيب الزائف، ولكن كارو رأت ما رأت، وشعرت به أيضاً - شوق أكيفا الذي يلتقي بشوقها في مكان عميق - وعندما ابتعد عنها شعرت بتفكك مفاجئ، مثل انفلات كابل وتلاشي كل قيودها، ولم تعد تحتمل أكثر من ذلك. مدت يدها نحوه.

وضعت يدها نصف المغطاة بالقفاز، والتي تغطي هامستها، على ذراعه برفق وأدارته إليها. اقتربت منه، وأمالت رأسها إلى الوراء لتحدق فيه، وأمسكت بذراعه الأخرى.

تمتمت: «أكيفا»، ولم تعد نبرة صوتها خائفة، بل منخفضة ومتحمسة وعذبة. «ما الأمر؟».

تسلقت يداها فوق ذراعيه وكتفيه الفولاذيتين، وصعدت منحدرات شبه منحرفة إلى عنقه، وفكه الخشن-الأملس، ثم وضعت أطراف أصابعها على شفتيه، الناعمتين جداً.

شعرت بهما ترتجفان. كررت: «أكيفا. أكيفا. أكيفا». بدت وكأنها تقول، كفى؛ توقف عن التظاهر.

وهكذا، مع قشعريرة، فعلَ ذلك. تخلّى عن التظاهر، وأطرق برأسه، فاستقر جبينه على جبينها الذي دفأته الشمس، ثم وضع ذراعيه حولها وجذبها نحوه. وكانت كارو وأكيفا مثل عودين من الثقاب يضرب أحدهما الآخر ليشتعل ضوء النجوم. بتنهيدة، خففت من روعها، وكان ذلك بمثابة عودة خالصة إلى المنزل لتذوب أمامه وتستريح. وشعرت بخشونة خده غير المحلوق على خدها وهو يختبر نعومة شعرها المثالي. وقفا هكذا طويلاً، وكانا هادئين، ولكن دماءهما وأعصابهما وفراشاتهما لم تكن كذلك - كانت تنبض بالحياة وتندفع وتهتز في لحن جامح متقن متناسق النغمات.

كانت عظمة الأمنيات، الصغيرة ولكن الحادة، محصورة بينهما.

42

ألم وملح وكل شيء

«من هنا»، قالت كارو وهي تقود أكيفا إلى باب أزرق سماوي اللون في جدار مغبر. تشابكت أصابعهما معاً. لم يتمكنا من عدم لمس بعضهما البعض، وشعرت كارو، وهي تقوده عبر المدينة، وكأنها تحلّق. كان بإمكانهما أن يسرعا، لكنهما بدلاً من ذلك سارا معاً، وتوقفا لمشاهدة صانع سجاد، أو للنظر في سلة من الجراء، أو لاختبار رؤوس خناجر مزخرفة بأطراف أصابعهما - أي شيء باستثناء العجلة.

ولكن، على الرغم من بطء سيرهما، إلا أنهما وصلا إلى وجهتهما. تبع أكيفا كارو في ممر مظلم، حيث دخلا في ضوء فناء، عالم خفي مفتوح على السماء فقط. كان الفناء محاطاً بأشجار النخيل ومزخرفاً ببلاط الزيليج[36] ونافورة ترقد في وسطه. هناك شرفة تحيط بالطابق الثاني، وتقع غرفة كارو في أعلى الدرج. إنها أكبر من شقتها ذات السقف الخشبي المرتفع.

36. زيليج: كلمة زليج مشتقة من الفعل (زَلَجَ) بمعنى «انزلق»، في إشارة إلى السطح الأملس المزجج للبلاط.

كانت الجدران، المصنوعة من التاديلاكت[37]، قرمزية اللون ذات بريق ترابي داكن، وكانت بطانية بربرية على السرير مكتوب عليها بعض الأدعيات الغامضة بلغة الرموز. أغلق أكيفا الباب وترك يد كارو، وفي اللحظة التي كانت تندفع أمامه بهدف التأجيل - فإن كسر عظمة الأمنيات... سيتم هنا

انتهى الأمر.

انتهى الأمر. ابتعد عنها أكيفا بخطوات متثاقلة ونظر من النافذة، ثم رفع يديه ومرر أصابعه في شعره في حركة أصبحت مألوفة، ثم التفت إليها. قال: «هل أنتِ مستعدة يا كارو؟».

لا.

فجأة، لا. لم تكن مستعدة. الذعر، مثل فوضى الأجنحة في قفصها الصدري. قالت بإشراق مصطنع: «يمكننا أن ننتظر. لا نريد الطيران حتى حلول الظلام على أي حال». كانت الخطة أن يسترجعا رازغوت بمجرد غروب الشمس، وأن يطيرا معه تحت جنح الظلام إلى البوابة، أينما وجدت.

عاد أكيفا نحوها بخطوات متعثرة، وتوقف على بعد خطوات قليلة. «يمكننا أن ننتظر»، ووافق على ما يبدو أنه انجذب إلى الفكرة. ثم أضاف، بهدوء شديد: «لكن الأمر لن يصبح أسهل».

«ستخبرني إذا كان الأمر سيئاً، أليس كذلك؟».

اقترب منها أكثر، ومدّ يده ومسح شعرها مرة واحدة ببطء. كقطة، مالت أمام لمسته. قال: «ليس عليك أن تخافي يا كارو. كيف يمكن أن يكون الأمر فظيعاً؟ إنه أنتِ. لا يمكن إلا أن تكوني جميلة». ارتسمت ابتسامة خجولة على شفتيها. أخذت نفساً عميقاً وقالت بحزم: «حسناً إذاً. هل أجلس؟».

«إذا أحببتِ».

37. وهي جدران مصنوعة من الجص الجيري، الذي يتم دقه وتلميعه ومعالجته بالصابون لجعله مقاوماً للماء.

وتوجهت إلى السرير وجلست في وسطه، ولفت ساقيها تحتها وثنت حاشية ثوبها البرتقالي، الذي اشترته من السوق على أمل أن يراها أكيفا ترتديه. كانت قد اشترت ملابس أكثر عملية أيضاً للرحلة وما قد يأتي بعد ذلك. كانت معبأة في حقيبة جديدة وجاهزة للانطلاق، إلى جانب هذه الضروريات الدنيوية التي اضطرت إلى مغادرة براغ بدونها، بعد أن هربت من المدينة فجأة. بدت سعيدة لأن أكيفا أحضر لها السكاكين - سعيدة لأنها تمتلكها، وخائفة من الحاجة إليها.

جلس مقابلها، وكانت ساقاه طويلتين ومرتخيتين، وكان كتفاه مائلين إلى الأمام بطريقة أظهرت اتساعهما.

عندئذٍ كان لدى كارو وميض آخر، وانشقاق في سطح الزمن، ونظرة من الداخل إلى أكيفا. كان جالساً هكذا تماماً، وكتفاه ثقيلان ومسترخيان بهذه الطريقة، ولكنهما... كانا عاريين، وكذلك صدره، وكانت كل عضلاته سمراء، وكتفه الأيمن مليء بالندوب. مرة أخرى، على وجهه ظهرت الابتسامة التي تؤلم بجمالها. مرة أخرى، واختفت في لحظة واحدة.

أغمضت عينيها وأطرقت برأسها وغمغمت قائلة: «أوه».

سألها أكيفا: «ماذا؟».

«في بعض الأحيان أعتقد أنني أراكَ، في زمن آخر أو شيء من هذا القبيل... لا أعرف». هزت رأسها ولوحت به. «كتفكَ. ماذا حدث له؟».

لمسها وهو يراقبها باهتمام. قال: «ماذا رأيتِ؟».

احمرت خجلاً. كان هناك شيء حسي للغاية في تلك اللحظة، وهو جالس هناك عاري الصدر وسعيد. قالت فقط: «أنت... تبتسم. لم أرك تبتسم هكذا من قبل، ليس حقاً».

«لقد مر وقت طويل».

قالت: «أتمنى أن تفعل. من أجلي».

لم يفعل. ومض الألم على وجهه ونظر إلى أسفل، إلى مفاصل أصابعه ثم عاد ينظر إليها. قال: «تعالي إلى هنا»، ثم مدّ يده ورفع حبل عظمة الأمنيات إلى أعلى وفوق رأسها. ووضع إصبعه حوله. «هكذا».

لم تمسك العظمة. قالت في عجلة: «مهما حدث، لا يجب أن نكون أعداء. ولن نكون أعداء، إذا لم نكن نرغب في ذلك. الأمر متروك لنا، أليس كذلك؟».

قال: «سيكون الأمر متروكاً لكِ».

«لكنني أعرف بالفعل -».

هز رأسه بحزن. «لا يمكنكِ أن تعرفي. لا يمكنك أن تعرفي حتى تعرفي»

أطلقت نفساً غاضباً. تمتمت قائلة: «أنتَ تبدو مثل بريمستون»، ثم شرعت في تهدئة نفسها. ثم، أخيراً، رفعت يدها لتضع خنصرها حول النتوء الحر لعظم الأمنيات. واستقر مفصلها على مفصل أكيفا، وحتى هذا التلامس البسيط أثار غلياناً في جميع أنحاء جسدها.

والآن، كل ما كان عليهما فعله هو السحب. انتظرت كارو لحظة، معتقدةً أن أكيفا سيبادر، لكنها اعتقدت أنه كان ينتظرها. تفحصت عينيه - كانتا على عينيها، محترقتين - وشدّت يدها. إن الطريقة الوحيدة للقيام بذلك هي أن تفعل ذلك. بدأت تسحب.

هذه المرة، كان أكيفا هو من أبعد يده. قال: «انتظري. انتظري».

مد يده إلى وجهها، فغطت كارو يده بيدها، وضغطتها على خدها.

قال: «أريدك أن تعرفي...». ابتلع ريقه وتابع: «أريدكِ أن تعرفي أنني كنت منجذباً إليك - إليك يا كارو - قبل عظة الأمنيات. قبل أن أعرف، وأعتقد... أعتقد أنني سأجدك دائماً، مهما اختبأتِ». كان يركز عليها بشدة غير عادية. «روحك تغني لروحي. روحي لكِ، وستظل كذلك دائماً، في أي عالم. مهما حدث -»، تصدع صوته، وأخذ نفساً عميقاً. «أريدك أن تتذكري أنني أحبك».

الحب. شعرت كارو بأنها مغمورة بالنور. قفزت الكلمة العزيزة إلى شفتيها لتجيبه، لكنه توسل إليها قائلاً: «قولي لي إنك ستتذكرين. عديني»

كان هذا وعداً يمكنها أن تقطعه على نفسها، وقد فعلت. وصمت أكيفا، وظنت كارو وهي جالسة إلى الأمام لاهثة الأنفاس، أن هذا كل ما في الأمر - أنه سيقول شيئاً كهذا ثم لا يقبّلها. وكان ذلك سخيفاً، وكانت ستحتجّ لو وصل الأمر إلى هذا الحد، لكن هذا لم يحدث.

كانت إحدى يديه على خدها بالفعل، ورفع الأخرى. احتضن وجهها بين يديه، ثم كان الأمر سلساً كالحتمية: انسابا معاً. لامست شفتاه شفتيها. لمسة مثل الهمس - رعشة لطيفة، رقيقة من شفة أكيفا السفلى الممتلئة على شفتي كارو في ترنيمة صاعدة، ثم كانت هناك مسافة بينهما مرة أخرى، مسافة صغيرة جداً، ووجهاهما قريبان جداً. كانا يتنفسان أنفاس بعضهما البعض بينما كانت الجاذبية تتجمع بينهما وحولهما وفي داخلهما، ثم اختفت المسافة مرة أخرى، ولم يكن هناك سوى القبلة.

حلوة ودافئة ومرتجفة. ناعمة وقوية وعميقة.

نعناع في أنفاس كارو، وملح على بشرة أكيفا.

يداه في شعرها، غاصتا إلى رسغيه وكأنهما ماء، راحتا يديها على صدره، وعظمة الأمنيات نُسيت عند اكتشاف نبضات قلبه.

الحلاوة أفسحت المجال لشيء آخر. للنبض، للمتعة. ما غمر كارو هو الواقع، والصدق الجسدي العميق لأكيفا - الملح والمسك والعضلات، واللهب واللحم ونبضات القلب - الشعور بالوجود كله. طعمه وملمسه على شفتيها - فمه ثم فكه، وعنقه والمكان الناعم تحت أذنه، وكيف كان يرتجف عندما قبّلته هناك، وبطريقة ما انزلقت يداها تحت قميصه وإلى أعلى، بحيث لم يكن بين يديها وصدره سوى قفازيها. رقصت أطراف أصابعها فوقه، فارتجف وضمّها إليه، وكانت القبلة أكثر بكثير من مجرد قبلة الآن.

وكانت كارو هي التي مالت إلى الوراء، وجذبته إلى أسفل معها، فوقها، وكان إحساسه كله تجاهها كاملاً وحارقاً و... مألوفاً أيضاً، وكانت هي نفسها ولكن ليس نفسها، وانحنت نحوه بمواء حيواني ناعم.

وابتعد أكيفا عنها. كان الأمر سريعاً كالصاعقة – ارتعاشة واحدة، ثم نهض تاركاً وراءه حواف اللحظة المسنونة. جلست كارو بسرعة. لم تعرف أين ذهبت أنفاسها. كان فستانها منكمشاً عند فخذيها؛ وعظمة الأمنيات ملقاة على البطانية، ووقف أكيفا عند طرف السرير، ووجهه بعيداً عنها ويداه على ركبتيه ورأسه مطأطئ.

كانت أنفاسه تتطابق مع أنفاسها في الإيقاع، حتى الآن. جلست كارو صامتة، وقد غلبتها قوة ما استحوذ عليها. لم يسبق لها أن شعرت بشيء كهذا. مع وجود مسافة بينهما الآن، كانت تشعر بالتأنيب - ما الذي جعلها تأخذ الأمور إلى هذا الحد؟ - لكنها أرادت أيضاً استعادته، الوجع والملح وكل شيء.

قال أكيفا بتوتر: «أنا آسف».

«لا، لقد كنتُ أنا، ولا بأس. أكيفا، أنا أحبكَ أيضاً».

قال: «ليس كل شيء على ما يرام»، ثم التفت إلى الوراء وعيناه النمريتان تشتعلان بقوة. «ليس كل شيء على ما يرام يا كارو. لم أقصد أن يحدث ذلك. لا أريدك أن تكرهيني أكثر مما تكرهيني بالفعل».

«أكرهك؟ كيف يمكنني أن...». قال مقاطعاً إياها: «كارو. يجب أن تعرفي الحقيقة، ويجب أن تعرفيها الآن. علينا أن نكسر عظمة الأمنيات».

* * *

وهكذا، في النهاية، فعلا ذلك.

43

فرقعة

شيء صغير كهذا، وهش،
والصوت الذي يصدره:
فرقعة حادة وواضحة.

44

اكتمال

فرقعة.

اندفاع، كالريح من خلال الباب، وكانت كارو هي الباب، وكانت الريح تعود إلى المنزل، وكانت هي أيضاً الريح. وكانت هي كل شيء: الريح والمنزل والباب.

اندفعت إلى داخل نفسها فامتلأت.

سمحت لنفسها بالدخول فامتلأت.

أغلقت مرة أخرى. واستقرت الريح. كان الأمر بهذه البساطة.

***

كانت قد اكتملت.

45

مادريغال

إنها طفلة.

إنها تطير. فالهواء رقيق وشحيح للتنفس، والعالم بعيد جداً في الأسفل، حتى الأقمار التي تلعب لعبة المطاردة في السماء، تُرى من فوق، كأنها تيجان لامعة على رؤوس الأطفال.

***

لم تعد طفلة.

إنها تهبط من السماء، عبر أغصان أشجار القداس. كان الظلام دامساً، والبستان ينبض بهسهسة الإيفانجيلين، طيور ثعبانية محبة لليل، تشرب من أزهار القداس. تنجذب إليها - مهسهسة - وتندفع حول قرنيها، وتحرك الأزهار حتى تتناثر حبوب اللقاح، ذهبية اللون، وتستقر على كتفيها.

***

في وقت لاحق، ستخدّر شفتي عشيقها وهو يشرب منها.

* * *

إنها في خضم معركة. يهبط السيرافيم من السماء، وهم يجرون وراءهم ناراً.

* * *

إنها في حالة حب. إنه ساطع في داخلها، مثل نجم مبتلع.

* * *

تصعد على منصة. ألف ألف وجه يحدق فيها، لكنها لا ترى سوى وجه واحد

* * *

تجثو على ركبتيها في ساحة المعركة بجانب ملاك يحتضر.

* * *

أجنحة تحيط بها. بشرة تشتعل، حب مثل الاحتراق.

* * *

تصعد على المنصة. يداها مقيدتان خلفها، وجناحاها مثبتان. ألف ألف وجه يحدق؛ أقدام وحوافر تدوسها؛ وأصوات تصرخ وتستهزئ بها، لكن صوتاً واحداً يرتفع فوق الأصوات كلها. إنه صوت أكيفا. صرخة تطرد الأشباح من أعشاشها.

* * *

إنها مادريغال كيرين، التي تجرأت على تخيل طريقة جديدة للعيش.

* * *

النصل شيء عظيم ومشرق كالقمر الساطع. إنه شيء مفاجئ –.

46

مفاجئ

شهقت كارو. رفعت يديها إلى رقبتها ولفتها حولها، وكانت سليمة.

ونظرت إلى أكيفا وأغمضت عينيها، وحينما نطقت باسمه، كانت في صوتها طراوة جديدة، نفحة من العجب والحب والتوسل، جعل صوتها يبدو وكأنه ينبعث من الزمن. كما حدث. «أكيفا»، نطقت اسمه بكامل كيانها. وبكل شوق وحسرة كان يراقبها وينتظر.

أزاحت يديها عن رقبتها فارتعشتا وهي تخلع قفازيها لتكشف عن راحتي يديها. حدقت فيهما.

فبادلتها يداها التحديق. حدقتا في عينيها - عينان نيليتان وواسعتان - وفهمت ما فعله بريمستون.

* * *

أخيراً، فهمت كل شيء.

كان يا ما كان
كان هناك قمران، شقيقان

ونيتيد إلهة الدموع والحياة، كانت السماء مُلك لها
لم يعبد أحد إيلاي سوى العشاق السريين

47

تلاشٍ

صعدت مادريغال على المنصة. كانت يداها مقيدتين خلفها، وكان جناحاها مربوطين كي لا تتمكن من الطيران بعيداً. إنه إجراء احترازي غير ضروري: كانت قضبان القفص الحديدية مقوسة من فوقها. وهذه القضبان موجودة لإبقاء السيرافيم في الخارج، وليس لإبقاء الكيميرا في الداخل، لكنها اليوم كانت ستؤدي هذا الغرض. لم تكن مادريغال ذاهبة إلى أي مكان سوى إلى حتفها.

«هذا غير ضروري»، اعترض بريمستون عندما أمر ثياغو بتثبيتها. كان صوته قد خرج كاحتكاك يكاد لا يُسمع، مثل شيء يتم جره على الأرض. ثياغو، الذئب الأبيض والجنرال وابن أمير الحرب وساعده الأيمن، تجاهل ما قاله بريمستون. كان يعلم أن ذلك غير ضروري. أراد إذلالها. لم يكن موت مادريغال كافياً بالنسبة إليه. أرادها ذليلة تائبة. أرادها راكعة على ركبتيها.

سوف يكون محبطاً. كان بإمكانه أن يربط يديها وجناحيها، يمكنه أن يجبرها على الركوع، ويمكنه أن يراها تموت، ولكن لم يكن في وسعه أن يجعلها تتوب.

لم تكن نادمة على ما فعلته.

على شرفة القصر، جلس أمير الحرب في حالة من التأهب. كان لديه رأس أيل، وقرناه مطليان بالذهب. كان ثياغو في مكانه إلى جانب والده. أما المقعد الذي على يسار أمير الحرب، فكان مقعد بريمستون، وكان فارغاً

كانت ألف ألف عين على مادريغال، وكان صخب الحشد يزداد حدة وسوداوية، والأصوات تعلو بالسخرية. كانت الأقدام تدوس الأرض بقوة. لم تكن هناك عملية إعدام في الساحة منذ زمن بعيد، لكن المتجمهرين كانوا يعرفون ما يجب القيام به، وكأن الكراهية كانت إرثاً ينتظر أن يطفو على السطح.

علت صرخة اتهام: «عاشقة الملائكة!».

كان بعض الحاضرين في الحشد مذهولين، غير واثقين. لقد كانت مادريغال جميلة، رائعة - هل يمكن أن تكون قد فعلت هذا الشيء الذي لا يمكن تصوره؟

ثم تم إحضار أكيفا. كان أمراً من ثياغو لإجباره على المشاهدة. أنزله الحراس على ركبتيه على منصة مقابلة لمنصتها بحيث لا يكون المشهد محجوباً عنه. حتى وهو مدمى ومكبل بالأغلال وضعيف بسبب التعذيب، بدا رائعاً. كان جناحاه متوهجين متألقين؛ وكانت عيناه متقدتين، وشرستين، ومثبتتين عليها، وامتلأت مادريغال بدفء الذكريات والحنان، وشعرت بأسف شديد على أن جسدها لن يعرف جسده مرة أخرى، وأن فمها لن يلتقي بفمه مرة أخرى، وأن أحلامهما لن تتحقق أبداً.

اغرورقت عيناها بالدموع. ابتسمت له عبر المسافة، وكانت نظرة حب لا تخطئها العين، بحيث لا يمكن لأحد المشاهدين أن يستمر في الشك في ذنبها.

كانت مادريغال كيرين متهمة بالخيانة - بحب العدو - وحُكم عليها بالموت، والأسوأ من ذلك، حكم لم يصدر منذ مئات السنين: حكم بالتلاشي التلاشي.

إنها وحيدة على المنصة مع الجلاد المقنّع. رفعت رأسها عالياً، وتقدمت نحو الحاجز وجثت على ركبتيها، وعندها بدأ أكيفا بالصراخ. ارتفع صوته فوق صوت الفوضى - صرخة تجوب أرواح كل المجتمعين، صوت يطرد الأشباح من أعشاشها.

لقد حفر هذا الصوت في قلب مادريغال، وتاقت إلى أن تضمه بين ذراعيها. كانت تعرف أن ثياغو أرادها أن تنكسر وتصرخ وتتوسل، لكنها لم تفعل. لم يكن هناك جدوى. لم يكن هناك أدنى أمل في الحياة. ليس بالنسبة إليها.

نظرة واحدة أخيرة نحو حبيبها، ووضعت رأسها على الحجر. إنها صخرة سوداء، مثل كل شيء في لوراميندي، وبدت ساخنة كالسندان على خدها. صرخ أكيفا وأجاب قلب مادريغال على صرخته. تسارع نبضها - كانت على وشك الموت - لكنها حافظت على هدوئها.

لديها خطة، وهذا ما تمسكت به بينما كان الجلاد يرفع نصله - شيء عظيم ومشرق كالقمر الساقط - لأنه كان أمامها عمل، ولم يكن بوسعها أن تفقد تركيزها.

لم تكن قد انتهت بعد.

بعد وفاتها، كانت ستنقذ حياة أكيفا.

48

نقاء

مادريغال كيرين، هي مادريغال من قبيلة كيرين، إحدى آخر القبائل المجنحة في جبال أدلفا. كانت جبال أدلفا هي المعقل الطبيعي بين إمبراطورية السيراف والأراضي الحرة - أراضي الكيميرا المحمية - وقد مرت قرون منذ أن سكن أحد في قممها بأمان. وقد صمد الكيرين، وهم رماة سريعون بارعون، لفترة أطول من معظم القبائل. لقد أُبيدوا قبل عقد من الزمان فقط، عندما كانت مادريغال طفلة. نشأت في لوراميندي، وهي طفلة الأبراج والأسطح، وليس الجبال.

لوراميندي - الحصن، القلعة السوداء، عش أمراء الحرب - هي موطن لنحو مليون من الكيميرا، مخلوقات من جميع الأشكال، لم تكن لتعيش معاً أو تقاتل جنباً إلى جنب، أو حتى تتحدث نفس اللغة، لولا السيرافيم. فيما مضى، كانت الأجناس متناثرة، منعزلة، تتاجر مع بعضها البعض أحياناً، وأحياناً تتناحر - كيرين مثل مادريغال لا يجمعها مع أنوليس من إكسيمي،

على سبيل المثال، أكثر مما يجمع الذئب مع النمر - لكن الإمبراطورية غيرت كل ذلك. بتسمية أنفسهم حراس العالم، أعطت الملائكة لمخلوقات الأرض عدواً مشتركاً، والآن، بعد قرون من صراعهم، أصبحوا يشتركون في التراث واللغة والتاريخ والأبطال والقضية. لقد كانوا أمة - كان أمير الحرب قائدها، وكانت لوراميندي عاصمتها.

إنها مدينة ساحلية، وميناؤها الواسع مليء بالسفن الحربية وسفن الصيد وأسطول تجاري قوي. وكانت التموجات على سطح الماء تدل على وجود مخلوقات برمائية ترافق السفن وتقاتل إلى جانبها، وهي جزء من التحالف. كانت المدينة نفسها، داخل الأسوار والقضبان السوداء الضخمة للقلعة، يتقاسمها سكان متنوعون، وعلى الرغم من أنهم كانوا يتعايشون معاً على مر القرون، إلا أنهم كانوا يميلون إلى الاستقرار في أحياء متشابهة أو متقاربة، وساد نظام طبقي قائم على أساس المظهر.

تتمتع مادريغال بمظهر بشري رفيع، كما قيل في الأجناس التي لها رأس وجذع رجل أو امرأة. وكان قرناها كقرني الغزال، أسودين ومحدودبين، وينبثقان من جبينها وظهرها في شكل سيفين معقوفين. وتحولت ساقاها عند ركبتيها من اللحم إلى الفرو، وأعطاهما جزء الغزال طولاً أنيقاً مبالغاً فيه، حتى إذا ما وقفت بكامل طولها، وصلت إلى ستة أقدام تقريباً، دون احتساب القرنين، وكان جزء غير قليل من الطول في الساقين.

كانت نحيلة كالجذع. أما عيناها البنيتان، المتباعدتان، فقد كانتا كبيرتين متلألئتين كعيني الغزال، ولكن ليس فيهما شيء من فراغ عيني الغزال. كانتا حادتين ومباشرتين وذكيتين، تندفعان كالشرر. كان وجهها بيضاوياً، ناعماً وناصعاً، وكان فمها واسعاً وحيوياً ومصمماً للابتسام.

إنها جميلة بكل المقاييس، على الرغم من أنها لم تكن تبالغ في إظهار جمالها، إذ كانت تبقي شعرها الأسود قصيراً كالفرو ولا تضع أي طلاء أو زينة.

لم يكن ذلك مهماً. لقد كانت جميلة، والجمال يلفت الأنظار.

لقد لاحظ ثياغو ذلك.

***

كانت مادريغال مختبئة، على الرغم من أنها كانت ستنكر ذلك إذا اتُهمت. تمددت على ظهرها على سطح الثكنة الشمالية، وكأنها سقطت من السماء. أو ليس من السماء. لو أنها قد سقطت من السماء، لكانت قد سقطت على قضبان حديدية. كانت داخل الحصن، على سطح الثكنة، وجناحاها ممدودان على جانبيها.

في كل مكان حولها، شعرت بإيقاعات المدينة المهووسة، وسمعتها وشمّت رائحتها أيضاً - الإثارة والاستعدادات. لحوم تُشوى وآلات تُدوزَن. وجرى اختبار للألعاب النارية مثل ملاك ضال. كان عليها أن تستعد أيضاً. بدلاً من ذلك استلقت على ظهرها، واختبأت. لم تكن ترتدي ملابس الاحتفال، بل كانت ترتدي ملابس الجندية الجلدية المعتادة - سروالاً ضيقاً يتناسب مع ركبتيها مثل الجلد، وسترةً ذات رباط من الخلف، تتسع للجناحين. كان نصلاها، المصممان تكريماً لشقيقتيها القمرين، على جانبيها. بدت مسترخية، بل وهزيلة، لكن معدتها كانت تضطرب، وكانت يداها متكورتين على شكل قبضتين.

لم يكن القمر يساعد. على الرغم من أن الشمس كانت مشرقة - كان الجو في فترة ما بعد الظهر رائعاً ومشرقاً - إلا أن نيتيد ظهرت بالفعل في السماء، وكأن مادريغال كانت بحاجة إلى إشارة. كانت نيتيد هي القمر الساطع، الأخت الكبرى، وكان هناك اعتقاد بين الكيرين أنه عندما تشرق نيتيد مبكراً فهذا يعني أنها متحمسة، وأن شيئاً ما سيحدث. حسناً، في هذا المساء كان هناك شيء ما سيحدث بالتأكيد، لكن مادريغال لم تكن تعرف بعد ما هو

كان الأمر بيدها. كانت متوترة في داخلها، وشعرت أن قرارها غير المتخذ كان مثل قوسٍ مشدودٍ بإحكام.

كان هناك الظل والرياح المحركة للأجنحة وأختها تشيرو، تندفع إلى الأسفل لتحط بجانبها. قالت: «ها أنتِ ذا. مختبئة».

«أنا لست –» بدأت مادريغال بالاحتجاج، لكن تشيرو لم تكن تصغي إليها.

ركلت تشيرو حوافر مادريغال، وقالت: «انهضي. انهضي، انهضي، لقد جئت لآخذك إلى الحمامات».

«حمامات؟ هل تحاولين أن تخبريني بشيء؟». شمّت مادريغال نفسها. تابعت: «أنا متأكدة تقريباً من أن رائحتي ليست كريهة».

«ربما لا، ولكن بين النظافة اللامعة وعدم شم الرائحة، هناك منطقة رمادية واسعة».

مثل مادريغال، كان لدى تشيرو جناحا خفاش؛ وعلى عكسها، كانت على هيئة مخلوق، برأس ابن آوى. لم تكونا أختين بالدم. عندما تيتمت مادريغال بسبب غارة العبيد التي أودت بقبيلتها، جاء الناجون إلى لوراميندي – حفنة من الشيوخ مع عدد قليل من الأطفال الذين تمكنوا من إخفائهم في الكهوف، ومادريغال. كانت في السابعة من عمرها، ولم يتم اختطافها فقط لأنها لم تكن هناك. لقد كانت في القمة تجمع جلود كائنات الهواء المتساقطة من أعشاشها المهجورة، وعادت إلى الخراب والجثث والضياع. كان والداها من بين المختطفين، وليس الموتى، وظلت لفترة طويلة تحلم بأن تعثر عليهما وتحررهما، لكن الإمبراطورية كانت شاسعة، وابتلعت عبيدها بالكامل، وأصبح من الصعب التمسك بهذا الحلم عندما كبرت.

في لوراميندي، اختيرت عائلة تشيرو، من عرق ساب الصحراوي، لرعايتها بشكل رئيسي لأنه، وبما أنها مجنحة، كان بإمكانها مجاراتها. كبرت هي

وتشيرو جنباً إلى جنب، كأختين في كل شيء ما عدا الدم.

كان ردفا تشيرو من القطط، أو الوشق على وجه الدقة، وعندما استلقت إلى جانب مادريغال، كانت وضعيتها تشبه أبو الهول. قالت: «من أجل الحفلة الراقصة، أتمنى أن تطمحي إلى نظافة مشرقة».

تنهدت مادريغال، وقالت: «الحفلة الراقصة».

قال تشيرو: «لم تنسي. لا تتظاهري بأنك نسيتِ».

كانت محقة بالطبع. لم تنسَ مادريغال. كيف يمكنها ذلك؟

ركلت تشيرو قدميها مرة أخرى، وقالت: «انهضي، انهضي، انهضي، انهضي».

«توقفي»، تمتمت مادريغال، وبقيت في مكانها وركلت بقدميها بفتور

قالت تشيرو: «أخبريني أنك حصلتِ على الأقل على فستان وقناع».

«متى كنت سأحصل على فستان وقناع؟ لقد عدت من إيزيريت منذ –».

«منذ أسبوع، وهو وقت كافٍ. بصراحة يا ماد، هذه ليست مجرد حفلة راقصة أخرى».

بالضبط، فكرت مادريغال. لو كان الأمر كذلك، لما كانت مختبئة على السطح، تحاول أن تحجب ذلك الشيء الذي يلوح في الأفق، والذي يجعل نبضات قلبها تتقافز مثل فأر العقرب[38] كلما فكرت فيه. كانت ستستعد، متحمسة لأكبر مهرجان في العام: عيد ميلاد أمير الحرب.

قالت تشيرو: «سوف ينظر إليك ثياغو»، وكأنه كان من الممكن أن يكون قد غاب عن ذهنها.

---

38. فأر الجندب الجنوبي أو فأر العقرب، هو نوع من القوارض المفترسة، موطنه المكسيك وولايات أريزونا وكاليفورنيا ونيفادا ونيو مكسيكو ويوتا في الولايات المتحدة.

«ينظر بشهوانية، تقصدين». ينظر بشهوانية، ويحدق، ويلعق أسنانه، وينتظر إيماءة.

«كما تستحقين أن يُحدق بكِ». هيا، إنه ثياغو. لا تقولي لي إن هذا لا يثيركِ».

هل كان كذلك؟ كان الجنرال ثياغو - «الذئب الأبيض» - قوة من قوى الطبيعة، ذكياً وقاتلاً، لعنة الملائكة ومهندس الانتصارات المستحيلة. وكان أيضاً جميلاً. وكان جسد مادريغال مضطرباً دائماً من حوله، وإن لم تستطع أن تعرف بالضبط ما إذا كان ذلك بسبب الإثارة أو الخوف. لقد سمح لها أن تعرف أنه مستعد للزواج مرة أخرى، ومن التي يفضلها: هي. جعلها انتباهه تشعر بالدفء والخوف، واللين وعدم الاهتمام، وبالتمرد في نفس الوقت، وكأن حضوره الطاغي كان شيئاً يجب أن تعمل ضده، خشية أن تفقد نفسها في ظله الكبير والمبيد.

تركت لها حرية تشجيع مساعيه أو عدم تشجيعها. لم يكن الأمر رومانسياً، لكنها لم تستطع أن تقول إنه لم يكن مبهجاً.

كان ثياغو قوياً ومفتول العضلات تماماً كتمثال، وذا مظهر بشري رفيع، وكانت ساقاه اللتان تغيرتا عند الركبتين لا إلى ساقي ظبي كما كانت ساقاها، بل إلى قدمي ذئب ضخمتين مبطنتين، مغطاتين بفرو أبيض حريري. وكان شعره أبيض حريرياً أيضاً، على الرغم من أن وجهه كان شاباً، وقد لمحت مادريغال ذات مرة صدره من خلال فجوة في ستارة خيمة حملته، فعرفت أنه أيضاً أبيض مكسو بالفرو.

كانت تسير بخطى واسعة، بينما كان أحد الخدم يندفع إلى الخارج، ورأت الجنرال وهو يرتدي درعه. كان محاطاً بالمرافقين، وذراعاه ممدودتان في اللحظة التي سبقت تركيب درع صدره الجلدي في مكانه، وكان جذعه على

شكل حرف V عبارة عن صورة مذهلة للقوة الذكورية، يضيق حتى يصل إلى ردفيه النحيلين، وبنطاله يتدلى منخفضاً تحت نتوءات عضلات البطن المثالية. لقد كانت مجرد لمحة خاطفة، لكن صورته وهو نصف عارٍ بقيت في ذهن مادريغال منذ ذلك الحين. سرت في جسدها رعشة من الإثارة بمجرد التفكير فيه.

اعترفت قائلة: «حسناً، ربما يثيرني قليلاً»، فضحكت تشيرو. كان صوتها الأنثوي يصدح بنغمة كاذبة، وفكرت مادريغال بغصة أن أختها تشعر بالغيرة. لقد جعلها ذلك أكثر إحساساً بشرف اختيار ثياغو لها. كان بإمكانه الحصول على أي شخص يريده، وكان يريدها.

لكن هل كانت تريده؟ لو كانت تريده حقاً، ألن يكون الأمر سهلاً؟ ألم تكن لتكون في الحمامات بالفعل، تتعطر وتدهن بالزيت وتحلم بلمسته؟ اجتاحتها رعشة صغيرة. قالت لنفسها إنها كانت متوترة.

غامرت بالقول: «ماذا تعتقدين أنه سيفعل إذا... إذا رفضتُه؟».

شعرت تشيرو بالصدمة، وقالت: «ترفضينه؟ لا بد أنك محمومة» ولمست جبين مادريغال، وتابعت: «هل أكلتِ اليوم؟ هل أنت ثملة؟».

«أوه، توقفي»، قالت مادريغال، ودفعت يد تشيرو بعيداً. «إنه فقط... أعني، هل يمكنك أن تتخيلي، كما تعلمين... أن تكوني معه؟».

عندما تخيلت مادريغال ذلك، تخيلت ثياغو ثقيلاً ويتنفس و... يعض؛ وجعلها ذلك ترغب في التراجع إلى الزاوية. ولكن بعد ذلك، لم يكن لديها الكثير لتستند إليه من خلال خبرتها؛ ربما كانت ببساطة متوترة ومخطئة تماماً بشأنه. «لماذا أتخيل ذلك؟» سألت تشيرو. «ليس الأمر وكأنه سيقبّلني». لم تكن هناك مرارة يمكن اكتشافها في صوتها. إذا كان هناك أي شيء، فقد كان مشرقاً للغاية.

كانت تقصد، بالطبع، صفاتها - لقد تزاوجت أعراق الكيميرا بالفعل، على الرغم من أن مثل هذه الزيجات كانت مقيدة بالصفات - ولكن كان هناك ما هو أكثر من ذلك. فحتى لو كانت من البشر الرفيعي المستوى، فإن تشيرو لن تفي بمعيار ثياغو الآخر. لم يكن هذا المعيار مسألة طبقية. لقد كان يتعلق بعبادته الخاصة، وكان من حظ مادريغال - سواء كان حظها جيداً أو سيئاً، وهي لم تقرر بعد - أن تكون مؤهلة. على عكس تشيرو، لم تكن يداها موسومتين بالهامسا، بكل ما تعنيه. لم تستيقظ أبداً على طاولة حجرية لتشم رائحة الدخان المتصاعد من العائدين من الموت. كانت راحتا يديها صافيتين.

كانت لا تزال «نقية».

قالت: «يا له من نفاق. يا لولعه بالنقاء. هو نفسه ليس نقياً! إنه ليس حتى...».

قاطعتها تشيرو: «نعم، حسناً، إنه ثياغو، أليس كذلك؟ يمكنه أن يكون من يريد. على عكس بعضنا». كانت هناك سخرية في كلامها، موجهة إلى مادريغال، والتي حققت ما لم تحققه كل ركلاتها. جلست مادريغال فجأة.

أجابت: «يجب أن يتعلم البعض منا أن يقدروا ما لديهم. قال بريمستون...».

«أوه، قال بريمستون، قال بريمستون. هل تكرّم بريمستون العظيم بإعطائك أي نصيحة بشأن ثياغو؟».

قالت مادريغال: «لا، لم يفعل».

لقد افترضت أن بريمستون لا بد أنه كان يعرف أن ثياغو كان يغازلها، إذا كان بإمكانك أن تقولي ذلك، لكنه لم يذكر الأمر، وكانت سعيدة بذلك. كانت هناك قداسة في حضور بريمستون، ونقاء في الهدف لا يمتلكه أي شخص آخر.

كانت كل أنفاسه مكرسة لعمله، عمله الرائع والجميل والرهيب. الكاتدرائية التي تحت الأرض، والمتجر بهوائه المشبع بالغبار الذي تتخلله ذبذبات همس آلاف الأسنان، وليس أقلها مدخله المغري، والعالم الذي يقود إليه. لقد كان، كل ذلك، سحراً بالنسبة إلى مادريغال.

كانت تقضي أكبر قدر ممكن من وقت فراغها مع بريمستون. استغرق الأمر منها سنوات من الإلحاح، لكنها نجحت بالفعل في أن تجعله يعلمها - وهي المرة الأولى بالنسبة إليه - وشعرت بالفخر بثقته، أكثر بكثير من فخرها بشهوة ثياغو.

قالت تشيرو: «حسناً، ربما عليك أن تسأليه، إذا كنت حقاً لا تستطيعين أن تقرري ما يجب عليك فعله».

قالت مادريغال غاضبة: «لن أسأله. سأتعامل مع هذا الأمر بنفسي».

«تتعاملين مع الأمر؟ مسكينة أنت مع مشاكلكِ. لا يحصل الجميع على مثل هذه الفرصة، يا مادريغال. أن تكوني زوجة ثياغو؟ أن تستبدلي الجلود بالحرير، والثكنات بالقصر، أن تكوني آمنة، أن تكوني محبوبة، أن تكوني ذات مكانة، أن تنجبي أطفالاً وتشيخي...». كان صوت تشيرو يرتجف، وكانت مادريغال تعرف ما ستقوله بعد ذلك. تمنت لو لم تفعل؛ فقد شعرت بالخجل بالفعل. لم تكن مشكلتها مشكلة على الإطلاق، ليس بالنسبة إلى تشيرو، التي كانت تمتلك الهامسا.

تشيرو، التي عرفت شعور الموت.

وارتفعت يد تشيرو ووضعتها على قلبها، حيث اخترقها سهم من سهام السيراف في حصار كالاميت العام الماضي وقتلها. قالت: «يا مجنونة، لديك فرصة لتهرمي في الجلد الذي ولدت فيه. بعضنا ليس لديه سوى المزيد من الموت ليتطلع إليه. الموت، الموت، والموت».

نظرت مادريغال إلى راحتي يديها العاريتين وقالت: «أعرف».

49

أسنان

لقد كان هذا هو السر الكامن في صميم مقاومة الكيميرا، الشيء الذي كان يؤرق الملائكة، ويقضّ مضاجعهم ليلاً، ويضغط على عقولهم ويخدش أرواحهم. لقد كان هذا هو الجواب على لغز جيوش الوحوش التي، مثل الكوابيس، ظلت تأتي وتأتي، ولا تتناقص أعدادها أبداً، مهما ذبح السيرافيم منها.

عندما أصيبت تشيرو بالسهم في كالاميت قبل عام، كانت مادريغال إلى جانبها. احتضنتها بينما كانت تموت، والدماء تتدفق من بين أسنانها الكلبية الحادة، وهي تركل وترتعش، ثم تسقط ساكنة أخيراً. فعلت مادريغال ما تدربت على فعله، وما فعلته مرات عديدة من قبل، مع أنها لم تفعل ذلك أبداً لصديقة مقربة جداً.

أشعلت بيديها الثابتتين البخور في المبخرة التي كانت تتدلى، كالفانوس، من طرف عصا القطف - وهي العصا الطويلة المنحنية التي يحملها جنود

الكيميرا المربوطة على ظهورهم - وانتظرت بينما كان الدخان يتصاعد حول تشيرو. كانت السهام تنهمر بغزارة وقريبة منها بشكل خطير، لكنها لم تغادر حتى انتهى الأمر. دقيقتان على وجه اليقين؛ كان ذلك هو المعيار. شعرت بالدقيقتين وكأنهما ساعتان بسبب كثافة السهام، لكن مادريغال لم تتراجع. قد لا تكون هناك فرصة أخرى. كان هجوم سيراف غاضب يدفعهما بعيداً عن جدار كالاميت. كان بوسعها أن تسحب جثة تشيرو معها، أو أن تكمل عملية الالتقاط، وتتركها خلفها.

ما لم يكن خياراً مطروحاً، هو ترك المكان وروح تشيرو عالقة بداخله.

عندما تراجعت مادريغال أخيراً إلى الوراء، أخذت روح أختها بالتبني معها، آمنة داخل مبخرتها، وهي واحدة من أرواح كثيرة كانت ستلتقطها في ذلك اليوم. تُركت الجثث لتتعفن. كانت الجثث مجرد جثث، مجرد أشياء.

بالعودة إلى لوراميندي، كان بريمستون يصنع أجساداً جديدة بالفعل.

* * *

لقد كان بريمستون باعثاً للحياة.

لم يكن ينفخ الحياة مرة أخرى في أجساد المحاربين الممزقة، بل يصنع أجساداً. كان هذا هو السحر الذي صنعه في الكاتدرائية تحت الأرض. من أتفه البقايا - الأسنان - استحضر بريمستون أجساداً جديدة ليضع فيها أرواح المحاربين المقتولين. وبهذه الطريقة صمد جيش الكيميرا، سنة بعد سنة، في مواجهة قوة الملائكة المتفوقة.

ومن دونه، ومن دون أسنان، سينهار الكيميرا. لم يكن الأمر موضوع نقاش. كانوا سيسقطون.

***

قالت مادريغال وهي تناول بريمستون عقداً من الأسنان: «هذا من أجل تشيرو». أسنان بشرية، وخفاش، ووشق، وابن آوى. كانت قد عملت على هذا العقد لساعات، لم تنم ولم تأكل منذ عودتها من كالاميت. كانت جفونها كالأثقال الرصاصية. لقد أمسكت بكل سن من أسنان ابن آوى في الجرة وأصغت إلى كل منها حتى تأكدت من أنها حصلت على أفضلها - أنظفها وأنعمها وأكثرها سلاسة وحدّة وقوة. ونفس الشيء بالنسبة إلى الأسنان الأخرى، والأحجار الكريمة المعلقة بها: اليشم للرشاقة، والماس للقوة والجمال. كان الماس ترفاً لا يُمنح عادةً للجندي العادي، ولكن مادريغال استخدمته بتحدٍّ، وسمح لها بريمستون بذلك.

توجب عليه فقط أن يمسك القلادة للحظة ليتأكد من صحتها. وكما علّمها هو، كانت قد نسقت الأسنان والأحجار الكريمة في ترتيب دقيق لاستحضار الجسد. إذا تم تنسيقها بترتيب مختلف، سيظهر الجسم وفقاً لذلك: رأس خفاش، ربما، بدلاً من ابن آوى، وأرجل بشرية بدلاً من الوشق. كان الأمر عبارة عن جزء من الوصفة وجزء من الحدس، وكانت مادريغال متأكدة من أن هذه القلادة مثالية.

ستبدو تشيرو بعد إعادة إحيائها، تماماً كما كانت في جسدها الأصلي.

قال بريمستون: «أحسنتِ عملاً». ثم قام بشيء نادر الحدوث: لقد لمسها. استقرت إحدى يديه الكبيرتين لفترة وجيزة على مؤخرة عنقها قبل أن يبتعد.

احمرت خجلاً، وشعرت بالفخر؛ رأتها إيسا وابتسمت. كانت عبارة «أحسنت عملاً» من بريمستون غير مألوفة بما فيه الكفاية؛ لكن اللمسة

كانت شيئاً مميزاً. كان كل شيء بينهما غير مألوف، حقاً، وكان الفوز صعباً من جانب مادريغال. كان بريمستون ناسكاً، ونادراً ما كان يُرى خارج نطاقه في برج لوراميندي الغربي. وعندما يظهر، كان ذلك على يسار أمير الحرب، وهو يحظى بنفس القدر من التبجيل، وإن كان من نوع مختلف. كان كلاهما أسطورة حية، يكادان أن يكونا إلهين. ففي نهاية المطاف، هما اللذان نظما الانتفاضة في أستراي التي تركت أسيادهم من الملائكة موتى في بحيرات من الدماء، والناجين من الموت يتخبطون لسنوات قادمة، بينما كان الكيميرا يجدون موطئ قدم لهم كشعب ويقتطعون مساحات شاسعة من أراضي الإمبراطورية لتأسيس ممتلكاتهم الحرة.

كان دور أمير الحرب واضحاً - فقد كان هو الجنرال، وهو وجه التمرد وصوته، وكان محبوباً كأب للأعراق المتحالفة. لكن دور بريمستون في الأمور كان أكثر غموضاً، وشخصيته المخيفة جعلته شخصية غامضة ومثيرة للتكهنات أكثر من كونها شخصية مثيرة للإعجاب. كان موضوعاً للعديد من الشائعات الخيالية - بعضها أصاب الحقيقة، والبعض الآخر لم يكن قريباً من الحقيقة.

على سبيل المثال، لم يكن يأكل البشر.

لقد كان لديه مدخل إلى عالمهم، كما أتيحت الفرصة لمادريغال لتعرف ذلك عن كثب عندما تم تعيينها في سن العاشرة لتكون خادمته.

كانت عشيقة الشباب قد اختارتها بسبب جناحيها؛ وبمحض صدفة. كان من السهل عليها أن تختار تشيرو، لكنها لم تفعل. لقد اختارت مادريغال، التي كانت يتيمة منذ ثلاث سنوات، نحيفة وفضولية ووحيدة، وأرسلتها بأمر تنفيذي أن تفعل ما تؤمر به، وأن تلتزم الصمت بشأن ما تعلمته

ماذا كانت ستعرف؟ لقد أشعلت هذه السرية في الحال عقل الشابة مادريغال، وبعينين واسعتين وتوتر شديد، قدمت إلى البرج الغربي لتدخِلها

امرأة من قبيلة ناجا حلوة الوجه - إيسا - إلى المتجر وتعرض عليها الشاي. قبلت الشاي لكنها لم تشربه، فقد كانت مشغولة بالتحديق في كل شيء: بريمستون، من ناحية، كان أكبر مما تخيلته من خلال نظرات قليلة وهي بعيدة عنه. كان يتمترس خلف مكتبه متجاهلاً إياها.

في الظلال، كان ذيله المجعد يتأرجح مثل القطط، مما جعلها متوترة. نظرت حولها إلى الرفوف والكتب المغبرة؛ ونظرت إلى الباب العريض بمفصلاته البرونزية المزخرفة التي ربما، ربما فقط، تفتح على عالم آخر، وبالطبع نظرت إلى الأسنان.

كان ذلك غير متوقع. في كل مكان، قعقعة أسنان، وقرقعة الأوعية المتربة، أسنان حادة وغير حادة، ضخمة وغريبة وصغيرة كحبات البرد.

كانت أصابعها الصغيرة تتوق إلى اللمس، ولكن لم تكد الفكرة تخطر ببالها حتى سمعها بريمستون تحلق هناك، فنظر إليها بريمستون بعينيه المشقوقتين اللتين كانتا حدقتا عينيه، فتجمدت الرغبة. تجمدت مادريغال. أشاح بنظره بعيداً، فجلست جامدة لمدة دقيقة كاملة على الأقل قبل أن تخاطر وتمد إصبعاً واحداً لتنقر على ناب خنزير ملتو –

«لا».

أوه، يا لصوته! يا له من صوت، عميق كسرداب الموتى. كان يجب أن تكون خائفة، وربما كانت خائفة قليلاً، لكن النار التي في عقلها كانت أولوية. سألته مذهولة: «ما سبب وجودهم كلهم؟». السؤال الأول من أسئلة كثيرة. كثيرة جداً جداً. لم يجب بريمستون. لقد أنهى فقط الرسالة التي كان يكتبها على ورق كريمي سميك وأرسلها معها إلى وكيل أمير الحرب. كان هذا هو كل ما يريده منها، أن تحمل الرسائل وتنفذ المهمات، وأن توفر على تويغا وياسري الصعود والنزول على السلالم الحلزونية الطويلة. بالتأكيد لم يكن يبحث عن متدربة.

ولكن بمجرد أن علمت مادريغال كمال سحره – إحياء الموتى! لم يكن أقل من الخلود، والحفاظ على الكيميرا، وكل أمل في حريتها واستقلالها إلى الأبد - لم ترض أن تكون خادمة.

«يمكنني أن أنفض الغبار عن الجرار من أجلك».

«يمكنني المساعدة. يمكنني أن أصنع بعض القلائد أيضاً».

«هل هذه أسنان ألليغاتور أم كروكادايل[39]؟ كيف يمكنكَ معرفة ذلك؟»

ولإثبات جدارتها، قدمت له مجموعة من الرسومات لتكوينات الكيميرا المحتملة. «هذا نمر بقرني ثور، أترى؟ وهذا قرد-فهد. هل يمكنك صنع هذا؟ أراهن أنه يمكنني أن أصنعه».

لقد كانت متحمسة ورائعة. «يمكنني المساعدة».

متلهفة، مفتونة. «يمكنني أن أتعلم».

مصممة، عنيدة. «يمكنني أن أتعلم».

لم تفهم سبب عدم تعليمه لها. لاحقاً، أدركت أن السبب هو أنه لم يكن يريد مشاركة العبء مع أي شخص - وأن ما فعله كان جميلاً، لكنه فظيع أيضاً، وأن الفظاعة تفوق الجمال. ولكن بحلول الوقت الذي فهمت فيه ذلك، لم تكن تهتم. كانت متورطة في ذلك.

«خذي. افرزي هذه»، قال لها بريمستون ذات يوم، وهو يدفع نحوها صينية من الأسنان عبر مكتبه. لقد كانت معه منذ بضع سنوات، كخادمة، وكان مصراً على إبقائها في هذه الوظيفة، حتى الآن.

توقف كل من إيسا وياسري وتويغا عما كانوا يفعلونه وأمالوا رؤوسهم للتحديق. هل كان... اختباراً؟ تجاهلهم بريمستون وانشغل بشيء ما

39. الأليغاتور: القاطور وهو تمساح قصير الخطم، يعيش فلي المستنقعات والمنخفضات، وهو يشبه السحالي إلا أنه أضخم منها. ويكون فكه مرصوفاً بكثير من الأسنان الحادة. أما الكروكادايل: فهو تمساح كبير برمائي يعيش في جميع أنحاء المناطق الاستوائية في أفريقيا وآسيا والأمريكتين وأستراليا.

في خزنته الحديدية، أما مادريغال فقد كانت خائفة تقريباً من التنفس، فسحبت الصينية نحوها وبدأت العمل بهدوء.

كانت أسنان دب. ربما توقع منها بريمستون أن تصنفها حسب الحجم، لكن مادريغال كانت تراقبه منذ سنوات بحلول ذلك الوقت. أمسكت بكل سن واستمعت إليه. استمعت بأطراف أصابعها، وأخرجت القليل منها الذي لم يكن ملمسه صحيحاً – فيه تسوس، كما أخبرها بريمستون لاحقاً – وتخلصت منها، ووزعت البقية إلى أكوام حسب الإحساس، وليس الحجم. عندما أعادت الصينية إليه مرة أخرى، شعرت بسعادة غامرة وهي ترى عينيه تتسعان وترتفعان لتنظرا إليها بطريقة جديدة تماماً.

«أحسنتِ»، قال لها حينها، للمرة الأولى. انتاب قلبها وجع غريب، بينما كانت إيسا في الزاوية تمسح عينيها.

بعد ذلك، وبينما كان يتظاهر بأنه لا يفعل شيئاً من هذا القبيل، بدأ في تعليمها.

لقد تعلمت أن السحر قبيح – صفقة قاسية مع الكون، وحساب الألم. منذ زمن بعيد، كان رجال الطب يجلدون أنفسهم، ويسلخون لحمهم للوصول إلى قوة آلامهم، أو حتى يشوهون أنفسهم، ويسحقون العظام ويضعونها بشكل خاطئ عن قصد لخلق مخزون من الألم مدى الحياة. كان هناك توازن في ذلك الحين، وهو فحص طبيعي عندما يكون الأذى الذي يلحق بالشخص هو الذي يتم حصاده. لكن، مع ذلك، على طول الطريق عمل بعض السحرة على إيجاد طرق للتحايل على الحسابات والاستفادة من آلام الآخرين.

«أهذا هو الغرض من الأسنان؟ طريقة للتحايل؟». بدا الأمر غير رياضي بعض الشيء. «حيوانات مسكينة»، تمتمت مادريغال.

رمقتها إيسا بنظرة قاسية على غير العادة. «ربما تفضلين تعذيب العبيد».

كان الأمر فظيعاً جداً، وغير معهود، إلى درجة أن مادريغال لم تستطع

سوى التحديق فيها. ستمضي سنوات قبل أن تعرف ما الذي كانت تعنيه إيسا - سيكون ذلك عشية موتها عندما تحدث إليها بريمستون أخيراً بحرية - وستشعر بالخجل لأنها لم تكتشف ذلك بنفسها. لأنها لم تكتشف سبب ندوبه. كان ينبغي أن يكون ذلك واضحاً - شبكة الندوب التي كانت تبدو قديمة جداً على جلده، وشقوق السوط المتقاطعة الدقيقة على كتفيه وظهره. لكن كيف أمكنها أن تخمن؟ فحتى مع كل ما رأته - نهب قريتها الجبلية، والقتلى والمفقودين، والحصارات التي قاتلت فيها - لم يكن لديها أي أساس للرعب الذي كان في حياة بريمستون المبكرة، ولم يوضح لها ذلك حينها.

لقد علمها عن الأسنان وعن كيفية استخلاص القوة منها، وكيفية التلاعب ببقايا الحياة والألم فيها لإخراج أجساد حقيقية كاللحم الطبيعي.

لقد كان سحراً من ابتكاره، ولم يكن شيئاً تعلمه، بل اخترعه، ونفس الشيء مع الهامسا. لم تكن وشماً على الإطلاق، بل كانت جزءاً من عملية الاستحضار ذاتها، بحيث تخرج الأجساد إلى الوجود موسومة بالفعل، ومشبعة بالسحر بطريقة لا يمكن أن تكون عليها الأجساد الطبيعية.

لم يكن على العائدين من الموت - كما كان يُطلق على الذين بُعثت فيهم الأرواح - أن يدفعوا العشر من الألم مقابل القوة؛ فقد تم ذلك بالفعل. كانت الهامسا سلاحاً سحرياً يدفعون ثمنه بألم موتهم الأخير.

كان من نصيب الجنود أن يموتوا مراراً وتكراراً.

«الموت والموت والموت»، كما قالت تشيرو. لم يكن هناك ما يكفي منهم أبداً. كان الجنود الجدد يأتون دائماً - أبناء لوراميندي وجميع الممتلكات الحرة، الذين تم تدريبهم منذ أن أصبحوا قادرين على حمل السلاح- لكن ثمن المعارك كان باهظاً.

حتى مع البعث من الموت، كانت الكيميرا على حافة الفناء.

«يجب تدمير الوحوش»، هكذا كان يصرخ جورام بعد كل خطاب ألقاه أمام مجلس حربه؛ كانت الملائكة مثل ظل الموت الطويل، وكانت الكيميرا كلها تعيش في صقيعه.

عندما انتصرت الكيميرا في معركة، كان جمع الأرواح سهلاً. كان الناجون يجوبون الأرض والمدينة بحثاً عن كل جثث القتلى، ويستخرجون كل روح ليعودوا بها إلى بريمستون. وعندما هُزموا، ورغم أنهم خاطروا بالموت لإنقاذ أرواح رفاقهم الذين سقطوا، إلا أن كثيرين منهم تُركوا وراءهم وفُقدوا إلى الأبد.

كان البخور في المباخر يجذب الأرواح من أجسادها. يمكن حفظ الأرواح في المبخرة المختومة بشكل صحيح إلى أجل غير مسمى. أما في العراء، فريسة للعوامل الجوية، فما هي إلا أيام قليلة قبل أن تتلاشى الأرواح وتتفرق كالأنفاس في مهب الريح، وتختفي من الوجود.

لم يكن الزوال، في حد ذاته، مصيراً قاتماً. لقد كانت هذه هي طبيعة الأشياء، أن تكون غير مخلوقة؛ لقد حدث ذلك في الموت الطبيعي، كل يوم. وبالنسبة إلى عائد من الموت عاش جسداً بعد جسد، ومات موتاً بعد موت، كان يمكن أن يبدو الزوال حلماً بالسلام. لكن الكيميرا لم يكن بوسعها أن تتخلى عن الجنود.

سأل بريمستون مادريغال ذات يوم: «هل تريدين أن تعيشي إلى الأبد، فقط لتموتي مرة بعد مرة، في عذاب؟».

وعلى مر السنين، رأت ما فعله به ذلك المصير الذي فرضه على كثير من المخلوقات الطيبة التي لم يُسمح لها أبداً أن تذهب إلى راحتها، كيف أحنى له رأسه وأرهقه وتركه محدقاً وكئيباً.

أن تصبح من العائدين، هو ما تحدثت عنه تشيرو بعينين متصلبتين، بينما كانت مادريغال تحاول أن تقرر ما إذا كانت ستتزوج من ثياغو.

لقد كان مصيراً يمكنها أن تختاره الآن للهروب منه. كان ثياغو يريدها «طاهرة»، وسيحرص على أن تظل كذلك - وكان بالفعل يتلاعب بقادته لإبعاد كتيبتها عن الخطر. إذا اختارته هي، فلن تحمل الهامسا أبداً، ولن تذهب إلى المعركة مرة أخرى.

وربما كان ذلك أفضل لها ولرفاقها أيضاً. فهي وحدها تعرف أنها غير مؤهلة لذلك. كانت تكره القتل – حتى قتل الملائكة. لم تخبر أحداً أبداً بما فعلته في بولفينش قبل عامين، حيث أنقذت حياة ذلك السيراف، وليس فقط حافظت على حياته، بل أنقذته! أي جنون أصابها؟ لقد ضمّدت جرحه ولامست وجهه.

كانت موجة من الخجل تنتابها دائماً عند هذه الذكرى - على الأقل اختارت أن تسميه خجلاً، الأمر الذي سرّع نبضها وجعل وجهها يتلون بحمرة خفيفة.

كم كانت بشرة الملاك حارة مثل الحمى، وعيناه مثل النار.

كانت مسكونة بالتساؤل عما إذا كان قد عاش. تمنت ألا يكون قد عاش، وأن يكون أي دليل على خيانتها قد مات هناك، في ضباب بولفينش. أو هكذا قالت لنفسها.

لم تتضح لها الحقيقة إلا في لحظات استيقاظها من النوم، مع بقاء حافة مخرمة من الحلم مضيئة في قبضتها. حلمت بالملاك حياً. تمنته حياً. لقد أنكرت ذلك، ولكنه ظل يراودها في ومضات متصاعدة ومباغتة، مصحوبة دائماً بتسارع في الدم، واحمرار في الوجه، وقشعريرة غريبة، واندفاع في الإحساس حتى أطراف أصابعها.

اعتقدت أحياناً أن بريمستون كان يعرف. فمرة أو مرتين عندما باغتتها الذكرى على حين غفلة، تلك الاندفاعة والرعشة، رفع نظره عن عمله وكأن

شيئاً ما قد لفت انتباهه. وكان كيشميش، الجاثم على قرنه، ينظر أيضاً، وكان كلاهما يحدقان فيها من دون أن يرمشا. ولكن أياً كان ما عرفه بريمستون أو لم يعرفه، فإنه لم يقل كلمة واحدة، تماماً كما لم يقل كلمة واحدة عن ثياغو، رغم أنه يتوجب عليه أن يعرف أن اختيار مادريغال كان يشغل ذهنها كثيراً

وفي ذلك المساء، في الحفلة الراقصة، سيُحسم الأمر، بطريقة أو بأخرى

شيء ما سيحدث.

لكن ماذا؟

قالت لنفسها إنها عندما تقف أمام ثياغو ستعرف ماذا تفعل. هل تحمر خجلاً وتنحني له، وترقص معه، وتلعب دور العذراء الخجولة وهي تبتسم ابتسامة لا تخطئها العين؟ أم ستقف بعيدة عنه، وتتجاهل تودّداته، وتبقى جندية؟

قالت تشيرو وهي تهز رأسها وكأن مادريغال قضية خاسرة: «هيا. سيكون لدى نويلا شيء يمكنك ارتداؤه، ولكن عليك أن تقبلي ما ستعطيك إياه، ولا تتذمري».

تنهدت مادريغال وقالت: «حسناً. إلى الحمامات إذاً. لنجعل أنفسنا نظيفتين ومشرقتين».

قالت لنفسها: مثل الخضراوات قبل أن توضع في الحساء.

50

مرشوشة بالسكر

قالت مادريغال وهي تنظر في المرآة: «لا. أوه لا. لا. لا. لا».

كان لدى نويلا بالفعل ثوب لها. كان من الحرير الأزرق الداكن، رقيق جداً إلى درجة أن لمسة واحدة قد تذيبه.

كان مرصعاً ببلورات صغيرة تلتقط الضوء وتشع منه كالنجوم، وكان ظهره مفتوحاً بالكامل، كاشفاً عن القناة البيضاء الطويلة لعمود مادريغال الفقري وصولاً إلى عظم العجز. كان الأمر مثيراً للقلق. الظهر والكتفان والذراعان والصدر. مساحة كبيرة مكشوفة من الصدر. «لا». بدأت تخلعه، لكن تشيرو أوقفتها.

«تذكّري ما قلته: لا تتذمري».

«أسحب كلامي. أحتفظ بحقي في التذمر».

«فات الأوان. إنه خطؤك على أي حال. كان لديك أسبوع لترتدي فستاناً. أترين ماذا يحدث عندما تترددين؟ يقوم الآخرون بالاختيار نيابة عنكِ».

اعتقدت مادريغال أنها لم تكن تتحدث عن الفستان. قالت: «ماذا؟ هل هذا عقاب، إذاً؟».

وعلى جانبها الآخر كانت نويلا تبتسم. إنها امرأة ضعيفة البنية تشبه السحلية، وكانت برفقة مادريغال وتشيرو في المدرسة، ولكنها افترقت عنهما عندما ذهبتا إلى التدريب على القتال، وانضمت هي إلى الخدمة الملكية. «عقاب؟ تقصدين جعلكِ مذهلة؟ انظري إلى نفسكِ».

نظرت مادريغال بالفعل، وما رأته كان بشرتها. كانت خيوط الحرير المتشابكة الدقيقة تتسلق حول رقبتها، وتثبت الفستان على جسدها بشكل غير مرئي. قالت: «أبدو عارية».

«تبدين مذهلة»، قالت نويلا، التي تعمل خياطة لزوجات أمير الحرب الصغيرات، وكانت أصغرهن سناً، إن صح التعبير، غير شابة. كان أمير الحرب قد رأى أنه من المناسب أن يتوقف عن فرض نفسه على العرائس الجديدات قبل بضعة قرون. مثل بريمستون، كان من لحم طبيعي، وكان يبدو كذلك. ثياغو، مولوده البكر، يبلغ من العمر بضع مئات من السنين، على الرغم من أنه كان يرتدي جلد شاب، والهامسا التي ترافقه.

وكما قالت مادريغال، كان ولع الجنرال بالنقاء نفاقاً: لقد مر هو نفسه بالعديد من حالات البعث من الموت، وكان نفاقه مزدوجاً - فهو لم يكن «نقياً» فقط، بل لم يولد إنساناً رفيع المستوى. كان أمير الحرب من قبيلة هارتكايند[40]، برأس غزال: مظهر مخلوق، وكذلك كانت زوجاته، وكذلك ثياغو، في الأصل. لم يكن من غير المعتاد أن يبعث العائد من الموت في جسد مغاير لجسده أو جسدها الطبيعي؛ لم يكن بريمستون قادراً على مطابقة هذا دائماً. لقد كانت مسألة وقت وإمدادات الأسنان.

---

40. هارتكايند: هي قبيلة من الكيميرا على هيئة الغزلان.

لكن أجساد ثياغو مسألة أخرى. فقد كانت تُصنع وفقاً لمواصفاته الدقيقة، وحتى قبل الحاجة إليها، كي يتمكن من فحصها بحثاً عن العيوب وإعطاء موافقته. لقد رأت ذلك ذات مرة: ثياغو يتفقد نسخة طبق الأصل عارية من نفسه - القشرة التي ستستقبله في المرة القادمة التي يموت فيها. كان الأمر مروعاً.

كانت تشد ثوبها بهدوء لتختبره، وهي متأكدة من أن يداً ثقيلة أثناء الرقص يمكن أن تشده بسهولة. توسلت: «نويلا، أليس لديك شيء أكثر... متانةً؟».

قالت نويلا: «ليس لكِ. لماذا تريدين تغطية قوام مثل هذا؟». همست بشيء ما لتشيرو.

قالت مادريغال: «توقفي عن التآمر. ألا يمكنني الحصول على شال على الأقل؟».

قالتا معاً: «لا».

«أشعر أنني عارية تقريباً كما في الحمامات».

لم تشعر قط في حياتها بأنها مكشوفة إلى هذا الحد، كما شعرت عندما كانت تسير في البخار والمياه التي تصل إلى فخذيها مع تشيرو بعد ظهر ذلك اليوم. كان الجميع يعرف الآن أنها كانت خيار ثياغو، وكانت كل العيون في حمام النساء قد فحصتها حتى إنها أرادت أن تغوص تحت المياه بعيداً عن الأنظار، تاركة قرنيها فقط يبرزان فوق سطح الماء.

قالت نويلا بطريقة شيطانية: «دعي ثياغو يرى ما سيحصل عليه».

تصلبت مادريغال. «من قال إنه سيحصل عليه؟» لقد سمعت نفسها تقول ذلك. بدت الكلمة مناسبة، وكأنها كانت شيئاً جامداً، ثوباً على شماعة. صححت: «عليّ. من قال إنه سيحصل عليّ؟».

ضحكت نويلا من فكرة أن مادريغال قد ترفضه. تقدمت وهي تحمل قناعاً وقالت: «خذي. سنسمح لكِ بتغطية وجهكِ». كان القناع عبارة عن طائر باسط جناحيه، منحوت من خشب الكازا خفيف الوزن، أسود اللون ومزين بريش داكن يتدلى من جانبي وجهها. وفي تحولات الضوء، تلألأت أقواس قزحية فوق الريش.

«جيد. لن يعرف أحد من أنا الآن»، علقت مادريغال ساخرة. استُبعد جناحاها وقرناها من التنكر.

كانت حفلة أمير الحرب الراقصة حفلة تنكرية، «تعالي ليس كما أنت». كان الكيميرا ذوو المظهر البشري يرتدون وجوه مخلوقات، بينما يرتدي ذوو المظهر الوحشي وجوهاً منحوتة على هيئة بشر، مبالغاً فيها إلى حد السخرية. لقد كانت الليلة الوحيدة في السنة للحماقة والتظاهر، الليلة الوحيدة التي تقع خارج الحياة العادية، ولكنها بالنسبة إلى مادريغال، هذه السنة، كانت كل شيء باستثناء ذلك. إنها بالأحرى ليلة لتقرير مصير حياتها.

تنهدت، واستسلمت لنصائح صديقتيها. فجلست على مقعد وتركتهما تحددان عينيها بالكحل، وتحمّران شفتيها بمعجون بتلات الورد، وتضعان بين قرنيها سلسلة ذهبية متناهية الدقة معلقة بقطرات كريستال صغيرة تومض في الضوء. وضحكت تشيرو ونويلا وكأنهما كانتا تهيئان عروساً لليلة زفافها، وقد خطر ببال مادريغال أن الأمر قد يكون كذلك، إن لم يكن بمراسم، فعلى الأقل بإحدى الطرق.

إذا قبِلت بثياغو، فمن غير المحتمل أن تعودي إلى الثكنات الليلة.

ارتجفت وهي تتخيل يديه المخلبيتين على جسدها. كيف سيكون الأمر؟ لم يسبق لها أن مارست الحب من قبل - وبهذه الطريقة أيضاً، كانت

«طاهرة» كما تخيلت أن ثياغو يعرف ذلك. فكرت في ذلك، بالطبع فكرت في ذلك. كانت قد بلغت سن الرشد؛ وكان جسدها يتدفق بالرغبات، مثل أي شخص آخر، ولم تكن الكيميرا متزمتة بشأن الجنس. لكن لم تصل مادريغال إلى اللحظة التي شعرت فيها أن الأمر صحيح.

«لقد انتهيت»، قالت تشيرو. أوقفت هي ونويلا مادريغال على قدميها ووقفتا بعيداً عنها لمعاينة عملهما. أخذت نويلا نفساً وقالت: «أوه». كان هناك صمت، وعندما تحدثت تشيرو مرة أخرى، كان صوتها خافتاً. قالت: «أنتِ جميلة».

لم يبدو ذلك كإطراءً.

***

بعد كالاميت، عندما استيقظت تشيرو في الكاتدرائية، كانت مادريغال بجانبها. طمأنتها قائلة: «أنتِ بخير»، بينما كانت عينا تشيرو مفتوحتين. كان هذا أول إعادة إحياء لتشيرو، وقال العائدون إن ذلك قد يكون مربكاً. كانت مادريغال تأمل في أن تتمكن من خلال مطابقة الجسد الجديد مع جسد أختها الأصلي بشكل وثيق، أن تسهل من عملية انتقالها.

«أنتِ بخير»، قالت مرة أخرى وهي تضغط على الهامسا التي على يد تشيرو التي ترمز إلى وضعها الجديد. قالت لها: «سمح لي بريمستون أن أصنع جسدك. لقد استخدمت الماس»، وتابعت بلهجة تآمرية: «لا تخبري أحداً».

ساعدت تشيرو على الجلوس. كان فرو ردفي القطة ناعماً، وكان لحم ذراعيها البشريين ناعماً أيضاً. وبارتعاش، لمست تشيرو جلدها الجديد -

الوركين والأضلاع والثديين البشريين. تسلقت يدها بلهفة إلى أعلى رقبتها نحو رأسها، وتحسست الفراء هناك، وخطم ابن آوى، وتجمدت.

كان الصوت الذي أصدرته يشبه الاختناق، وظنت مادريغال في البداية أنه مجرد مشكلة حلق حديث التكوين وفم لم يتشكل فيه الكلام بعد. لكنه لم يكن كذلك.

أبعدت تشيرو يد مادريغال. قالت: «هل فعلت هذا؟».

تراجعت مادريغال خطوة إلى الوراء. قالت وهي تتلعثم: «إنه... إنه... إنه مثالي. إنه يشبه تماماً شكلك الحقيقي-».

«وهذا كل ما أستحقه؟ مظهر الوحش؟ شكراً لكِ يا أختي. شكراً لكِ».

«تشيرو -».

«ألم تستطيعي أن تجعليني إنسانة رفيعة؟ ما هي بضعة أسنان بالنسبة إليكِ؟ وبالنسبة إلى بريمستون؟».

لم تخطر الفكرة في ذهن مادريغال أبداً. «لكن... يا تشيرو. هذه أنتِ».

«أنا». كان صوتها قد تغير؛ كانت نبرة صوتها أعمق من صوتها الأصلي، ولم تستطع مادريغال أن تعرف إذا كان ذلك بسبب حداثته، ولكن بغض النظر عن ذلك، فقد بدا صوتها لاذعاً وقبيحاً. «هل تريدين أن تكوني أنا؟».

قالت مادريغال متألمة ومرتبكة: «أنا لا أفهم».

قالت تشيرو: «لا، لن تفعلي. أنتِ جميلة».

***

وفي وقت لاحق، اعتذرت. قالت إن الصدمة كانت السبب. شعرت أن الجسد الجديد كان مشدوداً وغير مرن؛ كانت بالكاد تستطيع التنفس. وبمجرد أن اعتادت عليه، امتدحت قوته وحركته الرشيقة. كان بإمكانها

الطيران أسرع من ذي قبل؛ وبدت حركاتها سريعة كالسوط، وأسنانها وبصرها أكثر حدة. قالت إنها كانت مثل الكمان الذي تمت دوزنته - نفس الشيء، ولكن أفضل.

قالت: «شكراً لكِ يا أختي»، وبدا أنها كانت تعني ذلك.

لكن مادريغال تذكرت الطريقة الحاقدة التي قالت بها «أنتِ جميلة». بدت كذلك الآن.

كانت نويلا أكثر حماسة. قالت: «جميلة جداً!». وقطبت جبينها وحاولت انتزاع التعويذة التي كانت معلقة حول عنق مادريغال. قالت: «هذه بالطبع يجب أن تخلعيها»، لكن مادريغال ابتعدت.

قالت: «لا»، ووضعت يدها حولها.

طمأنتها نويلا: «فقط لهذه الليلة يا ماد. إنها ليست ملائمة لهذه المناسبة».

«اتركيها»، قالت مادريغال، وانتهى الأمر. نبرة صوتها أوقفت نويلا عن الإلحاح على المسألة.

قالت بحسرة: «حسناً»، فأخرجت مادريغال عظمة الأمنيات من كفها المضمومة حتى استقرت في مكانها والتقت مع عظمة ترقوتها. لم تكن جميلة أو دقيقة، بل مجرد عظمة، ورأت بوضوح أنها لا تتناسب مع فتحة فستانها، ولكنها لم تهتم. هذا ما كانت ترتديه.

نظرت نويلا إليها متألمة، ثم التفتت لتفتش في درج أنابيب ومراهم التجميل. «خذي إذاً. على أقل تقدير». أخرجت وعاء فضياً وفرشاة كبيرة ناعمة، وقبل أن تعرف مادريغال ما كان يحدث، كانت نويلا قد رشّت على صدرها وعنقها وكتفيها شيئاً لامعاً.

«ما-؟».

«سكر»، قالت وهي تضحك.

«نويلا!» حاولت مادريغال أن تنفض الغبار، ولكنه كان غباراً ناعماً وملتصقاً: مسحوق السكر، الذي كانت الفتيات يضعنه عندما يخططن ليكن قابلات للتذوق. فكرت مادريغال أنه إذا لم تكن شفتاها الورديتان وظهرها العاري كافيين لدعوة ثياغو، فإن هذا بالتأكيد سيكون كافياً. كان من الممكن أن يكون تلألئها الواضح بمثابة إشارة تقول العقني.

«أنت لا تبدين كجندية الآن».

كان ذلك صحيحاً. كانت تبدو كفتاة اتخذت قرارها. هل كانت كذلك؟ اعتقد الجميع أنها فعلت ذلك، وهو ما بدا وكأنه نفس الشيء تقريباً.

لكن لم يكن قد فات الأوان. كان بإمكانها أن تقرر عدم الذهاب إلى الحفلة الراقصة على الإطلاق - فهذا من شأنه أن يبعث برسالة معاكسة تماماً للظهور وهي محلاة بالسكر. كان عليها فقط أن تقرر ما تريده.

نظرت إلى نفسها في إطار المرآة لفترة طويلة. شعرت بالدوار، وكأن المستقبل يندفع نحوها.

وكان كذلك، رغم أنها في تلك اللحظة، لم يكن لديها أي فكرة أنه قادم إليها بجناحين خفيين وعينين لا يمكن لأي قناع أن يخفيهما، وأن خياراتها، كما كانت، ستزول قريباً كغبار على جناح طائر، تاركة مكانها ما لا يمكن تصوره.

الحب.

قالت:

«هيا بنا»، وشبكت ذراعيها بذراعي تشيرو ونويلا وخرجت لملاقاته.

51

سيربنتاين

أصبح شارع لوراميندي الرئيسي، وهو شارع سيربنتاين، طريقاً للموكب في عيد ميلاد أمير الحرب. وكانت العادة هي الرقص على طوله، والانتقال من شريك إلى شريك مقنّع على طول الطريق إلى الأغورا[41]، مكان التجمع في المدينة. كانت الحفلة هناك، تحت آلاف الفوانيس المعلقة كالنجوم على قضبان القلعة، مما جعلها، لليلة واحدة، عالماً مصغراً له سماؤه الخاصة.

انغمست مادريغال في الحشد مع أصدقائها، كما كانت تفعل في السنوات الماضية، لكنها أدركت على الفور أن الأمور مختلفة هذا العام.

ربما كانت مقنّعة، لكنها لم تكن متنكرة - كان مظهرها مميزاً للغاية - وربما كانت مرشوشة بالسكر، لكن لم يعتبر أحد بريق كتفيها دعوة. كانوا يعلمون أنها ليست لهم. وفي غمرة الفرح الجامح في الشارع، كانت منفصلة وكأنها تنجرف في كرة كريستالية.

---

41. أغورا: ساحة التجمع، وخاصة السوق في اليونان القديمة.

مرة تلو الأخرى، كانت تشيرو ونويلا تنجرفان إلى أحضان الغرباء وتتبادلان القبلات، قناعاً بقناع. كان ذلك تقليداً: رقصة مغزلية تتخللها قبلات كثيرة، احتفالاً بالوحدة بين الأجناس. وكان الموسيقيون يتجمعون على فترات متقطعة بحيث ينتقل المرحون من لحن إلى لحن كما ينتقلون من يد إلى يد، دون أن يهدؤوا. كانت الموسيقى الصاخبة تدفعهم على طول الطريق، ولكن لم يكن أحد منهم يجذب مادريغال. وفي عدة مرات بدأ أحد الجنود يتجه نحوها - بل إن أحدهم أمسك بيدها - ولكن كان هناك دائماً صديق يجذبه إلى الوراء ويهمس له محذراً. لم تستطع مادريغال سماع ما قيل، لكنها كانت تتخيله.

إنها لثياغو.

لم يلمسها أحد. لقد انجرفت خلال المرح الصاخب وحدها. تساءلت أين كان ثياغو، وعيناها تتنقلان من قناع إلى آخر. كانت تلمح شعراً أبيض طويلاً أو مظهر ذئب، فيقفز قلبها لمجرد التفكير في أنه هو، ولكن في كل مرة يبدو شخصاً آخر. كان الشعر الأبيض الطويل يعود لامرأة عجوز، وكان على مادريغال أن تضحك على شعورها بالتوتر.

كان كل مواطني لوراميندي في الشوارع، ولكن بطريقة ما انفتح الفضاء من حولها وتحركت وحدها، متبعةً رفاقها نحو الأغورا. خمنت أن ثياغو سيكون هناك، ربما كان يقف مع والده في شرفة القصر، يراقب الحشود وهي تتدفق، بينما كان الموكب ينسكب موجة تلو الأخرى من مخلوقات الكيميرا إلى الساحة.

كان يراقبها.

ومن دون وعي، أبطأت خطواتها. استمرت نويلا وتشيرو في الدوران أمامها وهما ترتديان قناعيهما وتتبادلان القبلات مع الآخرين. في معظم الأحيان، كانتا تلمسان شفتي أقنعتهما بشفاه - مناقير أو فوهات أو أفواه -

الأقنعة الأخرى، لكن كانت هناك قبلات حقيقية أيضاً دون مراعاة للمظهر. كانت مادريغال تعرف كيف كان الأمر من المهرجانات السابقة، رائحة خمر العشب التي تنبعث من أنفاس الغرباء، وملامسة فك مشعر لنمر أو تنين أو رجل. لكن ليس في هذه الليلة.

في هذه الليلة، عاشت في عزلة - كانت العيون عليها ولكن ليس الأيدي، وبالتأكيد ليس الشفاه. بدا شارع سيربنتاين مسافة طويلة جداً لتقطعها وحدها.

ثم أمسك أحدهم بمرفقها. صدمتها اللمسة، التي جاءت لتنهي عزلتها. ظنت أنه لا بد أن يكون ثياغو، فتصلبت.

لكن لا. كان الشخص الذي بجانبها يرتدي قناع حصان مصنوع من الجلد الذي يغطي رأسه الحقيقي بالكامل. لم يكن ثياغو ليرتدي أبداً رأس حصان أو أي قناع آخر لإخفاء وجهه. كان يرتدي نفس الشيء في الحفل الراقص كل عام: رأس ذئب حقيقي فوق رأسه، وقد أزيل فكه السفلي بحيث يشكل نوعاً من غطاء الرأس، واستُبدلت عيناه بزجاج أزرق، وكانتا ميتتين ومحدقتين.

إذاً من كان هذا؟ شخص أحمق بما فيه الكفاية ليلمسها؟ حسناً. إذاً كان طويل القامة، أطول منها بمسافة رأس، لذلك كان على مادريغال أن تميل وجهها نحو الأعلى، وتضع يدها على كتفه، لتدفع مقدمة قناعه الحصاني بمنقار قناع الطائر الذي ترتديه. إنها «قبلة»، لتثبت أنها لا تزال تنتمي إلى نفسها.

وكأن تعويذة ما قد انكسرت، كانت جزءاً من الحشد مرة أخرى، تدور في إيقاعات الرقص غير المتقن، مع الغريب كشريك. كان يحركها على طول الطريق، ويحرسها من تدافع المخلوقات الأكبر حجماً. كان بإمكانها أن تشعر بقوته؛ وبإمكانه بسهولة أن يرفعها دون أن تلمس قدماها الأرض.

كان عليه أن يتركها بعد دورة أو اثنتين، لكنه لم يفعل. بقيت يداه – اللتان تلبسان القفازات - تمسكان بها. وبما أنها لم تعتقد أن أي شخص آخر سيرقص معها إذا تركها، فلم تبتعد. كان شعوراً رائعاً أن ترقص، وأسلمت نفسها له، حتى إنها نسيت قلقها بشأن فستانها. رغم أنه بدا هشاً، إلا أنه كان متماسكاً بشكل جيد، وعندما دارت به ارتفع في موجات حول حوافرها الغزالية، وكان خفيفاً وجميلاً.

كانا جزءاً من المد الحي الهائج، واندفعا على طول الطريق. وفقدت مادريغال أثر صديقتيها، لكن الغريب الذي يرتدي قناع الحصان لم يتخلّ عنها، وعندما اقترب الموكب من نهاية السيربنتاين، بدأت المسافة تضيق. تباطأ الرقص إلى حد التمايل، ووجدت نفسها واقفة معه وأنفاسهما سريعة. نظرت إلى أعلى، وقد توهج وجهها وابتسمت من وراء قناع الطائر، وقالت: «شكراً لك».

«سيدتي، شكراً لك. الشرف لي». كان صوته رخيماً، وكانت لهجته غريبة. لم تتمكن مادريغال من تحديدها. ربما كانت لهجة الأراضي الشرقية.

قالت: «أنت أشجع من البقية، لترقص معي».

«أشجع؟»، كان قناعه بلا تعابير بالطبع، لكن رأسه كان مائلاً إلى أحد جانبيه، ومن نبرة صوته أدركت مادريغال أنه لم يكن يعرف ما الذي كانت تقصده. هل من الممكن أنه لم يكن يعرف من هي - لمن هي؟ سألها: «هل أنتِ شرسة جداً؟»، فضحكت.

«مرعبة. على ما يبدو».

مرة أخرى، مال برأسه.

«أنت لا تعرف من أنا». شعرت بخيبة أمل غريبة. كانت تظن أنه قد يكون جريئاً، متجاهلاً الخوف العام من ثياغو، لكن يبدو أنه كان يجهل الخطر فقط

وانحنى برأسه نحوها، وكان وجه قناعه يلامس أذنها. مع قربه، كانت هناك هالة من الدفء. قال: «أعرف من تكونين. جئت إلى هنا من أجلكِ».

«حقاً؟». شعرت بدوار خفيف، وكأنها كانت تشرب النبيذ العشبي، رغم أنها لم تشرب رشفة واحدة. «أخبرني إذاً يا سيدي الحصان. من أنا؟».

«آه، حسناً، هذا ليس عادلاً تماماً، أيتها السيدة الطير. أنت لم تخبريني باسمك».

«أترى؟ أنت لا تعرف. لكن لديّ سرّ». نقرت بمنقارها وهمست مبتسمة: «هذا قناع. أنا لست طائراً حقيقياً».

انتفض في دهشة مصطنعة، رغم أن يده لم تفارق ذراعها. «ألستِ طائراً؟ لقد خُدعتُ».

«كما ترى، أياً كانت السيدة التي تبحث عنها فهي وحيدة في مكان ما في انتظارك». كادت أن تأسف لإرساله بعيداً، لكن الأغورا لم تكن بعيدة الآن. ولم تكن تريده أن يواجه سخط ثياغو، ليس بعد أن أنقذها من الرقص والسير على طول السيربنتاين بمفردها. «اذهب»، ألحت عليه. «اذهب واعثر عليها».

قال: «لقد وجدت من أبحث عنها. ربما لا أعرف اسمكِ، لكنني أعرفكِ. ولديّ سرّ أيضاً».

«لا تخبرني. أنت لست حصاناً حقاً؟». كانت تنظر إليه؛ كان صوته يبدو مألوفاً لها، لكن الألفة كانت بعيدة وغامضة، مثل شيء تحلم به. حاولت أن ترى من خلال قناعه، لكنه كان طويلاً جداً؛ من زاوية نظرها، كل ما استطاعت أن تراه من خلال فتحات العينين كان الظل.

اعترف قائلاً: «هذا صحيح. أنا لست حصاناً حقاً».

«وما أنت؟» كانت تتساءل حقاً الآن - من هو؟ شخص تعرفه؟ كانت الأقنعة من أجل اللعب، وقد لعبت الكثير من الألعاب الماكرة في عيد ميلاد أمير الحرب، لكنها لم تعتقد أن أحداً سيلعب معها الليلة.

ابتلعت إجابته موجة من عزف المزامير عندما اقتربا من آخر الموسيقيين على طول الطريق.

ترانيم مثل زقزقات الطيور، ورنين عود، وزغاريد المغنين التي كانت تنبعث من حناجرهم، وتحت كل ذلك، مثل نبضات القلب تحت الجلد، كان إيقاع الطبول التي تحمل الرغبة الملحة في الرقص. كانت الأجساد متقاربة من كل جانب، وكان جسد الغريب أقرب من الجميع. ودفعه تدفق الحشود نحو مادريغال، وشعرت بكتلة كتفيه واتساعهما من خلال عباءته.

وشعرت بالحرارة.

لقد كانت واعية لعريها ولتلؤلؤ السكر، وبوضوح، لنبضات قلبها المتسارعة، وحرارتها المتصاعدة.

احمرت خجلاً وابتعدت، أو حاولت الابتعاد، لكنها دُفعت مرة أخرى نحوه. كانت رائحته دافئة ومفعمة بـ: التوابل والملح، ورائحة الجلد اللاذع لقناعه، وشيء غني وعميق لم تستطع تحديده ولكنه جعلها ترغب في الاتكاء عليه، وإغماض عينيها، والتنفس. أبقى ذراعه حولها، ودفعها إلى الوراء في مواجهة الازدحام ومنعها من أن يتم دفعها، ولم يكن هناك مكان آخر غير المضي قدماً مع الحشد الذي كان يتدفق إلى داخل الأغورا. كانوا في المسار، ولم يكن هناك مجال للعودة إلى الوراء.

كان الغريب خلفها وصوته منخفض. قال: «جئتُ إلى هنا لأجدك. جئتُ لأشكركِ».

«تشكرني؟ على ماذا؟»، لم تستطع أن تستدير. طوقها جناح القنطور من جهة، ولفائف ناجا من جهة أخرى. ظنت أنها لمحت تشيرو في الدوامة. كان بإمكانها رؤية الأغورا الآن - أمامها مباشرةً، محاطة بمستودع الأسلحة والكلية الحربية. كانت الفوانيس في الأعلى مثل الأبراج، وكان بريقها يحجب النجوم الحقيقية، والأقمار أيضاً. خطر في ذهن مادريغال أن تتساءل عما إذا كان نيتيد - نيتيد الفضولي المحدق - يستطيع أن يرى ما في الداخل.

شيء ما سيحدث.

قال الغريب، بالقرب من أذنها: «لقد جئتُ لأشكركِ على إنقاذ حياتي»

لقد أنقذت مادريغال الأرواح.

تسللت في الظلام فوق حقول القتلى، وبين دوريات السيرافيم لتجمع الأرواح التي ستضيع في الظلام لولا ذلك. لقد قادت هجوماً على موقع للملاك كان قد حاصر رفاقها في وادٍ، ووفرت لهم الوقت للتراجع. لقد أبعدت سهم ملاك بينما كان ينزلق من السماء بشكل مميت نحو أحد رفاقها. لقد أنقذت أرواحاً. لكن كل تلك الذكريات مرت عبر وعيها في لمح البصر، تاركةً ذكرى واحدة فقط.

البولفينش. الضباب. العدو.

قال: «لقد أخذت بتوصيتكِ. لقد عشت».

على الفور، بدا الأمر وكأن النار كانت تجري في عروقها. استدارت. كان وجهه على بعد بوصات فقط من وجهها، وكان رأسه مائلاً إلى الأسفل حتى تتمكن الآن من الرؤية داخل قناعه.

كانت عيناه تشتعلان كاللهب.

همست،: «أنت».

52

جنون

وسحبهما المدّ المتحرك إلى داخل الأغورا، في تيار عكسي من مرافق الأيدي والأجنحة، والقرون والجلود، والفرو واللحم، وحملها معه وهي مصابة بالخرس من عدم التصديق، وحوافرها بالكاد تلمس الحصى.

سيراف، داخل لوراميندي.

ليس أي سيراف.

هذا السيراف، الذي لمسته، وأنقذته. إنه هنا، في القلعة، ويداه على ذراعيها، ساخنتان حتى من خلال جلد قفازيه، هذا الملاك الذي كان حياً بفضلها.

كان هنا.

لقد كان جنوناً فظيعاً، جعل أفكارها تتخبط، أكثر فوضوية من كل ما يدور حولها. لم تستطع التفكير. ماذا يمكنها أن تقول؟ ماذا عليها أن تفعل؟

لاحقاً، ستدرك أنها لم تفكر للحظة واحدة أن تفعل ما كان سيفعله أي شخص آخر في المدينة كلها دون تفكير: أن تنزع قناعه وتصرخ «سيراف!» أخذت نفساً عميقاً غير منتظم وقالت: «أنت مجنون لتواجدكَ هنا. لماذا أتيت؟».

«قلت لك، جئت لأشكركِ».

راودتها فكرة فظيعة. «جئت لاغتياله؟ لن تقترب أبداً من أمير الحرب» قال بجدية: «لا، لن ألطخ الهدية التي قدمتِها لي بدماء قومكِ».

كانت الأغورا بيضاوية الشكل وضخمة؛ كبيرة بما يكفي لاستيعاب جيش، عدة كتائب متراصة، ولكن الليلة لم تكن هناك قوات في وسطها، فقط راقصون يتحركون في أنماط معقدة من الألحان. أما أولئك الذين كانوا يتدفقون من سيربنتاين فقد انتشروا حول أطراف الساحة حيث كانت كثافة الأجساد على أشدها. وانتصبت براميل النبيذ وسط الموائد المفروشة بالطعام، وتجمع القوم في مجموعات، والأطفال على أكتافهم، والجميع يضحكون ويغنون.

كانت مادريغال والملاك لا يزالان عالقين في مجرى السيربنتاين المضطرب. كان يرسو بها ثابتاً كجدار كاسر للأمواج. مبهورة في أعقاب الصدمة، لم تحاول مادريغال الابتعاد.

قالت بارتياب: «هدية؟ أنت تحمل هذه الهدية باستخفاف، وتأتي إلى هنا، إلى موت محقق».

قال: «لن أموت. ليس الليلة. ربما كان هناك ألف شيء يمنعني من التواجد هنا الآن، ولكن بدلاً من ذلك، جلبني ألف شيء إلى هنا. كل شيء كان على ما يرام. لقد كان الأمر سهلاً، وكأنه مقدر».

«مقدراً!» قالت مندهشة. استدرت لتواجهه، وبسبب تدافع الحشد

التصقت بصدره وكأنهما لا يزالان يرقصان. قاومت للابتعاد عنه لخلق مسافة بينهما. «وكأن الأمر مقدر؟».

قال: «أنتِ، وأنا».

امتصت كلماته أنفاسها من رئتيها. هو وهي؟

السيراف والكيميرا؟ كان هذا منافياً للعقل. كل ما استطاعت أن تفكر في قوله كان، مرة أخرى، «أنت مجنون».

«إنه جنونكِ أيضاً. لقد أنقذتِ حياتي. لماذا فعلتِ ذلك؟».

لم يكن لدى مادريغال أي إجابة. لمدة عامين كانت مسكونة بذلك الشعور وتطاردها تلك الفكرة، عندما وجدته يحتضر، أنها بطريقة ما كانت مسؤولة عن حمايته. مسؤولة. والآن ها هو ذا، على قيد الحياة، وبطريقة مستحيلة، كان هنا. ك

انت لا تزال تقاوم عدم تصديق، أنه هو، أن وجهه - الذي تتذكر كل تفصيل وزاوية فيه – كان مختبئاً خلف ذلك القناع.

قال: «والليلة، ربما لم أكن لأجدكِ على الإطلاق، من بين مليون روح في المدينة. لربما بحثتُ طوال الليل ولم ألمحكِ، ولكن بدلاً من ذلك، كنتِ أنتِ هناك، وكأنك كنتِ أمامي، وكنتِ وحدكِ، تتحركين وسط الحشد ومنفصلة عنه، وكأنك كنتِ تنتظرينني...».

استمر في الكلام، لكن مادريغال توقفت عن سماعه. وعندما ذكر لها سبب عزلتها، عاد إليها السبب مرة أخرى بعد أن نسيته للحظات في صدمتها. ثياغو. نظرت إلى القصر، إلى شرفة أمير الحرب.

من هذه المسافة، كانت الأشكال الموجودة على الشرفة مجرد صور ظلّية، لكنها صور ظلية تعرفها: أمير الحرب، والشكل الضخم لبريمستون، ومجموعة من زوجات الحاكم ذوات القرون. لم يكن ثياغو هناك.

وهذا يعني أنه كان هنا في الأسفل. سرت رعشة من الخوف من حوافرها إلى قرونها. قالت، وهي تتفحص الحشد: «أنت لا تفهم. كان هناك سبب لعدم رقص أي أحد معي. ظننتكَ شجاعاً. لم أكن أعلم أنك مجنون-».

«ما السبب؟» سأل الملاك وهو لا يزال قريباً منها. لا يزال قريباً جداً منها.

قالت بإلحاح: «ثق بي. هذا ليس آمناً لك. إذا كنت تريد أن تعيش، فاتركني».

«لقد جئت من مكان بعيد للعثور عليكِ».

«أنا محجوزة»، قالتها بفظاظة وهي تكره الكلمات حتى قبل أن تنطق بها.

وهذا ما جعله يتراجع. «محجوزة؟ مخطوبة؟».

فكرت في أن تقول مخطوبة، لكنها قالت: «تقريباً. اذهب الآن. إذا رآك ثياغو-».

«ثياغو؟» ارتعد الملاك من الاسم. «أنت مخطوبة للذئب؟».

وفي اللحظة التي نطق فيها تلك الكلمة - الذئب - طوّق الذراعان خصر مادريغال من الخلف، فشهقت.

وفي لحظة، رأت ما سيحدث. كان ثياغو سيكتشف الملاك ولن يكتفي بقتله، بل سيجعل من ذلك مشهداً مهيباً. جاسوس سيرافي في حفلة أمير الحرب - شيء كهذا لم يحدث أبداً! سيتم تعذيبه.

كان سيتمنى لو أنه لم يعش أبداً.

مر كل شيء أمامها، وارتفع الرعب مثل الصفراء إلى حلقها. وعندما سمعت، على مقربة من أذنها، قهقهة، كاد الارتياح أن يجعلها تنهار. لم يكن ثياغو بل تشيرو. قالت أختها: «ها أنت ذا. لقد فقدناكِ في الازدحام!».

كان دم مادريغال يزمجر في أذنيها، فنظرت تشيرو إلى الغريب، الذي شعرت مادريغال فجأة بحرارته وكأنها منارة.

«مرحباً» قالت تشيرو وهي تحدق بفضول في قناع الحصان الذي لا تزال مادريغال تستطيع أن تتبين من خلاله البريق البرتقالي لعينيه النمريتين. وأدركت من جديد أنه جاء متنكراً بهذا الشكل إلى عرين العدو من أجلها، وشعرت بانقباض غريب في صدرها.

لمدة عامين بقيت تفكر في بولفينش على أنه جنون عابر، وإن لم يبدُ جنوناً حينذاك، ولا يبدو كذلك الآن، وتتمنى أن يعيش هذا السيراف - وقد تمنت ذلك فعلاً.

تمالكت نفسها والتفتت إلى تشيرو. كانت نويلا خلفها مباشرة. ووبختهما قائلة: «يا لكما من صديقتين. أن تلبساني هكذا ثم تتخليا عني في سيربنتاين. كان من الممكن أن أتعرض لهجوم».

قالت نويلا، وهي تلهث من الرقص: «ظننا أنك خلفنا».

قالت مادريغال: «كنت كذلك. خلفكما». كانت قد أدارت ظهرها للملاك من دون أن تلقي نظرة ثانية. وبدأت في إبعاد صديقتيها عنه بشكل عرضي مستغلة حركة الزحام لتضع مسافة بينهما.

سألتها تشيرو: «من كان هذا؟».

سألت مادريغال: «من؟».

«الذي يرتدي قناع الحصان، ويرقص معك».

«لم أكن أرقص مع أحد. أو ربما لم تلاحظي: لم يكن أحد يريد أن يرقص معي. أنا منبوذة».

قالت تشيرو ساخرة: «منبوذة! مستحيل. أنتِ أشبه بأميرة»، وألقت نظرة متشككة إلى الوراء، وكانت مادريغال متحمسة لمعرفة ما رأته.

هل كان الملاك يبحث عنهن، أم إن بعض الإحساس بالحفاظ على الذات قد حركه وجعله يختفي؟

سألت نويلا: «هل رأيتِ ثياغو؟ أو بالأحرى، هل رآك هو؟».

«لا-» قالت مادريغال، لكن تشيرو انفجرت قائلة: «ها هو ذا!» فشعرت ببرودة تسري في أوصالها.

لقد كان هناك. من المستحيل أن تخطئه العين، برأس الذئب فوق رأسه، نسخته الغريبة من القناع. كانت أنيابه منحنية فوق جبينه، وخطمه مسحوب إلى الخلف في زمجرة.

كان شعره الأبيض الثلجي مسرّحاً ومرتباً على كتفيه، وسترته المصنوعة من الساتان عاجية اللون - الكثير من البياض، بياض فوق بياض، يحيط بوجهه القوي الوسيم، الذي كان قد اكتسى لوناً برونزياً بفعل الشمس، ما جعل عينيه الشاحبتين تبدوان شبحيتين.

لم يكن قد رآها بعد. وتفرق الحشد من حوله، ولم يفشل حتى أكثر المحتفلين ثمالةً في التعرف عليه وإفساح الطريق. وبدا أن الجموع قد انكمشت وهو يمر مع حاشيته، التي كانت ذات مظهر ذئب حقيقي، وتتحرك كالقطيع.

استحوذ معنى هذه الليلة على مادريغال: اختيارها، ومستقبلها.

أخذت نويلا نفساً، وهي تتشبث بمادريغال من جانب، قائلة: «إنه رائع». كان على مادريغال أن توافقها الرأي، لكنها نسبت الفضل في ذلك لبريمستون الذي صنع ذلك الجسد الجميل، وليس لثياغو الذي ارتداه بغطرسة الاستحقاق.

قالت تشيرو: «إنه يبحث عنكِ»، وعرفت مادريغال أنها كانت على حق. كان الجنرال غير متسرع، وعيناه الشاحبتان تتفحصان الحشد بثقة

من يحصل على ما يريد. ثم استقرت نظراته عليها. فشعرت بأنها تخترقها. فارتعبت وتراجعت خطوة إلى الوراء.

«هيا بنا نذهب للرقص»، قالت صاخبة، مما أثار دهشة صديقتيها.

قالت تشيرو: «لكن —».

بدأ لحن جديد. قالت: «اسمعي. إنه لحن فوريانت[42]، المفضل لدي».

لم يكن اللحن المفضل لديها، لكنه كان سيفي بالغرض. كان هناك صفان من الراقصين يتشكلان، الرجال في جانب، والنساء في الجانب الآخر، وقبل أن تتمكن تشيرو ونويلا من قول كلمة أخرى، كانت مادريغال قد دارت لتهرب نحو صف النساء، وشعرت بنظرات ثياغو على مؤخرة عنقها مثل لمسة المخالب.

تساءلت: ماذا عن العيون الأخرى؟

بدأت رقصة فوريانت بموكب خفيف، واندفعت تشيرو ونويلا للانضمام إليها، واندفعت مادريغال بخطوات رشيقة وبابتسامة، ولم تفوّت أي حركة من حركاتها، ولكنها بالكاد كانت هناك.

كانت أفكارها قد طارت إلى الخارج، تتقافز وتندفع مع أسراب الطائر الطنان التي كانت تتدفق بالآلاف على الفوانيس المعلقة فوقها، بينما كانت تتساءل بقلب جامح..

أين ذهب ملاكها؟.

42. لحن رقص بوهيمي مفعم بالحيوية.

53

الحب عنصر أساسي

في حركات رقصة فوريانت، لم يتجنب أحد إمساك يد مادريغال كما فعلوا في سيربنتاين - كان ذلك سيكون استخفافاً واضحاً جداً - ولكن كان هناك تصلب واضح لدى شركائها أثناء مرورها من واحد إلى آخر، وكان بعضهم بالكاد يلمس أطراف أصابعها بأطراف أصابعه عندما كان من المفترض أن يشبكوا أيديهم.

نهض ثياغو ووقف يراقب. شعر الجميع بذلك، وخفتت بهجة الرقص. كان ذلك بتأثيره، ولكن مادريغال كانت تعرف أن ذلك خطؤها، لأنها هربت منه وحاولت الاختباء هنا، وكأن الاختباء كان ممكناً.

لقد كانت تحاول كسب الوقت فقط، وكانت رقصة فوريانت جيدة في ذلك على الأقل، فقد استمرت ربع ساعة كاملة، مع تحولات مستمرة في الشريك. تنقّلت مادريغال من جندي كبير مهذب بقرن وحيد القرن إلى قنطور إلى إنسان رفيع المستوى يرتدي قناع تنين بالكاد يلمسها، ومع كل دورة كانت تمر بجانب ثياغو الذي لم تفارقها عيناه. كان قناع شريكها التالي نمراً، وعندما أمسك بيدها... أمسكها بالفعل.

لقد شبكها بقوة في يده التي ترتدي القفازات. سرت رعشة في ذراع مادريغال من تلك اللمسة الدافئة، ولم يكن عليها أن تنظر إلى عينيه لتعرف من هو.

كان لا يزال هنا - ومع وجود ثياغو قريباً. متهور، فكرت وهي مكهربة بسبب قربه. وبعد لحظات، وبعد أن هدأت أنفاسها وقلبها، قالت: «أعتقد أن قناع النمر يناسبكَ أكثر من قناع الحصان».

أجابها: «لا أعرف ماذا تقصدين يا سيدتي. هذا هو وجهي الحقيقي».

«بالطبع».

«لأنه سيكون من الحماقة أن أبقى هنا لو كنتُ من تظنين».

«هذا صحيح. قد يفترض المرء أنك تتمنى الموت».

قال بجدية: «لا. ليس هذا أبداً. أنا أتمنى حياة، إذا كان هناك أي شيء، فهو نوع مختلف من الحياة».

نوع مختلف من الحياة. فكرت مادريغال، أن حياتها وخياراتها - أو افتقارها إليها - كانت تحاصرها. أبقت صوتها خفيفاً. «هل تتمنى أن تكون واحداً منا؟ أنا آسفة، نحن لا نقبل المتحولين».

ضحك، وقال: «حتى لو فعلتِ، فلن يساعدك ذلك. كلنا محبوسون في نفس الحياة، أليس كذلك؟ نفس الحرب».

طوال حياتها التي قضتها في كراهية السيرافيم، لم تفكر مادريغال أبداً في أنهم يعيشون نفس الحياة التي تعيشها، لكن ما قاله الملاك كان صحيحاً. لقد كانوا جميعاً محبوسين في نفس الحرب.

لقد حبسوا العالم بأسره فيها. قالت: «لا توجد حياة أخرى»، ثم توترت، لأنهما كانا قد وصلا إلى المكان الذي وقف فيه ثياغو. وازداد ضغط قبضة الملاك على يدها قليلاً، بلطف، وساعدها ذلك على تحمل نظرات الجنرال حتى ابتعدت عنه مرة أخرى، واستطاعت أن تتنفس.

قالت بهدوء: «يجب أن تذهب. إذا تم اكتشافكَ...».

سمح الملاك بمرور لحظة صمت قبل أن يسألها بهدوء: «أنتِ لن تتزوجيه حقاً، أليس كذلك؟».

«أنا... لا أعرف».

رفع يدها حتى تتمكن من الدوران تحت جسر ذراعيهما؛ كان ذلك جزءاً من الحركة، لكن طولها وقرنيها عرقلاهما، وكان عليهما أن يحررا الأصابع ويضمّاها مرة أخرى بعد الدوران.

سألها: «ماذا هناك لتعرفيه؟ هل تحبينه؟».

«أأحبه؟» كان السؤال مفاجئاً، وانفلتت ضحكة من شفتي مادريغال. تمالكت نفسها بسرعة، ولم ترغب في لفت انتباه ثياغو.

«هل هو سؤال مضحك؟».

قالت: «لا. نعم». هل تحب ثياغو؟ أيمكنها؟ ربما. كيف لك أن تعرفي شيئاً كهذا؟ «المضحك أنك أول من سألني هذا السؤال».

قال السيراف: «اعذريني. لم أكن أدرك أن الكيميرا لا تتزوج عن حب»

فكرت مادريغال في والديها. كانت ذاكرتها عنهما مطلية بطبقة من السنين، ووجهاهما غير واضحين تماماً - هل كانت ستعرفهما حتى لو وجدتهما؟ - لكنها كانت تتذكر ولعهما البسيط ببعضهما البعض، وكيف كانا يبدوان متلامسين دائماً. «نحن كذلك». لم تكن تضحك الآن. «والداي كانا كذلك».

«إذاً، فأنتِ ابنة الحب. يبدو أنه من الصواب أن تكوني قد خُلقتِ نتيجة الحب».

ولم تكن تفكر في نفسها بهذه الطريقة قط، ولكن بعد أن قال هذا، أدهشها أن تكون قد خلقت نتيجة الحب، وتألمت لما فقدته بفقدها عائلتها.

«وأنت؟ هل أحب والداك بَعضهما البعض؟».

سمعت نفسها تسأله، وقد تغلبت عليها سريالية الظرف المذهلة. كانت قد سألت للتو أحد السيرافيين عما إذا كان والداه يحبان بعضهما البعض.

قال: «لا»، ولم يقدم أي تفسير. «لكنني آمل أن يحب والدا أولادي بعضهما البعض».

ومرة أخرى رفع يدها حتى تتمكن من الدوران تحت الجسر الذي صنعته أذرعهما، ومرة أخرى اعترض قرناها الطريق، فانفصلا لفترة وجيزة. التفتت مادريغال، وشعرت بغصة في كلماته، وعندما عادا إلى بعضهما البعض مرة أخرى، قالت في دفاعها عن نفسها: «الحب ترف».

«لا، الحب عنصر أساسي».

عنصر. مثل الهواء للتنفس، والأرض للوقوف عليها. أرسل اليقين الثابت في صوته رعشة في جسدها، لكنها لم تحصل على فرصة للرد. فقد كانا قد انتهيا من حركتهما، وكانت لا تزال تشعر بالقشعريرة من أثر عبارته الاستثنائية وهو يسلمها إلى شريكها التالي الذي كان ثملاً ولم ينطق بحرف واحد طوال فترة رقصهما.

حاولت أن تتابع السيراف.

كان ينبغي أن يكون شريكاً لنويلا بعدها، ولكن بحلول ذلك الوقت كان قد اختفى، ولم تر قناع نمر في المجموعة كلها. لقد ذهب بعيداً، وشعرت بغيابه مثل مساحة فارغة من الهواء.

ووصلت رقصة فوريانت إلى نهايتها، وعندما انتهت بهدير دفوف غجرية وقحة، كانت مادريغال قد أُلقيت، وكأن هذا كان مدبراً بهذه الطريقة، إلى أحضان الذئب الأبيض تقريباً.

54

مقصود

«سيدي»، جفّ حلق مادريغال وأصبح صوتها مبحوحاً، وأقرب إلى الهمس الذي يمكن أن يُظن أنه حشرجة.

وقفت نويلا وتشيرو خلفها، وابتسم ثياغو ابتسامة عريضة، وظهرت أطراف الأنياب بين شفتيه الحمراوين الممتلئتين.

كانت عيناه جريئتين. لم تلتق عيناه بعينيها، بل طافتا إلى الأسفل، دون أي جهد في التمعن. سخنت بشرة مادريغال بينما كان قلبها يزداد برودة، وسقطت في انحناءة تمنت لو أنها لم تضطر إلى الوقوف ومواجهة عينيه، لكنها وقفت، وفعلت.

قال ثياغو: «أنتِ جميلة الليلة». لم يكن على مادريغال أن تقلق من مواجهة عينيه. لو كانت بلا قناع، لما كان قد لاحظ ذلك. الطريقة التي كان ينظر بها إلى جسدها وهي ترتدي فستان سهرة ضيقاً، جعلتها ترغب في وضع ذراعيها على صدرها.

قالت، وهي تقاوم الرغبة: «شكراً لك». كان رد المجاملة مطلوباً، لذا قالت ببساطة: «وأنتَ كذلك».

ثم نظر إلى الأعلى مستمتعاً. «أنا جميل؟».

مالت برأسها. قالت: «كذئب الشتاء يا سيدي»، وهذا أسعده. بدا مسترخياً وهادئاً تقريباً، وعيناه ثقيلتان. رأت مادريغال أنه كان واثقاً من نفسه تماماً. لم يكن يبحث عن بادرة؛ لم تكن هناك أدنى ذرة من الشك في نفسه. كان ثياغو يحصل على ما يريد، دائماً.

وهل سيحصل على ما يريده الليلة؟

بدأ لحن جديد، فأمال رأسه ليستمع إليه. قال: «معزوفة الإمبرلين. سيدتي؟». مدّ ذراعه إليها، وبقيت مادريغال ساكنة كالفريسة.

إذا أمسكت بذراعه، فهل يعني ذلك أنها قبِلت به؟

ولكن رفضها سيكون من أفظع الإهانات؛ سيخجله، والمرء ببساطة لا يُخجل الذئب الأبيض.

لقد كانت دعوة للرقص، وبدا الأمر وكأنه فخ، ووقفت مادريغال مشلولة لفترة أطول مما ينبغي. وفي تلك اللحظة رأت نظرات ثياغو حادة. تلاشى استرخاؤه ليحل محله... لم تكن متأكدة. لم يكن لديه الوقت ليظهر. ربما كان عدم التصديق، يمكن أن يتحول إلى غضب بارد كالثلج لولا أن وضعت نويلا، بصوت مذعور، كفها في أسفل ظهر مادريغال ودفعتها.

هكذا، دُفعت مادريغال، وخطت خطوة، ولم يكن هناك شيء يمنعها. لم تمسك بذراع ثياغو بقدر ما اصطدمت به. وقد دس ذراعها تحت ذراعه، ورافقها إلى مكان الرقص.

وبالتأكيد، كما اعتقد الجميع، إلى المستقبل.

أمسكها من خصرها، وكان ذلك هو الشكل المناسب لرقصة الإمبرلين، حيث كان الرجال يرفعون السيدات مثل القرابين إلى السماء. أحاطت يدا

ثياغو بشكل كامل تقريباً بخصرها النحيل، وكانت مخالبه على ظهرها العاري. شعرت برأس كل مخلب على جلدها.

كان هناك بعض الحديث بينهما - لا بد أن مادريغال سألت عن صحة أمير الحرب، ولا بد أن ثياغو أجابها على ذلك، ولكنها بالكاد استطاعت أن تحكي ما قيل. ربما كانت هي صَدَفة مرشوشة بالسكر، لأنها كانت حاضرة بجسدها.

ماذا فعلت؟ ما الذي فعلته للتو؟

لم تستطع حتى أن تخدع نفسها بأن ذلك كان نتاج لحظة ودفعة صغيرة من نويلا. كانت قد سمحت لنفسها بأن ترتدي مثل هذا اللباس؛ لقد جاءت إلى هنا؛ كانت تعرف... ربما لم تعترف لنفسها بأنها كانت تعرف ما تفعله، لكنها بالطبع تعرف. لقد سمحت لنفسها بأن تنجرف وراء يقين الآخرين. كان هناك شعور لاذع بالرضا عن كونها مختارة... محسودة. لقد كانت خجلة من ذلك الآن، ومن الطريقة التي جاءت بها إلى هنا الليلة، مستعدة للعب دور العروس المرتجفة، وقبول رجل لا تحبه.

لكنها لم تقبل به، واعتقدت الآن أنها لم تكن لتقبل به. لقد تغير شيء ما.

لم يتغير شيء، كما جادلت نفسها. الحب عنصر أساسي في الواقع. مجيء الملاك إلى هنا، ومخاطرته! لقد أذهلها، لكنه لم يغير شيئاً.

وأين هو الآن؟ في كل مرة يرفعها ثياغو، كانت تنظر حولها، لكنها لم تر قناع حصان أو قناع نمر. كانت تأمل أن يكون قد رحل، وأن يكون بأمان.

ولا بد أن ثياغو، الذي بدا حتى الآن راضياً بما استطاعت يداه أن تمسكا به، قد شعر بأنه لم يكن يستحوذ على انتباهها. عندما أنزلها من الأعلى، تركها تنزلق عمداً حتى اضطر إلى الإمساك بها. عند المفاجأة، انفتح جناحاها تلقائياً، مثل شراعين توأمين تغمرهما الرياح.

قال ثياغو: «عذراً يا سيدتي»، ثم أنزلها حتى لامست حوافرها الأرض مرة أخرى، لكنه لم يرخِ قبضته عليها. شعرت بالسطح الصلب لصدره ذي العضلات على صدرها. أثار هذا الشعور الخاطئ ذعراً كان عليها أن تقاومه كي لا تنتزع نفسها من بين ذراعيه. كان من الصعب عليها أن تطوي جناحيها مرة أخرى، في حين أن ما أرادت فعله حقاً هو الطيران.

سألها الجنرال: «هل هذا الفستان مصنوع من الظل؟ بالكاد أشعر به بين أصابعي».

كل ما هو ممكن تم فعله، فكرت مادريغال.

اقترح: «ربما يكون فستانك انعكاساً للسماء الليلية. انعكاس من بركة؟».

افترضت أنه كان يتصرف بشاعرية، وحتى بشهوانية. وفي المقابل، وبأسلوب غير شهواني قدر الإمكان - أشبه ما يكون بالشكوى من وصمة عار لا يمكن إزالتها - قالت: «نعم يا سيدي. ذهبت للسباحة، والتصق الانعكاس بي».

«حسناً. إذاً قد ينزلق كالماء في أي لحظة. ويتساءل المرء إذا كان يوجد أي شيء تحته».

وهذه هي المغازلة، فكرت مادريغال. خجلت، وكانت سعيدة بقناعها الذي غطى كل شيء ما عدا شفتيها وذقنها. اختارت عدم التطرق إلى مسألة ملابسها الداخلية، وقالت: «إنه أكثر ثباتاً مما يبدو، أؤكد لك».

لم تكن تنوي التحدي، لكنه اعتبره تحدياً.

مد يده إلى الخيوط الرقيقة التي كانت تشبه خيوط شبكة العنكبوت التي تثبت الثوب حول عنقها، وشدها بقوة. انفتحت الخيوط بسهولة تحت مخالبه، وشهقت مادريغال. بقي الثوب في مكانه، لكن مجموعة من أربطته الهشة انقطعت.

قال ثياغو: «أو ربما لم يكن متيناً جداً. لا تقلقي يا سيدتي، سأساعدك في تثبيته».

كانت يده فوق قلبها، فوق صدرها مباشرة، وارتجفت مادريغال. كانت غاضبة من نفسها بسبب ارتجافها. لقد كانت مادريغال من قبيلة الكيرين، وليست زهرة عالقة في النسيم.

«هذا لطف منك يا سيدي»، أجابت وهي تنفض يده وتبتعد عنه. «ولكن حان الوقت لتغيير الشركاء. يجب أن أتدبر أمري بمفردي».

لم تكن سعيدة أبداً بهذا القدر عندما انتقلت إلى شريك جديد. في هذه المرة كان رجلاً يرتدي ثوراً-غزالاً، غير رشيق، كاد أن يدوس على حوافرها عدة مرات. وبالكاد لاحظت ذلك.

نوع مختلف من الحياة، فكرت، وأصبحت الكلمات تعويذة على لحن إمبرلين. نوع مختلف من الحياة، نوع مختلف من الحياة.

تساءلت أين كان الملاك الآن. غمرها الشوق، مفعماً بالنكهة، مثل الشوكولاتة التي تذوب على لسانها. قبل أن تدرك ذلك، أعادها الثور-الغزال إلى ثياغو، الذي أمسكها بيديه وجذبها نحوه.

قال لها: «لقد اشتقت إليكِ. كل سيدة أخرى خشنة بجانبك».

كان يتحدث إليها بهمس وكأنها في غرفة نومه تلك، ولكن كل ما استطاعت أن تفكر فيه هو كم بدت كلماته خرقاء، وكم بدت صعبة بعد كلمات الملاك.

لقد سلمها ثياغو مرتين إلى شريكين آخرين، وأعيدت إليه مرتين في الوقت المناسب. وكانت في كل مرة أكثر إيلاماً من سابقتها، حتى إنها شعرت وكأنها هاربة عادت إلى منزلها رغماً عنها.

وعندما أُعيدت إلى شريكها التالي، شعرت بضغط القفازات الجلدية القوية التي تغلف أصابعها، بخفة تشبه التحليق في الهواء، وتركت نفسها

تنجرف بعيداً. انزاح البؤس؛ وانزاح الظلم. أحاطت يدا السيراف بخصرها، وارتفعت قدماها عن الأرض، وأغمضت عينيها وأسلمت نفسها للشعور. أنزلها إلى الأرض، لكنه لم يتركها. همست بسعادة: «مرحباً». بسعادة.

«مرحباً»، ردّ عليها، وكأنه سر مشترك.

ابتسمت عندما رأت قناعه الجديد. كان بشرياً ومضحكاً، بأذنين كبيرتين وأنف أحمر كأنف السكير. قالت: «وجه آخر. هل أنت ساحر، تستحضر الأقنعة؟».

«لا حاجة للاستحضار. هناك العديد من الأقنعة للاختيار، بقدر عدد المحتفلين الثملين الذين أغمي عليهم».

«حسناً، هذا القناع لا يناسبك على الأقل».

«هذا ما تظنينه. يمكن أن يحدث الكثير في عامين».

ضحكت وهي تتذكر جماله، واستولت عليها رغبة في رؤية وجهه مرة أخرى.

سألها: «هلا أخبرتني باسمك يا سيدتي؟».

أخبرته، فكرره – «مادريغال، مادريغال، مادريغال» - مثل تعويذة.

قالت مادريغال لنفسها: كم هو غريب أن يغلبها مثل هذا الشعور... بالرضا... من مجرد وجود رجل لم تعرف اسمه ولم تستطع رؤية وجهه. وسألته: «وأنت؟».

«أكيفا».

«أكيفا». لقد أسعدها أن تنطق اسمه. ربما كان اسمها يعني الموسيقى، لكن اسمه كان يبدو كذلك. نطقها لاسمه جعلها ترغب في أن تغنيه، أن تنحني من النافذة وتستدعيه إلى المنزل، وأن تهمس به في الظلام.

قال: «لقد فعلتها إذاً، وقبِلتِ به».

أجابت بتحدٍّ: «لا، لم أفعل».

«لا؟ إنه يراقبك وكأنه يملكك».

«إذاً، يجب أن تكون في مكان آخر بالتأكيد -».

«فستانك»، قالها وهو يشير إليه. «إنه ممزق. هل هو - ؟». شعرت مادريغال بالحرارة، وموجة من الغضب تنبعث منها مثل تيار هواء من نار مشتعلة.

ورأت أن ثياغو كان يرقص مع تشيرو، ويحدق فيها مباشرة من بين أذني ابن آوى الحادتين. انتظرت حتى وضعت دورات الرقص ظهر أكيفا العريض بينهما، وحجبت وجهها قبل أن تجيب.

«لا شيء. لست معتادة على ارتداء مثل هذا القماش الرقيق. لقد اختير هذا لي. أحتاج إلى شال».

بدا متوتراً من الغضب لكن يديه ظلتا رقيقتين على خصرها. قال: «يمكنني أن أصنع لكِ شالاً».

طأطأت رأسها. قالت: «هل تجيد الحياكة؟ حسناً. هذا إنجاز غير عادي بالنسبة إلى جندي».

قال: «أنا لا أحيك»، وعندها شعرت مادريغال بأول لمسة ناعمة كالريش على كتفها. لم تخطئ في أنها لمسة أكيفا، لأن يديه كانتا على خصرها.

نظرت إلى الأسفل ورأت أن فراشة طائر طنان رمادية - خضراء اللون - قد استقرت عليها، واحدة من العديد من الفراشات التي ترفرف فوقها، منجذبة إلى اتساع ضوء الفانوس الذي لا بد أنه يبدو لها كالكون. كان وبر الفراشة الصغيرة يلمع مثل الجواهر، بينما كانت أجنحة الفراشة المكسوة بالفراء ترفرف على جلدها. وتبعتها بعد قليل فراشة أخرى، وكانت هذه وردية باهتة، وأخرى، وردية أيضاً، مع بقع برتقالية اللون على جناحيها

المزركشين. طاف المزيد منها في الهواء، وفي لحظات، غطت مجموعة منها صدر مادريغال وكتفيها.

قال أكيفا: «ها أنتِ ذا يا سيدتي. هذا شال حي».

كانت مندهشة. قالت: «كيف -؟ أنت ساحر».

«لا. إنها خدعة فقط».

«إنه سحر».

«ليس السحر الأكثر فعالية، هو جمع الفراشات».

«ليس فعالاً؟ لقد صنعت لي شالاً». كانت مندهشة من ذلك. فالسحر الذي عرفته من خلال بريمستون كان فيه القليل من النزوات. كان هذا جميلاً، سواء من حيث الشكل - كانت الأجنحة ذات ألوان شفقية كثيرة وناعمة كآذان الحملان - أو من حيث الغرض. كان قد غطاها. ثياغو مزق ثوبها، وغطاها أكيفا.

ضحكت، وقالت: «إنها تدغدغني. أوه لا. أوه لا».

«ما الأمر؟».

«أوه، دعها تذهب». ضحكت بصوت أعلى، وشعرت بألسنة صغيرة تندفع من مناقير صغيرة. «إنها تأكل سكري».

«سكر؟».

جعلتها الدغدغة تهز كتفيها. «دعها تذهب. أرجوك».

حاول ذلك. ابتعد القليل منها وصنع دائرة حول قرنيها، لكن معظمها بقي في مكانه. قال بقلق: «أخشى أن الفراشات واقعة في الحب. إنها لا تريد تركِكِ». رفع إحدى يديه عن خصرها ليمسح برفق فراشتين عن عنقها، حيث يلامس جناحاهما فكها. قال بحزن: «أعرف تماماً كيف تشعر هذه الفراشات».

كان قلبها مثل قبضة اليد. حان الوقت لكي يرفعها أكيفا مرة أخرى، وقد فعل، على الرغم من أن كتفيها كانا لا يزالان مكسوين بالفراشات. ومن فوق رؤوس الحشد، كانت ممتنة لرؤية ثياغو وقد أشاح بوجهه عنها. أما تشيرو، التي كان يرفعها، فقد رأتها وتبادلتا النظرات.

أعاد أكيفا مادريغال إلى الأسفل، وقبل أن تلامس قدماها الأرض نظر كل منهما إلى الآخر، قناع نحو قناع، العينان البنيتان نحو العينين البرتقاليتين، وسرت بينهما موجة. لم تكن مادريغال تعرف ما إذا كان ذلك سحراً، لكن معظم فراشات الطائر الطنان طارت وحلقت بعيداً وكأن الرياح تحملها.

كانت قد سقطت مرة أخرى وقدماها تتحركان ونبض قلبها يتسارع. لقد فقدت إيقاع الحركة، لكنها شعرت بأن الرقصة تقترب من نهايتها، وأنها ستعود في أي لحظة إلى ثياغو مرة أخرى.

كان على أكيفا أن يسلمها مرة أخرى إلى عهدة الجنرال.

كان قلبها وجسدها ينتفضان. لم تستطع فعل ذلك. كانت أطرافها خفيفة، مستعدة للفرار.

تسارعت نبضات قلبها، وتناثرت بقايا شالها الحي وكأن شيئاً أخافها. وتعرفت مادريغال على تلك الإشارات في نفسها، الاستعداد، والهدوء الظاهري والاضطراب الداخلي، والاندفاع الذي يملأ عقلها قبل الهجوم في المعركة.

شيء ما سيحدث.

فكرت، هل كنت تعلمين منذ البداية يا نيتيد؟

سأل أكيفا: «مادريغال؟». مثل فراشة الطائر الطنّان، أحسّ بالتغيّر الذي طرأ عليها، وبتسارع أنفاسها، وبشدّ عضلاتها حيث طوّقت يداه الدافئتان

خصرها. «ما الأمر؟».

«أريد...»، قالت، وهي تعرف ما تريد، وتشعر بأنها منجذبة نحوه، تنحني نحوه، لكنها بالكاد تعرف كيف تقولها.

سأل أكيفا بلطف ولكن بإلحاح: «ماذا؟ ماذا تريدين؟». أراد ذلك أيضاً. أمال رأسه بحيث لامس قناعه لفترة وجيزة قرنها، مما أثار شعلة من الإحساس في جسدها.

كان الذئب الأبيض على بعد جناحين فقط. كان سيرى. إذا حاولت الفرار، فسوف يتبعها. وسيتم القبض على أكيفا.

أرادت مادريغال أن تصرخ.

وبعد ذلك، بدأت الألعاب النارية.

لاحقاً، ستتذكر ما قاله أكيفا عن أن كل شيء كان مترابطاً، وكأنه كان مقدراً. في كل ما سيحدث، سيكون هناك ذلك الشعور بالحتمية والصواب، والشعور بأن الكون كان يتآمر في ذلك. سيكون الأمر سهلاً. بدءاً بالألعاب النارية.

وأزهر الضوء فوق الرؤوس، زهرة أضاليا عظيمة ولامعة، طاحونة هوائية، نجمةٌ تسطع بقوة. كان الصوت كقصف مدفعي. قارعو الطبول على الأسوار. البارود الأسود ينفجر في الهواء.

تفككت رقصة الإمبرلين بينما كان الراقصون ينزعون أقنعتهم ويرفعون رؤوسهم إلى الوراء لينظروا إلى الأعلى.

تحركت مادريغال. أمسكت بيد أكيفا واندفعت وسط الحشد.

بقيت منخفضة وتحركت بسرعة. وبدا أن قناة انفتحت لهما في تيار الأجساد.

فتبعاها، وحملتهما بعيداً.

55

أبناء الندم

كان ياما كان، قبل وجود الكيميرا والسيرافيم، كانت هناك الشمس والأقمار. كان الشمس[43] مرتبطاً بنيتيد، الأخت المشرقة، ولكن إيلاي الرزينة، التي كانت تختبئ دائماً وراء أختها الجريئة، هي التي أثارت شهوة الشمس. فخطط الشمس أن يأتي إليها وهي تستحم في البحر، فأخذها. قاومت، ولكنه كان الشمس، وظن أنه يجب أن يحصل على ما يريد. طعنته إيلاي وهربت، فتطاير دم الشمس كالشرر إلى الأرض، حيث صار سيرافيم - أبناء النار غير الشرعيين. وكأبيهم، اعتقدوا أن من حقهم أن يريدوا ويأخذوا ويملكوا.

أما إيلاي، فقد أخبرت أختها بما حدث، وبكت نيتيد، فسقطت دموعها على الأرض وصارت كيميرا، أبناء الندم.

وعندما عاد الشمس مرة أخرى إلى الأختين، لم تكن أي واحدة منهما تريده. فوضعت نيتيد إيلاي خلفها وحمتها، على الرغم من أن الشمس الذي

---

43. الشمس مذكر باللغة الإنكليزية.

كان لا يزال ينزف شرراً، كان يعلم أن إيلاي لم تكن عاجزة كما بدت. وتوسل إلى نيتيد أن تسامحه ولكنها رفضت، وهو إلى اليوم يتبع الأختين عبر السماء، يريد ويريد ولا يملك، وسيكون ذلك عقابه إلى الأبد.

نيتيد هي إلهة الدموع والحياة والصيد والحرب، ومعابدها أكثر من أن تحصى. إنها هي التي تملأ الأرحام، وتبطئ قلوب المحتضرين، وتقود أولادها ضد السيرافيم. نورها مثل شمس صغيرة، تطرد الظلال.

إيلاي أكثر خفاءً. إنها أثر، قمر شبحي، ولا يوجد سوى ليالٍ قليلة كل عام تسطع فيها وحدها في السماء. تُدعى هذه الليالي ليالي إيلاي، وهي ليالٍ مظلمة ومرصعة بالنجوم ومناسبة للأشياء الماكرة. إيلاي هي إلهة القتلة والعشاق السريين. معابدها قليلة وخفية، مثل المعبد الموجود في بستان القداس في التلال فوق لوراميندي.

هناك حيث أخذت مادريغال أكيفا عندما فرا من حفل أمير الحرب.

***

لقد طارا معاً. أبقى جناحيه مخفيين، لكن ذلك لم يمنعه من الطيران. على اليابسة، كان يتعذر الوصول إلى بستان القداس. كانت هناك فجوات في التلال، وأحياناً كانت هناك جسور من الحبال ممدودة عبرها - في ليالي إيلاي، عندما كان المصلون يذهبون متخفين للتعبد في المعبد - ولكن الليلة لم يكن هناك أي أحد، وكانت مادريغال تعلم أن المعبد سيكون لهما وحدهما.

لقد أمضيا الليل هناك. نيتيد لا تزال في السماء. كانت لديهما ساعات سأل أكيفا مرتاباً: «أهذه هي أسطورتكِ؟». كانت مادريغال قد أخبرته بقصة الشمس وإيلاي أثناء طيرانهما. «هل هؤلاء السيرافيم هم دماء الشمس المغتصبة؟».

قالت مادريغال باستهتار: «إذا لم يعجبك الأمر، فلتناقشه مع الشمس»

«إنها قصة فظيعة. يا له من خيال وحشي لدى الكيميرا».

«حسناً. لقد حظينا بإلهام وحشي».

وصلا إلى البستان، وكانت قبة المعبد مرئية من خلال قمم الأشجار، وكانت الفسيفساء الفضية تتلألأ من خلال الأغصان.

«هنا»، قالت مادريغال، وهي تتباطأ مع دقات خافتة لتنزل من خلال فجوة في الأشجار. انتفض جسدها كله مع رياح الليل والحرية، والترقب. كان في الجزء الخلفي من عقلها خوف مما سيأتي لاحقاً - تداعيات رحيلها المتهور. ولكن بينما كانت تتحرك بين الأشجار، طغى حفيف أوراق الشجر وموسيقى الرياح، وخشخشة في كل مكان. خشخشة تدل على الإيفانجيلين، الطيور الثعبانية التي تشرب رحيق الليل من أشجار القداس. في ظلام البستان، كانت عيونهما تلمع فضية مثل فسيفساء سقف المعبد. هبطت مادريغال على الأرض، وهبط أكيفا بجانبها في هبّة من الدفء. واجهته. كانا لا يزالان يرتديان أقنعتهما. كان بإمكانهما خلعهما أثناء الطيران، لكنهما لم يفعلا. كانت مادريغال تفكر في هذه اللحظة التي سيقفان فيها وجهاً لوجه، وقد تركت قناعها على وجهها، لأنها كانت تتخيل أن أكيفا هو من سيخلع لها قناعها، كما ستخلع هي قناعه.

لا بد أنه تخيّل نفس الشيء، فتقدّم نحوها.

بدا العالم الحقيقي، الذي كان شيئاً بعيداً بالفعل - مجرد فرقعة من الألعاب النارية على حافة الأفق – قد تلاشى تماماً. ترنمت نشوة عالية وعذبة في جسد مادريغال وكأنها كانت نغمة وتر عود. خلع أكيفا قفازيه وأسقطهما، وعندما لمسها، وأطراف أصابعه تتجول على ذراعيها وعنقها، كان ذلك بيديه العاريتين. مد يده خلف رأسها، وفك قناعها ورفعه بعيداً عنها. توسعت رؤيتها، التي كانت قد ضاقت طوال الليل على ما كانت تراه

من خلال فتحاته الصغيرة، وملأ أكيفا بصرها، وكان لا يزال يرتدي قناعه المضحك. سمعت تنفسه الناعم وهمسه «جميلة جداً»، فمدت يدها ونزعت قناعه. وهمست قائلة: «مرحباً»، كما فعلت عندما التقيا معاً في رقصة إمبرلين، وتفتحت السعادة في نفسها. كانت تلك السعادة مثل شرارة ألعاب نارية مقارنة بما يملؤها الآن.

كان أكثر كمالاً حتى مما تتذكره. كان في بولفينش قد رقد وهو يحتضر، شاحباً، متراخياً، واهناً، ومع ذلك ظل جميلاً. أما الآن وهو بكامل عافيته ونشوة الحب بدا ذهبي اللون. لقد بدا متحمساً، يحدق فيها متأملاً ومتفائلاً،، ملهماً ومفتوناً ومسروراً. كان مفعماً بالحياة.

بفضلها، كان حياً.

همس لها: «مرحباً».

وقفا مندهشين وهما يحدقان في بعضهما البعض بعد عامين من لقائهما الأول، وكأنهما كانا نسجاً خيالياً من وحي الأماني. اللمس فقط يمكن أن يجعل اللحظة حقيقية.

ارتعشت يدا مادريغال عندما رفعتهما، واستقرتا على صدر أكيفا الصلب. كانت الحرارة تنبض من خلال نسيج قميصه. كان الهواء في البستان غنياً بما يكفي لارتشافه، وممتلئاً بما يكفي للرقص معه. كان الأمر أشبه بفضاء بينهما - ثم لم يكن كذلك، عندما اقتربت منه.

طوقها بذراعيه وأمالت وجهها لتهمس مرة أخرى: «مرحباً».

هذه المرة عندما ردّ عليها، كان رده تنفساً على شفتيها. كانت عيناها لا تزالان مفتوحتين، لا تزالان واسعتين من الدهشة، ولم يتركهما ترمشان إلا عندما التقت شفاههما أخيراً واستطاعت حاسة أخرى - اللمس - أن تتولى إقناعه بأن هذا حقيقي.

56

اختراع الحياة

في قديم الزمان، لم يكن هناك سوى الظلام، وكانت هناك وحوش هائلة بحجم العوالم التي تسبح فيها. كانوا من الجيبوريم[44]، وكانوا يحبون الظلام لأنه يخفي بشاعتهم. كلما اجتهد مخلوق آخر في خلق النور، كانوا يطفئونه. وكلما ولدت نجوم، كانوا يبتلعونها، وبدا أن الظلام سيكون أبدياً.

لكن سلالة من المحاربين الأذكياء سمعوا بالجيبوريم، وسافروا من عالمهم البعيد ليخوضوا معهم معركة. كانت الحرب طويلة، النور ضد الظلام، وقُتل العديد من المحاربين. في النهاية، عندما هزموا الوحوش، بقي مائة منهم على قيد الحياة، وكان هؤلاء المائة هم النجوم الإلهية التي جلبت النور إلى الكون.

لقد خلقوا بقية النجوم، بما في ذلك شمسنا، ولم يعد هناك ظلام، بل نور لا نهاية له. خلقوا أطفالاً على صورتهم - السيرافيم - وأرسلوهم ليحملوا

---

44. الجيبوريم، أي الجبابرة، وقد ورد ذكرهم في التوراة لوصف الرجال الشجعان الأقوياء، أو ذوي المكانة العظيمة.

النور إلى العوالم التي تدور في الفضاء، وكان كل شيء على ما يرام. لكن في يوم من الأيام، أقنعهم آخر الجيبوريم، الذي كان يُدعى زامزومين، بأن الظلال ضرورية، وأنها ستجعل النور يبدو أكثر إشراقاً بفعل التباين، وهكذا جلبت النجوم الإلهية الظلال إلى الوجود.

لكن زامزومين كان محتالاً. كان يحتاج فقط إلى ذرة من الظلام ليعمل بها. لقد نفخ الحياة في الظلال، وكما خلقت نجوم الآلهة السيرافيم على صورتها، كذلك خلق زامزومين الكيميرا على صورته، وهكذا كانوا بشعين، وإلى الأبد سيحارب السيرافيم إلى جانب النور، والكيميرا إلى جانب الظلام، وسيبقون أعداء حتى نهاية العالم.

***

ضحكت مادريغال بنعاس. قالت: «زامزومين؟ أهذا اسم؟».

«لا تسأليني. إنه جدكِ الأكبر».

«آه، نعم. العم زامزومين القبيح، الذي خلقني من الظل».

قال أكيفا: «ظل بشع. وهو ما يفسر بشاعتكِ».

ضحكت مرة أخرى، ضحكة ثقيلة وكسولة بسرور. «لطالما تساءلتُ من أين حصلتُ على البشاعة. الآن عرفت. قرناي من أبي، وبشاعتي من عمي الوحش الضخم الشرير». وبعد توقف قصير، أضافت، بينما أكيفا يداعب عنقها: «أحب قصتي أكثر. أفضّل أن أكون مصنوعة من الدموع على أن أكون من الظلام».

قال أكيفا: «لا شيء مبهج أبداً في كلا الأسطورتين».

«أعرف. نحن بحاجة إلى أسطورة أكثر سعادة. لنخترع واحدة».

استلقيا متعانقين فوق ثيابهما التي كانا قد لفّاها على ضفة من الطحالب خلف معبد إيلاي، حيث كان هناك جدول يتدفق برقة يفيض من خلف

المعبد. كان القمران قد انزلقا كلاهما إلى ما وراء مظلة الأشجار، وكانت أصوات طيور إيفانجيلين قد خفتت بينما كانت أزهار القداس تغلق براعمها البيضاء ليلاً. وقريباً كان على مادريغال أن تغادر، لكنهما كانا يدفعان الفكرة بعيداً، وكأنه بإمكانهما منع بزوغ الفجر.

قال أكيفا: «كان يا ما كان...»، لكن صوته خفت عندما وصلت شفتاه إلى عنق مادريغال. «مممم، سكر. ظننتُ أنني حصلت على كل شيء. الآن يجب أن أتحقق من كل مكان مرة أخرى».

تلوّت مادريغال ضاحكة من دون مقاومة. «لا، لا، هذا يدغدغ!».

لكن أكيفا كان يتذوق عنقها مرة أخرى، ولم يكن يدغدغها حقاً بقدر ما كان يثيرها، وسرعان ما توقفت عن الاحتجاج.

مر بعض الوقت قبل أن يعودا إلى أسطورتهما الجديدة.

«كان يا ما كان» تمتمت مادريغال لاحقاً، وكان وجهها الآن يستريح على صدر أكيفا بحيث كان انحناء قرنها الأيسر يتبع خط وجهه، وكان بإمكانه أن يميل جبينه عليه. «هناك عالم مصنوع بشكل مثالي وملىء بالطيور والمخلوقات المخططة والأشياء الجميلة مثل زنابق العسل ونجوم تينزينغ وابن عرس-».

«ابن عرس؟».

«اصمتي. وكان هذا العالم يمتلك الضوء والظل بالفعل، لذا لم يكن بحاجة إلى أي نجوم مارقة لتأتي وتنقذه، ولم يكن بحاجة إلى شموس نازفة أو أقمار باكية أيضاً، والأهم من ذلك أنه لم يعرف الحرب أبداً، وهو أمر فظيع ومدمر لا يحتاجه أي عالم على الإطلاق. كانت لديه الأرض والماء والهواء والنار، العناصر الأربعة، لكنه كان يفتقر إلى العنصر الأخير. الحب».

كانت عينا أكيفا مغمضتين. ابتسم وهو يستمع، وأخذ يداعب شعر مادريغال القصير الناعم، ويتتبع حواف قرنيها.

«وهكذا كانت هذه الجنة كصندوق مجوهرات بلا جواهر. كانت ترقد هناك، يوماً بعد يوم، مع الفجر الوردي وأصوات المخلوقات والعطور الغريبة، وتنتظر العشاق ليجدوها ويملؤوها بسعادتهم». صمت قليلاً، فقالت: «النهاية».

فتح أكيفا عينيه، وقال: «النهاية؟ ماذا تقصدين بالنهاية؟».

قالت وهي تمسح بخدها على جلد صدره الذهبي: «القصة لم تنتهِ بعد. ما زال العالم ينتظر».

قال بحسرة: «هل تعرفين كيف نجده؟ لنغادر قبل شروق الشمس».

الشمس. كان التذكير قد جعل شفتي مادريغال تتوقفان عن مسارهما الجديد على منحنى كتف أكيفا، ذلك المنحنى الذي يحمل ندوباً تذكّرها بلقائهما الأول في بولفينش. فكرت كيف كان يمكن أن تتركه ينزف، أو أسوأ من ذلك، أن تقضي عليه، لكن شيئاً ما لا يمكن تجنبه أوقفها كي يتمكنا من أن يكونا هنا، الآن. وفكرة إنهاء العناق، وارتداء الملابس، والمغادرة، أثارت في نفسها تردداً قوياً إلى درجة أنها آلمتها.

كان هناك خوف أيضاً مما قد يثيره اختفاؤها في لوراميندي. تسللت صورة ثياغو، الغاضب، إلى سعادتها، فدفعتها بعيداً، لكن لم يكن هناك ما يبعد شروق الشمس. قالت بصوت حزين: «يجب أن أذهب».

قال أكيفا: «أعرف»، ورفعت وجهها عن كتفه ورأت أن بؤسه يضاهي بؤسها. لم يسأل «ماذا سنفعل؟» ولم تسأله هي أيضاً. وفيما بعد كانا سيتحدثان عن مثل هذه الأشياء؛ وفي تلك الليلة الأولى كانا خجولين من المستقبل، ومع كل ما أحباه واكتشفاه في تلك الليلة، كان كل منهما لا يزال خجولاً من الآخر.

وبدلاً من ذلك، مدت مادريغال يدها إلى التعويذة التي كانت ترتديها حول عنقها. «هل تعرف ما هذه؟» سألته وهي تفك الحبل.

«عظمة؟».

«حسناً، نعم. إنها عظمة الأمنيات. تعلق إصبعك حول النتوء، هكذا، ويطلب كل منا أمنية ويسحبها. من يحصل على القطعة الأكبر يحصل على أمنيته».

«أهو سحر؟» سأل أكيفا وهو جالس. «من أي طائر يأتي هذا، حتى تصنع عظامه سحراً؟».

«إنه ليس سحراً. الأمنيات لا تتحقق حقاً».

«لماذا تفعلين ذلك إذاً؟».

هزت كتفيها. «الأمل؟ يمكن أن يكون الأمل قوة جبارة. ربما لا يوجد فيه سحر حقيقي، ولكن عندما تعرف أكثر ما تتمنى تحقيقه وتحمله كالنور في داخلك، يمكنك تحقيق الأشياء، مثل السحر تقريباً».

«وما أكثر ما تأملينه أنت؟».

«ليس من المفترض أن تبوح به. تعال، تمنَّ معي».

رفعت عظمة الأمنيات.

لقد كان مزيجاً من النزوة والوقاحة هو ما جعلها تضع هذا الشيء في حبل. كانت في الرابعة عشرة من عمرها، وكانت قد أمضت أربع سنوات في خدمة بريمستون، ولكنها الآن في مرحلة التدريب على القتال وتشعر بقوتها الخاصة. لقد جاءت إلى المتجر ذات ظهيرة بينما كان تويغا يستخرج عملات الحظ المسكوكة حديثاً من قوالبها، وتملقت للحصول على واحدة.

لم يكن بريمستون قد علّمها بعد حقيقة السحر القاسية وعُشر الألم، وكانت لا تزال تعتبر التمني متعة. عندما رفضها - كما كان يفعل دائماً، دون احتساب خرزات السكوبي التي لا تكلف سوى قليل من الألم لصنعها - لقد أصيبت بانهيار صغير ومثير وجلست في الزاوية. لم تستطع حتى أن تتذكر الآن ما هي الأمنية التي كانت ذات أهمية بالغة بالنسبة إليها وهي

في الرابعة عشرة من عمرها، لكنها تذكرت جيداً إيسا وهي تستخرج عظمة من بقايا وجبة المساء - وجبة طائر الدراج الرمادي بالصلصة - وتؤنسها بالتعاليم البشرية لعظمة الأمنيات.

كانت إيسا تمتلك ثروة من القصص البشرية، ومنها استمدت مادريغال افتتانها بهذا الجنس وعالمه. وفي تحدٍ لبريمستون، أخذت العظمة وتفننت في التمني عليها.

«أهذا كل شيء؟»، سألها بريمستون، عندما سمع ما هي الرغبة التافهة التي أثارت نوبة غضبها. «هل كنتِ ستهدرين أمنية على ذلك؟».

كانت هي وإيسا على وشك كسر العظمة بينهما، لكنهما توقفتا.

قال بريمستون: «أنت لست حمقاء يا مادريغال. إذا كان هناك شيء تريدينه، فاسعي وراءه. الأمل له قوة. لا تهدريه على أشياء حمقاء».

«حسناً»، قالت وهي تمسك عظمة الأمنيات بيدها. «سأحتفظ بها حتى يلبي أملي توقعاتك العالية». وضعتها على حبل. لبضعة أسابيع، كانت تتفنن في التعبير عن أمنياتها السخيفة بصوت عالٍ وتتظاهر بالتأمل فيها.

«أتمنى لو أستطيع أن أتذوق بقدمي مثل الفراشة».

«أتمنى لو أن الفئران العقارب تستطيع الكلام. أراهن أنها تعرف النميمة على أحسن وجه».

«أتمنى لو كان شعري أزرق».

لكنها لم تكسر العظمة أبداً. ما بدأ كتحدٍ طفولي تحول إلى شيء آخر. أصبحت الأسابيع شهوراً، وكلما طالت المدة التي قضتها دون أن تكسر عظمة الأمنيات، بدا لها أن الأمر سيكون أكثر أهمية عندما تكسرها، وستكون الأمنية - الأمل، بالأحرى - جديرة بها.

في بستان القداس مع أكيفا، حدث ذلك أخيراً. صاغت أمنيتها في ذهنها، ونظرت في عينيه، وسحبت. انكسرت العظمة من المنتصف، وكانت

القطع، عند قياسها ببعضها البعض، بنفس الطول تماماً.

«لا أعرف ماذا يعني ذلك. ربما يعني أن كلاً منا قد حصل على أمنياته»

«ربما يعني أننا تمنينا نفس الشيء».

كانت مادريغال تحب أن تعتقد ذلك. بدت أمنيتها في تلك المرة الأولى بسيطة ومركزة وعاطفية: أن تراه مرة أخرى. كان إيمانها بأنها ستراه هو الطريقة الوحيدة التي استطاعت بها حمل نفسها على المغادرة.

نهضا عن ثيابهما المسحوقة تحتهما. وكان على مادريغال أن تتلوى في ثوب السهرة كما تتلوى الحية في جلدها المسلوخ. دخلا المعبد وشربا الماء من النبع المقدس الذي انبجس في ينبوع من الأرض. ورشت وجهها به أيضاً، وقدمت تحية صامتة لإيلاي لحماية سرهما، ونذرت أن تحضر الشموع عندما تعود مرة أخرى.

لأنها بالطبع ستعود مرة أخرى.

كان الفراق أشبه بدراما مسرحية، مستحيلاً جسدياً ومبالغاً فيه - أن تطير بعيداً وتترك أكيفا هناك - لم تكن قبل هذه اللحظة لتصدق صعوبة ذلك. ظلت تستدير وتعود لتقبّله قبلة أخيرة. كانت شفتاها اللتان لم تعتادا على مثل هذا الاحتكاك، قد بدتا مدعوكتين وواضحتين وشهوانيتين، وتخيلت نفسها حمراء من آثار ما قضت به ليلتها.

وأخيراً طارت، وهي تجر قناعها من أحد أشرطته الطويلة التي تربطها مثل طائر رفيق يحلق إلى جانبها، وتدحرجت الأرض التي لمسها الفجر تحتها طوال الطريق إلى لوراميندي. كانت المدينة هادئة في أعقاب الاحتفال، ذات رائحة نفاذة وضبابية من بقايا الألعاب النارية. دخلت عبر ممر سري إلى الكاتدرائية تحت الأرض. كانت بواباتها المتشابكة مقفلة بسحر بريمستون لتفتح على صوتها، ولم يكن هناك حارس سيراها وهي تدخل.

كان الأمر سهلاً.

في ذلك اليوم الأول، كانت مترددة وحذرة، لا تدري ما الذي حدث في غيابها، ولا ما قد ينتظرها من غضب. ولكن الأقدار نسجت خيوطها التي لا يمكن تخمينها، وجاء في ذلك الصباح جاسوس من ساحل ميريا يحمل أخباراً عن سفن سيراف تتحرك، حتى إن ثياغو كان قد رحل عن لوراميندي بمجرد عودة مادريغال إليها.

سألتها تشيرو عن مكانها، فأجابت بكذبة مبهمة، ومنذ ذلك الحين تغيرت طريقة أختها في التعامل معها. كانت مادريغال تلمح تشيرو وهي تراقبها بنظرات غريبة وفاترة، ثم تشيح بوجهها وتنشغل بشيء ما وكأنها لم تكن تراقبها على الإطلاق. وكانت تراها أقل أيضاً، لأن مادريغال ظلت هائمة في عالمها الجديد والسري، ولأن بريمستون كان في حاجة إلى مساعدتها في ذلك الوقت، ولذلك أعفيت من واجباتها الأخرى، التي كانت تقوم بها في السابق. لم تتم تعبئة كتيبتها استجابةً لتحركات فرقة السيراف، وكانت تعتقد، ويا للمفارقة، أن الفضل في ذلك يعود إلى ثياغو.

هي تعلم أنه كان يحميها من أي خطر محتمل قد يفقدها «طهارتها» قبل أن تتاح له فرصة الزواج منها. لا بد أنه لم يكن يملك الوقت الكافي لإلغاء الأوامر قبل رحيله.

وهكذا أمضت مادريغال أيامها في المتجر والكاتدرائية مع بريمستون في ربط الأسنان واستحضار الأجساد، وأمضت لياليها - كلما استطاعت - مع أكيفا.

أحضرت شموعاً لإيلاي، وأقماعاً هشة، وهي توابل مفضلة لدى القمر، وهرّبت طعاماً مناسباً للعشيقين، حيث كانا يأكلانه بأصابعهما بعد ممارسة الحب. حلوى العسل وتوت الخطيئة، وطيور مشوية لإشباع شهيتهما، ودائماً

ما كانا يتذكران أن ينزعا عظمة الأمنيات من مكانها في صدر الطائر. وأحضرت النبيذ في زجاجات رفيعة، وجلبت أكواباً صغيرة منحوتة من الكوارتز ليرتشفا منها الخمر، وكانا يفسلانها في النبع المقدس ويخزناها في مذبح المعبد للمرة القادمة.

فوق كل عظمة أمنيات، وعند كل فراق، كانا يأملان في لقاء آخر.

وكثيراً ما كانت مادريغال تعتقد، وهي جالسة تعمل بهدوء في حضرة بريمستون، أنه كان يعرف ما تفعله. كانت نظراته الخضراء الذهبية تستقر عليها، وتشعر بأنها مخترقة ومكشوفة، وتقول لنفسها إنها لا تستطيع الاستمرار على هذا النحو، وأن هذا جنون وعليها أن تضع حداً له. حتى إنها تدربت ذات مرة على ما ستقوله لأكيفا وهي تطير إلى بستان القداس، ولكنها ما إن رأته حتى تلاشى ذلك من ذهنها، وانزلقت دون مقاومة إلى نعيم الفرح، في المكان الذي كانا يظنانه العالم في قصتها - الجنة التي تنتظر العشاق ليملؤوها بالسعادة.

وقد ملآ المكان بالفعل. ولمدة شهر من الليالي المسروقة، وفي أوقات الظهيرة التي كانت الشمس تغمرها بين الحين والآخر عندما تتمكن مادريغال من الابتعاد عن لوراميندي نهاراً، كانا يحتضنان سعادتهما بأجنحتهما ويسميانه عالماً، رغم أن كليهما كان يعلم أنه ليس عالماً، بل مجرد مكان للاختباء، وهذا شيء مختلف تماماً.

وبعد أن اجتمعا معاً عدة مرات، وبدأ كل منهما يتعرف على الآخر بصدق، بنهم العاشقين لمعرفة كل شيء - في الحديث واللمس، كل ذكرى وفكرة، كل نفحة وهمهمة - بعد أن غادرهما كل خجل، اعترفا بالمستقبل: أنه موجود، وأنه لا يمكنهما التظاهر بأنه غير موجود. وكان كلاهما يعرفان أن هذه ليست حياة، ولا سيما بالنسبة إلى أكيفا الذي لم

يكن يرى أحداً غير مادريغال، وكان يقضي أيامه في النوم كالإيفانجيلين والشوق إليها في الليل.

واعترف لها أكيفا بأنه ابن غير شرعي للإمبراطور، وهو أحد أفراد فيلق تربى على القتل، وحكى لها عن اليوم الذي جاء فيه الحراس إلى الحرملك ليأخذوه من أمه. وكيف أنها أعرضت عنه وتركته، كما لو أنه لم يكن ابنها على الإطلاق، بل مجرد عُشر عليها أن تدفعه. كيف كان يكره والده لأنه يقوم بتربية الأطفال ليموتوا، وفي ومضات عينيه كانت ترى أنه يلوم نفسه أيضاً لأنه كان واحداً منهم.

لمست مادريغال الندوب البارزة على مفاصل أصابعه، وتخيلت الكيميرا التي يمثلها كل خط. تساءلت عن عدد الأرواح التي قُبضت، وكم عدد الأرواح التي فُقدت.

لم تخبر أكيفا بسر عودة الأرواح. عندما سألها لماذا لا تحمل وشم عينين على راحتي يديها، اخترعت كذبة. لم تستطع أن تخبره عن العائدين من الموت. لقد كان أمراً عظيماً جداً، رهيباً جداً، حيث يتوقف مصير جنسها على ذلك، ولم تستطع أن تخبره به، ولا حتى لتخفيف شعوره بالذنب عن كل الكيميرا التي قتلها. بدلاً من ذلك، قبّلت علاماته وقالت له: «الحرب هي كل ما تعلمناه، لكن هناك طرقاً أخرى للعيش. يمكننا إيجادها يا أكيفا. يمكننا أن نخترعها. هذه هي البداية، هنا». لمست صدره وشعرت بدفعة من الحب للقلب الذي يحرّك دمه، لبشرته الناعمة وندوبه وحنانه الذي لا يعرفه الجنود. أخذت يده وضمتها إلى صدرها وقالت: «نحن البداية».

وبدآ يعتقدان بأنهما يمكن أن يكونا قادرين على ذلك.

أخبرها أكيفا أنه خلال السنتين اللتين انقضتا منذ معركة بولفينش لم يذبح أي أحد من الكيميرا.

«هل هذا صحيح؟» سألته وهي بالكاد تصدق ذلك.

«لقد أظهرتِ لي أن المرء قد يختار ألا يقتل».

نظرت مادريغال إلى يديها واعترفت قائلة: «ولكني قتلتُ سيرافيم منذ ذلك اليوم»، فأمسك أكيفا بذقنها وأمال وجهها إلى وجهه.

«لكنك بإنقاذكِ لي غيّرتني، وها نحن هنا بسبب تلك اللحظة. قبل ذلك، هل كان بإمكانكِ أن تتخيلي أن ذلك ممكن؟».

هزت رأسها.

«ألا تعتقدين أن الآخرين يمكن أن يتغيروا أيضاً؟».

«البعض»، قالت وهي تفكر في رفاقها وأصدقائها. في الذئب الأبيض. «ليس كلهم».

«البعض، ثم المزيد».

البعض، ثم المزيد. أومأت مادريغال برأسها، وتخيلا معاً حياة مختلفة، ليس فقط لنفسيهما، بل لجميع أعراق إريتز. وفي ذلك الشهر الذي اختبآ فيه وأحبا، وحلما وخططا له، اعتقدا أن هذا أيضاً كان مقدراً: أنهما كانا أزهاراً أطلقتها نية عظيمة وغامضة.

وسواء أكانت هذه النيتيد أو النجوم الإلهية أو أي شيء آخر تماماً، فإنهما لم يكونا يعرفان، بل كانا يجهلان أن إرادة قوية كانت حية في نفوسهم، لإحلال السلام في عالمهما.

عندما كسرا عظمة الأمنيات الآن، كان هذا ما كانا يأملانه. كانا يعلمان أنهما لا يستطيعان الاختباء في بستان القداس والحلم إلى الأبد.

كان هناك عمل يجب القيام به؛ كانا قد بدآ للتو في تحقيقه، بشغف كبير في أملهما أنهما ربما كانا سيصنعان المعجزات - بدآ بشيء ما - إذا لم يتعرضا للخيانة.

57

العائدة من الموت

«أكيفا»، أخذت كارو نفساً عميقاً

لم تمر سوى ثوانٍ معدودة منذ أن كسرا عظمة الأمنيات، ولكن في تلك الفترة الزمنية، كانت سنوات قد مرت عليها. قبل سبعة عشر عاماً، انتهت مادريغال. كل ما حدث منذ ذلك الحين كان حياة أخرى، لكنها حياتها أيضاً. كانت كارو، وكانت مادريغال. كانت بشرية وكيميرا.

كانت عائدة من الموت.

في داخلها كان هناك شيء ما يعمل: تلاحم سريع للذكريات، وعيان كانا في الحقيقة وعياً واحداً، يتحدان معاً مثل الأصابع المتشابكة.

رَأَتْ هامستيها على راحتي يديها وَعَرَفَتْ مَا فَعَلَهُ بريمستون. في تحدٍ لعقوبة ثياغو بالزوال، كان قد استعاد روحها بطريقة ما. ولأنها لم تستطع أن تحظى بحياة في عالمها الخاص، فقد منحها حياة هنا في الخفاء. كيف استخرج ذاكرتها من روحها؟ الحياة التي عاشتها كمادريغال - لقد أخذها كلها ووضعها في عظمة الأمنيات، واحتفظ بها لها.

وتذكرت ما قاله لها إيزيل في آخر مرة رأته فيها، عندما عرض عليها أسنانها اللبنية فرفضتها. قال «ذات مرة»، ولم تصدقه. «ذات مرة أراد بعضاً منها».

لقد صدّقته الآن.

لقد صُنع العائدون من الموت من أجل المعركة، ودائماً ما كانت أجسادهم تُستحضر مكتملة النمو، من أسنان ناضجة. ولكن بريمستون جعلها طفلة رضيعة، إنسانة، وسماها الأمل ومنحها حياة كاملة، بعيدة عن الحرب والموت. ملأها حباً حلواً وعميقاً وعاطفياً. كان قد منحها طفولة، عالماً، أمنيات، وفناً. وعرفها كل من إيسا وياسري وتويغا، وساعدوها؛ أخفوها، وأحبوها. كانت ستراهم قريباً، ولن تبتعد عن بريمستون كما تفعل دائماً، خائفة من فظاظته وحضوره الجسدي المتوحش. ستطوق عنقه بذراعيها وتقول، أخيراً، شكراً لك.

نظرت من بين راحتي يديها – وهي تتساءل – وكان أكيفا أمامها لا يزال واقفاً عند قدم السرير الذي، قبل لحظة فقط، سقطا عليه مرة أخرى معاً، وهما متقابلان، وأدركت كارو أن الألم الشامل نشأ مما تقاسمته معه في جسد آخر، في حياة أخرى. لقد وقعت في حبه مرتين. لقد أحبته الآن مرتين، حباً طاغياً إلى درجة أنه كاد يكون حباً غير محتمل. نظرت إليه من خلال موشور من الدموع. قالت: «لقد نجوتَ. لقد عشتَ».

نزلت من على السرير، واندفعت نحوه، وألقت بنفسها في دفء وصلابة جسده التي تذكرها. تردد، ثم أحاطها بذراعيه بإحكام. لم يتكلم، لكنه ضمها إليه وأخذ يتأرجح ذهاباً وإياباً. شعرت به وهو يرتجف ويبكي وشفتاه تضغطان على قمة رأسها.

«لقد نجوتَ»، كررت وهي تنتحب، لكنها تضحك الآن أيضاً. «أنت على قيد الحياة».

«أنا على قيد الحياة»، همس وهو يختنق. «أنت على قيد الحياة. لم أكن أعرف أبداً. طوال هذه السنوات، لم أفكر أبداً —».

قالت كارو في ذهول: «نحن على قيد الحياة». تضخمت الدهشة في داخلها، وشعرت وكأن أسطورتهما قد دبت فيها الحياة. كان لديهما عالم؛ كانا فيه. هذا المكان الذي منحها إياه بريمستون، كان نصفه موطنها، والنصف الآخر كان ينتظرها عبر بوابة في السماء. كان بإمكانهما الحصول على كليهما، أليس كذلك؟

قال أكيفا بيأس: «لقد رأيتك تموتين. كارو... مادريغال... حبيبتي». عيناه، تعابير وجهه بدت كما كانت قبل سبعة عشر عاماً، حين كان جاثياً على ركبتيه، مجبراً على المشاهدة. قال مرة أخرى: «لقد رأيتك تموتين».

«أعرف». قبّلته بحنان وهي تتذكر الرعب الهائل في صراخه. «أتذكر كل شيء».

***

وهو كذلك كان يتذكر كل شيء.

الجلاد المقنع: الوحش. الذئب وأمير الحرب يطلان من شرفتهما، والحشد، وصخبهم وزئيرهم وتعطشهم للدماء: كلهم وحوش، يسخرون من حلم السلام الذي رعاه أكيفا منذ معركة بولفينش. ولأن واحدة منهم قد لمست روحه، فقد اعتقد أنهم جميعاً يستحقون ذلك الحلم.

وها هي ذا مقيدة بالأغلال - تلك؛ تلك التي له- وقد تجعد جناحاها بقسوة، واختفى الحلم الزائف. كان هذا ما فعلوه بجناحيها. مادريغاله الجميلة، الرشيقة حتى الآن. لقد شاهدها في رعب بائس وهي جاثية على ركبتيها، واضعة رأسها على الصخرة. مستحيل، صرخ قلب أكيفا. هذا لا يمكن أن يحدث. الإرادة، السر الذي كان في صفهما...

أين هو الآن؟ رقبة مادريغال، ممدودة ومعرضة للخطر، وخدّها الأملس على الصخرة السوداء الساخنة، والنصل مرفوع عالياً ومتأهب للسقوط.

كان صراخه شيئاً. لقد شق صراخه طريقه إلى خارج جسده، وأخرجه من أحشائه، ممزَّقاً ومتشظياً؛ كان هناك ألم، ألم الاستدعاء، وحاول تحويله إلى سحر، ولكنه بدا ضعيفاً جداً.

رأى الذئب ذلك: وحتى الآن كان أكيفا محاطاً بحراس من العائدين من الموت، وكانت هامساتهم مصوبة نحوه وتغمره بدائها المنهِك. ومع ذلك فقد حاول، وسرت التموجات بين الحشود بينما كانت الأرض تحت أقدامهم تتحرك. اهتزت المنصة، واضطر الجلاد أن يخطو خطوة ليثبت نفسه، لكن ذلك لم يكن كافياً.

أدى الجهد المبذول إلى انفجار الأوعية الدموية في عينيه. ومع ذلك صرخ. حاول أن يصرخ. ولمع النصل أثناء هبوطه، وسقط أكيفا على يديه إلى الأمام. كان ممزقاً، فارغاً. الحب، السلام، والدهشة: كل هذا قد اختفى. الأمل، الإنسانية: اختفيا.

كل ما تبقى هو الانتقام.

***

كان النصل شيئاً عظيماً لامعاً، كالقمر الساقط. كان يعضّ، وكانت مادريغال مكشوفة.

ومدركة لسقوط الجسد.

لا تزال موجودة. كانت كذلك، لكنها لم تكن جسدية. لم تكن تريد أن ترى سقوط رأسها المخزي، لكنها لم تستطع منع نفسها. ارتطم قرناها بالمنصة أولاً بقعقعة، ثم كان هناك صوت ارتطام الرأس قبل أن يستقر، وقد منعه القرنان من التدحرج.

من هذه النقطة الجديدة الغريبة فوق جسدها، رأت كل شيء. لم تستطع أن تتجاهل ذلك. كانت العينان هما جهاز الجسد، بتركيزهما الانتقائي وجفونهما التي تغمض. لم يكن لديها مثل هذه القدرة الآن. إنها ترى كل شيء، دون حدود جسدية تفصلها عن الهواء المحيط بها. كان ذلك نوعاً من الرؤية الصامتة، في كل الاتجاهات في آن واحد وكأن كيانها كان كله عيناً، لكنها عين ضبابية. ترى الأغورا، والحشد البغيض. وعلى المنصة المواجهة لمنصتها، كان صراخه لا يزال يشوش الهواء من حولها: أكيفا جاثياً على ركبتيه، منحنياً إلى الأمام ومنتحباً. رأت تحتها جسدها مقطوع الرأس. تمايلت إلى جانب واحد وانهارت. لقد انتهى الأمر. شعرت مادريغال بأنها مقيدة به. إنها تتوقع ذلك؛ تعرف أن الأرواح تبقى مع أجسادها لعدة أيام قبل أن تبدأ في الزوال. لقد قال العائدون من الموت الذين انتُشلوا من حافة الزوال إن الأمر كان أشبه بمدّ يجرفهم إلى الخارج.

أمر ثياغو بترك جسدها على المنصة ليتعفن، تحت الحراسة، كي لا يحاول أحد استخلاص روحها. كانت آسفة على معاملة جسدها. فبالرغم من كل ما كان يطلق عليه بريمستون «أغلفة»، إلا أنها أحبت الجلد الذي غلّفها طوال حياتها، وتمنت لو كانت نهايته أكثر احتراماً، ولكن لم يكن بيدها حيلة، وعلى أي حال، لم تكن تنوي أن تكون هنا لتراه يتحلل. كانت لديها خطط أخرى.

لم تكن متأكدة من إمكانية تحقيق هذه الفكرة التي تشبثت بها. لم يكن لديها سوى التلميح، ولكنها كانت تركز كل إرادتها وشوقها وشغفها حولها. كل ما حلمت به هي وأكيفا وقد أحبط الآن، كرّسته إلى هذا الفعل الأخير: كانت ستحرر أكيفا. ولتحقيق هذه الغاية، فهي بحاجة إلى جسد. لقد اختارت واحداً. اختارت جسداً جيداً؛ لقد صنعته بنفسها.

حتى إنها استخدمت الماس.

58

النصر والانتقام

«ما الذي يحدث معكِ يا ماد؟».

قبل أسبوع، كانت مادريغال مع تشيرو في الثكنة. كان الوقت فجراً، وكانت قد تسللت إلى سريرها قبل نصف ساعة فقط من ليلة قضتها مع أكيفا. «ماذا تعنين؟».

«ألا تنامين أبداً؟ أين كنت الليلة الماضية؟».

قالت: «أنا أعمل».

«طوال الليل؟».

«نعم، طوال الليل. على الرغم من أنني ربما غفوت في المتجر لبضع ساعات». تثاءبت. كانت تشعر بالأمان في أكاذيبها لأنه لا أحد خارج دائرة بريمستون الداخلية يعرف ما يدور في البرج الغربي، أو حتى يعرف عن الممر السري الذي كانت تأتي وتذهب من خلاله. وكان صحيحاً أنها نامت لبعض الوقت - ولكن ليس في المتجر. لقد غفت وهي متكورة على صدر أكيفا، واستيقظت وهو يراقبها.

سألت بخجل: «ماذا؟».

«هل كنتِ تحلمين أحلاماً سعيدة؟ كنتِ تبتسمين في نومك».

«بالطبع كنت كذلك. أنا سعيدة».

سعيدة.

كانت تعتقد أن هذا ما قصدته تشيرو حقاً عندما سألت: «ما الذي يحدث معك؟». شعرت مادريغال بإعادة تشكيلها. لم تخمن قط مدى عمق السعادة التي يمكن أن تصل إليها. على الرغم من المأساة التي عاشتها في طفولتها وضغوط الحرب المستمرة دائماً، كانت تعتبر نفسها سعيدة في الغالب. كان هناك دائماً تقريباً شيء ما للاستمتاع به، إذا حاولتِ. لكن هذا كان مختلفاً. لم يكن بالإمكان احتواؤه. كانت تتخيله أحياناً يتدفق منها مثل الضوء.

السعادة. لقد كان المكان الذي تلتقي فيه العاطفة، بكل ما فيها من إبهار وقرع طبول، بشيء أكثر نعومة: العودة إلى الوطن والأمان والراحة النقية لشعاع الشمس. لقد كانت كل هذه الأشياء، ممتزجة بالحرارة والإثارة، وكانت ساطعة في داخلها كنجم تم ابتلاعه.

كانت أختها بالتبني تتفحصها بصمت، عندما دوى صوت بوق في المدينة جعلها تلتفت إلى النافذة.

ذهبت مادريغال إلى جانبها ونظرت إلى الخارج. كانت ثكناتهما خلف مستودع الأسلحة، وكان بوسعهما أن تريا واجهة القصر على الجانب البعيد من الأغورا، حيث عُلقت راية أمير الحرب، وهي راية حريرية واسعة تشير إلى أنه كان في مقر إقامته. كانت تحمل شعاره - قرون تنبت أوراقها للدلالة على النمو الجديد - وبجانبها، بينما كانت مادريغال وتشيرو تراقبان، ارتفعت هناك راية أخرى. وقد رُسم على هذه الراية ذئب أبيض،

وعلى الرغم من أنها كانت بعيدة جداً لقراءة ما هو مكتوب عليها، إلا أنهما كانتا تعرفان العبارة جيداً.

نصر وانتقام.

عاد ثياغو إلى لوراميندي.

كانت يدا تشيرو ترفرفان حتى اضطرت إلى تثبيتهما على حافة النافذة. رأت مادريغال حماس شقيقتها، حتى وهي تقاوم غصتها المتصاعدة. لقد اختارت أن تعتبر رحيل ثياغو وغيابه علامة - على تآمر القدر على سعادتها.

ولكن إذا كان غيابه علامة، فما الذي كانت تعنيه عودته؟ كان مشهد رايته مثل رذاذ الماء المثلج. لم يستطع أن يطفئ سعادتها، لكنه جعلها ترغب في الالتفاف حول سعادتها وحمايتها.

ارتجفت. لاحظت تشيرو ذلك. قالت: «ما الأمر؟ هل أنت خائفة منه؟».

قال مادريغال: «لست خائفة. أنا قلقة فقط من أنني أسأت، واختفيت». كانت قصتها أنها أفرطت في شرب النبيذ العشبي وغلبها التوتر فاختبأت في الكاتدرائية، حيث غلبها النوم. درست تعابير وجه أختها وسألت: «هل كان... غاضباً جداً؟».

«لا أحد يحب أن يُرفض يا ماد».

اعتبرت ذلك بمثابة نعم. «هل تعتقدين أن الأمر انتهى الآن؟ هل تعتقدين أنه تخلى عني؟».

قالت تشيرو: «هناك طريقة واحدة يمكنك التأكد بها». كانت تثرثر بمرح - بالتأكيد - لكن عينيها كانتا لامعتين. قالت: «يمكنك أن تموتي، ومن ثم تبعثين من الموت بصورة قبيحة، وعندها سيتركك وشأنك».

كان ينبغي أن تعرف مادريغال حينها - أن تأخذ حذرها على الأقل. لكنها لم تكن تملك روح الشك. كانت ثقتها هي سبب هلاكها.

59

إعادة تشكيل العالم

«لا يمكنني إنقاذكِ».

قال بريمستون. رفعت مادريغال بصرها. كانت مستلقية على الأرض في زاوية زنزانتها الفارغة، ولم تكن تتوقع الإنقاذ. قالت: «أعرف».

اقترب من القضبان، وظلت ساكنة مكانها، وذقنها مرفوع، ووجهها خال من أي تعبير. هل سيبصق عليها كما فعل الآخرون؟ لم يكن مضطراً إلى ذلك. كانت حقيقة خيبة أمل بريمستون البسيطة أسوأ من أي شيء يمكن أن يقذفها به الآخرون.

سألها: «هل عذبوكِ؟».

«فقط لأنهم عذبوه».

وهو ما كان تعذيباً أسوأ مما يمكن أن تصدقه. وأينما كانوا يحتجزون أكيفا، كان المكان قريباً بما فيه الكفاية لتتمكن من سماع صراخه عندما يصل إلى قمة العذاب.

كانت صرخاته ترتفع، مترددة ومسموعة على فترات غير منتظمة، لذلك لم تكن تعرف أبداً متى سيأتي الصراخ التالي، وعاشت الأيام الماضية في حالة من الترقب المرَضي.

تأملها بريمستون. قال: «أنتِ تحبينه».

لم تستطع سوى الإيماء برأسها. لقد صمدت بشكل جيد حتى الآن، بكرامة عالية وهيئة صلبة، ولم تدعهم يرون كيف تذوب من الداخل، وكأن زوالها قد بدأ بالفعل. لكن وعند تأمل بريمستون لها، بدأت شفتها السفلى ترتجف. وضغطت بمفاصل أصابعها على شفتها لتسكينها. كان صامتاً، وبمجرد أن ظنت أن بإمكانها الوثوق بصوتها، قالت: «أنا آسفة».

«على ماذا يا طفلتي؟».

هل كان يسخر منها؟ لطالما كان من المستحيل قراءة وجهه الذي يشبه وجه كبش. كان كيشميش على قرنه، وكانت وضعية المخلوق تقلد وضعية سيده، في إمالة رأسه، وانحناء كتفيه. سأل بريمستون: «هل أنت آسفة على وقوعكِ في الحب؟».

«لا، لست آسفة على ذلك».

«إذاً، على ماذا؟».

لم تكن تعرف ماذا يريدها أن تقول. في الماضي، أخبرها أن كل ما كان يريده منها هو الحقيقة، بأوضح ما يمكن أن تكون عليه. إذاً، ما هي الحقيقة؟ على ماذا كانت تأسف؟

قالت: «على القبض عليه. و... لجعلكَ تشعر بالخجل».

«هل يجب أن أشعر بالخجل؟».

رمشت بعينيها في وجهه. لم تكن لتصدق أبداً أن بريمستون سيسخر منها. لقد كانت تظن أنه لن يأتي، وأنها ستراه آخر مرة في شرفة القصر وهو ينتظر إعدامها مع الجميع.

قال لها: «أخبريني ماذا فعلتِ».

«أنت تعرف ما الذي فعلته».

«أخبريني».

كان ذلك استهزاءً إذاً. انحنت مادريغال. وقدمت له الخلاصة: «الخيانة العظمى. التواطؤ مع العدو. تعريض ديمومة عرق الكيميرا وكل ما حاربنا من أجله لمدة ألف عام للخطر».

فقاطعها: «أعرف عقوبتك. أخبريني بكلماتك الخاصة».

ابتلعت ريقها، وهي تحاول أن تتكهن بما يريده. قالت مترددة: «أنا... لقد وقعت في الحب. أنا-»، ورمقته بنظرة خجولة قبل أن تكشف له ما لم تخبر به أحداً حتى الآن. «بدأ الأمر في معركة بولفينش. كان القتال قد انتهى. وحدث ذلك، أثناء جمع الأرواح. وجدته يحتضر وأنقذته. لم أكن أعرف لماذا؛ شعرت أنه الشيء الوحيد. لاحقاً... لاحقاً اعتقدت أن السبب هو أننا كنا مقدَّرين لشيء ما». انخفض صوتها واحمرّت وجنتاها وهي تهمس: «لإحلال السلام».

ردد بريمستون: «السلام».

كم بدا الأمر صبيانياً، بالنظر إلى المكان الذي كانت فيه الآن، أن تعتقد أن هناك نية إلهية في حبهما. ومع ذلك، كم كان جميلاً. ما تقاسمته مع أكيفا لا يمكن أن يمسه الخجل. رفعت مادريغال صوتها لتقول: «لقد حلمنا معاً بإعادة تشكيل العالم».

وأعقب ذلك صمت طويل، وكان بريمستون ينظر إليها فحسب، ولو لم يكن من الممكن أن تجعل من محاولة التحديق فيه لعبة عندما كانت طفلة، لما استطاعت تحمل هذا. ومع ذلك، كانت تتحرق شوقاً لترمش عندما تحدث أخيراً. قال: «وهل يجب أن أخجل منكِ لهذا السبب؟».تجمدت كل تروس البؤس داخل مادريغال. شعرت كما لو أن دمها توقف عن الجريان.

لم تأمل... لم تجرؤ. ماذا كان يقصد؟ هل سيقول المزيد؟

لا. تنهد بعمق، وقال مرة أخرى: «لا يمكنني إنقاذكِ».

«أنا... أنا أعرف».

«أرسلت لكِ ياسري هذه»، ودفع حزمة من القماش عبر القضبان، فتناولتها مادريغال. كان القماش دافئاً، معطراً. فكت الحزمة ورأت المعجنات ذات الشكل القرني التي كانت ياسري تحشوها بها منذ سنوات في محاولة عبثية لتسمينها. اغرورقت عيناها بالدموع. وضعتها جانباً برفق. قالت: «لا أستطيع أن آكل. لكن... أخبرها أنني أكلت؟».

«سأخبرها».

«و... إيسا وتويغا» انتفخ ألم في حلقها. «أخبرهما...». كان عليها أن تضغط بمفاصل أصابعها على شفتيها مرة أخرى. كانت بالكاد تتمالك نفسها. لماذا كان الأمر أكثر صعوبة في وجود بريمستون؟ قبل مجيئه، كان الغضب قد أبقاها متماسكة.

على الرغم من أنها لم تكن قد أعطته رسالة لتوصيلها، إلا أنه قال: «إنهما يعرفان يا طفلتي. إنهما يعرفان بالفعل. وهما لا يخجلان منك أيضاً» أيضاً. كان ذلك أقرب ما يمكن أن يصل إليه، وهو أمر جيد بما فيه الكفاية. أجهشت مادريغال بالبكاء. وانحنت على القضبان ورأسها إلى أسفل وبكت، وشعرت بيده تستقر على عنقها، فبكت أكثر.

وبقي معها، وكانت تعلم أن لا أحد غير بريمستون - باستثناء أمير الحرب نفسه - كان بإمكانه أن يتجاوز أمر ثياغو المباشر بعدم استقبالها للزوار. كانت لديه السلطة، ولكن حتى هو لم يكن بإمكانه إلغاء العقوبة المقررة ضدها. كانت جريمتها خطيرة للغاية، وذنبها واضح للغاية.

وبعد أن أجهشت بالبكاء، شعرت في آن واحد بالفراغ و... بالتحسن، وكأن ملح دموعها التي لم تذرفها كان يسممها، والآن قد تطهرت. اتكأت

على القضبان؛ كان بريمستون متكئاً على الجانب الآخر. بدأ كيشميش يغرد تغريدات صغيرة منتظمة عرفت مادريغال أنها مزيج من الأمر/ والتوسل، فكسرت قطعاً من معجنات ياسري وأطعمته إياها.

«نزهة في السجن»، قالت، محاولة رسم ابتسامة، ثم تلاشت فجأة.

سمعاها كلاهما في نفس الوقت - صرخة من البؤس الخالص إلى درجة أن مادريغال اضطرت إلى الانطواء على نفسها، وضمت وجهها إلى ركبتيها ويديها إلى أذنيها، ورمت نفسها في الظلام والصمت والإنكار. لم ينجح الأمر. كانت هذه الصرخة الجديدة في جمجمتها بالفعل، وحتى بعد أن توقفت، بقي صداها في داخلها.

سألت بريمستون: «من سيكون أولاً؟».

كان يعرف ما قصدته. قال: «أنت، بينما يكون السيراف يراقب».

في لحظة انفصال غريبة قالت: «ظننتُ أنه سيقرر العكس، ويجعلني أراقب».

قال بريمستون بشيء من التردد: «أعتقد أنه لم... ينتهِ منه بعد».

خرج صوت صغير من حلق مادريغال. إلى متى؟ إلى متى سيجعله ثياغو يعاني؟

سألت بريمستون: «هل تتذكر عظمة الأمنيات، عندما كنت صغيرة؟».

«أتذكّر».

«وأخيراً تمنيت أمنية عليها، أو... أمل، على ما أفترض، حيث لم يكن هناك سحر حقيقي فيها».

«الأمل هو السحر الحقيقي، يا صغيرتي».

تومض الصور في ذهنها. أكيفا يبتسم ابتسامة مضيئة. أكيفا مطروحاً على الأرض، ودمه يسيل داخل النبع المقدس. المعبد يحترق بينما كان الجنود يسحبونهم بعيداً، وأشجار القداس بدأت تشتعل فيها النيران أيضاً وفي

كل الإيفانجيلين الذين كانوا يعششون فيه. مدت يدها إلى جيبها وأخرجت عظمة الأمنيات التي أحضرتها إلى البستان في المرة الأخيرة. كانت سليمة. لم تسنح لهم الفرصة لكسرها. دفعتها نحو بريمستون. قالت: «خذها. خذها واسحقها وارمها بعيداً. لا يوجد أمل».

قال بريمستون: «لو كنت أصدق ذلك، لما كنت هنا الآن».

ماذا كان يعني ذلك؟

«ماذا أفعل يا صغيرتي، يوماً بعد يوم، سوى أن أواجه المد والجزر؟ موجة تلو موجة على الشاطئ، وكل موجة تلعق الرمال. لن ننتصر يا مادريغال. لا يمكننا هزيمة السيرافيم».

«ماذا؟ لكن –».

«لا يمكننا الفوز في هذه الحرب. لطالما عرفت ذلك. إنهم أقوياء للغاية. السبب الوحيد الذي جعلنا نمنعهم من الاقتراب كل هذه المدة، هو أننا أحرقنا المكتبة».

«المكتبة؟».

«مكتبة أستراي. كانت أرشيف السحرة السيرافيم. احتفظ الحمقى بكل نصوصهم في مكان واحد. كانوا متفاخرين جداً من قوتهم إلى درجة أنهم لم يسمحوا بنسخها. لم يرغبوا في أن يتحداهم أي مبتدئين، لذا احتفظوا بمعرفتهم، ولم يأخذوا سوى المتدربين الذين يستطيعون السيطرة عليهم، وأبقوهم قريبين منهم. كان ذلك خطأهم الأول، حيث احتفظوا بكل قوتهم في مكان واحد». استمعت مادريغال، مشدوهة. بريمستون، يخبرها بأشياء، بالتاريخ، بالأسرار. وكادت تخشى أن تكسر التعويذة فسألت: «ماذا كان خطؤهم التالي؟».

«نسيان الخوف منا». صمت للحظة. قفز كيشميش ذهاباً وإياباً من أحد قرنيه إلى الآخر.

«كانوا بحاجة إلى الاعتقاد بأننا حيوانات، لتبرير الطريقة التي استخدمونا بها».

«عبيد»، همست وهي تسمع صوت إيسا في رأسها.

«كنا عبيداً للألم. كنا مصدر قوتهم».

«تعذيب».

«قالوا لأنفسهم إننا كنا وحوشاً أغبياء، وكأن ذلك كان يجعل الأمر على ما يرام. كان لديهم خمسة آلاف وحش في حفرهم ولم يكونوا أغبياء على الإطلاق، لكنهم صدقوا خيالهم. لم يخافونا، وهذا ما جعل الأمر سهلاً».

«جعل الأمر سهلاً؟».

«أي تدميرهم. نصف الحراس لم يفهموا حتى لغتنا، وكانوا سعداء لاعتقادهم أنها مجرد همهمات وزئير كنا نصرخ به أثناء تعذيبنا. كانوا حمقى، فقتلناهم، وأحرقنا كل شيء. من دون السحر، فقد السيرافيم هيمنتهم، ولم يتمكنوا من استعادتها طوال هذه السنوات. لكنهم سيفعلون، حتى من دون المكتبة. السيرافيم الخاص بكِ هو دليل على أنهم يعيدون اكتشاف ما فقدوه».

«لكن... لا، سحر أكيفا ليس كذلك –» فكرت في الشال الحي الذي صنعه لها. «لم يكن ليستخدمه كسلاح. لقد أراد السلام فقط».

«السحر ليس أداة سلام. الثمن باهظ للغاية. الطريقة الوحيدة التي يمكنني من خلالها الاستمرار في استخدامه، وإعادة تدوير الأرواح عبر الموت تلو الموت، هي الإيمان بأننا سنبقى على قيد الحياة حتى... حتى يمكن إعادة تشكيل العالم».

إنها كلماتها. تنحنح. بدا وكأنه صوت حصى يتم تقليبها. هل كان ذلك ممكناً، هل كان يقول لها إنه...؟

قال: «أنا أحلم بهذا أيضاً يا طفلتي».

حدقت مادريغال.

«السحر لن ينقذنا. فالقوة التي يتطلبها استحضاره على هذا النطاق، أي العُشر، سيدمرنا. الأمل الوحيد... هو الأمل».

كان لا يزال ممسكاً بعظمة الأمنيات. «أنتِ لا تحتاجين إلى رموز لذلك - إنه في قلبك أو ليس في أي مكان. وفي قلبك يا صغيرتي، كان أقوى مما رأيت في حياتي». ودسّ العظمة في جيب صدريته، ثم نهض من وضعية القرفصاء التي تشبه وضعية الأسد واستدار. صرخ قلب مادريغال من فكرة أنه سيتركها بمفردها.

لكنه اكتفى بالتوجه إلى النافذة الصغيرة على الجدار البعيد ونظر إلى الخارج. قال: «لقد كانت تشيرو، كما تعلمين»، في تغيير مفاجئ للموضوع

عرفت مادريغال.

كانت تشيرو، التي كان لديها جناحان، تتبعها وقد اختبأت في البستان، ورأت.

تشيرو التي، مثل كلب ثياغو المدلل، خانتها من أجل تربيتة على رأسها

قال بريمستون: «لقد وعدها ثياغو بمظهرها الإنساني. وكأنه كان وعداً يمكنه الوفاء به».

تشيرو الغبية، فكرت مادريغال. إذا كان هذا هو أملها، فقد أساءت اختيار تحالفها. «ألن تحترم أنت وعده؟».

بنظرة سوداوية، أجاب بريمستون: «يجب أن تبذل قصارى جهدها لكي لا تحتاج إلى جسد آخر. لديّ سلسلة من أسنان ثعبان موراي، لم أتوقع أبداً أن أجرب استخدامها».

ثعبان موراي؟ لم تستطع مادريغال معرفة ما إذا كان جاداً فعلاً. شعرت بالأسف تقريباً على أختها. قالت: «أفكر في أنني أهدرت الماس عليها»

«لقد كنتِ صادقة معها، حتى لو لم تكن هي صادقة معكِ. لا تندمي

أبداً على طيبتك يا طفلتي. فالثبات على الصدق في وجه الشر، هو عمل فذ من أعمال القوة».

«القوة»، قالت بضحكة صغيرة. «لقد أعطيتها القوة، وانظر ماذا فعلتْ بها».

قال ساخراً: «تشيرو ليست قوية. ربما كان جسدها مرصعاً بالألماس، لكن روحها في داخلها ستكون شيئاً رخوياً رطباً ومنكمشاً».

كانت صورة غير محببة، لكنها كانت تبدو مناسبة لها تماماً.

وأضاف بريمستون: «ومن السهل تنحيتها جانباً».

أومأت مادريغال برأسها. قالت: «ماذا؟».

في الممر: أصوات. هل كان هناك شخص قادم؟ هل حان الوقت؟ استدار بريمستون نحوها. «إنه دخان العائد من الموت»، قالها بسرعة وثبات. «أنت تعرفين ما في داخله».

رمشت بعينيها. لماذا كان يتحدث عن الدخان؟ لن يكون هناك شيء من ذلك بالنسبة إليها. لكنه كان ينظر إليها باهتمام شديد. فأومأت برأسها. بالطبع كانت تعرف. كان البخور عبارة عن نبات الأروم[45] واليانسون وإكليل الجبل وصمغ الأسافيتيدا[46] للحصول على رائحة الكبريت.

قال: «أنت تعرفين لماذا ينفع».

«إنه يشق مساراً للروح لكي تتبعه، إلى الوعاء. إلى المبخرة، أو الجسد»

«هل هو سحر؟».

_____

45. نبات من أمريكا الشمالية وأوروبا، له أوراق على شكل سهم وغلاف ورقي عريض يحيط بزهرة على شكل هراوة، ويحمل ثماراً حمراء زاهية في أواخر الصيف.

46. صمغ راتنجي كريه الرائحة مجفف من جذور العديد من النباتات في غرب آسيا، من عائلة الجزر، يستخدم كنكهة خاصة في الطبخ الهندي. وكان يستخدم سابقاً في الطب خاصة كمضاد للتشنج، وفي الطب الشعبي كوقاية عامة ضد المرض.

ترددت مادريغال. لقد ساعدت تويغا في صنعه في كثير من الأحيان. «لا»، قالت، وهي مشتتة الذهن، بينما كانت الأصوات في الممر تعلو. «إنه مجرد دخان. مجرد مسار للروح».

أومأ بريمستون برأسه. «لا يختلف عن عظمة الأمنيات الخاصة بك. إنه ليس سحراً، بل مجرد تركيز للإرادة». توقف مؤقتاً، ثم تابع: «الإرادة القوية قد لا تحتاج إليه حتى».

كانت نظراته تتقد في وجهها بثبات. كان يحاول إخبارها بشيء ما. بماذا؟

بدأت يدا مادريغال ترتعشان. لم تفهم تماماً، لكن شيئاً ما بدأ يتشكل، من السحر والإرادة، من الدخان والعظام.

عند الباب، تراجعت المزاليج إلى الوراء. خفق قلب مادريغال. وأطلق جناحاها رفرفة غير فعالة لطائر محبوس في قفص. فُتح الباب وظهر ثياغو في إطاره، وكأنه صورة. وكالعادة كان يرتدي ملابس بيضاء بالكامل، وأدركت مادريغال لأول مرة سبب ارتدائه للون الأبيض: لقد كان غطاء لدماء ضحاياه، والآن كان معطفه ملطخاً به. بدماء أكيفا.

توهج وجه ثياغو بالغضب عندما رأى بريمستون في الغرفة. لكنه لم يخاطر بخوض معركة إرادات لا يمكنه الفوز فيها. فأمال رأسه نحو الساحر وواجه مادريغال. قال «لقد حان الوقت». كان صوته متسرعاً، ناعماً، وكأنه كان يلاطف طفلاً كي ينام. لم تقل شيئاً، وكافحت كي تبقى هادئة. لم ينخدع ثياغو. كانت حواسه الذئبية قادرة على شم رائحة خوفها.

ابتسم والتفت إلى الحراس الذين كانوا ينتظرون أوامره. قال: «قيدوا يديها، واربطوا جناحيها».

قال بريمستون: «هذا غير ضروري».

تردد الحراس.

وواجه ثياغو الرجل الذي يبعث الحياة من الموت، وحدق الاثنان في بعضهما البعض، وانحصرت عداوتهما في انتفاخ المنخرين واصطكاك الفكين. كرر الذئب أمره في مقاطع دقيقة، فأسرع الحراس لتنفيذه: توجهوا إلى داخل الزنزانة، فصارعوا جناحي مادريغال، وخرقوهما بمشابك حديدية لتثبيتهما. كانت يداها أسهل، ولم تقاوم.

وبمجرد أن تم تقييدها بالكامل، دفعوها نحو الباب. كان لدى بريمستون مفاجأة أخيرة. قال لثياغو: «لقد عينتُ شخصاً ما لمباركة زوال مادريغال».

كانت البرَكَة طقساً مقدساً توقعت أنها ستُحرم منه. ويبدو أن ثياغو، على ما يبدو، كان قد توقع الشيء نفسه.

ضيّق عينيه وقال: «هل تعتقد أنك ستحصل على أي شخص قريب بما فيه الكفاية لالتقاط روحها –».

قاطعه بريمستون. قال: «تشيرو». جفلت مادريغال. وقال لثياغو: «لا أتصور أنك ستعترض عليها».

لم يعترض ثياغو. قال: «حسناً». ثم قال للحراس: «اذهبوا».

تشيرو. كان من الخطأ الفادح والدنس، أن تكون خائنة مادريغال هي التي ستمنح روحها السلام، حتى إنها ظنت للحظة أنها أساءت فهم ما قاله لها بريمستون للتو، وأن هذا عقاب أخير يُنزل على الآخرين. ورفع فم الكبش إلى أعلى، فارتسمت ابتسامة ماكرة على ثغره الصارم فأصابتها، ثم انفجرت خلف عينيها.

شيء رخوي ناعم، من السهل تنحيتها جانباً.

دفع الحارس مادريغال دفعة أخرى، فخرجت من الباب، وعقلها يسرع لاستيعاب هذه الفكرة الجديدة الجامحة في الوقت القصير المتبقي لها.

60

إذا عثرت عليها، يرجى إعادتها

لم يحدث هذا سابقاً، ولم تسمع به من قبل. لم تتكهن به أبداً، وبالتأكيد لم يكن ذلك ممكناً مع جسد طبيعي. فالجسد يلتصق بروحه كما يلتصق الصدف بحبّات الرمل، مشكلاً كياناً كاملاً موحداً لا يمكن أن يفصله إلا الموت. لا توجد فجوة داخل الجسد الطبيعي للضيوف أو للخاطفين. لكن جسد تشيرو كان وعاءً، كما تعلم مادريغال جيداً، بعد أن صنعته بنفسها.

قد لا تحتاج إلى دخان لتوجيهها، لكنها كانت بحاجة إلى القرب. لم يكن بإمكانها التحرك عبر الفضاء؛ لم يكن لديها تحكم أو دفع. كان على تشيرو أن تأتي إليها، ولأن بريمستون قد اختارها لأداء المباركة، فقد فعلت ذلك. وبخطوات ثقيلة صعدت المنصة لتجثو على ركبتيها بجانب الأشلاء التي كانت أختها. رفعت عينيها وهي ترتجف إلى الهواء فوق الجثة. وهمست قائلة: «أنا آسفة يا ماد. لم أكن أعلم أنه سيكون زوالاً. أنا آسفة جداً»

لم تتأثر مادريغال التي لم تستطع حجب مشهد رأسها المقطوع أو ذكرى صرخات أكيفا. ما الذي كان تأمله تشيرو؟ حكماً مخففاً؟ بعثاً من الموت ذا مستوى أدنى، ربما؟ ربما لم تكن تفكر في مادريغال على الإطلاق، إلا كوسيلة للفت انتباه ثياغو. الحب يجعل الإنسان يقوم بأشياء غريبة، كما تعرف مادريغال جيداً.

لم يكن هناك شيء أغرب مما كانت على وشك القيام به. لم يكن هناك دخان لإرشادها. كما قال بريمستون، لم تكن بحاجة إليه. بدفعة قوية من الإرادة، أدخلت نفسها في الجسد الذي صنعته بعناية فائقة.

هناك مقاومة أقل مما كانت تتوقع - كان هناك إحساس بالدهشة وصراع ضعيف. كانت روح تشيرو متجهمة وضعيفة بسبب الحسد. لم تكن نداً لروح مادريغال، وخمدت في الحال تقريباً. لم تُطرد، بل دُفعت فقط تتلوى في أعماقها. بقي الوعاء، في نظر الجميع، هو تشيرو.

وكانت ترتجف بعنف، وهي تؤدي المباركة، ولكن أحداً من المشاهدين لم يستغرب ذلك - فقد كانت أختها ترقد ميتة عند قدميها. ورغم أنها نزلت متصلبة من على المنصة وبدت حركاتها متشنجة، إلا أن أحداً لم يشك في ذلك أيضاً.

لم تكن هناك شكوك، لأنه لم تكن هناك سابقة. بعد مغادرة تشيرو، لم يكن هناك شيء يربط الجثة المحطمة على المنصة. الجنود الذين وقفوا للحراسة في الأيام الثلاثة التالية، لم يحرسوا سوى اللحم والهواء - وليس الروح.

الشخص الوحيد الذي كان بإمكانه أن يشعر بغيابها هو بريمستون، ولم يكن يميل إلى البوح بذلك.

***

ومن خلال عيني تشيرو، رأت مادريغال أكيفا للمرة الأخيرة. كان على حامل من نوع ما، وجناحاه وذراعاه مشدودة إلى الخلف ومثبتة بحلقات إلى الحائط. كان رأسه قد سقط إلى الأمام، وعندما دخلت زنزانته، رفع رأسه لينظر إليها بعينين ميتتين.

كان بياض عينيه ملطخين بالدماء من الجهد الذي بذله في السحر الذي فجر الشعيرات الدموية، ولكن الأمر لم يقتصر على ذلك. فقد كان الذهب الذي فيهما – النار الرائعة - قد احترق، وتولد لدى مادريغال انطباع بأن هناك روحاً في الجمر. بدا ذلك أسوأ شيء حتى الآن - أسوأ حتى من موتها

والآن، في مراكش، وبينما كانت كارو تلملم ذكريات حياتهما، تذكرت نفس ذلك الموت الذي عاشته منذ أول مرة رأته فيها. تساءلت عما حدث له ليبدو بهذا الشكل، والآن عرفت. لقد انغرست شظية في قلبها لتفكيرها بأنها طوال هذه السنوات التي كانت تكبر فيها في جسد جديد، في عالم جديد، في عالم منفصل، طفولي ومبتهج ومبهرج وتنفق أمنياتها في أشياء حمقاء، كان هو ميتاً روحياً، وحزيناً عليها.

لو كان بإمكانه أن يعرف فقط.

في زنزانة السجن، هرعت لتحرير ذراعيه. بدت سعيدة حينها بقوة تشيرو الماسية. فقد كانت سلاسل أكيفا مشدودة بشدة إلى درجة أن ذراعيه كانتا متوترتين في تجويفهما. كانت تخشى أن يكون أضعف من أن يطير، أو أن يصنع السحر الذي سيمكنه من الخروج من المدينة من دون أن يراه أحد، لكن ما كان ينبغي لها أن تخاف. إنها تعرف قوة أكيفا.

عندما تراخت السلاسل، لم يسقط من على الحامل. لقد وثب مثل حيوان مفترس كان يتربص بها. التفت نحوها، ولم يرَ سوى تشيرو ولم يكن في حالة تسمح له بالتساؤل عن سبب إطلاق سراح هذه الغريبة له. ألقاها على الحائط قبل أن تتاح لها فرصة الكلام، وغرقت في ظلام فقدان الوعي

انتهت الذكريات عند هذا الحد. لم تكن كارو تعرف كيف عثر بريمستون على روحها واستخلصها حتى تسأله. هي تعرف فقط أنه فعل ذلك لأنها كانت هنا

قال أكيفا: «لم أكن أعرف». كان يداعب شعرها ويمسح رأسها ورقبتها وصولاً إلى كتفيها بحب وتأنٍّ. «لو كنت أعلم أنه أنقذكِ...»، وشدها بقوة نحوه.

قالت كارو: «لم أستطع أن أخبرك أنه أنا. كيف كنت ستصدقني؟ لم تكن تعلم بشأن البعث من الموت».

ابتلع ريقه. قال بهدوء: «لقد عرفت».

«ماذا؟ كيف؟».

وكانا لا يزالان واقفين معاً عند قدم السرير. ضاعت كارو في الإحساس، وفي غربلة الذكريات. البهجة البسيطة والعميقة لوجودها مع أكيفا. الألفة الغريبة و... الافتقار إلى جسدها: إلى بشرتها ذات السبعة عشر عاماً، بشرتها الخاصة بها تماماً، والجديدة أيضاً. غياب الجناحين، وانثناء أقدامها البشرية بكل عضلاتها المعقدة، ورأسها الخالي من القرون الخفيف كالريح.

وكان هناك شيء آخر، نوع من الأزيز، من الإنذار، وعي لم تستطع بعد أن تدركه تماماً.

قال أكيفا: «ثياغو. كان... كان يحب الكلام بينما كان... حسناً، كان فرحاً. لقد أخبرني بكل شيء».

كان بإمكان كارو أن تصدق ذلك. انزلقت مجموعة أخرى من الذكريات: الذئب يستيقظ على الطاولة الحجرية بينما كانت - كارو - تمسك بيده الموسومة بالهامسا في يدها. كان من الممكن أن يقتلها حينها، كما اعتقدت، لولا بريمستون. لقد فهمت غضب بريمستون الآن. طوال هذه السنوات، كان يخفيها عن ثياغو، وكانت قد ذهبت إلى الكاتدرائية وأمسكت بيده. وكان الأمر وحشياً تماماً كما تتذكره.

احتضنت أكيفا. قالت: «كان بإمكاني أن أقول وداعاً إذاً. لم أكن أفكر حتى. أردت فقط أن أراك حراً».

«كارو...».

«حسناً. نحن هنا الآن». تنفست رائحته التي تذكرها، دافئة ومدخنة، ووضعت شفتيها على حنجرته. كان الأمر مثيراً. لا يزال أكيفا على قيد الحياة. ولا تزال هي على قيد الحياة. كان هناك الكثير أمامهما. كانت شفتاها تتحركان على حنجرته حتى خط فكه، تتذكر، وتعيد اكتشافه. كانت ناعمة بين ذراعيه بالطريقة التي عرفتها ذات مرة - تلك الطريقة الرائعة التي يمكن أن تذوب بها الأجساد معاً وتمحو كل المساحات السلبية. وجدت شفتيه. كان عليها أن تمسك برأسه بيديها لتميله نحوها.

لماذا كان عليها أن تفعل ذلك؟

لماذا... لماذا لم يكن أكيفا يقبّل أيضاً؟

فتحت كارو عينيها. كان ينظر إليها، ليس برغبة ولكن... بألم.

سألت: «ماذا؟ ما الأمر؟». خطرت لها فكرة رهيبة وتراجعت إلى الوراء، تاركةً إياه، وضمت ذراعيها حول نفسها. «هل هذا بسبب أنني لست طاهرة؟ لأنني... شيء مصنوع؟».

مهما كان ما يؤرقه، فإن سؤالها جعل الأمر أسوأ. قال بحسرة: «لا. كيف أمكنك أن تظني ذلك؟ أنا لست ثياغو. لقد وعدتني أن تتذكري يا كارو. لقد وعدتني أن تتذكري أنني أحبك».

«إذاً ما الأمر؟ أكيفا، لماذا تتصرف بغرابة؟».

قال: «لو كنت أعرف... يا كارو. لو كنت أعلم أن بريمستون أنقذك...». مرر أصابعه في شعره وبدأ يمشي في الغرفة. «لقد ظننت أنه كان معهم، ضدك، وكان الأمر الأسوأ، هو خيانته، لأنك أحببته كأب -».

«لا. إنه مثلنا يا أكيفا. إنه يريد السلام أيضاً. يمكنه مساعدتنا -».

نظرته أوقفتها. نظرة يائسة جداً. قال: «لم أكن أعرف. لو كنت أعرف يا كارو، لكنت آمنت بالخلاص... لم أكن... لم أكن لأفعل أبداً...».

أصبحت نبضات قلب كارو غير منتظمة. كان هناك شيء خاطئ للغاية. كانت تعرف ذلك، وهي خائفة منه، لم تكن تريد أن تسمعه، وتريد أن تسمعه. «لم تكن لتفعل ماذا؟ أكيفا، ماذا؟».

توقف عن المشي، ووقف واضعاً يديه على رأسه، ممسكاً به. «في براغ»، قالها مجبراً على نطق كل كلمة. «سألتني كيف وجدتكِ».

تذكرت كارو. قالت: «قلتَ إن الأمر لم يكن صعباً».

مدّ يده إلى جيبه وأخرج ورقة مطوية. وبتردد واضح، سلّمها لها.

«ماذا؟» قالت، ثم توقفت. بدأت يداها ترتجفان بحيث لا يمكن السيطرة عليهما، حتى إذا ما فتحت الورقة تمزقت الصفحة على طول ثنية بالية في وسطها مباشرةً، وكانت تحمل نصفين من نفسها، والتوسل، بخط يدها: إذا عثرت عليها، يرجى إعادتها.

كانت من كراسة رسمها التي تركتها في متجر بريمستون. كان الاستيعاب فورياً ومذهلاً. لم يكن هناك سوى طريقة واحدة يمكن لأكيفا أن يحصل عليها.

لقد شهقت. لقد ظهر كل شيء في مكانه. بصمات اليد السوداء، الجحيم الأزرق الذي التهم البوابات وكل سحرها، واضعاً حداً لتجارة بريمستون. وصدى صوت أكيفا يخبرها بالسبب.

لإنهاء الحرب.

عندما حلمت معه، منذ زمن بعيد، بإنهاء الحرب، كانا يقصدان إحلال السلام. لكن أوه، لم يكن السلام هو السبيل الوحيد لإنهاء الحرب.

لقد رأت كل شيء. كان ثياغو قد أخبر أكيفا بسر الكيميرا العميق،

معتقداً أنه سيموت معه، ولكنها - هي - هي التي حررته مع السر.

سألته غير مصدقة وصوتها يتقطع: «ماذا فعلتَ؟».

همس: «أنا آسف».

بصمات يد سوداء وجحيم أزرق.

نهاية لبعث الأرواح.

يدا أكيفا، يداه اللتان حملتاها أثناء الرقص والنوم والحب، يداه اللتان قبّلتهما وغفرت لهما - كانتا حديثتي الوشم، ممتلئتين بالحبر. فصرخت قائلة: «لا!» كانت الكلمة مشدودة طويلة متوسلة، ثم أمسكت بكتفيه، وأظافرها تنغرس فيهما، أمسكت به وأجبرته على النظر إليها.

صرخت: «أخبرني!».

قال أكيفا بصوت متهدج - يا له من حزن خالص، وخجل عميق – «لقد ماتوا يا كارو. لقد فات الأوان. لقد ماتوا جميعاً».

خاتمة

شرخٌ في السماء، هذا كل ما كان، لا شيء يشبه بوابة بريمستون الماكرة بأبوابها المظللة. لم يكن هناك باب على الإطلاق، ولا حارس. كانت حمايتها الوحيدة هو عدم وجودها في مكان، مرتفعة فوق جبال الأطلس، وضيقها، الذي هو أصغر من جناحي السيراف

من اللافت للنظر أن رازغوت قد تمكن من العثور عليها بعد كل هذا الوقت الطويل.

أو، كما فكرت كارو، وهي تنظر إلى المخلوق، الذي ربما لم يكن ملفتاً للنظر، أن أسوأ لحظة في حياة المرء يمكن أن تُحفر في ذاكرته، أكثر سطوعاً من أي فرح. لقد فهمت الآن لماذا كان الألم هو عُشر السحر: لقد كان أقوى من الفرح، ومن أي شيء.

أقوى من الأمل؟

ورأت المحرقة في لوراميندي وكأنها شهدت ذلك بنفسها: جثث الكيميرا التي كانت تلتهمها النيران كقصاصات من القماش المتطاير، وأكيفا يراقب كل ذلك من برج، وهي تتنفس رماد قومها. تذوقت طعم الرماد، وتخيلت أنه كان لا يزال عالقاً على لحمه عندما قبّلته. وبسببها عاش ليفعل ذلك.

إلا أنها لم تكن قادرة على قتله، رغم أنه قد أحضر لها السكاكين من براغ بنفسه، وكان سيجثو على ركبتيه ليسهل عليها الأمر. لقد تركته، وحتى بعد كل شيء، كانت المسافة بينهما تبدو وكأنها ميدان غير متناسب. خاطئة، تلك المسافة المتزايدة. مؤلم، ذلك الفراغ الذي كان هو ما يملؤها الآن. جزء بائس منها أراد أن ينسى خيانة أكيفا، أن تعود إلى ما قبلها، إلى السعادة المتوهجة قبل أن ينهار كل شيء.

«هل ستأتين؟» سألها رازغوت وهو يشق طريقهُ عبر الشرخ إلى العالم، بحيث اختفى نصف جسده في أثير إريتز.

أومأت كارو برأسها. اختفى ما تبقى منها، وتنفست بعمق الهواء الخام، واستجمعت نفسها لتتبعه. لم يكن هناك المزيد من السعادة. لكن تحت البؤس، كان هناك أمل.

أي أن الاسم الذي أطلقه عليها بريمستون كان أكثر من مجرد نزوة.

وأن هذه لم تكن النهاية.

...يتبع

شكر وتقدير

نتوجه بجزيل الشكر والامتنان إلى كل من ساهم بجهوده المخلصة وتعاونه المثمر في إخراج هذا الكتاب باللغة العربية إلى النور

نخص بالشكر المترجمين الذين نقلوا هذه الرواية بدقة وأمانة، والمحررين الذين وظفوا خبراتهم ورؤاهم المهنية لضمان جودة المحتوى. كما نعرب عن تقديرنا العميق للمراجعين الذين بذلوا جهداً كبيراً في التدقيق اللغوي والفني، وللمصممين الذين أضفوا لمساتهم الإبداعية لتقديم الكتاب بأبهى صورة تليق بالقارئ الكريم.

كما نتقدم بالشكر الجزيل لكل من دعم هذا العمل، سواء عن قرب أو عن بعد. نأمل أن يحظى هذا الكتاب برضاكم، وأن يشكل إضافة قيمة تثري المكتبة العربية.

KHAYAT
Publishing

١

Washington, DC
United States

www.khayatbooks.com